ANNE HERTZ

Glückskekse

Roman

HarperCollins

1. Auflage 2022
Neuausgabe

Umschlaggestaltung von FAVORITBUERO, München
Umschlagabbildung von NadiiaKushnyrenko, Ermakova Marina,
Elizaveta Ruzanova, Katy Zazy / shutterstock
Gesetzt aus der Stempel Garamond
von GGP Media GmbH, Pößneck
Druck und Bindung von CPI books GmbH, Leck
Printed in Germany
ISBN 978-3-365-00003-8
www.harpercollins.de

Klimaneutral
Druckprodukt
ClimatePartner.com/15109-2009-1001

MIX
Papier
FSC FSC® C083411

Für alle,
die das Glück suchen

1. Kapitel

Sie

Frage: *Was ist ein beschissener Tag?* Wenn dein Freund mit dir Schluss macht. Nächste Frage: *Und was ist noch beschissener?* Wenn er es völlig unerwartet tut, total aus dem *Off*. Letzte Frage: *Und was ist das Allerbeschissenste?* Wenn er sich dafür ausgerechnet deinen 35. Geburtstag aussucht. Ich mache Scherze, glauben jetzt vielleicht einige. So was gibt's doch gar nicht, dass jemand an seinem eigenen Geburtstag abserviert wird. Doch. Gibt es. Aber keine Sorge – solche Dinge passieren nur mir. Nur in meinem Leben kommt so etwas vor. Und in drittklassigen Heftchenromanen natürlich. Also kann sich jetzt jeder beruhigt zurücklehnen und die kleinen, wohligen Schauer genießen, die einem den Rücken runterjagen, wenn man von anderen Horrorstorys zu hören bekommt, die einen selbst glücklicherweise nicht betreffen.

So sitze ich also zu Hause, frisch verlassen, frisch geburtstagt, frisch in die Kategorie der Spätgebärenden beziehungsweise der Wenn-überhaupt-noch-Gebärenden aufgestiegen. Und ich heule. Ich finde, ich habe ein Recht dazu. Ich darf jetzt ruhigen Gewissens eine Woche lang mit ungewaschenen Haaren durch die Gegend laufen, darf mich betrinken, dazu Musik hören und vor mich hinweinen. Und damit fange ich jetzt sofort an. Mit einem energischen Fußtritt bringe ich meine überalterte Stereoanlage ans Laufen.

The stupid jerk that I'm obsessed with. Der Song von Maggie Estep läuft zwei Stunden lang in der Endlosschleife. So wie mein Leben. Das hängt offensichtlich auch in einer Endlosschleife. In einer Endlosschleife von unglücklichen Liebesgeschichten. Die letzte hat sich, wie bereits erwähnt, gerade mit einem nicht zu überhörenden *The End* von mir verabschiedet. Markus hieß er. Hipper Artdirector in einer noch viel hipperen Werbeagentur. Schöngeist, sensibler Zyniker, belesen und bewandert und gern ein bisschen an der Welt verzweifelnd – also genau die ideale Projektionsfläche für ein romantisches Mädchen wie mich. Vier Monate lang waren wir Mr. und Mrs. Unglaublich-Happy. Dann drei Wochen lang nicht mehr ganz so happy. Und heute Morgen mutierte Markus zu »Es liegt nicht an dir, aber ich glaube, ich empfinde nicht so viel für dich wie du für mich« und ich zu »Aber du hast doch gesagt, du liebst mich«.

Was soll's? Langsam, aber sicher bekomme ich Übung im Verlassenwerden. Oder wie Robbie Williams sagt: *Before I fall in love, I'm preparing to leave her.* Nur, dass ich auf der anderen, deutlich unschöneren Seite des Songs stehe.

Und dann auch noch mein Geburtstag. Eigentlich nichts Besonderes. Die Zeiten, in denen man sich darauf freute und ganz aufgeregt war, sind seit schätzungsweise zwanzig Jahren vorbei. Markus sah das ähnlich. »Weißt du, ich will kein Heuchler sein und nur, weil du heute Geburtstag hast, mit meiner Entscheidung bis morgen warten. Es wäre nicht richtig, dir etwas vorzumachen.« Wie edelmütig! Wie aufrecht! Mir kommen vor Rührung die Tränen. Nein, stimmt gar nicht. Mir kommen die Tränen, weil ich allein und verlassen und traurig bin. Vor mir eine Flasche Wein, in meinem Herzen eine große klaffende Wunde. Klingt pathetisch, ich weiß. Aber wenn man nicht mal mehr pathetisch sein darf, wenn man am eigenen Geburtstag abgeschossen wird, weiß ich es auch nicht.

Dabei fällt mir ein, dass ich ein pikantes Detail ja noch gar nicht erwähnt habe: Nämlich die Art und Weise, *wie* Markus sich von dannen gemacht hat. Denn nicht nur, dass er sich für seinen Abgang einen ganz besonderen Tag ausgesucht hat. Nein, weit gefehlt, er hat dem Anlass entsprechend auch noch einen ganz besonderen Moment abgepasst. Nämlich den, in dem er quasi noch in mir steckte. Ja, genau so war es! Nach unserem morgendlichen Quickie (die lange Nummer haben wir schon seit etwa zwei Monaten nicht mehr gemacht) ließ er sich von mir runter zur Seite rollen, angelte nach den Kippen auf dem Nachttisch, steckte sich eine an und ließ den Rauch anschließend laut seufzend aus seinem Mund entweichen. Ich wollte daraufhin wissen, was los ist – und der Rest ist ja bekannt. Wirklich filmreif, das Ganze. Vögelt mich erst durch und stellt dann fest, dass er irgendwie nicht so viel für mich empfindet wie ich für ihn. Vom Geschlechtsakt mal abgesehen, da hatte ich schon das Gefühl, dass mit dem Empfindungsvermögen meines Freundes – Verzeihung, Ex-Freundes – noch alles in bester Ordnung ist. Jedenfalls, was bestimmte Regionen seines Körpers betrifft. Aber ich bin schon zu alt, um nicht zu wissen, dass das Eine mit dem Anderen leider rein gar nichts zu tun hat.

Genau genommen hätte ich Markus nach dieser Nummer (Nummer, haha!) die Schnauze polieren müssen. Aber was tat ich? Ich saß einfach nur völlig geschockt da, starrte an die Decke und fragte mich, wann mein Vermieter endlich mal die Wasserschäden oben rechts in der Ecke beseitigen würde. Als ich wieder einigermaßen zu mir kam, hatte Markus sich bereits angezogen und verabschiedete sich mit einem eiligen: »Ich muss jetzt auch los in die Agentur. Nehme mir mal kurz zehn Euro aus deinem Portemonnaie, ich hab kein Geld mehr fürs Taxi, ja?« Eine Sekunde später hörte ich die Wohnungstür zuschlagen, zwei Minuten später fiel mein Herz mit einem lauten *Klatsch* in sich zusammen.

Tja, und jetzt feiere ich also meinen Geburtstag. In trauter Einsamkeit. Wenn das ganze Jahr so wird wie der heutige Tag, möchte ich es lieber überspringen. Und wenn ich gerade schon mal dabei bin, vielleicht auch gleich die nächsten zehn oder zwanzig.

Wieso bin ich ihm nicht nachgelaufen, habe ihm die zehn Euro abgeknöpft und ihm dann ordentlich in die Eier getreten? Ei, genau das ist das Stichwort. Weil ich ein Weichei bin. Jana-*Ich-lasse-alles-mit-mir-machen*-Kruse: Happy Birthday!

Es klingelt an der Tür. Ich denke nicht mal darüber nach, ob es Markus sein könnte, der reumütig zurückkommt und mir erklärt, dass er heute früh kurzfristig nicht ganz zurechnungsfähig war. Ein Vorteil, wenn man über 30 ist: Man weiß, dass so etwas nur im großen Sat.1-Film passiert.

»Happy Birthday to you!« Miriam und Steffie stehen vor mir und sehen aus, als gäbe es den Rücktritt von George Bush zu feiern. Am liebsten würde ich mir die beiden Flaschen Sekt schnappen, die sie mitgebracht haben, und ihnen die Tür vor der Nase zuknallen. Mir ist jetzt nicht nach Gesellschaft! Und vor allem ist mir nicht danach, meinen Freundinnen zu erklären, dass es mal wieder nicht geklappt hat. Dass ich mal wieder vor den Trümmern einer Beziehung stehe. Dass aus meinem anfänglichen »Ich bin ja sooo verliebt, diesmal ist es der Richtige« ein »Vergesst es, ich hatte Halluzinationen« geworden ist. Das wird bei mir allmählich zum Running-Gag.

Aber ich muss gar nichts sagen. Ein Blick genügt, schon setzt Miriam ihre mitfühlende Miene auf, nimmt mich in den Arm und sagt: »Jana, was ist denn los? Hat Markus etwa Schluss gemacht?«

»Ja«, erwidere ich knapp, »was sonst?« Dabei muss ich kurz zynisch auflachen, weil es ja eigentlich fast absurd ist, dass meine Freundinnen nicht einmal für den Bruchteil einer Sekunde auf die Idee kommen, dass ich aus einem anderen Grund so erbärmlich aussehe. Omi gestorben? Zwangsräumung der Wohnung? Im Lotto gewonnen und immer noch total fassungslos? Nein, auf so eine Idee kommt keine von den beiden, sie kennen mich und mein katastrophales Liebesleben einfach zu gut.

Nach dem Eingeständnis meiner jüngsten »Niederlage« wird das übliche Programm abgespielt: Wir sitzen auf meinem Sofa, trinken sämtlichen Alkohol, der in meiner Wohnung zu finden ist, und schimpfen auf den Dreckskerl, Idioten und Penner.

»Und du hast ihm noch zehn Euro in den Rachen geworfen?«, will Miri fassungslos wissen.

»Na ja«, setze ich zu einer Verteidigung an, »in den Rachen geworfen ist nicht ganz richtig. Er hat sie sich einfach genommen.«

»Hat er dir denn wenigstens etwas zum Geburtstag geschenkt?«

Wie kommt Miriam denn auf so eine Idee? Ist die irre? Obwohl ... so falsch liegt sie gar nicht. »Ja«, stelle ich fest und kann beinahe schon wieder grinsen, »er hat mir an meinem Ehrentag edelmütig die Wahrheit überreicht. Mit einem kleinen Schleifchen drum.«

»Wie kann er dir das heute antun?«, regt Steffie sich auf.

»Der Mann hatte sowieso keinen Stil«, erklärt Miriam und lässt den Korken der nächsten Proseccoflasche knallen. »Viel zu schade warst du für den!«

»Ja, ja, ich weiß«, seufze ich und halte Miriam mein leeres Glas hin. Dann muss ich plötzlich kichern. Ich kann gar nicht mehr aufhören damit, es verselbstständigt sich. Miriam und Steffie werfen sich besorgte Blicke zu.

»Was hast du denn?«, will Steffie wissen.

»Fällt euch das nicht auf?«, bringe ich prustend hervor. »Es ist immer wieder das Gleiche, ich komme mir vor wie am Murmeltiertag!«

Meine Freundinnen mustern mich ratlos.

»Ich meine«, füge ich hinzu, »wie oft habe ich hier schon gesessen und mit euch zusammen irgendeinen Kerl betrauert? Das ist doch nicht normal!«

Betretenes Schweigen.

»Du hast halt ein bisschen Pech gehabt«, meint Miriam dann.

»Ein *bisschen* Pech?«

»Eben kein glückliches Händchen in der Liebe«, fügt Steffie hinzu. »Aber das heißt doch nichts!«

»Klar heißt das was!«, stelle ich bockig fest. »Ich traue mich ja schon bald gar nicht mehr, euch überhaupt noch zu erzählen, wenn ich jemanden kennengelernt habe. Weil es sich sowieso nicht lohnt, sich die Namen zu merken. Spätestens nach einem halben Jahr verlässt mich doch jeder! Langsam frage ich mich, ob es vielleicht an mir liegt! Dass ich …«

»So ein Quatsch!«, fallen Steffie und Miriam mir gleichzeitig ins Wort. Aber so richtig überzeugend klingen sie nicht.

»Ich hab doch immer alles getan, um Markus zu gefallen!« Jetzt ist es so weit, mein Lachen schlägt ins Weinerliche um. »*Immer* habe ich das. Und bei den zwanzig Typen davor auch. Ich habe mir die Haare mal wachsen lassen, dann wieder abgeschnitten, mal blondiert, mal mit einer Dauerwelle gequält. Habe mich für Independent Rock und Moderne Kunst interessiert, mit dem Joggen angefangen, hab abgenommen, zugenommen, wieder abgenommen, bin in den Ruderclub eingetreten, habe meinen Kleidungsstil öfter gewechselt als andere Leute ihre Zahnbürste …« Ein Redeschwall bricht aus mir heraus, all die Wut und Enttäuschung der letzten Jahre entlädt sich explosionsartig. Wieso nur? Wieso kriege ich einfach keine Beziehung hin? Ich bin doch auch nicht dümmer oder hässlicher als andere! Steffie ist seit elf Jahren mit Hans verheiratet, und Miriam kann sich vor lauter Typen, die ihr die Bude einrennen, gar nicht retten. Nur ich bin der Ladenhüter, der Restposten, den keiner haben will, nicht mal nachgeschmissen.

»Ich kannte mal einen Kerl«, unterbricht Miriam meine trüben Gedanken und grinst dabei neckisch, »der hat drei Jahre lang die gleiche Zahnbürste benutzt.«

Ich starre sie ungläubig an.

»Ehrlich wahr!«, fügt sie schnell hinzu. Das ist typisch für sie. Sie ist eben unser kleiner Sonnenschein, der zu jeder noch so misslichen Lage noch eine heitere Geschichte beisteuern kann. Nur hilft mir das im Moment leider eher weniger.

»Darum geht es doch gar nicht«, stelle ich seufzend fest. »Es geht darum, dass ich endlich wissen will, wo ich hingehöre. Ich will eine Beziehung, auf die man etwas aufbauen kann, jemanden, der mit mir gemeinsame Pläne schmiedet. Den ich anrufen kann, wenn ich nachts um drei irgendwo in der Pampa sitze und nicht weiter weiß, der immer für mich da ist, der ...«

»*Wir* sind doch für dich da!«, wirft Steffie ein. Natürlich stimmt das. Vor allem Steffie, die ich schon seit gefühlten hundert Jahren kenne, ist so etwas wie mein persönlicher Fels in der Brandung. Aber, mein Gott: Mit ihr kann ich schlecht Kinder bekommen.

»Das ist nicht das Gleiche! Natürlich bin ich froh, dass ihr meine Freundinnen seid. Aber versteht ihr denn nicht, was ich meine, wenn ich sage, dass ich endlich jemanden will, der zu mir gehört? So ganz, meine ich. Der wie meine andere Hälfte ist. Dessen Namen ich vielleicht irgendwann mal annehmen werde. Ich meine, wenn er nicht gerade Schulzendorff heißt. Versteht ihr das denn nicht?«

»Nö«, antwortet Miriam erwartungsgemäß.

»Du bist ja auch nicht normal«, erwidere ich. Im nächsten Moment tut mir das allerdings schon leid, Miri sieht ziemlich getroffen aus, obwohl sie da doch sonst nicht so zimperlich ist.

»Halt, stopp, so meine ich das nicht. Aber du bist eben ... anders. Du kennst diese Sehnsucht nicht, endlich deinen Platz gefunden zu haben.«

»Sei dir da mal nicht so sicher«, orakelt Miriam. »Ich war auch schon mal verliebt.« Dabei setzt sie einen bedeutungsschwangeren Blick auf.

»Ja, ich weiß«, räume ich ein. *»The Unspeakable.«*

The Unspeakable ist laut Miriam der einzige Mann, in den sie jemals wirklich verliebt war. Da war sie gerade mal 18 Jahre alt, und Miriams Beschreibungen zufolge muss der Kerl eine Mischung aus Colin Farrell, Albert Einstein, Keanu Reeves und noch etwa 20 anderen Supertypen gewesen sein. Steffie und ich haben *The Unspeakable* nie kennengelernt, das war lange Zeit, bevor uns Miriam bei einer Party in Steffies und Hans' Segelclub vor gut fünf Jahren volltrunken über die Füße gestolpert ist. Und ehrlich gesagt sind wir uns auch nicht sicher, ob es *The Unspeakable* überhaupt wirklich gibt. Manchmal habe ich Miriam im Verdacht, dass sie ihn sich nur ausgedacht hat, um eine gute Ausrede für ihre zahlreichen oberflächlichen Männergeschichten zu haben. Sie behauptet immer, dass sie sich erst dann wieder festlegt, wenn sie jemanden trifft, der so ist wie *The Unspeakable.* Was aber nach der bereits erwähnten Beschreibung mehr als schwierig sein dürfte. Solche Männer gibt es schlicht und ergreifend nicht. Und wenn es sie gibt, dann sind sie schwul. Oder haben ein Topmodel zur Ehefrau. Übrigens der einzige Makel, den Miriam tatsächlich einmal in einer schwachen Stunde zugegeben hat: *The Unspeakable* war schon verheiratet. Zwar nur ein kleiner Schönheitsfehler – aber ein überaus wirkungsvoller. Andererseits passt das irgendwie auch zu meiner Theorie, die ich insgeheim über Miriam habe: Der einzige Mann, den sie angeblich wirklich lieben konnte, war natürlich nicht zu haben. Und damit auch keine Gefahr mehr für sie. Aber gut, ich sollte das mit meiner Hausfrauenpsychologie vielleicht lassen. Sieht man ja, wohin ich mich selbst damit gebracht habe. Zu gar nichts.

»Trotzdem«, komme ich auf das Anfangsthema zurück, »ich habe die Schnauze einfach voll von Liebesgeschichten, die man rückblickend höchstens noch als drittklassige Affären bezeichnen kann. Ich will endlich den Mann meines Lebens finden! Ich will raus aus der Warteschleife!«

»Das stellst du dir romantischer vor, als es ist«, behauptet Steffie, die genau genommen bei diesem Thema überhaupt nicht mitreden kann. Wer schon so lange in einer Beziehung steckt, hat doch keine Ahnung, wie es sich anfühlt, morgens allein aufzuwachen und abends genauso allein wieder ins Bett zu krabbeln. Das würde ich ihr am liebsten sagen, aber ich lasse es. Sie ist meine Freundin und kann ja nichts dafür, dass die MS Jana in puncto Liebe wieder und wieder Schiffbruch erleidet. »Die Sache mit Hans und mir ist einfach Glück, mehr nicht.« Sie macht eine nachdenkliche Pause, und ein zufriedener Ausdruck tritt auf ihr Gesicht. »Obwohl ich schon ganz froh bin, dass ich bereits mit Anfang zwanzig den Richtigen gefunden habe.«

Danke, genau das wollte ich jetzt hören! »Na ja, nicht jeder begnügt sich mit dem Ersten, der auftaucht.« Ich weiß, das war gemein, aber es ist einfach so aus mir herausgebrochen.

Steffie guckt mich entsetzt an.

»Tut mir leid«, meine ich zerknirscht, »das hab ich nicht so gemeint.«

»Doch, das hast du«, erwidert sie schnippisch. »Und soll ich dir was sagen: Vielleicht hast du sogar recht. Vielleicht ist es besser, mit dem Spatz in der Hand eine solide Partnerschaft aufzubauen, als sich immer wieder die Tauben vom Dach zu holen, die dir dann als Dank auf den Kopf kacken.«

Für einen Moment ist es totenstill. Steffie sieht kampflustig aus, Miri etwas geschockt, ich vermutlich perplex. Dann brechen wir alle in Gelächter aus. Wenigstens habe ich meine beiden besten Freundinnen, ohne die wäre ich ganz schön aufgeschmissen!

»Also, was machen wir jetzt?«, will Miriam wissen, nachdem wir uns von unserem Lachflash erholt haben. »Um die Häuser ziehen, schicke Kerle aufgabeln und uns benehmen wie unreife Teenager?« Ich kann die Begeisterung in ihrer Stimme hören; unter so einer Aktion stellt Miriam sich einen perfekten Abend vor. *Werd du auch erst einmal dreißig und älter,* denke ich, *dann hast du von so etwas auch die Nase voll.*

»Nein, danke«, lehne ich ab, »ich kann mich noch zu gut daran erinnern, wie das letzte Mal endete, als du uns auf den Kiez geschleppt hast.«

»Wieso?«, fragt Miriam. »Da hatten wir doch einen Heidenspaß!«

»Oh ja«, mischt Steffie sich ein, »war wirklich total lustig, als du uns gezwungen hast, mit dir durch die Herbertstraße zu laufen, um mal zu gucken, wie es da aussieht. Fand ich wirklich toll, als ich den Eimer Wasser auf den Kopf bekommen habe!«

»Oder später«, füge ich hinzu, »als du dir dann volltrunken mein Handy geschnappt und … *äh,* wie heißt noch mein damaliger Freund?«

»Sebastian«, erinnert Miriam mich kichernd.

»Ja, richtig. Als du Sebastian angerufen hast, um ihm ins Ohr zu lallen, dass er ein impotenter Schlipsträger ist.«

»Aber er *war* ein impotenter Schlipsträger!«, verteidigt Miriam sich.

»Mag sein«, gebe ich zu, »aber ich glaube nicht, dass mir heute nach einer derartigen Kamikaze-Aktion zumute ist.«

»Und was dann?«

»Wir schnappen uns einen Baseballschläger, fahren zu Markus und hauen ihm damit ordentlich ein paar aufs Maul«, mache ich einen fröhlichen Gegenvorschlag und leere mein Glas mit einem zu allem entschlossenen Schluck.

»Das ist ja wohl auch Kamikaze«, wirft Steffie ein und schenkt schnell nach.

»Ach, das machst du doch eh nicht«, behauptet Miriam hingegen, »dabei hätte der Herr Artdirector es wirklich so was von verdient! Oder besser noch: Du solltest ihn kastrieren, das wäre die passende Antwort auf seinen Auftritt heute früh!«

»Ich hab noch eine bessere Idee«, meint Steffie, ohne Miriams Vorschlag auch nur eine Sekunde lang zu würdigen, und wühlt in ihrer Handtasche herum. Eine Minute später zieht sie ein Päckchen Spielkarten hervor. »Wir legen Jana ihre Tarotkarten. Um zu sehen, was ihr das nächste Lebensjahr bringt.«

»Tarot?« Nie im Leben hätte ich gedacht, dass ausgerechnet die vernünftige, im Leben stehende Stefanie auf so einen Eso-Krempel abfährt! Offensichtlich können mich meine Freundinnen noch überraschen.

»Klar«, meint sie. »Ist doch lustig.« Dann senkt sie verschwörerisch ihre Stimme. »Dass ich einmal Hans kennenlernen würde, hat mir damals auch schon eine Kartenlegerin vorausgesagt.«

»Ach?«, entfährt es mir. »Sie hat zu dir gesagt: Beim nächsten Weihnachtsmarkt wird dir ein Typ namens Hans Pfeiffer einen Glühwein über deine neue Jacke kippen? Is ja 'n Ding!«

»Nein, so natürlich nicht!« Steffie runzelt missbilligend die Stirn. »Aber sie hat mir prophezeit, dass ich schon sehr bald jemanden treffen werde, der in meinem Leben eine bedeutende Rolle spielen wird.«

»Den treffe ich täglich«, stelle ich lapidar fest, »wenn der Briefträger mir jede Menge Rechnungen und Mahnungen ins Reisebüro bringt.« Zusammen mit Miriam habe ich mich vor zwei Jahren mit einer eigenen kleinen Firma selbstständig gemacht, weil ich mir das ständige Gezeter meines Chefs bei *Quick-Travel* nicht mehr anhören wollte und Miriam keine Lust mehr hatte, Theaterwissenschaft zu studieren. Unser Laden läuft mehr schlecht als recht, wir schrammen ehrlich gesagt immer haarscharf an der Insolvenz vorbei.

»Jetzt seid doch nicht so langweilig! Es ist doch nur Spaß.« Damit fängt Steffie bereits an, die Karten zu mischen.

»In Ordnung«, meine ich schicksalsergeben, »lasst uns nachsehen, was die Karten für mich voraussagen.« Vorsichtshalber schenke ich mir noch ein Glas Prosecco nach und zünde mir eine Kippe an. Je nachdem, was beim Zukunftsorakel herauskommt, brauche ich vielleicht etwas, an dem ich mich festhalten kann. Und legale Drogen sind da immer gut.

»Okay … Du musst jetzt ganz fest an das denken, was du gern wissen willst«, erklärt Steffie.

»Du meinst so was wie: Wann ist dieses blöde Spiel endlich vorbei?«, frage ich.

Steffie gibt einen vorwurfsvollen Laut von sich. »Du musst das hier schon einigermaßen ernst nehmen, sonst klappt es nicht!«

Also mache ich einen auf ernst. Und bin es auf einmal tatsächlich. Vielleicht ist es Aberglauben, aber mit einem Mal bekomme ich regelrecht Gänsehaut bei dem Gedanken, dass wir in den nächsten Minuten möglicherweise wirklich etwas über mein zukünftiges Leben erfahren. Ich konzentriere mich. *Wann werde ich endlich den Mann treffen, der zu mir passt? Was kann ich tun, damit ich nicht mehr allein bin? Wo steckt er denn bloß, der Kerl, der mich glücklich macht? Glücklich.*

Glücklich, glücklich, glücklich. Immer wieder pocht dieses Wort durch meinen Kopf. Oh ja, ich wäre so gern endlich richtig glücklich. Angekommen. Zufrieden im Hier und Jetzt. Eben raus aus der Warteschleife und rein ins wirkliche, ins echte Leben!

»So«, unterbricht Steffie meine Gedanken und beginnt, die Karten vor mir auszubreiten. Dabei gibt sie immer wieder bedeutungsvolle Laute wie »hmmmm« und »oh« von sich. »Sieh mal einer an.«

Ich beuge mich über die Karten und verstehe nur Bahnhof. Keine Ahnung, was das alles bedeuten soll. »Wo hast du das eigentlich gelernt?«, will ich wissen, weil es mir immer noch ein komplettes Rätsel ist, dass ausgerechnet Stefanie auf einmal mit Tarot ankommt.

»Ich hab da mal ein Buch drüber gelesen«, erwidert sie lapidar.

»Und das geht so einfach?«

Sie nickt. »Wenn man sich ein bisschen reinliest, kapiert man schnell, worum es geht. Das Wichtigste ist die richtige Interpretation der Karten.«

»Aha.« Was soll ich auch sonst schon groß sagen? Dann warte ich eben mal, was Steffie so interpretiert.

»Das hier, das bist du«, erklärt sie und zeigt auf eine Karte, auf der eine Königin oder so etwas in der Art abgebildet ist.

»Verstehe.«

»Und wer ist ihr Traumtyp?«, will Miriam aufgeregt wissen.

»Moment, so schnell geht das nicht.« Konzentriert lässt Steffie ihren Blick von einer Karte zur nächsten gleiten, und ich muss zugeben, dass ich die ganze Angelegenheit mittlerweile tatsächlich ganz schön spannend finde. Oder zumindest unterhaltsam. Das ist doch schon mal was.

»Also«, beginnt Steffie erneut. »Ich sehe, dass es im Job immer weiter aufwärts geht.«

»Abwärts ist auch kaum möglich«, stelle ich fest. Miriam kichert zustimmend. Dabei weiß ich gar nicht, was daran so lustig ist.

»Psst! Jetzt haltet doch mal die Klappe!«, fährt Steffie uns an. Gut, halte ich die Klappe.

»Gesundheitlich hast du auch nichts zu befürchten.«

Schön. Aber wen interessiert das schon? Ich will jetzt endlich wissen, wo mein Traummann auf mich wartet. Gespannt lasse ich ebenfalls meinen Blick von Karte zu Karte wandern, aber leider sagen mir die kryptischen Bildchen rein gar nichts … bis ich auf einmal auf der Karte direkt neben meiner Königin einen Sensenmann entdecke. »Was ist das?«, schreie ich erschrocken auf, lasse meine Kippe fallen und deute auf den Tod.

»Keine Sorge«, beruhigt Steffie mich, schnappt sich die Zigarette und drückt sie im Aschenbecher aus. »Die Karten sind rein symbolisch zu verstehen.«

»Aber was gibt's denn bei einem Skelett mit Sense in der Hand schon symbolisch zu verstehen? Das kann doch wohl nur mein baldiges Ableben bedeuten!« Tatsächlich habe ich richtig Herzklopfen, hätte nicht gedacht, dass mich dieses kleine Spielchen so aus der Fassung bringen könnte. Mit einem großen Schluck leere ich mein Glas.

»Vielleicht bist ja gar nicht du gemeint«, mutmaßt Miriam.

»Wer denn sonst? Die Karte liegt doch direkt neben mir!«

»Können wir jetzt weitermachen?« Steffie wirft uns beiden einen strengen Blick zu. »Der Tod bedeutet lediglich, dass etwas abgeschlossen, also beendet ist.«

»Meine Beziehung zu Markus«, entfährt es mir, obwohl ich ja eigentlich die Klappe halten wollte. »Das heißt also, er kommt nicht zurück.« Nicht, dass es bisher unbedingt danach ausgesehen hätte. Trotzdem muss ich kurz aufschluchzen.

»Schon möglich. Oder aber ein bestimmter Lebensabschnitt liegt hinter dir«, erläutert Steffie weiter.

»Du meinst den Jana-ist-allein-und-wird-es-auch-immer-bleiben-Abschnitt?«, frage ich hoffnungsvoll.

»Lass mich weitersehen.« Steffie nimmt ein paar von den Karten in die Hand, mischt sie neu und legt sie dann verdeckt auf die anderen zurück. Sehr geheimnisvoll das alles.

»Ich sehe eine Reise«, stellt sie nach einer Weile fest. »Eine lange, lange Reise.« Sie mustert mich abwartend.

Jetzt endlich fällt bei mir der Groschen. »Das gibt's doch nicht!«, rege ich mich auf. »Du veranstaltest die Tarot-Nummer doch nicht zufällig!« Ich werfe Miriam einen Blick zu und kann ihr ansehen, dass sie sich nur schwer ein Kichern verkneifen kann. »O nein, so blöde bin ich nicht! Das ist ein abgekartetes Spiel! Für wie bescheuert haltet ihr beide mich eigentlich?«

»Unsinn«, widerspricht Steffie, »hier ist überhaupt nichts abgekartet. Es liegt eben so in deinem Schicksal.«

»Mach mir doch nichts vor. Das kam mir doch gleich komisch vor – du und Tarot! Das ist doch eine Lachnummer! Ihr zwei wolltet mich nur an meine Weltreise erinnern.«

»Gar nicht wahr!«, entfährt es Steffie und Miriam wie aus einem Mund, wobei beide versuchen, ungeheuer unschuldig auszusehen.

»Ich glaube euch kein Wort! Wahrscheinlich liegt der absolute Traummann direkt neben mir, und ihr sagt es mir nicht, weil ihr auf dieser bescheuerten Reise rumreiten wollt.« Aufgeregt springe ich auf, hole noch eine Flasche Prosecco aus dem Kühlschrank und entkorke sie geräuschvoll. Dann setze ich mich mit meinem frisch gefüllten Glas wieder zu den beiden und schlage einen etwas versöhnlicheren Ton an. »Ich weiß ja, dass ihr es nur gut mit mir meint – aber ich muss schon selbst entscheiden, was richtig für mich ist.« Jawohl, dazu habe ich mit 35 Jahren ein Recht.

»Jana«, fängt Steffie an und legt wie zur Beruhigung ihre Hand auf meine, »seit wie vielen Jahren träumst du jetzt schon davon, einmal ein ganzes Jahr lang um die Welt zu reisen und dir endlich alles anzusehen, was du täglich deinen Kunden verkaufst?«

»Und wie lange sparst du schon auf diese Reise?«, fügt Miriam hinzu.

»Ne Weile«, gebe ich zu.

»Eine *Weile?*«, erwidert Steffie. »Es sind jetzt genau *fünfzehn Jahre!* Seit du zwanzig geworden bist, erzählst du mir, dass es dein größter Traum ist, eine Weltreise zu machen! Du hast doch damals sogar das Studium geschmissen, um diese Reise antreten zu können.«

»Immerhin habe ich danach im Reisebüro angefangen«, verteidige ich mich. »Das war doch schon mal ein Schritt in die richtige Richtung.«

»Süße, das ist doch genau so, als würdest du dir jeden Tag Bilder in Kochbüchern ansehen«, meint Steffie. »Aber du musst die Sachen auch mal essen, um sie wirklich zu erleben. Also, warum fährst du nicht endlich?«

»Weil ich dazu noch nicht den richtigen Mann gefunden habe und allein nicht fahren will. Meine Eltern ...«

»Deine Eltern haben das riesengroße Glück, dass sie beide genau die gleichen Wünsche und Sehnsüchte haben«, geht Steffie wieder dazwischen. »So etwas passiert eben nicht alle Tage, dass man jemanden trifft, der sein Leben genauso führen will wie man selbst.« Und wieder breitet sich ein seelenvoller Ausdruck auf ihrem Gesicht aus. »Bei Hans und mir ist es auch nur Zufall, dass wir beide unseren Job als Lehrer lieben und ich dann auch noch eine Stelle an seiner Schule bekommen habe.«

»Jetzt hör mal auf mit deinem *Hans-und-ich*-Krempel«, wird sie von Miriam unterbrochen. »Wir wissen ja, dass ihr zwei das größte Traumpaar seit Harry und Sally seid.« Sie schnaubt wütend. »Aber das hilft Jana im Moment auch nicht weiter!«

Genau, das tut es nicht. Und ich weiß selbst, dass meine Eltern nicht mit normalen Maßstäben zu messen sind. Aber irgendwie habe ich mir diese Maßstäbe schon in meiner frühesten Jugend zu eigen gemacht. Meine Mutter war gerade mal siebzehn, als sie meinem Vater – einem strammen Offizier bei der Marine – begegnete und sich rettungslos in ihn verliebte. Ein Jahr später wurde geheiratet, ein weiteres darauf kam ich zur Welt. Bis zu meinem zwölften Geburtstag lebten wir als Familie in einem Hamburger Vorort, aber dann packte meinen Vater wieder das Fernweh. Für mich wurde ein gutes Internat ausgesucht, das ich meiner Meinung nach auch halbwegs unneurotisch überstanden habe, meine Eltern verkauften ihr Hab und Gut und machten sich auf den Weg zu einer Reise, die bis heute nicht zu Ende ist. Zehn Monate im Jahr touren sie um die Welt, zwei Monate lang sind sie dann in Deutschland, um die Fotos von ihren Trips an Zeitschriften und Reiseveranstalter zu verkaufen, bis sie sich wieder auf den Weg machen. Ein richtiges Nomadendasein, das die beiden führen. Aber immer, wenn ich sie während der zwei Monate in Deutschland sehe, kommt es mir vor, als hätten sie sich gerade eben erst kennengelernt: Da wird geturtelt und geflirtet und geküsst, dass es für Außenstehende, die älter sind als fünfzehn, beinahe nicht auszuhalten ist.

Meiner Meinung nach sind meine Eltern jedenfalls das absolute Traumpaar, und genau so etwas möchte ich eben auch. Einen Mann, der mit mir durch dick und dünn geht. Der mit mir die Welt erobert. Oder sie zumindest mit mir erkundet. Wenn ich erst einmal den Richtigen gefunden habe, dann werden wir genauso glücklich wie meine Eltern. Da bin ich ganz sicher. Jedenfalls *war* ich mir immer ganz sicher, aber die zahllosen Beziehungs-Schiffbrüche, die ich bisher erlebt habe, würden wohl auch den größten Optimisten langsam ans Zweifeln bringen … Dabei stelle ich mir das so schön vor! In diversen Reiseführern habe ich mir schon die traumhaftesten Ziele ausgesucht, eine genaue Route ausgearbeitet, die nur darauf wartet, von mir und wie auch immer der Kerl dann heißen mag erkundet zu werden: *Der Mann meines Lebens und ich gondeln in einem alten Fischerboot über den Mekong.* Schnitt, nächste Szene: *Wir laufen Hand in Hand über den weißen Sandstrand der* Rendezvous Bay *von Anguilla.* Schnitt: *Wir kommen kichernd aus einem Bollywood-Film in Bombay.* Schnitt: *Er verhandelt mutig und sicher mit dem Häuptling eines afrikanischen Stammes über die Freigabe unserer Videokamera. Abends nehmen wir an einem traditionellen Fest teil und werden ehrenvoll in den Stamm aufgenommen.* Schnitt: *Wir lassen uns bei einer Ayurveda-Behandlung in Thailand verwöhnen.* Schnitt: *Wir fahren mit Schlittenhunden durch die endlosen Weiten Alaskas.* Schnitt: *Mein Traummann spielt für mich ein Konzert auf einem Didgeridoo, derweil kraule ich einen Koalabären, der sich auf meinen Schoß kuschelt …*

»Erde an Jana! Bist du noch da?« Miriam reißt mich aus meinen Tagträumen, als ich mir gerade vorstelle, mit meinem Traummann knutschend unter einem tropischen Wasserfall zu stehen.

»Ja, bin ich«, erwidere ich sauertöpfisch. »Und ich habe euch schon oft genug gesagt: Irgendwann mache ich diese Weltreise! Aber erst muss ich dazu den richtigen Mann finden, allein kommt das für mich nicht in Frage.« Es ist eben nur halb so schön, allein am weißen Sandstrand entlangzulaufen oder unter einem Wasserfall zu stehen. Das ist doch wohl logisch, oder?

»Aber wie lange willst du denn noch warten?«, fragt Steffie und klingt dabei, als würde sie es für gänzlich ausgeschlossen halten, dass der passende Kerl einen Tages noch auftaucht. »Am Ende«, fügt sie dann tatsächlich auch noch hinzu, »bist du alt und grau und hast alle deine Träume verpasst. Dann ist es zu spät.«

Danke, meine Freundin, du kannst mir echt Hoffnung machen!

»Ja, genau«, haut Miri in die gleiche Kerbe. »Bis jetzt haben dich die Typen doch eher von deinem großen Traum abgehalten, als dich ihm näher zu bringen.« Sie fängt an, an ihren Händen aufzuzählen: »Erst war da Stefan, der Flugangst hatte. Dann Peer, der Europa nicht verlassen wollte. Georg, der immer nur nach Holland zum Zelten fuhr. Phillip, der zwar fand, dass du die Reise gern allein machen kannst, sich in diesem Fall aber von dir trennen wollte. Christian mit seinen 1345 Allergien, der schon bei dem Wort *Ausland* einen Niesanfall bekam. Jan, der chronisch abgebrannte Student, dem du alles hättest finanzieren müssen. Und sind wir mal ehrlich, das hättest du sogar getan, wenn du ihn nicht eines Abends bei sich zu Hause mit einem Kerl im Bett erwischt hättest. Tja, und dann war da ja noch Lutz, der nach dem Motto *Bring ich das Bier mit in die Kneipe?* lieber mit seinen Kumpels als mit seiner Freundin verreisen wollte. Nicht zu vergessen Maximilian, der ...«

»Schon gut!«, falle ich ihr ins Wort. »Dafür, dass du sonst so eine Chaotin bist, hast du erstaunlich gut Buch geführt!«

»Und ich war noch gar nicht fertig!«

»Mir waren meine Beziehungen eben immer wichtiger als diese blöde Reise«, erkläre ich. »Was kann ich dafür, wenn ich bisher noch keinen gefunden habe, der mit mir kommen wollte?«

»*Dafür* kannst du nichts«, stellt Steffie fest. »Aber dafür, dass du nie einfach mal das machst, was *du* willst.«

»Das stimmt nicht!«, verteidige ich mich. »Ich *wollte* hier bleiben. Als ich vor einem halben Jahr fast allein gefahren wäre und dann Markus kennenlernte, war es meine eigene Entscheidung, die Reise abzusagen.«

Schweigen. Ich ahne, was die beiden jetzt denken.

Miriam spricht es schließlich aus. »Und was hat es dir gebracht? Rein gar nichts. Markus ist weg, und du bist immer noch hier.«

Das wird mir jetzt zu blöd. Ich muss mich doch wohl an meinem eigenen Geburtstag nicht vor meinen beiden besten Freundinnen verteidigen!

»Du weißt doch gar nicht, was es heißt, für einen Partner auch mal einen Kompromiss einzugehen«, schleudere ich Miriam entgegen. »Bei dir ist doch jede Woche ein anderer angesagt.«

»Ja, weil *ich* es so will. Ich bin damit zufrieden, also ist es gut so. Aber du bist eben nicht glücklich damit, dass du dich ständig für irgendwen verbiegst.«

Langsam werde ich richtig wütend. Was soll das denn hier alles?

Bevor ich Miriam eine gepfefferte Antwort geben kann, schreitet Steffie ein. »Wir meinen es doch nicht böse! Und Kompromisse in einer Beziehung sind richtig und gut, sonst würde es bei Hans und mir auch nicht klappen. Aber du gibst dich einfach immer viel zu sehr auf und vergisst, was du selbst eigentlich willst.« Bei diesen Worten streichelt sie mir wieder sanft über die

Hand. Das reicht. Ich kann nicht mehr. Der Tag war einfach viel zu aufreibend für mich. Erst Markus, mein blöder Geburtstag und dann auch noch dieses bescheuerte Spiel! Ich breche wieder in Tränen aus.

»Ich will doch einfach endlich nur glücklich sein, verdammt!«, schluchze ich. »Mehr will ich doch gar nicht, das kann doch nicht so schwierig sein.«

»Ist es vielleicht auch nicht«, meint Steffie, »aber vielleicht ist es ein Denkfehler, dass ein Mann allein dich glücklich machen kann. Vielleicht liegt dein Glück ganz woanders, und du merkst es nur nicht.«

»Glaubst du?« Ich schnäuze geräuschvoll in ein Taschentuch und komme mir vor wie ein Teenager.

»Da bin ich mir sogar ganz sicher«, sagt Steffie im Brustton der Überzeugung.

Langsam beruhige ich mich. »Könntest du denn trotzdem bitte, bitte noch einmal gucken, ob nicht irgendwo in den Karten ein ganz wunderbarer Kerl für mich liegt?«

Steffie lächelt und dreht noch ein paar Karten um. Dann sieht sie mich bedauernd an. »Im Moment sehe ich keinen, Süße. Aber das Schicksal kann sich von Augenblick zu Augenblick ändern.«

»Scheiß auf das Schicksal«, gebe ich trotzig zurück, »ich hab einfach nur ein schlechtes Karma, das ist alles. Ich werde nie glücklich werden!«

»Ich habe eine Idee«, geht Miriam auf einmal aufgeregt dazwischen. »Wo ist dein Handy?«

»Was hat denn mein Handy damit zu tun?«

»Wir spielen Schicksals-Roulette«, erklärt Miriam.

»Schicksals-Roulette? Was soll denn das bitte sein?«

»Ich hab das neulich mal von einer Freundin erzählt bekommen: Wenn du eine Frage hast, mit der du nicht weiter kommst, stellst du sie einfach dem Universum.«

»Aha, ich rufe also das Universum an. Wie ist die Nummer?« Dieser Geburtstag nimmt langsam, aber sicher etwas *sehr* absurde Züge an.

»Na ja, man fragt nicht wirklich das Universum. Aber irgendwie doch. Du tippst deine Frage als SMS und schickst sie dann an irgendeine ausgedachte Mobilfunknummer und wartest, ob dir jemand antwortet.«

»Das ist doch eine total schwachsinnige Idee«, mischt Steffie sich ein und zeigt Miriam einen Vogel.

»Auch nicht schwachsinniger als Tarot.«

»Also, Tarot ist immerhin ...«

»Hört auf!«, unterbreche ich die beiden, bevor sie sich über Sinn und Unsinn verschiedener Wahrsagerei-Methoden in die Haare kriegen. »Ich probier's einfach mal aus. Kann ja nicht schaden.«

»Eben«, meint Miriam und wirft Steffie einen triumphierenden Blick zu.

»Und was frage ich?«

»Na das, was du *wirklich* wissen willst.«

Hm. Wie formuliere ich es genau? Ich tippe auf meinem Handy herum. *Wo lerne ich den perfekten Mann kennen? Jana,* schreibe ich und halte es dann Steffie und Miriam unter die Nase. »So?«

»Nein«, meint Steffie, »da geht's ja wieder nur um einen bestimmten Mann. Du musst die Frage offener formulieren.«

»Außerdem«, fügt Miriam hinzu, »würde ich nicht meinen Namen schreiben. Du weißt ja nicht, wer die SMS bekommt, halt es lieber anonymer.«

»Anonymer? Ich verschicke meine Handynummer!«

»Ohne das geht's eben nicht. Aber lass doch den Namen weg«, schlägt Miri vor, »schreib einfach nur *Sie*. Das klingt dann auch schön geheimnisvoll.«

Ich weiß nicht, warum ich diesen Unsinn mitmache. Aber ich

mache es trotzdem. Schnell lösche ich die erste Frage und tippe eine neue. *Muss ich mein Leben lang allein bleiben?* Auch Quatsch, da geht's ja wieder nur um Beziehungen. Außerdem ist es mir selbst einem Fremden gegenüber peinlich, so verzweifelt zu klingen. *Werde ich je mit einem Partner auf Weltreise gehen?* Zu unkonkret. Das kann ja schließlich auch im Jahre 2056 sein, wenn ich mit einem rüstigen Rentner und *Rollstuhl-Tours* auf große Fahrt gehe. Gar nicht so einfach, sich eine einzige Frage auszudenken, mit der man alles beantwortet bekommt, was man wissen will.

Dann habe ich auf einmal eine geniale Idee und tippe los.

Er

»Commander Gerion, der Meteorit wird in genau sechzig Sekunden unser Schiff erreicht haben!« In Panik starre ich auf die rot blinkende Kontrollleuchte auf meinem Radar. 59, 58, 57 … Die Gedanken wirbeln durch meinen Kopf. Was kann ich tun? Ich muss die Mannschaft retten, zweihundertfünfzig Männer und Frauen zählen nur auf mich! 46, 45, 44. Unser Schutzschild wurde durch die intergalaktischen Angreifer bereits vor Stunden außer Kraft gesetzt, die Galaxia *steht unter schwerem Beschuss, alle Sicherheitssysteme sind außer Kontrolle. Und dann der Meteorit, der auf unser Raumschiff zurast! 33, 32, 31. Das Adrenalin schießt durch meine Blutbahnen, ich kann mich nur schwer konzentrieren. Denk nach, Gerion, denk nach! Für ein Ausweichmanöver ist es jetzt zu spät, wir befinden uns direkt auf Kollisionskurs. Und selbst wenn wir den Meteoriten abwehren könnten – eine laute Explosion am Bug unseres Schiffes sagt mir, dass die feindlichen Tolerianer soeben die meterdicke Stahlschleuse durchschlagen haben. Sie sind dabei, die* Galaxia *zu entern! 20, 19, 18.*

»Kassiopeia«, wende ich mich verzweifelt an meine erste Offizierin. »Du musst mir helfen! Ich weiß nicht, wie ich das Schiff retten kann.«

Kassiopeia mustert mich durchdringend aus ihren violetten, kalten Augen. 9, 8, 7. Ein zynisches Lächeln tritt auf ihr Gesicht, ihre silberne Haut schimmert rötlich unter den blinkenden Warnlampen, reflektiert von den feinen Fischschuppen, die ihren gesamten schlanken Körper überziehen.

»Gerion«, sagt sie und legt ihre rechte Hand auf meine. Mich durchzuckt es wie ein Stromstoß, so eisig fühlt sie sich an. 6, 5, 4.

»Es gibt nichts, was du noch tun kannst.« Wieder ein kalter Blick.

»Du bringst rein gar nichts zustande.«

3, 2, 1 – kawumm!

Du bringst rein gar nichts zustande. Das hat sie zu mir gesagt. Und dann ist sie gegangen. Einfach so. Und ich saß da. Unfähig, auch nur ein Wort zu sagen, ihr zu widersprechen, sie vielleicht sogar aufzuhalten. Ich glaube, im Grunde war ich fast erleichtert. Erleichtert, dass sie es endlich ausgesprochen hat. Denn dass sie es dachte, ahnte ich schon lange vorher. Na ja, zumindest befürchtete ich es. Gefragt habe ich sie natürlich nicht. Vor einer ehrlichen Antwort hatte ich nämlich eine Scheißangst. Aber jetzt hat sie es endlich ausgesprochen.

Also Erleichterung bei mir. Allerdings hielt die nicht besonders lange an. Schätzungsweise nicht mehr als fünfundvierzig Sekunden. Das reichte ihr aber, um die Tür hinter sich zu schließen und mich zu einem einsamen Idioten zu machen, der sie nicht gebeten hat, zu bleiben. Roland, jetzt ist es also amtlich: Du bist nicht einmal in der Lage, die Frau, die du liebst, anzuflehen, nicht zu gehen. Du schaust einfach zu, wie sie ihre Sachen packt, und rufst ihr sogar noch ein Taxi. Wie nennt man also Typen wie dich? Genau. Verlierer. *V E R L I E R E R.*

In meinem speziellen Fall ist es auch erlaubt, von *DAUER-VERLIERER* zu sprechen. Denn diese Szene hat sich zugegebenermaßen in meiner Wohnung nicht erst einmal abgespielt. Eher vier- bis fünfmal in den letzten zehn Jahren. Und zwar mit erstaunlich identischen Dialogen (wobei sich mein Teil ja eher aufs Schweigen beschränkt, wir sollten also ehrlicherweise von identischen Monologen sprechen). Und das bringt mich zu dem Punkt, der bei dieser Katastrophe eindeutig anders ist als die letzten Male. Diesmal weiß ich: Sie hat recht. Sie hatten alle recht. Ich bin antriebsarm, ich bin feige, ich bescheiße mich seit Jahren selbst, wenn ich mir vormache, kurz vor dem großen Durchbruch als Schriftsteller zu stehen.

Was mir nämlich zu diesem Durchbruch noch eindeutig fehlt, ist ein Buch. Oder ein Manuskript. Oder wenigstens schon ein erstes Kapitel. Aber nichts von alledem ist bisher über das Stadium reiner Einbildung hinausgegangen. Man kann den großen Verlagen also bisher keinen Vorwurf machen, dass sie noch nicht in eine erbarmungslose Bieterschlacht um die Rechte an meinem Werk eingestiegen sind. Von meinem Leben als Schriftsteller existieren genau genommen nur Versatzstücke. Hoffnungsvolle Anfänge aus allen möglichen Genres – nur zu mehr als zwei oder drei zusammenhängenden Seiten habe ich es bisher nicht gebracht. Vielleicht sollte ich mich auf Kurzgeschichten verlegen? Oder auf Romantitel. Darin bin ich nämlich richtig gut, in origineller Titelfindung. Ein Beispiel gefällig? *Das große Grau.* Ist das ein toller Titel, oder was? Nur weiß ich noch nicht so recht, was in diesem Roman passieren soll, von Liebegeschichte über Fantasy bis hin zum Mystery-Thriller ist alles möglich. Aber wenn mir erst einmal der richtige Roman zum Titel einfällt, werde ich damit meinen großen Durchbruch haben. Ingeborg-Bachmann-Preis. Euphorische Kritiker. Ich weiß es genau.

Aber ich schweife ab. Das Thema war ja *Verlierer*. Dazu passt schon eher, dass ich in den letzten Jahren zwar fast jeden Tag mit dem Gedanken an meinen Roman aufgewacht bin – dann aber führte mich der Weg nach dem Zähneputzen nicht geradewegs an die Schreibmaschine, sondern zum Zustellstützpunkt der Post, Filiale Hamburg 20. Selbst mir ist nämlich irgendwann klar geworden, dass ich von der bloßen Überzeugung, Schriftsteller zu sein, meine Miete nicht zahlen kann. Meine Eltern haben es nach achtzehn Semestern Neuere Deutsche Literaturwissenschaft (Hauptfach) und sechzehn Semestern Theaterwissenschaft (Nebenfach) vorgezogen, den Geldhahn zuzudrehen. Bis zu diesem Zeitpunkt habe ich nur als Aushilfe bei der Post gejobbt, doch seitdem klingelt an grausamen sechs Tagen in der Woche der Wecker um fünf Uhr morgens, damit ich es noch rechtzeitig zum Dienstbeginn schaffe. Trotzdem fühle ich mich nicht wie ein Postbote – bisher jedenfalls nicht. Eher wie eine Art Undercoveragent. *Roland Siems, der aufstrebende Literat, macht sich in einem Doppelleben mit dem Alltag der arbeitenden Klasse vertraut.* Recherche also. Ich bin in Wirklichkeit nicht Teil der Belegschaft. Ich beobachte sie nur.

Aber nachdem heute ja mein persönlicher Sein-wir-doch-mal-ehrlich-Tag zu sein scheint, kann ich mir jetzt endlich mal eingestehen, dass ich Briefträger bin und nicht Schriftsteller. Und zwar seit elf Jahren. Ich meine, hey, wer kann schon elf Weihnachtsfeiern inklusive Wichteln, elf Betriebsversammlungen inklusive feuriger Reden des *Verdi*-Vertreters und elf Betriebsausflüge inklusive Verbrüderungssaufen aushalten, ohne sich als Kollege, als Teil des großen Ganzen zu fühlen? Eben. Nur Menschen mit einem Herz aus Stein.

Eine Welle von Selbstmitleid überspült mich. Was hat eigentlich bisher geklappt in meinem Leben? Wenn's nach dem Volksmund geht, sollte ich doch bis zu meinem dreißigsten Geburtstag ein Haus gebaut, einen Baum gepflanzt und einen Sohn gezeugt haben. Meine Bilanz mit dreiunddreißig: kein Haus, kein Baum, von einem Sohn bin ich nach meiner letzten Liebespleite auch wieder meilenweit entfernt. Scheiße, Scheiße, Scheiße.

Außerdem wird mir gerade kalt. Nasskalt, denn der typische Hamburger Nieselregen fängt langsam an, meinen Pullover komplett zu durchfeuchten, während ich ziemlich ziellos durch die Gegend radele. Radfahren ist eigentlich bei diesem Wetter und um diese Uhrzeit eine völlig beknackte Idee, aber zu Hause habe ich es schlicht und ergreifend nicht mehr ausgehalten. Einen kurzen Moment überlege ich, ob ich doch wieder umdrehe und meinen kleinen Ausflug beende, aber allein bei dem Gedanken an meine leere Wohnung wird mir kotzschlecht. Also weiter.

Ich beschließe, Richtung Hafen zu fahren. Wasser hat für mich meistens etwas Tröstliches. Schiffe gucken auch. Als Wegzehrung besorge ich mir an der nächsten Tanke noch eine Flasche Wodka. Jetzt dürfte einem versöhnlichen Ausklang dieses echt beschissenen Tages nichts mehr im Wege stehen.

An den Landungsbrücken angekommen fällt mir allerdings auf, dass die Kombi aus dunkelregengrauem Abendhimmel und dunkelgrauer Elbe erst recht deprimierend aussieht. Kein Schiff weit und breit, nicht einmal die kleinen Shuttleboote, die sonst die Touris zum *König der Löwen* auf die andere Elbseite hinüberschaffen. Das Einzige, was in der Ferne leuchtet, sind die Lichter der Köhlbrandbrücke, die einen riesigen strahlenden Bogen über einen der Elbarme zu schlagen scheint. Wahrscheinlich hat man von dort oben einen fantastischen Blick auf die Stadt, fast wie aus einem Flugzeug. *Hmm.*

Zwanzig Minuten später bin ich am Fuß der Brücke angekommen. Von hier unten sieht sie noch gewaltiger aus als von der anderen Elbseite. Die Idee, dort mit dem Fahrrad hochzufahren, erscheint mir plötzlich unglaublich abwegig. Einerseits. Andererseits …

Ich klettere am Rand der Brüstung hoch und setze mich. Eigentlich kein schlechter Ort, um sich richtig zu betrinken. Gut, das Wetter für mein kleines Picknick könnte besser sein. Aber ich lasse mich davon nicht beirren. Und tatsächlich, nachdem das erste Drittel der Flasche getötet ist, überkommt mich eine große innere Wärme. Leider auch eine große innere Verzweiflung. Ob das am Wodka liegt? Wäre dann ja kein Wunder, dass die Russen alle depressiv sind. Ich jedenfalls muss wieder an Dorothee denken und die Verachtung, mit der sie mich anschaute, als ich – um irgendwie gefasst zu wirken – ein Taxi für sie bestellte.

Du bringst rein gar nichts zustande.

Ob sie das wirklich so gemeint hat? Oder wollte sie mich nur verletzen? Aber warum sollte sie das tun wollen? Doro ist überhaupt nicht der Typ Frau, der zur Bösartigkeit neigt. Eigentlich ist sie eher gutmütig. Warum konnte es diesmal nicht anders laufen?

Seufzend krame ich mein Notizbuch hervor und lese noch einmal den Anfang der Geschichte, zu der Doros Abgang mich inspiriert hat. Gerion und Kassiopeia, was für ein Schwachsinn! Energisch streiche ich die Seiten durch. Das ist so schlecht, dass sich nicht einmal das Abtippen lohnt. Regelrechter Trash, damit werde ich bestimmt keine Kritiker von den Stühlen reißen. So ein Scheiß! Nicht mal ein ordentlicher Liebeskummer hilft mir dabei, mal etwas zustande zu bringen. Womit wir wieder bei Doros Worten wären.

Seufzend stecke ich das Notizbuch weg und setze die Wodkaflasche erneut an. Noch ein großzügiger Schluck. Langsam wird mir schummrig. Ich blicke nach unten und stelle fest, dass es doch ziemlich tief runtergeht. Nur ein Stück weiter nach vorne rutschen, dann wäre ich schon im freien Fall … Eigentlich ein faszinierender Gedanke. Wahrscheinlich wäre von einem Moment zum anderen alles vorbei. *Zack.* Aus. Ich muss an einen Bericht denken, den ich mal über die Golden-Gate-Brücke und ihre Selbstmörder gelesen habe. Wenn die runterspringen, ertrinken sie nicht etwa, sondern werden erschlagen, weil das

Wasser bei einem Aufprall aus dieser Höhe hart ist wie Beton. Ich lehne mich noch weiter vor. Von hier oben sieht der Fluss unter meinen Füßen ganz schwarz aus. Im Film würde jetzt jemand auf den Plan treten, der mich zurückreißen oder auf mich einreden würde, es nicht zu tun. Wahrscheinlich eine junge Schöne, die just in diesem Moment erkannt hat, wie sehr sie mich liebt. Aber hier ist niemand. Nicht mal eine alte Hässliche.

Roland, sei ehrlich mit dir. Du hättest doch gar nicht genug Mumm, um zu springen. Oder doch? Was hält mich jetzt eigentlich davon ab? Ich meine, ich blicke auf eine beschissene, sinnlose erste Lebenshälfte zurück. Warum sollte ich davon ausgehen, dass die zweite in irgendeiner Weise weniger beschissen und sinnlos wird? Und warum sollte ich sie dann unbedingt erleben wollen? Wäre doch keine große Sache: Ein kleines Stückchen vor, und dann ist es einfach vorbei. Kein Selbstmitleid mehr. Keine Träume, die ich mir ja doch nicht erfüllen kann. Keine Frauen, die mich verächtlich mustern und feststellen, dass ich nichts tauge, bevor sie die Tür ins Schloss ziehen. Und wer weiß: Vielleicht würde es Dorothee ja sogar leidtun. Ob sie weinen würde? Bestimmt! Ha, dann hätte ich ihr gezeigt, dass ich eben doch was zustande bringe, und sei es nur ein fulminanter Abgang, der mindestens eine kleine Meldung in der Hamburger Morgenpost nach sich ziehen würde. Wahrscheinlich von einem Praktikanten geschrieben, der sich darüber ärgert, dass er nie an die richtig großen Geschichten kommt. Ja, ja, klingt ziemlich zynisch. Aber wer in meinem Alter noch kein Zyniker ist, muss eben glücklich sein. Oder stumpfsinnig.

Ich rutsche noch ein Stückchen vor, so weit, dass ich fast den Halt verliere und mich mit einer Hand an der Brüstung festhalten muss. Wenn ich doch nur ein fertiges Manuskript im Schreibtisch liegen hätte. Dann wüsste ich wenigstens, dass mein Werk postum ein absoluter Bestseller werden würde. *Roland Siems: Erst nach seinem tragischen Tod fand man sein Erstlingswerk, das auf Anhieb in zweiundzwanzig Ländern auf Platz 1 der Bestsellerlisten stand.*

Etwas umständlich, nämlich mit einer Hand, zünde ich mir eine Zigarette an, berausche mich an dem Nikotin und diesem Gedanken. Kafka wurde auch erst nach seinem Tod bekannt. Er wollte noch nicht einmal, dass seine Werke veröffentlicht wurden, hatte es in seinem Testament ausdrücklich so festgelegt. Ja, ich wäre der neue Kafka. Die Idee gefällt mir. Aber nur so lange, bis mir wieder einfällt, dass ich im Gegensatz zu Kafka noch nicht einmal etwas habe, dessen Veröffentlichung ich per Testament untersagen könnte. Oder gibt es auch für Fragmente eine interessierte Leserschaft? Schubert hatte schließlich auch eine *Unvollendete*. Aber wer sollte sich bei dem Schwachsinn, den ich mir bisher ausgedacht habe, ernsthaft die Mühe machen, weiterzuschreiben? Da hat ja jede Gebrauchsanweisung einen höheren literarischen Gehalt, denke ich bitter.

Mit einem lauten Seufzer schnippe ich die Zigarette weg und sehe ihr nach, bis die Glut weit unten in der tiefen Dunkelheit erlischt. Okay. Was soll's. Meine Träumereien führen am Ende ja doch zu nichts. Ich werde springen. Das ist das Beste, was ich tun kann. Ich hole mit meinen Beinen Schwung, bereit, die Brüstung nun ganz loszulassen. Und denke noch einmal an die Meldung in der Morgenpost. Irgendwo zwischen *Hochwasserwarnung fürs Wochenende* und *Volksbegehren gegen die neue Kita-Card* gequetscht würde es stehen: *Postbote sprang von der Köhlbrandbrücke – Verzögerte Briefzustellung in Uni-Viertel.*

Also los. Auf drei. Eins, zwei …

Piep, piep. Piep, piep.

Meine Jackentasche piept und vibriert. Ausgerechnet jetzt schickt mir jemand eine Kurzmitteilung. Dorothee? Sie liebt mich doch noch! Sie glaubt an mich und will mir beistehen! Es war alles nur ein riesiges Missverständnis! Aufgeregt nestele ich am Klettverschluss meiner Innentasche herum. Ist das meine

Lebensrettung auf hundertsechzig Zeichen? Als ich das Handy in der Hand halte, bin ich so aufgeregt, dass ich beinahe doch noch von der Brücke falle. Ich umkralle die Brüstung fester und ziehe mich wieder ein Stück zurück. Nicht auszudenken, ich würde jetzt in die Tiefe stürzen, ohne zu erfahren, was in der Nachricht steht! Wahrscheinlich würde ich so lange als Geist im Diesseits herumirren, bis ich es endlich herausgefunden hätte.

Als ich auf *Neue Meldung* drücke, merke ich, wie sehr meine Hände zittern. Eine Sekunde später leuchtet die Nachricht auf. Sie … sie ist nicht von Dorothee. Es ist eine vollkommen fremde Mobilnummer. Ich lese die Mitteilung und verstehe kein Wort:

Was kann ich tun, um endlich glücklich zu werden? SIE

2. Kapitel

Sie

Ich versuche, die Karussellfahrt in meinem Kopf zu stoppen. Zwecklos, ich habe offensichtlich eine Dauerrunde gebucht. Es dreht sich und dreht sich und dreht sich – keine Ahnung, wann mir das letzte Mal so schlecht war. Mühsam schiebe ich ein Bein unter der Bettdecke hervor, lasse versuchsweise einen Fuß runterbaumeln und suche festen Halt auf dem Boden. Soll ja helfen, habe ich mal gehört. Es hilft. Aber anders als erwartet: Mir wird schlagartig so übel, dass ich es gerade noch schaffe, aufzuspringen, ins Bad zu rennen und mich in die Toilette zu übergeben.

Immerhin, danach geht es mir ein kleines bisschen besser. Erschöpft kauere ich mich auf dem Badezimmerboden vor der Schüssel zusammen und frage mich, ob ich momentan wohl einen sehr jammervollen Anblick biete. Tue ich wahrscheinlich. Aber es ist ja niemand hier, der es sehen könnte. Ha, ha, was für ein Glück, ich bin *allein!*

Miriam und Steffie haben sich gegen zwei Uhr nachts verzogen, Steffie heim zum Liebsten, Miriam wollte sich Richtung Kiez aufmachen, mal schauen, was noch so geht. Und ich zog es vor, mit mir selbst noch ein paar Mal auf diesen wunderbaren Tag anzustoßen, bevor ich völlig am Ende ins Bett getorkelt bin. Natürlich nicht, ohne einen letzten Blick auf mein Handy zu werfen. Keine neue Nachricht. Nicht mal das Universum kann mir eine Antwort geben. Es schweigt einfach. Toll! Für einen kurzen Moment war ich versucht, einfach mal die Nummer zu wählen, die ich mir für die SMS ausgedacht habe, und dem Universum, oder wer immer sich melden mochte, ordentlich die Meinung zu sagen. Man kann doch auf so eine SMS nicht einfach *nicht* antworten! Aber dann ließ ich es. Weil ich mir nicht sicher war, was mich mehr deprimieren würde: Die Möglichkeit, dass es unter der Nummer gar keinen Anschluss gab. Oder die, dass mich irgendwer fragen würde, ob ich eigentlich noch ganz dicht bin, erst seltsame Nachrichten zu verschicken und dann auch noch mitten in der Nacht lallend anzurufen.

Übrigens, die Frage kann ich beantworten: Nein. Ich bin nicht mehr ganz dicht. Eher ein offenes Schleusentor, wie ich feststellen muss, weil mir schon wieder dicke Tränen über die Wangen kullern. Morgen werde ich in einem völlig desolaten Zustand im Reisebüro auftauchen und mich fragen, ob die Kunden eigentlich meine unanständige Fahne riechen können. Aber Gott sei Dank ist morgen ja Freitag, danach kann ich mich am Wochenende erholen. Ja, an einem weiteren, wunderbaren Single-Wochenende, an dem man gar nicht so recht weiß, was man mit sich anfangen soll. Vielleicht tausche ich einfach den Samstagsdienst mit Miriam, da arbeiten wir normalerweise immer im Wechsel. Aber ich habe ja eh nichts Besseres zu tun, und Miriam dürfte, wie ich sie kenne, spätestens eine halbe Stunde nachdem sie hier abgerauscht ist, wieder irgendeinen Typen aufgegabelt haben, also sollte ich vielleicht für die nächsten fünf Jahre den Samstagsdienst übernehmen. Und können wir nicht auch sonntags das Büro öffnen?

Ich ziehe mich an der Toilette hoch und mache mich auf den Weg zurück in Richtung Schlafzimmer. Mein Blick fällt auf den Wecker neben meinem Bett. Immerhin, vier Stunden Schlaf habe ich noch, das reicht vielleicht einigermaßen zum Ausnüchtern. Mit einem lauten Seufzer lasse ich mich in die Kissen plumpsen –

und merke auf einmal, was nicht stimmt: Ich habe das Bett noch gar nicht neu bezogen! Markus steckt noch in meinen Laken, plötzlich riecht alles nach ihm. Und nach unserem letzten Sex. Wir erinnern uns: Der Abschiedssex, den er sich noch einmal gegönnt hat, bevor er aus meiner Wohnung und meinem Leben geweht ist. Das geht natürlich gar nicht!

Also rappele ich mich wieder hoch und fange an, das Bettzeug abzuziehen. Dauert in meinem Zustand zwar etwas länger, aber nach einem zehnminütigen Kampf habe ich es endlich geschafft. Wohin jetzt damit? In den Wäschemuff im Bad? Ich beschließe, das Bettzeug gleich zu waschen. Diesen Geruch, ach was, diesen Gestank will ich nicht mehr hier haben. Praktischerweise stecke ich noch in meinen Klamotten, die Sache mit dem Ausziehen habe ich vorhin nicht mehr hinbekommen. Also schnappe ich mir das Bettzeug, gehe zur Wohnungstür und schleiche barfuß und auf leisen Sohlen durch den Hausflur Richtung Keller. Hoffentlich hat nicht wieder einer meiner liebreizenden Nachbarn seine Wäsche in der Trommel gelassen, denke ich, als ich die Tür zur Waschküche öffne.

»Oh, hallo!«

Ich blinzle gegen das grelle Licht an, das mich blendet. Nach ein paar Sekunden kann ich erkennen, dass ein Typ in meinem Alter in der Waschküche steht und gerade ein paar Sachen aufhängt. In T-Shirt und Unterhose. Putziger Anblick!

»Äh, hallo«, stottere ich, weil ich überhaupt nicht damit gerechnet habe, um diese Uhrzeit einem Nachbarn zu begegnen. Aber welcher normale Mensch kommt auch auf die Idee, nachts um drei Wäsche zu waschen? Na ja, wenn ich ehrlich bin, wollte ich ja gerade das Gleiche machen, also bin ich genauso unnormal wie der Kerl in Unterhose. So stehen wir etwas ungelenk voreinander herum, er mehr aus- als angezogen, ich mit Fahne, verheultem und vom Kotzen verunstaltetem Gesicht, die Haare wirr und die Klamotten verknittert. Geht's peinlicher?

»Ja … ich, äh …«, stottert der Typ und ist offensichtlich auch ein bisschen überfordert. »Sie wollen auch waschen?«, bringt er dann hervor. Dabei wickelt er sich ein großes, nasses Handtuch um die Hüften, weil ihm wahrscheinlich gerade bewusst wird, dass er mit nackten Beinen vor mir steht.

»Senile Bettflucht«, entfährt es mir, weil mir gerade nichts anderes einfällt. Mein Gegenüber guckt verständnislos, dann fängt er an zu lachen, kommt auf mich zu und streckt mir seine Hand entgegen.

»Ich bin hier gerade erst eingezogen. Ich heiße Felix Jäger und wohne im dritten Stock.« Sein Handtuch fällt runter, er lässt meine Hand los und bückt sich schnell danach.

»Jana Kruse«, erwidere ich und beobachte amüsiert, wie er sich wieder das klatschnasse Textil umwickelt. »Erstes Obergeschoss.«

»Ah, ja«, sagt er und guckt weiter unschlüssig. Dann setzt er zu einer Erklärung an, weil ihm offensichtlich gerade erst bewusst wird, dass sein Aufzug vielleicht ein wenig seltsam wirkt. »Ich, äh, ich wollte nur schnell ein paar Sachen durchwaschen, weil ein Großteil noch in den Kartons steckt und ich morgen früh aber frische …« Wieder stockt er.

»Unterwäsche«, helfe ich ihm auf die Sprünge.

»Genau, Unterwäsche brauche und da, da … da dachte ich …«

»Kein Problem«, beende ich sein Gestotter, »ich wasche auch am liebsten nachts.«

»Ja?«

»Ja«, erwidere ich und weiß danach auch nicht mehr, was ich noch sagen soll. Wieder eine kleine Schweigeminute, in der man nur das Platschen der Wassertropfen hört, die von Felix' Handtuch fallen. »Ja«, meine ich schließlich, »dann werde ich auch mal …« Ich deute auf die offene Waschmaschine.

»Oh, ja, sicher«, antwortet er schnell und macht einen Schritt zur Seite, damit ich an die Trommel kann. Aber dann stürzt er auf einmal wieder blitzschnell auf die Maschine zu. »Das heißt, ich hab noch …« Er beugt sich hinunter und sammelt schnell ein paar Wäschestücke heraus. Obwohl er versucht, es vor mir zu verstecken, kann ich eine Boxershorts mit Bugs Bunny darauf erkennen. Ich gebe mir Mühe, nicht zu kichern. Muss für einen Mann ganz schön erniedrigend sein, beim Waschen seiner Comic-Unterwäsche erwischt zu werden. Kein Wunder, dass er das nachts macht!

»So, dann werd ich Sie mal in Ruhe waschen lassen«, bringt er immer noch stotternd hervor, presst seine restliche nasse Wäsche fest an die Brust, sodass jetzt auch sein T-Shirt durchnässt wird, und tritt, passenderweise im Rückwärtsgang, den Rückzug aus der Waschküche an. »War nett, Sie kennengelernt zu haben!«, ruft er, bevor er in Windeseile aus der Tür stürzt und sie geräuschvoll ins Schloss zieht. Ich stehe noch einen Moment einfach nur so da und grinse in mich hinein. Was für eine absurde Begegnung!

Dann stopfe ich die Wäsche in die Trommel, wähle das längste Programm und drücke auf *Start*. Als die Maschine sich rumpelnd in Gang setzt, merke ich, dass meine Laune sich in den letzten fünf Minuten schlagartig gebessert hat. *Oh nein, Jana, denk erst gar nicht darüber nach! Ja, er war ganz süß und überhaupt – aber du solltest es vielleicht einfach mal ohne Männer versuchen. Wenigstens für eine Weile. Es kann doch nicht sein, dass du bis vor wenigen Minuten noch das heulende Elend warst, und* – zack – *kaum taucht ein niedlicher Typ auf, bist du schon wieder Feuer und Flamme! Benimm dich,* sage ich zu mir selbst, *du bist momentan in tiefer Trauer!* Energisch schalte ich das Licht aus und mache mich wieder auf den Weg in meine Wohnung. Natürlich nicht, ohne noch einmal kurz draußen am Haus auf die Klingelschilder zu gucken. Tatsächlich, auf der dritten Klingel von unten steht ein neuer Name. *Jäger.* Felix Jäger. Wie nett.

Und als hätte das Schicksal mich doch noch lieb, finde ich oben in meiner Wohnung jetzt tatsächlich eine neue Nachricht auf meinem Handy. Von der Nummer, an die ich die SMS geschickt hatte.

Ich weiß es nicht. Aber das frage ich mich auch oft. ER.

Na, immerhin gibt es da draußen jemanden, der in etwa so schlau ist wie ich. Ich denke darüber nach, was ich jetzt zurückschreiben soll. Aber dann beschließe ich, später lieber Miriam zu fragen. Schließlich war es ihre Idee, dann soll sie sich jetzt auch mal was Schlaues ausdenken! Stattdessen beziehe ich mein Bett neu und lasse mich dann in die frischen Laken sinken. Jetzt muss nur noch der Schlaf kommen, dann bin ich mit mir und der Welt wieder einigermaßen im Reinen.

Natürlich kommt der Schlaf nicht. Eine halbe Stunde später muss ich resigniert feststellen, dass ich einfach viel zu

1. betrunken,
2. aufgewühlt *und*
3. übernächtigt

bin, um auch nur an seliges Schlummern zu denken. Dann eben nicht. Entnervt setze ich mich auf. Mir ist nicht mehr übel, immerhin. Aber hier einfach nur so rumsitzen bringt nun auch nichts – sonst fange ich gleich wieder an, mir selbst leidzutun, und das kann ich nun wirklich nicht gebrauchen.

Hmm …

Plötzlich fällt mir etwas ein. Ich fange an, in meiner Nachttischschublade herumzukramen. Nachdem ich diverse Tampons, Kondome, Nasentropfen, Taschentücher, einen Fön *(Da ist das Ding also! Hab ich schon gesucht!)*, Haargummis, eine leere

Dose Cola-Light, zwei Einmalrasierer, klebrige Hustenbonbons *(Igitt!)*, CDs, Taschenbücher, Kugelschreiber, Lippenstifte und Tarotkarten *(Ich besitze Tarotkarten? Seit wann?)* aus dem Weg geräumt habe, finde ich es: das Moleskin, ein kleines Notizbuch, das mir Steffie und Miriam mal vor Jahren zum Geburtstag geschenkt haben. »Das ist das legendäre Notizbuch, das schon Hemingway, Matisse und van Gogh zu schätzen wussten«, haben sie mir damals erklärt, als sie mir mit wichtiger Miene das kleine, in schwarzes Leder geschlagene Büchlein überreichten. »Sie haben es für ihre Aufzeichnungen benutzt, vor allem während ihrer Reisen.« Klar war das wieder eine ihrer zahlreichen Anspielungen auf – richtig! – meine noch ausstehende Weltreise. Und ebenso, wie ich diese Reise bisher vor mir herschiebe, habe ich auch dieses kleine Notizbuch bisher in meinem Nachttisch vergraben. Vielleicht ist jetzt ein guter Moment, um es endlich einzuweihen. Zwar nicht als Reisebegleiter, sondern als normales Tagebuch – irgendwie kann es nicht schaden, die heutigen Ereignisse aufzuschreiben. So etwas habe ich nicht mehr gemacht, seit ich dreizehn war. Aber ich habe das Gefühl, dass es mir vielleicht helfen wird, meine wirren Gedanken zu ordnen. Und außerdem kann ich ja eh nicht schlafen.

Heute hat Markus mich verlassen, schreibe ich hinein, *nachdem er noch einmal mit mir geschlafen hat. Ach ja, und außerdem ist auch noch mein 35. Geburtstag!* Ich halte inne und lese die zwei Sätze. Klingt wirklich zu unglaublich, um wahr zu sein.

Wenn ich es in ein paar Jahren lese, kann ich bestimmt darüber lachen. Hoffentlich jedenfalls, momentan spüre ich schon wieder diesen Kloß im Hals. Schnell schreibe ich auf, was sonst noch so passiert ist, bevor ich wieder anfange, zu heulen: Die Tarot-Geschichte, das SMS-Orakel und schließlich die Begegnung mit meinem neuen und sehr niedlichen Nachbarn Felix. Am Ende notiere ich dann noch, was ER mir zurückgeschrieben hat: *»Ich weiß es nicht. Aber das frage ich mich auch oft. ER.«* Und darunter setze ich ein zweimal unterstrichenes *To be continued.*

»Gibt es denn keine günstigere Alternative?«

Seit geschlagenen zwei Stunden sitzt ein junges Pärchen vor mir auf der Suche nach einem dreiwöchigen *All-inclusive*-Urlaub für maximal zweihundertfünfzig Euro. In der Karibik und für beide zusammen, versteht sich. Allein, wenn ich mal kurz meine Provision im Kopf überschlage, müsste ich die beiden sofort aus dem Büro jagen – aber leider sind Miriam und ich auf jeden Kunden angewiesen. Auch auf schlechte. Beziehungsweise auf gar keine, denn nach einer weiteren halben Stunde, in der ich dem jungen Paar erkläre, dass es für den Preis höchstens eine Woche Seniorenbusreise in den Schwarzwald gibt, verlassen die beiden mit einem schnippischen »Dann müssen wir uns halt woanders erkundigen« das Reisebüro. Macht mal, meinen Segen habt ihr.

So nett es auch ist, dass Miriam und ich unser Reisebüro im Uni-Viertel haben, der Nachteil liegt auf der Hand: Neunzig Prozent unserer Klientel sind – richtig! – Studenten, die es schon für puren Luxus halten, wenn sie ein Zimmer mit eigenem Bad buchen. Die meisten wollen eigentlich immer nur einen Flug und machen sich dann mit dem Rucksack auf Entdeckungsreise, an der ich nichts, aber auch wirklich gar nichts verdiene. Und die Gewinnmarge bei verkauften Flügen ist so gering, dass Miriam und ich uns wirklich etwas überlegen müssten, um den Laden mal ordentlich in Schwung zu bringen. Nur: Was?

Es ist schon weit nach Mittag, ich grübele angestrengt darüber nach, wie es mit dem Reisebüro weitergehen könnte, als meine Mitstreiterin endlich auch auftaucht. Noch immer in den gleichen Klamotten, die sie gestern trug, wird sie von einem schnittigen Sportwagen abgesetzt. Den Mann dazu kann ich nicht sehen, aber ich wette, er sieht mal wieder wahnsinnig gut aus. Wie macht sie das nur immer? Ich bin sicher, der Kerl hat ihr erst die gesamte Clubnacht finanziert, sie dann göttlich gevögelt und macht ihr spätestens heute Abend einen Heiratsantrag, den sie lachend ablehnen wird. Den ersten und einzigen Antrag, den ich mal bekommen habe, gab's mit fünf Jahren im Kindergarten von meinem Sandkastenfreund Rüdiger. Und das nur, weil er es in Wahrheit auf meine Freundin Sabine abgesehen hatte, die ihn aber nicht wollte. Eifersuchtsstrategie und so, ja, ja, dafür war ich schon damals gerade gut genug.

»Guten Morgen!«, trällert Miriam, als sie ins Büro geweht kommt und sich schwungvoll auf den Stuhl hinter ihrem Schreibtisch fallen lässt. »Hab ich was verpasst?«

Ich nicke. »Drei Fernreisen nach Thailand, fünf Kreuzfahrten und vier Shopping-Trips nach New York.«

»Echt?« Miriam guckt mich fassungslos an.

»Nein«, muss ich sie enttäuschen, »aber immerhin eine Zugfahrt von Hamburg nach Kassel. One-Way.«

»Oh.«

»Mit ICE-Zuschlag«, füge ich hinzu und grinse etwas hilflos.

»Na, da ist doch die Miete für die nächsten drei Monate drin«, stellt Miriam etwas sarkastisch fest.

»He! Immerhin bin ich seit heute früh hier, während du dir mit ... mit ...«

»Marius«, wirft Miriam ein, und ein verträumter Ausdruck tritt auf ihr Gesicht.

»Genau, während du mit Marius ... ach, so genau will ich das gar nicht wissen, was ihr gemacht habt!«

»Sicher?«

»Ganz sicher.«

»Absolut sicher?«

»Absoluter geht's gar nicht.«

»Schade.« Wieder ein verträumter Seufzer. »Du verpasst was.«

»Manche Dinge will man nicht erzählt bekommen, man will sie erleben. Darauf reitet ihr doch immer rum.«

»Rumreiten?«

»Na, euer Vergleich mit dem Reisen. Und dass Katalog gucken nicht das Gleiche ist wie selbst fahren.«

»Häh?«

Mein Gott, die Frau hat wirklich kein Gedächtnis, erst gestern Abend haben wir doch darüber geredet! Offensichtlich hat dieser Marius ihr das Gehirn rausgepoppt.

»Du erinnerst dich: Die Sache mit dem Kochen?« Noch immer guckt sie verständnislos.

»Wenn du mir von deinen amourösen Abenteuern erzählst«, mache ich einen neuen Versuch, es ihr zu erklären, »ist das so, wie wenn du mir von einem leckeren Drei-Gänge-Menü vorschwärmst, während mir bei Knäckebrot und Selleriestangen das Wasser im Mund zusammenläuft.«

»Apropos Sellerie ...«, sie macht eine künstliche Pause, »ich meine, Sellerie*stange* ...«

»Halt den Mund, *ich will es nicht hören!*«

»Na gut«, erwidert sie schnippisch. Manchmal glaube ich, sie hat an ihren Liebschaften selbst nicht halb so viel Spaß wie daran, sie hinterher zu erzählen. Pech für sie, ich bin nicht in der Stimmung, mir Männergeschichten anzuhören. Dabei fällt mir ein, dass ich selbst doch tatsächlich gerade mal eine zu erzählen habe. Also, eine Männergeschichte. Genau genommen sogar zwei! Wie konnte mir das entfallen?

»Du«, fange ich an, »bei mir ist gestern Nacht auch noch was Tolles passiert.«

Miriam lässt vor Schreck fast den Becher Kaffee, den sie sich eingeschenkt hat, fallen. *»Dir?«*

Danke, dass du mir und meinem Leben so viel zutraust, Miriam! »Ja, *mir!*«

»Was denn?«, fragt sie erstaunt. »Ich dachte, du wolltest schnurstracks ins Bett gehen.«

»Bin ich auch. Aber dann bin ich doch noch mal aufgestanden«, berichte ich und mache eine spannungssteigernde Pause.

»Und? Jetzt erzähl schon!«

»Punkt eins: Ich habe eine SMS bekommen. Punkt zwei: In der Waschküche habe ich meinen halb nackten neuen Nachbarn getroffen.« Ach, Mist, es lag mir noch nie, Ereignisse künstlich in die Länge zu ziehen. Das war jetzt viel zu unspektakulär erzählt!

»Wer war der nackte Kerl? Und vor allem: *Wie* war er?« Klar, dass Miriam sich zuerst für die nackten Tatsachen und nicht für die SMS interessiert. Dabei war es ihre Idee!

»Irgendwie süß«, antworte ich und versuche, mir sein Bild zurück ins Gedächtnis zu rufen. Ja, tatsächlich, süß war er. »Rötlicher Lockenschopf, Sommersprossen, über einsachtzig und schätzungsweise ein paar Jahre jünger als ich. Ist gerade eingezogen. Ich hab ihn beim nächtlichen Wäschewaschen überrascht.«

»Und dann hast du ihn mit in deine Wohnung genommen«, mutmaßt Miriam.

»Quatsch, was denkst du denn von mir?«

»Nichts Schlechteres als von mir. Und wenn er süß war …«

»Also, ich bin frisch verlassen, wenn ich mal daran erinnern darf.«

»Ein einsachtzig großes Trostpflaster ist dann genau das Richtige, glaub mir.«

»Du weißt doch gar nicht, wovon du redest. *Dich* hat ja noch niemand verlassen.«

»Stimmt«, gibt sie mir recht und nippt an ihrem Kaffee, »weil ich den meisten überhaupt keine Zeit gebe, um das zu tun. Mal abgesehen von *The Unspeakable* – aber davon müssen wir ja jetzt nicht reden. Der wird dafür noch in der Hölle schmoren. Wahrscheinlich tut er es sogar schon.«

Mein Gott, wenn jeder Mann, der mich verlassen hat, dafür in der Hölle schmoren müsste, würde es da ziemlich bald ein echtes Platzproblem geben! »Und was ist mit diesem Marius?«, will ich wissen, um auf ein anderes Thema zu kommen.

»Mit wem?« Sie guckt mich erstaunt an. Herrje, ich bin so froh, dass ich kein Kerl bin und somit niemals in die Fänge meiner liebreizenden Geschäftspartnerin geraten kann. Casanova war ein Waisenknabe gegen die!

»Vergiss es.«

»Schon vergessen. Erzähl mal lieber, was mit der SMS ist!« Ich hole mein Handy aus der Tasche und zeige Miriam die Kurzmitteilung.

»Immerhin«, stellt sie anerkennend fest, »ein Mann. Das macht zwei in nur einer Nacht, das schaff ja selbst ich kaum.«

»Haha!«

»Und was hast du zurückgeschrieben?«

»Bisher noch nichts. Ich wollte noch auf einen Musenkuss von dir warten.« Sofort ist Miriam mit Feuereifer bei der Sache, Männer sind und bleiben eben einfach ihr Lieblingsthema.

»Wichtig ist«, überlegt sie laut, »dass du etwas schreibst, was ihn dazu animiert, sich wieder zu melden. Also etwas, das ihn reizt.«

»Aha.«

»Ja, so was wie … du weißt doch, wie man Männer dazu bringt, sich wieder bei einem zu melden.«

Ich glotze sie groß an.

»Na ja, so was in der Art wie: Sitze gerade vollkommen nackt in der Badewanne, und niemand ist da, um mir den Rücken einzuschäumen.«

»Das ist ja schade«, sagt eine dunkle Stimme.

Miriam und ich fahren wie vom Blitz getroffen herum. Während wir mit der SMS beschäftigt waren, ist unbemerkt ein Mann in den Laden gekommen. Zum Glück nur der Postbote. Der steht jetzt vor uns, mustert Miriam amüsiert und wirft uns dann mit lässiger Geste ein paar Umschläge auf den Tisch.

»Würden Sie sich denn anbieten?«, will Miriam wissen und beugt sich lasziv über den Tisch, sodass er einen großzügigen Blick in ihr Dekolleté erhält. Wie peinlich, jetzt baggert sie auch noch unseren Briefträger an! Der verliert sofort sämtliche Lässigkeit und verabschiedet sich mit einem eiligen »Bis morgen dann!«. Schwups, ist er schon wieder aus der Tür.

»Ja, ja«, sinniert Miriam und greift sich den Briefstapel, »so sind die Kerle. Wenn's ernst wird, verpissen sie sich.« Gedankenverloren sortiert sie die Post. »Rechnung, Rechnung, Rechnung … oh, Postkarte, für dich.« Sie drückt mir die Karte aus der Karibik in die Hand. Ich werfe einen Blick darauf – sie kommt von dem jungen Pärchen, das vor zwei Monaten seine Hochzeitsreise bei uns gebucht hat. Insel-Hopping, ich hätte sie vor Neid erschlagen können! Aber immerhin hat sich diese Reise tatsächlich mal finanziell für Miriam und mich gelohnt, außerdem mag ich die bunten Postkarten aus der Karibik. Seit Eröffnung des Reisebüros habe ich es mir zur Angewohnheit gemacht, alle Kunden darum zu bitten, mir Karten aus ihrem Urlaub zu schicken. Zusammen mit den Karten, die ich von meinen Eltern bekomme, gehen hier jede Woche etwa vier bis fünf davon ein. Und das ist fast so gut wie selbst wegfahren.

Na ja, wirklich nur fast.

Seufzend stecke ich die Karte an die große Pinnwand hinter meinem Schreibtisch zwischen die anderen Postkarten aus Ländern, die ich so gern selbst einmal erkunden würde.

»Jedenfalls«, komme ich wieder aufs Ursprungsthema zurück, »werde ich so etwas Schwachsinniges wie mit der Badewanne sicher nicht schreiben. Hast ja gesehen, wie schnell wir damit unseren Briefträger los waren.«

»Du musst es wissen«, gibt Miriam schmollend zurück, »aber

wundere dich nicht, wenn du von dem Typen dann nichts mehr hörst.«

Frechheit! Ich werde ja wohl noch eine Kurzmitteilung verfassen können, auf die sich jemand dann wieder meldet!

Er

Eine rothaarige, unglaublich schöne Frau winkt mir aus der Dunkelheit zu. Sie scheint mir etwas sagen zu wollen, aber ich kann sie nicht verstehen. Immer wieder formen ihre Lippen einen Satz, hören kann ich aber nur ein Rauschen. Wer bist du? Was willst du von mir? Jetzt wird das Rauschen schwächer und ich höre sie: *Was kann ich tun, um endlich glücklich zu werden? Was kann ich tun, um endlich glücklich zu werden? Was kann ich …*

Ich will antworten, kann aber meine Lippen nicht bewegen. Auch meine Zunge ist wie gelähmt, ich bringe nur ein heiseres Krächzen zustande. Die Schönheit kommt näher, nimmt meine Hand und zieht mich dichter an sich heran. Jetzt erst erkenne ich, dass Dorothee vor mir steht. Wieso sieht sie so anders aus? Das Rauschen wird wieder lauter. Dorothee flüstert mir etwas zu, aber ich kann sie nicht mehr hören. Das Rauschen ist mittlerweile einem grellen Pfeifen gewichen, immer lauter und lauter, unerträglich, ich will mir die Ohren zuhalten, aber es ist zwecklos …

IIIEEEP, IIIEEEP, IIIEEP.

Ich schrecke hoch. Scheiße, schon fünf Uhr? Das Geräusch ist jedenfalls zweifelsohne mein Wecker, der mit jeder Sekunde, die man ihn ignoriert, lauter wird. Das kann ja mal wieder ein Tag werden heute! Mir dröhnt der Schädel, als hätte man mich zwischen die Achsen eines Dreißigtonners geschraubt, der nun bei voller Fahrt übers Kopfsteinpflaster brettert. *Autsch!* Die Zeiten, in denen ich mich nach dem Genuss einer Flasche Wodka morgens fröhlich aus den Federn schwingen konnte, sind wohl vorbei. Ich überlege ernsthaft, ob ich mich nicht krankmelden soll. Es wäre echt nicht gelogen. Je länger ich darüber nachdenke, desto besser finde ich die Idee. War sowieso schon lange nicht mehr krank und bin noch so fertig, dass auch ein sehr, sehr starker Kaffee und eine schöne Dusche mich heute nicht mehr auf die Spur bringen. Also schnell auf der Arbeit anrufen und dann ebenso schnell wieder in mein geliebtes Bett!

Ächzend quäle ich mich aus den Federn, um im düsteren Zimmer nach meinem Telefon zu suchen. Wo habe ich das bloß wieder hingelegt? Leider finde ich meine Brille auch nicht, was meine Erfolgsaussichten hinsichtlich des Telefons deutlich mindert. Mit minus sieben Dioptrien im Dunkeln – kein Spaß. Schließlich fällt mir immerhin mein Handy in die Finger. Auch gut, Hauptsache, ich kann gleich wieder schlafen.

Als das Display beim ersten Tastendruck anfängt, zu leuchten, sehe ich es. *03:02*, zwei Minuten nach drei. Das darf doch wohl nicht wahr sein. Dreck! Bin ich etwa zwei Stunden zu früh aufgestanden? Aber warum hat dann mein Wecker geklingelt? Oder spinnt mein Handy? Ich stolpere weiter Richtung Küche – da hängt schließlich auch noch eine Uhr. Tatsächlich, es ist erst kurz nach drei Uhr. Genervt wanke ich in Richtung Bett zurück. Um diese Uhrzeit erreiche ich bei der Zustellung sowieso noch niemanden, also muss ich mir noch einmal den Wecker stellen. Oder besser noch das Handy, denn mein Wecker scheint ja irgendeinen Defekt zu haben.

Während ich im Menü die Weckfunktion suche, bleibe ich bei den Mitteilungen hängen. Wie lautete noch diese seltsame SMS? Ich klicke sie kurz an. *Was kann ich tun, um endlich glücklich zu werden? SIE.* Hm. Wer schickt mir bloß eine dermaßen kryptische Kurzmitteilung? Ich meine, ausgerechnet mir. Als ob ich mich das nicht selbst schon oft genug gefragt hätte. Falls die Absenderin darauf also ernsthaft eine Antwort erwartet, ist sie eindeutig an den Falschen geraten. Wobei – antworten könnte ich ja. Quasi aus Solidarität. So von Planlosem zu Planloser. Bei dem Gedanken daran beginne ich unwillkürlich zu grinsen.

Also: Antworten? *Jup!*

Ich weiß es nicht, aber das frage ich mich auch oft. ER.

Na ja, ich gebe zu, literarisch gesehen nicht der große Wurf. Aber immerhin ist es drei Uhr nachts, und es ist eindeutig eine Antwort. *Kurzmitteilung senden.* Ab geht die Post. Und ich wieder ins Bett.

Zwei Stunden später beschließe ich, doch nicht blauzumachen, sondern mich dem Dienst an Volk und Vaterland zu stellen. Sobald ich meine Schicht runtergerissen habe, kann ich mich ja wieder ins Bett verziehen.

Bevor ich unter die Dusche taumle, werfe ich noch einen Blick auf mein Handy. Hat SIE vielleicht schon etwas geschrieben? Gebe zu, dass ich ein wenig gespannt bin. Aber leider Fehlanzeige. Eigentlich kein Wunder. Wahrscheinlich schläft sie noch, die wenigsten Menschen müssen schließlich so früh aus den Federn wie ich. Bleibt mir wenigstens ein bisschen Spannung erhalten. Vielleicht meldet sie sich ja auch gar nicht mehr. Vielleicht war ihre SMS nicht für mich bestimmt, und sie fragt sich jetzt, welcher Honk da was von ihr will. Vielleicht, vielleicht nicht … ich werd's ja sehen.

Oder aber – plötzlich kommt mir ein Gedanke – die Nachricht ist in Wahrheit von Dorothee! Sie will mir damit quasi eine geheime Botschaft zukommen lassen. Ihre Verzweiflung zum Ausdruck bringen, dass sie selbst mit der Situation auch nicht glücklich ist. Eine Art Zeichen.

Quatsch, Siems! Ich verwerfe den Gedanken wieder, da geht mal wieder meine schriftstellerische Fantasie mit mir durch. *Warum sollte Doro sich eine andere Handynummer besorgen und dir dann Nachrichten schicken? Wir sind doch keine Teenager mehr, sie jedenfalls nicht, und was mich betrifft: Zumindest biologisch gesehen bin ich erwachsen, emotional ist ein anderes Thema. Egal, das alles würde überhaupt keinen Sinn ergeben.* Trotzdem: Für einen kurzen Moment fand ich die Vorstellung ganz reizvoll. Und spannend ist es trotzdem, wer mir die Nachricht geschickt hat.

Als ich kurz nach sechs zu meinem Zustelltisch schleiche, bereue ich meinen heldenhaften Entschluss und hoffe, dass ich nicht so aussehe, wie ich mich fühle. Allerdings nur für knapp dreieinhalb Sekunden. So lange dauert es nämlich, bis mein liebster Kollege Bernd mir mit wahrer Brachialgewalt von hinten auf die Schulter schlägt und so laut, dass es nun wirklich der ganze Saal mitkriegt, brüllt: »Mann, siehst du scheiße aus. War wohl ’ne heiße Nacht, woll?«

Na klasse. Auf einen Schlag mustern mich ungefähr fünfzehn neugierige Augenpaare, ein zustimmendes Gemurmel beginnt. Gut, vielleicht hätte ich mich rasieren sollen, aber dazu war ich nun wirklich nicht mehr in der Lage. Leicht genervt raunze ich zurück: »Ich habe einfach schlecht geschlafen. Aber wenn man mit der Gewissheit ins Bett geht, hier morgens gleich auf Typen wie dich zu treffen, ist das ja auch kein Wunder.«

»Also hör mal, was ist denn mit dir los?« Bernd schnaubt beleidigt. »Werd doch wohl mal ’nen kleinen Scherz machen dürfen! Seit wann biste denn so dünnhäutig?«

Ich zucke mit den Schultern. Eigentlich hat er ja recht. »Tut mir leid, war nicht so gemeint. Es geht mir momentan nicht so dolle.«

»Hab schon gehört, dass Doro sich getrennt hat.« Wo hat er das denn schon gehört? Ist aber eigentlich auch egal, irgendwann wird sich das eh wieder rumgesprochen haben. »Liebeskummer?«, will er wissen, und sein mitfühlender Tonfall rührt mich auf einmal regelrecht.

»Ja, kann wohl sein. Ich weiß auch nicht.«

Schon wieder klopft Bernd auf meine Schulter, diesmal aber fast zärtlich. »Na, Alter, das wird schon wieder. Vielleicht überlegt sie es sich ja noch mal. Und ansonsten war sie sowieso nicht die Frau fürs Leben.«

Bernds trivialpsychologische Weisheiten erschüttern mich immer wieder aufs Neue. Ansonsten ist er ein netter Kerl, wie fast alle meine Kollegen. Die meisten kenne ich schon, seit ich vor elf Jahren als studentische Hilfskraft das erste Mal über die Schwelle des Zustellstützpunktes stolperte. Natürlich noch in der Annahme, der Post spätestens nach drei Monaten mit prall gefüllten Taschen wieder den Rücken zu kehren. Wie hätte ich auch ahnen können, dass mir eine Karriere von der Sortieraushilfe über den Aushilfszusteller bis zur versierten Stammkraft mit festem Zustellbezirk vorbestimmt war?

Gedankenverloren greife ich mir einen Stapel Briefe aus dem Regal. Eigentlich hätte ich damals schon ahnen können, dass mir der nötige Biss für meinen großen Traum fehlt. Ich meine, als Student hatte ich noch jede Menge Zeit, auch nebenbei etwas zu schreiben. Aber es war genauso wie heute – über zwei, drei Seiten kam ich nie hinaus. Für die Teilnahme am Kurzgeschichtenwettbewerb einer Tageszeitung hatte ich zwar die tollsten Ideen, aber geworden ist daraus nichts. Natürlich auch nicht in den Jahren danach, in denen der Wettbewerb regelmäßig stattfand. Aber, wie gesagt, die Kollegen sind nett, die Arbeitszeit ist geregelt, die Kohle auch – wahrscheinlich ginge es mir deutlich besser, wenn ich diesen Traum einfach mal abhaken könnte. Ob sich andere Menschen auch so quälen? Wahrscheinlich nicht, die leben einfach und sind zufrieden mit sich und der Welt. Obwohl: Ein paar anders Gestrickte scheint es außer mir ja doch noch zu geben. *Was kann ich tun, um endlich glücklich zu werden?* Die Frage aller Fragen. Ob SIE eigentlich schon auf meine SMS geantwortet hat? Ein kurzer Blick auf mein Handy: Fehlanzeige. Schade.

Irgendwie dauert es heute ewig, bis ich meine Tour durchsortiert habe. Ich bin offensichtlich nicht bei der Sache, muss immer wieder von vorne anfangen. Also: Bieberstraße hab ich. Na ja, die ist ja auch höchstens hundert Meter lang. Kommt noch die Schlüterstraße, und das war's auch schon an »normaler« Postbotenarbeit. Die restliche Zeit verbringe ich nämlich damit, die Universität und ihre zahllosen Institute zu verarzten. Mit einer Fahrradtasche ist es dann auch nicht getan, da kommt die Post gleich säckeweise. Hat für mich den Vorteil, dass ich den Großteil der Zeit mit einem gelben VW-Bus unterwegs bin – und bei echtem Schietwetter, das hier in Hamburg gelegentlich vorkommt, von allen anderen Zustellern glühend beneidet werde. Aufs Fahrrad steige ich nur für »meine« beiden Straßen. Die restliche Zeit bleibt das Radl im Bus.

Als ich meine gesamte Tour durchsortiert und alle Postsäcke plus Fahrrad im Wagen verstaut habe, werfe ich noch einen kurzen Blick auf mein Handy. Schließlich ist es schon halb zehn, da könnte SIE doch eigentlich wach sein und mal was Originelles antworten. Aber entweder sie ist eine Langschläferin oder sie fand meine Antwort nicht überzeugend: Gemeldet hat sie sich jedenfalls nicht. Okay, gibt also keinen Grund, die Arbeit noch länger rauszuzögern. Zumal ich das Gefühl habe, heute mit Sicherheit keine Bestzeiten einfahren zu können …

Keine zehn Minuten später ist klar, dass ich zum einen mit meiner Vermutung über Bestzeiten völlig richtig lag, zum anderen heute definitiv nicht mein Tag ist: In dem Moment, in dem ich unter der Hochbahnbrücke Isestraße hindurchfahren will, gibt es auf einmal einen dumpfen Knall. Ich habe das Gefühl, dass mein Postbus extreme Schlagseite nach links bekommt; obwohl ich Gas gebe, tut sich erst einmal nichts. Scheiße, was ist denn jetzt schon wieder los? Genervt schalte ich den Motor aus und springe raus. Ein Achsbruch. Das gibt's doch gar nicht! Da kann man mal sehen, mit was für einer alten Möhre die mich losschicken! Und ausgerechnet hier muss das Ding zusammenbrechen – am Freitag! Es könnte keinen ungünstigeren Platz geben. Freitags findet unter dieser Brücke einer der größten Hamburger Wochenmärkte statt, der Isemarkt. Schön anzusehen – und immer brechend voll. Fußgänger schieben sich rechts und links an meinem Bus vorbei, einige werfen mir bereits missbilligende Blicke zu. Als ob ich hier freiwillig eine Kaffeepause einlegen würde! Schon hat sich ein Trupp neugieriger Marktbesucher um mich geschart.

»Sie stehen hier aber ganz schlecht, da kommt man mit seinem Kinderwagen ja kaum vorbei«, pflaumt mich eine junge Frau an. Hat sich heute alles gegen mich verschworen? Während ich noch über eine möglichst patzige Antwort nachdenke, tippt mir jemand von hinten auf die Schulter: »Brauchst du Hilfe?«

Es reißt mich förmlich herum. Dorothee!

»Richard!«

Madeleines rotblonde Haare wehen im Wind, als sie auf ihrem Schimmel auf mich zugaloppiert kommt. Sie sieht noch viel schöner aus, als ich sie in Erinnerung hatte: Ihr langes, grünes Kleid umschmeichelt ihre zierliche Gestalt, ihre zarten, weißen Hände umklammern die Zügel. »Richard!«, ruft sie wieder, kommt atemlos vor mir zum Stehen und schwingt sich mit einem eleganten Satz aus dem Sattel. Schluchzend wirft sie sich in meine Arme und umklammert mich, als wäre es das letzte Mal.

»Ach, Richard«, bringt sie stockend hervor, »es war alles ein riesiger Fehler. Ich habe dich doch immer geliebt!«

Vorsichtig, aber bestimmt, schiebe ich sie von mir, blicke ihr direkt in ihre großen, blauen Augen.

»Madeleine«, beginne ich und merke, dass meine Stimme mehr wie ein heiseres Krächzen klingt. »Du hast dich entschieden. Es gibt kein Zurück mehr. Dein Platz ist an der Seite von Captain Monterail.«

»Aber Richard!« Ihre Stimme droht an ihren Tränen zu ersticken. »Es kann doch nicht sein, dass du nichts mehr für mich empfindest! Du hast mich doch geliebt! Komm«, sie nimmt meine Hand und will mich wieder an sich ziehen. »Noch ist es für uns nicht zu spät!«

»Doch.« Mit einer energischen Bewegung schüttele ich ihre Hand ab. »Das ist es. Du hast sie verraten – unsere Liebe!« Mit diesen Worten drehe ich mich um, gehe zu Silver, meinem treuen Gefährten auf vier Beinen, und schwinge mich in den Sattel. Bevor ich ihm die Sporen gebe, drehe ich mich noch einmal zu Madeleine um. Es zerreißt mir das Herz, sie so zu sehen: verzweifelt, weinend, so schutzbedürftig und zart wie ein kleines Mädchen – aber mein Entschluss steht fest. Unsere Liebe ist verloren. Entschlossen gebe ich Silver eine Parade, Sekunden später galoppiere ich Richtung Sonnenuntergang davon, in eine ungewisse Zukunft, in der ich mein Leben in den Dienst des Landes stellen werde. Für mich selbst gibt es keine Hoffnung mehr, aber für den Süden, meinen geliebten Süden, den ich gegen die verhassten Yankees verteidigen werde. Auch, wenn es für mich den sicheren Tod bedeutet. Ich bin schon so lange tot. In dem Moment, in dem ich Madeleine an Captain Monterail verloren habe, bin ich gestorben …

Ich kann nicht glauben, Dorothee hier zu sehen, obwohl es genau genommen natürlich gar nicht so abwegig ist. Schließlich wohnt sie um die Ecke und hat schon immer gern auf diesem Markt eingekauft. Sie sieht gut aus – die rotblonden Haare lässig hochgesteckt, ihre langen Beine in einer Jeans, die knackig, aber nicht billig aussieht und ausgerechnet in einem T-Shirt, das wir in einem gemeinsamen Urlaub gekauft haben. Es tut mir weh, sie so zu sehen. Wenn ich ehrlich bin, könnte sie doch wenigstens ein bisschen leidend aussehen. Vielleicht nicht gleich so fertig wie ich, aber doch wenigstens ein bisschen! Außerdem muss ich mir eingestehen, dass ich sie am liebsten sofort in meine Arme schließen würde, so, als wäre sie nie aus meiner Wohnung verschwunden und die Trennung nur ein böser Traum. Sieht so aus, als hätte ich so gar nichts von dem harten Kerl Richard. Ich würde Doro, ehrlich gesagt, lieber heute als morgen zurücknehmen, völlig egal, ob sie was mit einem Monterail gehabt hätte oder nicht. Tja, so bin ich. Charakterschwach. Aber hier gibt es ja auch kein geliebtes Vaterland, für das ich mich stattdessen aufreiben könnte. Offensichtlich starre ich Doro gerade an, als hätte ich eine Erscheinung, jedenfalls zupft sie mich sanft am Ärmel und wiederholt ihre Frage: »Ist dir etwas passiert? Hattest du einen Unfall?«

Ich schlucke trocken, mein Hals ist wie zugeschnürt. »Ein Achsbruch, schätze ich. Werd mal im Stützpunkt anrufen. Ich brauche wohl einen Abschlepper und ein Ersatzfahrzeug.«

»Also, dann …« Doro guckt mich ratlos an, ihr scheint dazu auch nichts einzufallen.

»Ja«, stimme ich ihr zu und glotze wahrscheinlich immer noch blöde.

»Ich mache mich mal wieder auf den Weg«, beendet sie diese mehr als unergiebige Unterhaltung. »Pass auf dich auf.«

Während sie ihren Einkaufskorb auf dem Gepäckträger ihres Fahrrads verstaut, denke ich krampfhaft darüber nach, wie ich sie irgendwie aufhalten kann, aber die Situation ist für den Beginn eines ernsthaften, alles klärenden Beziehungsgesprächs denkbar ungünstig. Bevor ich auch nur den Hauch einer intelligenten Idee habe, hat sich Doro schon auf ihr Fahrrad geschwungen und will losradeln.

Mann, Roland, jetzt mach doch endlich mal irgendwas! Du musst die Gelegenheit nutzen, sonst ist sie wieder weg!, schießt es mir durch den Kopf. Ich mache einen Satz zu ihrem Fahrrad und halte den Lenker fest. Doro schaut mich völlig perplex an.

Okay, Siems, jetzt oder nie!

»Dorothee, du kannst nicht einfach mal schnell feststellen, dass ich ein Versager bin, und dich dann so rausschleichen.« Schnell rede ich weiter, damit sie mich nicht unterbrechen kann. »Ich habe nachgedacht. Du hast bestimmt in ein paar Punkten recht, aber ich finde, ich habe zumindest eine Chance verdient.«

Dorothee mustert mich, als ob ich völlig übergeschnappt sei.

»Wozu willst du eine Chance? Du nutzt sie ja doch nicht.« Sie schiebt meine Hand vom Lenkrad, wendet und radelt los, ohne sich noch einmal umzudrehen.

»Weil ich dich liebe!«, schreie ich ihr meine verzweifelte Antwort hinterher, ehe ich überhaupt weiß, wo die Worte auf einmal herkommen. Wow – ich glaub's selbst nicht. Habe ich das jetzt wirklich getan? Nicht schlecht, vielleicht wird doch noch ein Kämpfer aus mir.

Ich bin natürlich nicht der Einzige, den mein emotionaler Ausbruch überrascht hat. Als ich zu meinem Bus zurückgehe, muss ich mir regelrecht einen Weg durch eine Gruppe älterer Damen bahnen, die das Geschehen interessiert beobachtet haben und nun kommentieren. Von »Was sich neckt, das liebt sich« bis »Wenn's schon so losgeht, ist es bei den jungen Leuten doch schnell vorbei« ist die ganze Bandbreite vertreten. Die Einzige, die anscheinend völlig unbeeindruckt bleibt, ist leider Dorothee. Die dreht sich nicht einmal um, sondern fährt stur weiter. *He!* Ich bin Richard, du bist Madeleine! Wenn, dann muss *ich* wegradeln! Ich sehe ihr noch einige Zeit nach, bevor ich schließlich zu meinem Handy greife und mich bei der Stützpunktleitung melde.

»Silver muss zum Schlachter, der kommt in die Wurst«, antworte ich auf die Frage, was los ist.

»Wie bitte?«, kommt es aus der Ohrmuschel.

»Mein Bus hat einen Achsbruch«, erkläre ich. *Und ich habe übrigens einen Herzbruch,* würde ich am liebsten hinzufügen. Mache ich aber natürlich nicht.

Weil es, wie man mir mitteilt, mit einem Ersatzfahrzeug noch dauern kann, setze ich den Bus mit letzter Kraft an den Fahrbahnrand und beschließe, wenigstens schon einmal meine beiden Ministraßen abzuradeln.

Meine Stammkunden haben schon auf mich gewartet. Schließlich komme ich sonst fast immer zur gleichen Zeit, und jetzt hänge ich schon um eine halbe Stunde hinterher. Die meiste Post auf meiner Fahrradstrecke bekommt das Studentenwohnheim in der Bieberstraße, das nimmt fast ein Viertel meiner vorderen Fahrradtasche ein. Ist zwar in den letzten Jahren dank E-Mail & Co. auch merklich weniger geworden, aber im Cecilie-Klostermann-Heim wohnen viele ausländische Studenten, die anscheinend noch »echte« Briefe von den Lieben daheim bekommen.

»Guten Morgen, Frau Schubert. Hoffe, Sie haben einen besseren Tag als ich!« Ich drücke der Heimleiterin einen Packen Briefe in die Hand.

Sie nickt freundlich zurück. »Ist ja noch Vormittag – da kann's bis zum Abend besser werden. Wollen Sie vielleicht eine Tasse Kaffee? Ich habe mir gerade einen frischen gekocht.«

»Liebend gerne, aber ich bin sowieso schon zu spät. Hatte Probleme, überhaupt hierherzukommen, und muss jetzt schnell weiter.«

»Schade, aber dann ein anderes Mal?«

»Versprochen!« Bilde ich mir das ein, oder hat sie mit mir geflirtet? Doch, doch, das hat sie! Hah, Dorothee! Ich kann Frauen haben, da wirst du staunen! Na gut, Frau Schubert ist schätzungsweise vierundfünfzig und trägt wahrscheinlich dieselbe Konfektionsgröße – aber Flirt ist Flirt, das lasse ich mir nicht vermiesen! Der nächste »Großkunde« ist ein eigentlich ziemlich kleines Reisebüro zwei Häuser weiter. Steuer ich immer ganz gern an, die beiden Inhaberinnen sind nämlich richtig niedlich. Die eine scheint so einen Postkartentick zu haben, jedenfalls bekommt sie immer Urlaubsgrüße aus jedem Winkel dieser Erde und hängt sie hinter ihrem Schreibtisch auf. Ist wohl ihr Hobby, sieht mittlerweile wie eine Fototapete aus.

Als ich reinkomme, haben die beiden gerade ihre Köpfe zusammengesteckt und scheinen über etwas Wichtiges zu konferieren. Die eine redet auf die andere ein.

»Ich sitze völlig nackt in der Badewanne, und niemand ist da, um mir den Rücken einzuschäumen.«

Hä? Das sind ja interessante Gespräche. Aber da es heute sowieso nicht darauf ankommt, beschließe ich gleich mal, ungewohnt mutig zu sein.

»Das ist ja schade!« Sprech's und versuche möglichst gekonnt, die Briefe auf einen der beiden Schreibtische zu werfen. Die etwas drallere der beiden mustert mich, öffnet dann tatsächlich wie zufällig ihren obersten Blusenknopf und gurrt: »Würden Sie sich denn anbieten?« Heißa – das ist mir in meinem jetzigen Zustand dann doch zu viel der menschlichen Ansprache. Lieber schnell weg, bevor ich hier noch lang hinschlage.

Die restliche Tour mit dem Rad bemühe ich mich, mit niemandem mehr sprechen zu müssen, und bin froh, als ich auf dem Rückweg meinen Ersatzbus in Empfang nehmen kann. Als ich alle Postsäcke umgeladen habe, checke ich noch mal mein Handy. Immer noch nichts. Sage einer, was er will: Bei den Frauen habe ich heute einen schlechten Lauf. Von Frau Schubert mal abgesehen. Was für ein Trost!

Sie

»Es ist Feierabend!«, brüllt mir der unangenehm gut gelaunte Radio-Hamburg-Moderator entgegen, als ich um kurz nach sieben in meinem Twingo Richtung einsame Wohnung zuckele. »Wochenende!«

»Schnauze!«, gebe ich genervt von mir und wechsle den Sender. Keine gute Idee. Leanne Rimes sinniert: *How do I live without you?* Tja, keine Ahnung, diese Frage hat Markus mir leider nicht beantwortet, bevor er sich so ungalant aus dem Staub gemacht hat. Dabei geht es gar nicht nur um Markus. Ich leide an generellem Kummer. Weltschmerz. Die Protagonisten in meinem Lebensdrama sind durchaus austauschbar, ich wiederhole trotzdem immer wieder die gleiche Geschichte. Holla. Was für eine Selbsterkenntnis in den frühen Abendstunden.

Mein Handy klingelt und erinnert mich daran, dass ich mir die ganze Zeit eine Freisprechanlage besorgen wollte. Beziehungsweise einen Stöpsel fürs Ohr, Freisprechanlage ist ein etwas großspuriger Begriff dafür, und im Twingo wäre alles andere ein bisschen übertrieben. Ein kurzer Blick aufs Display verrät mir, dass Steffie am anderen Ende der Leitung ist. Freundinnen gehen vor Verkehrsregeln, also gehe ich ran.

»Jau«, melde ich mich betont gut gelaunt. Hab keine Lust, wieder wie das kleine Elend zu klingen.

»Und, Süße? Geht's dir besser?« Argh, noch schlimmer als Radio-Hamburg-Moderatoren sind Betroffenheitsanrufe von Freundinnen. Aber ich will nicht ungerecht werden, schließlich ist Steffies Art, sich zu kümmern, ein wirklich liebenswerter Zug. Auch, wenn man gar nicht bekümmert werden will.

»Ja, bestens«, erwidere ich. »Ich hatte heute Morgen nur einen kleinen Kater, und jetzt geht's schon wieder.« Energisch trete ich in die Eisen, hätte fast eine rote Ampel übersehen.

»Das ist gut«, meint Steffie, »Hans und ich wollten dich nämlich zum Abendessen und einer guten Flasche Wein einladen.«

Na super. Ein Abend mit Pärchen, genau das brauche ich jetzt!

»Gerd kommt auch«, wirft Steffie schnell ein, als hätte sie meine Gedanken erraten.

»Gerd?«, erwidere ich fassungslos. »Mit dem wolltet ihr mich doch schon vor drei Jahren verkuppeln, und da fand ich ihn auch schon bescheuert.«

»Ja«, gibt Steffie zu, »aber er hat sich echt gemacht.«

»Hat er eine Haartransplantation vornehmen und sich die Zähne richten lassen? Und steckt er seine Pullis nicht mehr in seine Bundfaltenhose?«

»Also … *äh*, er ist …«

»Steffie?«

»Ja?«

»Vergiss es. Ich bin vielleicht verzweifelt, aber *so* verzweifelt dann auch wieder nicht.« Der Satz ist aus einem meiner Lieblingsfilme, *Vier Hochzeiten und ein Todesfall.* Und in diesem Moment mehr als passend, finde ich.

»Du gibst den wirklich netten Männern eben keine Chance«, stellt Steffie fest, »deshalb passiert dir so etwas andauernd. Jemand wie Gerd würde dich nicht verlassen.«

»Klar. Für wen auch?«

»Jana …«

»Steffie«, unterbreche ich sie. »Mal ehrlich: Würdest du mit einem wie Gerd etwas anfangen?«

Kurzes Schweigen, dann ein kleinlautes »Wohl eher nicht«.

»Siehste. Und ich auch nicht.«

»Hans und ich dachten …«

»Ich weiß. Und das ist ja auch echt süß von euch. Aber macht euch keine Sorgen, mir geht es wirklich gut. Oder sagen wir: den Umständen entsprechend.«

Es klopft an meine Scheibe. Verwirrt sehe ich auf und blicke in das Gesicht eines Schutzpolizisten. Hurra! Das ist mein Tag! Schnell beende ich das Gespräch per Knopfdruck und kurbele mit einem entschuldigenden Lächeln meine Fensterscheibe hinunter.

»Fahren Sie bitte mal zur Seite und lassen Sie den anderen Verkehr durch«, fordert mich der Polizist immerhin noch einigermaßen freundlich auf. Gehorsam rolle ich ein paar Meter rüber zum Standstreifen. Der Schutzmann beugt sich wieder zu mir herunter.

»Also, habe ich da gerade ein Handy an ihrem Ohr gesehen?«

»Woher soll ich wissen, was Sie sehen?«, erwidere ich, ohne nachzudenken, und beiße mir im nächsten Moment auf die Lippe. *Falsche Antwort!* Schlagartig verzieht sich die Miene meines Freundes und Helfer's, der bis vor wenigen Augenblicken eigentlich noch ganz nett ausgesehen hat.

»Fahrzeugschein und Papiere bitte«, fordert er knapp, und ich fange hektisch an, in meinen Taschen zu wühlen. Noch während ich suche, fällt mir ein, wo mein Fahrzeugschein ist: bei Markus. Ich setze zu einer Erklärung an.

»Ich … wissen Sie, mein Freund … also genau genommen mein Ex-Freund … *äh* …«

»Sie wissen, dass Sie nicht im Auto telefonieren dürfen?«

Ich nicke schicksalsergeben.

»Und Sie wissen auch, dass das jetzt vierzig Euro kostet und Ihnen einen Punkt bringt?«

Wieder nicke ich. Und dann fange ich an zu heulen. Einfach so. Kann es nicht verhindern.

Der Bulle guckt etwas irritiert, aber ich kann mich gar nicht mehr beruhigen. Linkisch wühlt er in seiner Jackentasche und zieht ein zerknittertes Papiertaschentuch hervor, das er mir reicht. Erst jetzt fällt mir auf, dass er unter seiner weißen Schirmmütze ziemlich attraktiv aussieht. Wo kommen auf einmal all diese Männer her? Erst Felix in der Waschküche, jetzt der Polizist – nun ja, die Umstände der jeweiligen Begegnung könnten vielleicht ein kleines bisschen romantischer sein …

»Danke«, murmele ich, schnappe mir das Taschentuch und schnäuze mich dann geräuschvoll. »Sie sehen ja, in was für einem Zustand ich bin«, füge ich dann noch erklärend hinzu.

»Schwanger?«

Jetzt muss ich fast wieder lachen. »I'm far from it!« Wieder ein ratloses Gegenüber.

»Ich bin so weit vom Schwangersein entfernt, wie man nur sein kann. Mein Freund hat mich gestern verlassen.«

»Das tut mir leid für Sie«, meint der Polizist und zuckt mit den Schultern. So, wie er das sagt, scheint er das wirklich ernst zu meinen. Möglicherweise hat er ja Mitleid mit mir, wie ich da so klein und verheult vor ihm sitze. Ich versuche zu lächeln, mit etwas Mühe bekomme ich vielleicht sogar ein Miriam-Lächeln hin. So eins, das den Mann dazu bringt, mich jetzt auf der Stelle zu fragen, ob ich heute Abend schon etwas vorhabe oder mit ihm essen gehen möchte. So gut es geht, strahle ich ihn an und versuche mich gleichzeitig an einem gekonnten Augenaufschlag, der hoffentlich nicht durch Mascara-bedingte Trauerränder unter den Augen zerstört wird. Noch immer wirkt der Polizist etwas unentschlossen.

»Na ja«, füge ich hinzu, »schön ist das natürlich nicht.« Miriam-Lächeln, das kann doch nicht so schwierig sein!

»Und dann nehme ich Ihnen auch noch vierzig Euro ab.« Sagt's, zückt einen Block und beginnt, mir einen Strafzettel auszustellen. Ich wusste es! Mit meinem Lächeln ist es auch nicht mehr allzu weit her.

Ergeben nehme ich den Strafzettel und werfe einen Blick darauf. Zu meinem Erstaunen sehe ich, dass der Polizist handschriftlich eine siebenstellige Nummer darauf vermerkt hat.

»Oh, was ist das? Etwa Ihre Telefonnummer?«

»Nein.« Er schüttelt den Kopf. »Das ist das Aktenzeichen. Bei Überweisung bitte angeben.«

Danke auch! Schnell kurble ich die Scheibe hoch, lasse den Motor an und fahre von dannen. Da hab ich doch glatt mal eben dem Staat meine Provision des heutigen Tages in den Rachen geschmissen. *Aaaaah!*

Wieder zu Hause, überlege ich für den Bruchteil einer Sekunde, ob ich vielleicht bei meinem neuen Nachbarn klingeln und ihn auf ein Begrüßungsgläschen einladen soll. Aber ich verwerfe die Idee. Mehr als ein erschütterndes Erlebnis mit dem anderen Geschlecht pro Tag kann ich einfach nicht verkraften.

Ich lege den Strafzettel auf den Packen unbezahlter Rechnungen und beschließe, ihn bis wenigstens nächste Woche zu vergessen. Und außerdem nehme ich mir fest vor, mir morgen endlich einen Ohrenstöpsel zu kaufen, damit mir so etwas nicht noch einmal passiert. Dabei fällt mir ein, dass ich vorhin beim Gespräch mit Steffie einfach aufgelegt habe. War nicht der richtige Moment, sich formvollendet zu verabschieden. Und das erinnert mich daran, dass ich ja auch noch immer nicht auf die SMS zurückgeschrieben habe.

Nachdem ich kurz bei Steffie durchgeklingelt und ihr mitgeteilt habe, dass ich sehr zufrieden damit bin, den Abend allein auf meinem Sofa zu verbringen und mich in selbstgerechten Gedanken über die Schlechtigkeit der Welt im Allgemeinen und die der Männer im Besonderen zu ergehen, überlege ich, was ich meinem unbekannten SMS-Freund zurückschreiben soll. Die Sache mit der Badewanne kommt definitiv nicht in Frage. Aber trotzdem würde ich gern irgendetwas schreiben, was ihn dazu bringt, mir zu antworten. *Ich weiß es nicht, aber das frage ich mich auch oft. ER.* So, wie es aussieht, ist er in einer ähnlich optimistischen Gefühlslage wie ich, da könnte man sich doch gegenseitig ein bisschen ausweinen.

Ich wandere durch die Wohnung und suche nach Inspiration. Was soll ich bloß schreiben? Und wieso habe ich überhaupt so eine schwachsinnige Frage gestellt? *Was kann ich tun, um endlich glücklich zu werden?* Klingt das wirklich so verzweifelt, wie es mir gerade vorkommt? Da hätte ich ja gleich fragen können: *Was gibt dem Leben Sinn? Existiert Gott? Gibt es ein Leben nach dem Tod? Leben wir alle in Wahrheit in einem Traum und wachen nie auf?* Nein, nicht gut, darauf antwortet er bestimmt nicht. Würde ich auch nicht – ich würde mir schnell eine andere

Nummer besorgen und hoffen, dass die Sekte, die offensichtlich gerade versucht, mich in ihre Fänge zu bekommen, nicht auch noch meine Adresse kennt.

Ich fasse zusammen: Ich will wissen, wie ich glücklich werde. Er auch. So weit, so schlecht. Gegenfrage ist immer gut, denke ich, und beginne zu tippen. Eine Minute später schicke ich die Kurzmitteilung hinaus ins große Ungewisse:

Vielleicht können wir es zusammen herausfinden? SIE

3. Kapitel

Er

Das Haus lag in völliger Dunkelheit, als er es erreichte.

Mit einer schnellen Handbewegung schaltete Douglas die Scheinwerfer seines BMWs aus, fuhr langsam zwei Straßen weiter und parkte den Wagen hinter einer Kurve. Nachdem er den Motor ausgestellt hatte, lauschte er einen Moment in die Stille. Nichts. Aber was hatte er auch erwartet? Nachts um drei in dieser abgelegenen Gegend war das einzige Geräusch, das er laut und deutlich hören konnte, sein eigener Herzschlag.

Mit etwas zittrigen Händen griff er nach der Schachtel Zigaretten, die vor ihm auf dem Armaturenbrett lag, nestelte eine Kippe aus der Packung und zündete sie sich an. Tief zog Douglas den Rauch in seine Lungen und stieß ihn anschließend mit einem lauten Seufzer wieder aus, in der Hoffnung, dass das Nikotin seine Nervosität bekämpfen würde.

Sollte er es wirklich tun? Was würde ihn in dem Haus erwarten? Und war es nicht vielleicht doch schlauer, die Polizei über seinen schrecklichen Verdacht zu informieren? Wie oft hatte er sich diese Frage gestellt? Und wie verlockend erschien ihm die Aussicht, die ganze Angelegenheit in die Hände anderer Leute zu legen. Aber dann hatte er den Gedanken doch immer wieder verworfen. Das hier war nicht die Angelegenheit anderer Leute. Es ging um seinen Bruder. Und wer wusste schon, ob die Polizei die ganze Sache nicht nach ein paar Wochen ergebnisloser Untersuchungen zu den Akten legen würde? Zumal er selbst zugeben musste, dass sein Verdacht für jeden Außenstehenden mehr als verrückt klingen musste.

Mit den bloßen Händen hatte sie seinem Bruder das Herz aus der Brust gerissen und es anschließend in zwei Stücke zerteilt. Als Douglas ihn vor drei Tagen in seiner Wohnung gefunden hatte, lag er wie ein toter Käfer auf dem Fußboden in der Küche, den Blick starr zur Decke gerichtet. Links neben seinem Körper hatte er mit seinem eigenen Blut eine krakelige Nachricht hinterlassen: Dorothy. *Nur diesen einen Namen. Aber Douglas war sich sicher, dass sein Bruder die Botschaft einzig und allein für ihn hinterlassen hatte. Niemand sonst würde glauben, dass die liebreizende, sympathische und hübsche Dorothy zu einem solchen Mord fähig sein könnte. Und bei Gott: Douglas' Bruder würde nicht ihr einziges Opfer bleiben! Nun war es an ihm, den Wahnsinn dieser Frau zu stoppen.*

Die SMS war der einzige Anhaltspunkt, den Douglas hatte. Diese geheimnisvolle Nachricht, die er gestern Nacht erhalten hatte und in der nur diese seltsame Adresse stand: Boulevard of Broken Hearts No. 5. *Hier war er nun also. Und er hatte eine Scheißangst.*

»Los, Douglas Cooper«, sagte er laut zu sich selbst und drückte mit einer energischen Handbewegung die Kippe im Aschenbecher aus, »worauf wartest du noch?« Mit einem Ruck öffnete er die Wagentür.

Da! Ich hab's genau gehört! Es hat tatsächlich gepiepst. Das *muss* ihre Antwort sein!

Halb erfreut, halb verärgert springe ich vom Schreibtisch auf und renne zu meinem Handy. Erfreut, weil ich einen guten Grund habe, mein drittklassiges Geschreibsel zu unterbrechen, genervt, weil mir eben gerade aus diesem Grund mal wieder bewusst wird, dass mein hoffnungsvoller Anfang für einen Psychothriller eben genau das ist: drittklassig. »Was für ein Unsinn«, murmele ich vor mich hin, »Dorothy! Was soll das für eine Botschaft sein? Direkter geht's ja wohl nicht! Und das mit dem rausgerissenen Herzen, das kauft mir doch selbst ein Zweitklässler nicht mehr ab!« Seufzend schnappe ich mir das Handy und drücke auf *Neue Meldung*.

Vielleicht können wir es zusammen herausfinden? SIE

Oha. *Zusammen.* Nicht gerade meine Stärke, wie sich in den vergangenen Jahren eindrucksvoll gezeigt hat. Aber, hey, bis vor wenigen Stunden hab ich auch noch nie »Ich liebe dich!« quer über den Isemarkt gebrüllt, warum also nicht gleich antworten und die Herausforderung annehmen? Schließlich habe ich sonst nichts, was mich herausfordert. Von Douglas Cooper und der »Bruderschlächterin« mal abgesehen. Aber ich habe den leisen Verdacht, dass ich meinen ersten Entwurf besser in den Papierkorb als in ein Verlagslektorat manövriere.

Also beschäftige ich mich lieber mit dem Vorschlag von SIE. Was soll ich antworten? *Ja?* Hm, ein bisschen knapp.

Es geht um die Frage nach dem Glück. Wobei wohl jeder darunter etwas anderes versteht. Wenn nicht sogar etwas komplett Unterschiedliches. Nehmen wir zum Beispiel Dorothee und mich. Mich hat es glücklich gemacht, mit ihr zusammen zu sein. Denke ich jedenfalls. Und sie macht es glücklich, mich zu verlassen. Tja, wie soll man da auf einen Nenner kommen?

Was SIE sich wohl unter Glück vorstellt? Und ist es vielleicht genau das Gleiche, was ich mir wünsche? Herrje, Siems, du grübelst schon wieder viel zu lange nach, das hier soll keine philosophische Abhandlung werden, es geht nur darum, eine simple SMS zu beantworten! Ich tippe einfach los:

O. K. Was, denkst du, würde dich glücklich machen? ER

Ja, das ist gut. Damit kommen wir der Sache doch schon näher. Ich will gerade auf *Senden* drücken, da gibt mein Handy ein kurzes, röchelndes *Piep* von sich. Akku leer. Super. Warum muss das gerade jetzt passieren? Und wo ist überhaupt mein Ladegerät? Das habe ich eigentlich längere Zeit schon nicht mehr gesehen.

Ich klappere sämtliche Steckdosen meiner ohnehin nicht sehr großen Wohnung ab – leider ohne Erfolg. Wo habe ich es bloß hingelegt? Wann habe ich mein Handy eigentlich das letzte Mal geladen? Zu Hause ja offensichtlich nicht. Bei Doro *(hoffentlich nicht!)*, in der Post *(unwahrscheinlich)*, im ZwoElf *(meiner Stammkneipe, ist schon vorgekommen)*? Oder ist es bei meiner Mutter? Ich habe letzten Sonntag zwar meine Eltern besucht, aber ob mit oder ohne Handy – geschweige denn Ladegerät –, ich kann mich nicht erinnern. Anrufen könnte ich meine Mutter trotzdem mal. In einem ordentlichen Haushalt – und der Haushalt meiner Mutter ist ohne Zweifel ordentlich – geht bekanntlich nichts verloren. Ich schnappe mir das Telefon von der Festnetzstation und tippe ihre Nummer. Nach dem zweiten Klingeln geht sie ran.

»Hallo Mama, hier ist Roland. Ich …«

»Roland! Du wolltest doch anrufen, wenn du wieder zu Hause bist! Ich habe mir Sorgen gemacht – hörst du deinen Anrufbeantworter denn nicht ab?«

»Doch … *äh*, nein … ich meine, diesmal nicht, ich bin so gestresst.«

»Schreibst du eine Klausur?«

»Klausur? Ach ja, richtig. Bin voll im Lernstress.«

»Worum geht's denn?«

»Wobei?«

»Na, in der Klausur?«

Fieberhaftes Nachdenken auf meiner Seite mit kurzer Rekapitulation, worum es in einer Klausur meines angeblichen Studienfaches wohl gehen könnte.

»Walther von der Vogelweide. Minne als Ausdrucksform der zeitgenössischen Kulturkritik.«

»Ach, wie interessant. Aber warum denn zeitgenössisch? Dieser Vogelweide ist doch schon so lange tot, dachte ich.«

»Na ja, nein … also … das bezieht sich doch auf seine Zeitgenossen, Mama.« *Schwitz!* Noch drei gezielte Nachfragen, und ich bin dran. Haben meine Eltern vielleicht Verdacht geschöpft *(müssten sie ja langsam mal)*, oder hat meine Mutter gerade ein Buch über das deutsche Mittelalter am Wickel? Zu meiner großen Erleichterung wechselt sie das Thema.

»Du wirst das schon machen. Aber schön, dass du dich endlich mal von alleine meldest. Gibt's was Besonderes?«

»Hab ich vielleicht das Ladegerät für mein Handy bei euch liegen lassen? Ich suche es hier überall und finde es nicht.«

»Das habe ich dir doch in deinen Kulturbeutel gesteckt. Du hattest es auf Papas Schreibtisch liegen lassen, und ich habe es in den Beutel gesteckt, damit du es nicht verlierst. Hast du das denn nicht gesehen?«

Würde ich dann anrufen?, liegt mir auf der Zunge, aber ich lasse es gut sein. »Gut, Mama, dann weiß ich ja jetzt, wo ich gucken muss. Sag Papa noch einen schönen Gruß.«

»Mache ich. Und melde dich doch, wenn du deine Klausur hinter dir hast. Von dir kriegt man immer gar nichts mit.«

»Ich ruf bald mal wieder durch, tschüss«, verabschiede ich mich und begebe mich auf direktem Weg zu meiner Waschmaschine. Dort liegt nämlich seit drei Tagen, frisch gewaschen und geschleudert, mein Kulturbeutel und wartet darauf, dass ich ihn endlich zum Trocknen aufhänge. Nachdem im Hauptfach des Beutels mein Rasierschaum ausgelaufen war, schien mir eine 30°-Wäsche genau das Richtige zu sein. Vielleicht hätte ich vorher auch mal in die Nebenfächer gucken sollen.

Und tatsächlich, neben einer völlig durchweichten Packung Kondome und einem Paar angerosteter Rasierklingen finde ich es, mein Ladegerät. Äußerlich völlig unversehrt. Ob es noch in Ordnung ist? Oder hat die Feuchtigkeit ihm den Rest gegeben? Und wie war das noch mit Nässe und elektrischem Strom? Ich schüttele das Gerät dicht an meinem Ohr, um zu überprüfen, ob darin vielleicht etwas gluckert. Nichts zu hören. Wasser tritt auch nicht aus. Einfach mal einstöpseln? Oder sollte ich der Steckdose jetzt besser fernbleiben? Gibt es vielleicht eine Explosion, ich werde geröstet und meine Wohnung brennt bis auf die Grundmauern nieder? Ich weiß schon, warum ich ein geisteswissenschaftliches Studium begonnen habe: Von physikalischen Zusammenhängen habe ich überhaupt keine Ahnung. Aber macht nichts, ich kenne schließlich jemanden, der in diesem Punkt schlauer ist als ich. Mein alter Kumpel und Männerfreund Georg. Georg begleitet mich jetzt schon genauso lang durchs Leben wie die Post. Wir fingen damals nämlich am gleichen Tag als studentische Aushilfen an und durchlebten alle Höhen und Tiefen des Hilfspostbotendaseins gemeinsam. So was schweißt zusammen. Georg freilich machte das, was ursprünglich auch mein Plan gewesen war: nämlich nur in den Semesterferien jobben und ansonsten fleißig weiter studieren. Und während ich noch heute jeden Morgen meine Tour sortiere, hat sich Georg mittlerweile mit einer eigenen Praxis als Frauenarzt niedergelassen. Unserer Freundschaft hat das aber nie geschadet, er ist nach wie vor der Mensch, mit dem ich am entspanntesten ein Bier trinken und dabei über völlig sinnfreies Zeug schwafeln kann. Außerdem ist Georg dermaßen praktisch veranlagt, dass er bisher noch jedes meiner technischen Probleme gelöst hat. Medizin ist halt doch irgendwie ein Handwerk.

Der Handwerker ist heute Abend allerdings ein wenig unwillig. »Was meinst du mit: Glaubst du, bei 30°-Feinwäsche mit

Schonschleudern dringt Wasser in ein Akku-Ladegerät ein? Wer kommt denn auf so eine bescheuerte Idee und packt das Teil in die Waschmaschine?«

»Es war ja keine Absicht«, verteidige ich mich. »Aber was glaubst du? Ist es innen nass und könnte vielleicht die 220 Volt direkt auf mein Handy durchleiten?«

»Ich bin kein Techniker, aber vorstellbar wär's. Lass das Teil doch mal ein, zwei Tage durchtrocknen – oder, noch besser, pack's mit dem Rest deiner Feinwäsche in den Trockner, höhö!«

»Sehr witzig. Ich brauche mein Handy aber unbedingt heute Abend, und der Akku ist leer. Es ist *wichtig.*«

»Dann telefonier vom Festnetz, machst du doch gerade auch!«

»Geht nicht, ich brauche eine Nummer, die im Handy gespeichert ist.«

»Ist bei dir alles in Ordnung?«, kommt es vom anderen Ende der Leitung, wobei ich mich frage, wie Georg jetzt darauf kommt. Ich habe ihm das mit Doro noch gar nicht erzählt, aber offensichtlich mache ich einen derart verwirrten Eindruck, dass es ihm gleich auffällt.

»Hm«, erwidere ich, »geht so.«

»Willst du drüber reden?«

Typisch Georg. Kein normaler Mann würde so etwas fragen. Aber seit er als Gynäkologe arbeitet, hat er wohl seine innere Frau ins Persönlichkeitsprofil integriert. Oder er weiß einfach instinktiv, was man gerade braucht. Und, ja, verdammt, ich könnte jetzt gut mal mit jemandem reden! Scheißegal, ob das unmännlich ist.

»Ehrlich gesagt: Ja«, gebe ich zu.

»Komm vorbei. Aber bring einen Kasten Bier mit, bei mir herrscht Ebbe.«

Zehn Becks später nimmt der Tag doch noch eine versöhnliche Wendung. Meine SMS bin ich zwar immer noch nicht losgeworden, weil es mir etwas peinlich war, Georg die Geschichte mit den Kurznachrichten zu erzählen. Was soll er denn da denken? Dass ich jetzt komplett übergeschnappt bin? Also, *ich* würde das denken.

Dafür habe ich mich über mein ganzes Elend mit Doro so richtig schön ausgekotzt. Dass ich mehr mit ihr hätte reden müssen. Dass ich für sie wahrscheinlich der letzte Versager bin. Dass ich es nicht einmal fertiggebracht habe, sie zu halten. Dass ich es *noch nie* fertiggebracht habe, jemanden zu halten. Genauso wenig, wie ich es schaffe, mit meinem Leben zurechtzukommen. Und dass ich Doro unheimlich vermisse und mich frage, ob es eine Chance gibt, sie zurückzubekommen. Tut echt gut, so ein »Frauengespräch« unter Männern. Zumal Georg sich im Wesentlichen darauf beschränkt, zu nicken und mir hin und wieder ein neues Bier zu reichen.

»Mensch, Roland, das wird schon wieder«, meint er schließlich, nachdem ich mit meinem Sermon fertig bin, und klopft mir kumpelhaft auf die Schulter. »Ich mein, Doro war schon 'ne Nette. Aber vielleicht habt ihr einfach nicht zusammengepasst.«

»Haben wir wohl«, erwidere ich trotzig. Ich will das jetzt nicht hören! Ich will von Georg hören, dass sie spätestens nächste Woche wieder auf der Matte steht und alles wieder gut wird. Auch wenn es vielleicht nicht so kommen mag – *hören* will ich das nicht. Aber Georgs Gesichtsausdruck nach zu urteilen hält er die ganze Angelegenheit für abgehakt.

»Komm«, wirft er jetzt ein, »ich erinnere mich noch an deinen ersten Besuch bei ihren Eltern. Darf ich mal deine eigenen Worte zitieren: Spaßfreie Bildungsbürger.«

»Aber ich war doch nicht mit ihren Eltern zusammen, sondern mit Doro!«, widerspreche ich.

Georg schüttelt den Kopf und öffnet sich noch ein Bier. »Glaub mir, so ein Elternhaus schüttelt man nicht so einfach ab.

Merkste doch schon an ihrer völligen Leistungsfixiertheit – wenn sie ein Problem damit hat, dass du momentan als Postbote jobbst, dann ist das auf Dauer eben zum Scheitern verurteilt. Ist doch nicht deine Schuld.«

Nachdenklich rolle ich einen Kronkorken zwischen Daumen und Zeigefinger hin und her. »Nein, Georg, das ist so nicht ganz richtig. *Ich* bin es, der das Problem hat.«

»Sag ich doch – mit ihren Eltern kamst du doch von Anfang an nicht klar.«

»Nein, das meine ich nicht. Was ich damit sagen will, ist, dass ich anscheinend ein Problem damit habe, Postbote zu sein. Gleichzeitig habe ich aber auch ein Problem damit, das zu ändern. Ich glaube, Doro war davon genervt. Du weißt schon: *Love it, change it, or leave it.* Mit einem glücklichen Postboten wäre sie zusammengeblieben, aber eben nicht mit einem ständig unzufriedenen. Und noch dazu lethargischen.«

»Also, jetzt bist du aber echt zu hart zu dir. Wir müssen Doro nun nicht heilig sprechen. Sie war manchmal ganz schön höhere Tochter.«

Ich muss unwillkürlich grinsen. Ja, das war sie. Aber ich fand gerade das immer sehr süß.

»Lass uns dich auf andere Gedanken bringen. Erzähl doch mal, wen du so dringend von deinem Handy aus anrufen musst. Gibt's etwa schon eine Nachfolgeregelung für Fräulein Dorothee?« Er grinst mich verschwörerisch an. Auch das ist typisch Georg: In puncto Frauen kennt er nur die Funktion *Suchen/ Ersetzen.*

»Quatsch! Seh ich so aus, als würde ich jetzt schon wieder die Nächste anbaggern? Mensch, ich trauere noch.«

»Schon klar. Also, wozu dann der ganze Aufwand mit dem Ladegerät?«

»Äh … ja also … es handelt sich um so eine Art Brieffreundschaft.«

»Brieffreundschaft?«

»Eine *Art* Brieffreundschaft eben. Wir schicken uns Short Messages.«

»Hm?«

»Wir tauschen nicht Briefe, sondern Kurzmitteilungen aus. Erst schreibt sie eine SMS, dann ich, dann wieder sie – ja, und jetzt bin ich wieder dran.«

»So etwas Bescheuertes hab ich ja noch nie gehört! Woher kennst du sie denn?«

»Ich kenne sie gar nicht.«

»Jetzt versteh ich gleich überhaupt nichts mehr«, stellt Georg fest. »Du schreibst dir mit einer Fremden Kurzmitteilungen? War das so eine Art Kontaktanzeige? *Einsame Hausfrauen suchen geile Liebhaber. Schreib mir unter 0190-66 66 66. Sofort.*«

»Man kann dir wirklich nichts erzählen, ohne dass du's gleich ins Lächerliche ziehst.«

»Entschuldige, aber es *klingt* lächerlich!«

»Nicht, wenn du mich mal zu Ende erzählen lässt!«

Georg verschränkt die Arme vor der Brust und setzt einen *Na-bitte-erzähl-schon*-Blick auf.

»Also«, fange ich an. »Gestern Abend, nachdem Doro weg war, bin ich noch mit dem Fahrrad durch die Gegend gefahren. Zu Hause hatte ich das Gefühl, dass mir die Decke auf den Kopf fällt, also bin ich los.«

»Und dann?«

»Irgendwann bin ich bei der Köhlbrandbrücke gelandet und hochgefahren. Hab mich oben hingehockt und nachgedacht.« Den Teil mit dem Wodka und dass ich kurz überlegt habe, runterzuhüpfen, lasse ich aus. Das geht selbst Georg nichts an. »Na ja, und wie ich da so saß, bekam ich plötzlich eine SMS.«

»Von dieser Frau?«

»Genau.«

»Und woher hatte die deine Nummer?«

»Das weiß ich ja eben nicht, vermutlich hat sie die Nachricht einfach an *irgendeine* Nummer geschickt.«

»Sag ich doch, einsame Hausfrau …«

»Mann, du nervst. Ich zeig sie dir. Gib mir dein Handy!«

»Wieso meins? Da wirst du sie kaum finden.«

»Weiß ich auch! Aber ich will kurz meine Karte bei dir einlegen.« Jetzt versteht Georg, manchmal ist es mit seinem technischen Wissen eben doch nicht so weit her. Nachdem ich die Karten ausgetauscht habe, klicke ich mich zu den Mitteilungen. Georg liest interessiert.

»So, so … glücklich sein … SIE … Na, klingt ja tatsächlich geheimnisvoll. Und was hast du ihr dann geschrieben?«

Ich klicke mich einmal gemeinsam mit Georg durch unsere komplette Korrespondenz. Er grinst.

»So, und jetzt bist du wieder dran. Was willst du denn nun wieder Küchenpsychologisches vom Stapel lassen?«

»Ich hatte so was überlegt wie: Was, denkst du, würde dich glücklich machen?«

»Sehr gut, den Patienten immer durch Gegenfragen zur Selbstreflektion anregen. Aus dir wäre ein guter Psychiater geworden, alter Frauenflüsterer.«

»Sehr komisch. Also, meinst du, ich kann's so losschicken? Oder ist das zu soft?«

»He, ich denke, du willst nicht baggern. Dann kann es dir doch egal sein, ob sie dich für'n Weichei hält.«

Irgendwie ärgere ich mich über Georg. Wahrscheinlich, weil er ein bisschen recht hat. Ich habe tatsächlich das seltsame Bedürfnis, per SMS einen guten Eindruck bei dieser Frau zu machen. Als ob Georg meine Gedanken erraten hätte, fängt er auf einmal an zu prusten.

»Stell dir vor, das ist gar keine Frau, sondern irgendein Kerl, der so 'n Tick pervers ist und auf diese Weise Kontakt zu naiven Männern sucht. Wahrscheinlich von Kopf bis Fuß behaart, riecht streng, hat schon einen umgelegt und verbuddelt, und dann verabredet ihr euch, und bei eurem ersten Treffen tippt er dir von hinten auf die Schulter. Und du schnallst das nicht gleich, und eh du dich versiehst, hat er dich schon in einen Hinterhalt gezerrt, schafft dich übern Jordan und vergeht sich dann an deinen Füßen. Brrr – nicht schön.«

Meine Laune sinkt auf einen Tiefpunkt. Was, wenn diese wilde Geschichte stimmt? Ich klammere mich ja selbst an eine sehr merkwürdige Idee. Verdammt! »Okay, du hast recht. Wahrscheinlich ist das alles totaler Schwachsinn und ich sollte die Finger davon lassen.«

»Das würde ich so nicht sagen«, widerspricht Georg mir schnell. Ich sehe ihn erstaunt an. »Wenn es dich ein bisschen von Doro ablenkt, ist es doch prima. Wer weiß, vielleicht sind die Nachrichten *tatsächlich* von einer richtig tollen Frau.«

»Warum sollte eine richtig tolle Frau solche Nachrichten verschicken? Klingt eher nach frustriertem Mauerblümchen.« Auf einmal habe ich überhaupt keine Lust mehr, zurückzuschreiben. Was soll das bringen? Ich bin gefrustet, sie – falls es eine *Sie* ist und kein vollbehaarter, mörderischer *Er* – ist offensichtlich auch gefrustet, da können wir uns höchstens zum gemeinsamen Selbstmord verabreden. Na ja, ein schönes Plätzchen zum Hüpfen kenne ich ja immerhin schon.

Georgs Telefon klingelt und unterbricht unsere Unterhaltung. Er hebt ab, sagt nur kurz: »Ja, natürlich, kein Problem«, und legt dann auf. »Sorry, ich muss los.«

»Ein Notfall?«

Er nickt. »Ja, eine Patientin hat vorzeitige Wehen, da muss ich mal eben vorbeischauen.«

»Soll ich hier warten?« Der Gedanke, allein in meiner Wohnung herumzuhocken, kommt mir gerade nicht so verlockend vor.

»Nein, das kann die ganze Nacht dauern, fürchte ich.«

»Na gut«, meine ich und mache mich daran, aufzustehen.

»Kannst ja durchklingeln, falls es doch schneller geht. Dann können wir noch irgendwo etwas trinken gehen.« Ich schnappe mir meine Jacke, ziehe sie an und verabschiede mich von Georg mit einem Handschlag.

»Hast du nicht was vergessen?«

»Vergessen?«

»Deine Karte ist noch in meinem Handy. Oder soll ich mich um die weitere Korrespondenz kümmern?« Er grinst und hält mir sein Handy unter die Nase. Ich hole die Karte raus und lege sie wieder in mein Telefon ein.

»Nee, lass mal, das mach ich dann doch lieber selbst. Aber mein Ladegerät ist wahrscheinlich wirklich hin, muss mir erst mal ein neues kaufen.«

»Warte mal.« Georg geht zu seinem Schreibtisch rüber, zieht eine Schublade auf und wühlt darin herum. Eine Minute später hält er ein Ladegerät in der Hand. »Hier, du kannst mein altes haben. Ist auch Nokia, das müsste passen.«

»Mensch, danke.« Ich stecke das Ladegerät ein, Georg bringt mich zur Tür.

»Kumpel«, sagt er und legt mir eine Hand auf die Schulter.

»Vergiss den blöden Witz, den ich eben gemacht habe. Wenn dir diese SMS-Freundschaft Spaß macht und sie dich von Doro ablenkt, ist es genau das Richtige für dich.«

»Du glaubst also nicht, dass sie noch einmal zu mir zurückkommt?«

Georg schüttelt den Kopf.

»Danke für deine ehrliche Antwort.«

Wieder zu Hause angekommen, stöpsle ich mein Handy ein und schalte es an. Na gut. Vielleicht handelt es sich wirklich um einen behaarten Psychopathen. Vielleicht aber auch nicht. Und Georg hat recht: Alles, was mich von meinem Liebeskummer wegen

Doro ablenkt, ist gut. Sogar sehr gut. Also tippen, senden und tschüss. Mal sehen, was jetzt kommt.

O.K., du fängst an: Was, denkst du, würde dich glücklich machen? ER

Sie

Ich muss zum Arzt. Aber ganz dringend. Wegen akuter Telefomania in besonders schwerem Fall. Ich meine, dass ich Jahre meines jungen Lebens damit vergeudet habe, auf die Anrufe von irgendwelchen nichtsnutzigen Typen zu warten, die sich dann doch nicht gemeldet haben, ist das eine – eine andere Sache ist es, nervös um sein Handy herumzuwandern und auf die Kurzmitteilung von jemandem zu warten, den man *noch nicht einmal kennt!*

Ist das bei uns Frauen eigentlich genetisch bedingt? Wie oft habe ich mich schon im Kino oder beim Lesen kaputtgelacht, wenn die weibliche Hauptfigur wie festgetackert neben ihrem Telefon verharrte, um ja nicht zu verpassen, wenn ER sich meldet – und bei Tageslicht betrachtet muss ich der traurigen Wahrheit ins Gesicht blicken: Ja! Wir Frauen sind so! Wir sind wirklich so bescheuert, dass wir das verdammte Telefon mit aufs Klo oder unter die Dusche nehmen, lassen uns auch gern nachts um drei aus dem Bett klingeln, um dann so wach wie möglich zu flöten: »Aber nein, du hast mich nicht geweckt, wie kommst du denn darauf?« Wahrscheinlich könnte der Staat eine Menge Geld sparen, indem er alle Frauengefängnisse schließt und die weiblichen Häftlinge einfach nur neben ein Telefon setzt, auf dem angeblich demnächst jemand für sie anrufen soll – eine elektronische Fußfessel ist ein Scheiß dagegen. Zur Not wird sie dort lebenslänglich verharren, bei Wasser und Brot, wenn nur dieser eine, lang ersehnte Anruf kommt.

Piiiep, piiiep.

Da! Eine SMS! Ich stürze zum Handy, mache mich auf dem Weg dahin (es liegt auf der Kommode im Flur) aus Versehen lang und schlage mir das rechte Knie auf. Keuchend rapple ich mich wieder hoch, stolpere zur Kommode und ergreife japsend das Telefon.

Hey Süße! Klaus, Marius, Stefan und ich ziehen durch die Schanze. Be there!!! Miri. PS: Kannst du morgen für mich arbeiten?

Während ich mir das blutende Knie reibe, frage ich mich, was Miriam mir mit dieser Nachricht sagen will: *Komm her, wir haben Riesenspaß?* Oder: *Du kommst ja sowieso nicht, ich frag nur pro forma, aber weil du ja eh nicht feierst, kannst du morgen auch das Büro machen.* Für einen kurzen Augenblick bin ich versucht, mir schnell etwas anderes anzuziehen, in die Schanze zu fahren und es so dermaßen krachen zu lassen, dass ich die nächsten drei Wochen garantiert arbeitsunfähig bin. Aber ich lasse es. Weil Miriam nämlich recht hat: Mir ist nicht nach Ausgehen. Also antworte ich ihr schnell, dass sie schön feiern soll und ich natürlich gern ins Reisebüro gehe, während sie ihren Kater pflegt.

Immerhin: Die Sache hat mich knapp fünf Minuten abgelenkt. Aber kaum habe ich Miriam die Lizenz zum Feiern erteilt, geht das Warten wieder los. Darauf, dass ER endlich schreibt.

Ich frage mich, wer ER wohl ist. Und *wie* ER ist. Ob ich ihn vielleicht sogar kenne? Diesen Gedanken verwerfe ich sofort, das wäre dann doch ein etwas großer Zufall. Ob er gut aussieht? Und wie alt er wohl ist? Wer weiß, vielleicht simse ich mit einem achtzigjährigen Opi … Nein, danach klingt er nicht. Eher nach siebzehnjährigem Hesse-Leser mit Sinnkrise. Oh weh, ob er wirklich ein Teenager ist? Vielleicht sollte ich ihn einfach mal anrufen, um seine Stimme zu hören. Aber das würde womöglich sämtliche Illusionen zerstören. Nein, lieber male ich mir aus, eine Art Seelenverwandten gefunden zu haben. Einen wunderschönen Mann, sensibel, einfühlsam, genau so einen, von dem jede Frau träumt ... Einen, der im Leben mehr will als regelmäßigen Sex, Fußballabende mit seinen Kumpels und ansonsten eine Alte, die nicht zu viele Fragen stellt und nicht zu hohe Ansprüche an ihn hat. Noch einmal lese ich mir seine Antwort durch. Ja, das klingt ganz so, als würde er sich auch ganz gern unnütze Gedanken über Sinn und Unsinn des Lebens machen.

Ding-Dong.

Diesmal ist es nicht mein Handy, das mich aus meinen Gedanken reißt, sondern die Türklingel. Miriam? Nein, die ist ja unterwegs. Steffie? Die macht sich einen langweiligen Abend mit Hans und Gerd. GEZ? Nein, so spät am Abend kommen die auch nicht mehr. Hoffe ich jedenfalls. Bleibt eigentlich nur – *Markus!* Voller Vorfreude hechte ich wieder in den Flur, betätige den Summer neben der Wohnungstür und reiße sie schwungvoll auf.

»Guten Abend!«

Es ist nicht Markus. Vor mir steht ... mein neuer Nachbar Felix und hält strahlend eine Flasche Wein in der Hand. Aber bereits Sekunden später verflüchtigt sich sein Grinsen, und er wirkt etwas irritiert. »Geht es Ihnen gut?«

Ich blicke an mir hinunter und fange augenblicklich an, mich zu schämen: Ich stecke in meinem ältesten Sweatshirt, durch das linke Knie meiner Jogginghose suppt ein unappetitlicher Blutfleck. Dazu spüre ich seit heute Nachmittag einen unschönen Pickel mitten auf meiner Nase wachsen, und meine Haare habe ich zu einem praktischen Dutt auf dem Kopf zusammengepfriemelt. Mein Gott, so möchte ich nicht einmal tot aufgefunden werden!

»Äh«, stottere ich, »ich hatte eben einen kleinen, äh, Unfall ...« Entschuldigend zeige ich mein Knie vor.

»Lassen Sie mich durch!«, erwidert Felix gespielt ernst, drückt mir die Flasche Wein in die Hand und schiebt mich beiseite. »Ich bin Arzt!«

Zehn Minuten später sitze ich mit einem hübschen Pflaster auf dem Knie auf meinem Sofa, während Felix die Reste des Toilettenpapiers, mit dem er die Wunde gesäubert hat, in den kleinen Papierkorb hinter meinem Fernseher entsorgt.

»So«, meint er, »Operation gelungen.«

»Bist du wirklich Arzt?«, will ich wissen. Der Mann hatte mein Knie in der Hand, da kann ich ihn wohl ruhig duzen.

»Nein«, lacht er, »ich hab's nach dem zweiten Semester geschmissen und benutze das nur noch hin und wieder, um Frauen zu beeindrucken.«

»Hat ja geklappt«, stelle ich möglichst ernst fest, »ich bin jedenfalls schwer beeindruckt.«

Felix grinst und lässt sich auf den Sessel neben dem Sofa plumpsen.

»Und?« Ich gucke ihn erwartungsvoll an.

»Was, und?«

»Was machst du wirklich?«

»Ich bin ...« Felix zögert einen Moment. »Ich bin bei der Finanzbehörde.«

»Oh.«

»Ja, ist nicht mehr ganz so beeindruckend.«

»Würde ich so nicht sagen«, widerspreche ich. »Ich jedenfalls kriege schon allein bei dem Wort *Finanzamt* ziemlich schnell weiche Knie.«

Felix guckt mich verständnislos an.

»Ich bin selbstständig«, erläutere ich, »und jedes Jahr aufs Neue froh, wenn ich dem Steuerknast entgehe.«

»Ach so.« Jetzt lächelt Felix wieder. »Weißt du«, erzählt er dann weiter, »ich kann auch nicht behaupten, dass ich immer davon geträumt habe, Finanzbeamter zu werden. Hat sich halt irgendwie so ergeben.«

Ich nicke zustimmend, obwohl ich mich frage, wie sich so etwas »einfach so« ergeben kann.

»Ich glaube«, sagt Felix dann und steht auf, »den Wein trinken wir lieber ein anderes Mal. Du siehst ein bisschen kaputt aus.«

Obwohl ich ihm gern widersprechen würde, muss ich ihm recht geben. Tatsächlich fühle ich mich gerade ein bisschen matt, die Nachwirkungen meines Geburtstagsexzesses kehren langsam, aber sicher wieder zurück. Ich mache Anstalten, auch aufzustehen, werde aber von Felix sanft zurück in die Kissen gedrückt.

»Bleib lieber sitzen, du musst dich schonen. Ich finde auch allein hinaus.« Eine Minute später ist er fort. Und ich bleibe einigermaßen verzückt auf meinem Sofa hocken. Wie süß! Wie fürsorglich! Wie ...

Halt! Fang nicht schon wieder an, dir vorzustellen, wie euer gemeinsamer Lebensabend aussehen könnte und wie dein Vorname sich wohl vor seinem Nachnamen machen würde! Felix war einfach nur nett und wollte mit dir einen nachbarschaftlichen Willkommenstrunk einnehmen, nichts weiter! Mein Blick fällt in den großen Spiegel, der über der Anrichte neben dem Sofa hängt. *So, wie du heute aussiehst, wird er sich wahrscheinlich freiwillig nie wieder bei dir blicken lassen.* Aber immerhin – die Weinflasche hat er hiergelassen, wenigstens etwas!

Nachdem ich mich noch etwas lustlos durch alle Fernsehprogramme gezappt habe, beschließe ich, ins Bett zu gehen. Zwar ist es erst kurz nach neun, aber für mich ist es gefühlte zwei Uhr nachts. Ich stemme mich vom Sofa hoch und humple Richtung Schlafzimmer.

Piiiep, piiiep.

Im Flur rappelt mein Handy, und ich bin mit einem Schlag wieder hellwach. Diesmal schaffe ich es sogar, das Mobiltelefon unfallfrei zu erreichen, ich mache Fortschritte.

O.K., du fängst an: Was, denkst du, würde dich glücklich machen? ER

Gemeinheit. Mir so eine Frage zum Einschlafen zu schicken! Wie soll ich denn da ein Auge zutun?

Als um sieben Uhr mein Wecker klingelt, bin ich einerseits froh, aufzuwachen – andererseits auch nicht. Ich hatte nämlich einen Albtraum mit angenehmem Ausgang. Die Steuerfahndung war im Reisebüro, riss alle Unterlagen aus den Regalen, und eine ältere Frau – so eine Mischung aus Maggie Thatcher und Angela Merkel – hörte nicht auf, mich anzubrüllen: »Wo sind Ihre geheimen Einnahmen? Wo sind ihre Schwarzgeldkonten?« Zwar versuchte ich, der Steuerfahnderin zu erklären, dass es leider keine geheimen Einnahmen gab, weil Miriam und ich schlicht und ergreifend keine Reisen verkauft hatten, aber das wurde von ihr immer nur mit einem hämischen Lachen abgetan.

Eine angenehme Wendung nahm der Traum, als mir einer ihrer Kollegen massive Handschellen anlegte. Nein, nicht, weil ich irgendwelche Sadomaso-Fantasien habe, sondern weil sich der Kollege als niemand Geringerer entpuppte als – Felix! Er lächelte mich an, führte mich nach draußen, setzte mich in ein Auto und fuhr los. Als wir ein riesiges Hochhaus erreichten, anhielten und Felix mich zum Eingang führte, klingelte leider mein Wecker. Schade. Hätte gern noch eine Aufzugfahrt mit ihm erlebt, mindestens bis in den dreiunddreißigsten Stock …

Noch ziemlich schlaftrunken mache ich mich daran, ins Bad zu wanken. Wieso habe ich Miriam bloß ihren Samstagsdienst abgenommen? Könnte mich jetzt sehr gut noch eine Weile in die Kissen kuscheln und darauf hoffen, dass der Felix-Traum zurückkommt! Aber ich will ja nicht so sein, Miriam wühlt sich wahrscheinlich gerade mit jemandem durch die Kissen, der wesentlich realer ist als mein kleiner Traumflirt. Dabei fällt mir unverhofft etwas zu der letzten SMS ein. Auf die Frage, was mich glücklich machen würde. Früher habe ich gern immer stundenlang irgendwelchen Tagträumen nachgehangen, das fand ich unterhaltsamer als Fernsehen, Kino und Musik zusammen. Aber ob mich das glücklich macht? Hm, ich schätze, über diese Frage muss ich noch etwas länger nachdenken. Was aber kein größeres Problem sein wird, schließlich liegt ein vermutlich wieder sehr ereignisloser Samstag im Reisebüro vor mir, da hat man in der Regel mehr Zeit zum Nachdenken, als einem lieb ist!

Um kurz vor elf komme ich zum ersten Mal dazu, überhaupt Luft zu holen. Was ist bloß los? Kaum habe ich um neun Uhr das Büro aufgeschlossen, stand schon das erste Pärchen auf der Matte, um noch schnell einen zweiwöchigen Kanaren-Urlaub zu buchen. Und so ging es dann weiter, im Viertelstundentakt gaben sich die Leute die Klinke in die Hand und buchten, als wäre das Verreisen ab morgen verboten. In zwei Stunden habe ich so viel verkauft wie manchmal nicht im ganzen Monat. Strahlend sitze ich an meinem Schreibtisch und hefte den letzten Vertrag ab, den eine ältere Dame soeben unterschrieben hat: Drei Wochen auf einem sauteuren Kreuzfahrtschiff, da klingelt die Provisionskasse! Plötzlich habe ich wieder einen Gedankenblitz: Erfolgreiche Tage wie dieser hier machen mich glücklich. Zwar nicht so richtig und dauerhaft und über alle Maßen glücklich, aber in den vergangenen zwei Stunden habe ich kein einziges Mal an Markus gedacht, sondern mich nur daran erfreut, dass es heute so richtig schön rund läuft. Schon will ich meinem Brieffreund diese Erkenntnis simsen, da kommt der Postbote herein.

»Morgen!«, grüßt er und sieht mich dabei das erste Mal, seit er uns die Post bringt, direkt an.

»Morgen!«, erwidere ich und nehme den Stapel Briefe und Karten, die er mir in die Hand drückt, entgegen.

»Sie strahlen ja heute so«, stellt er fest und grinst dabei ebenfalls.

»Japp«, gebe ich ihm recht, »heute läuft es hier so richtig rund.«

»Das ist schön, da vergeht die Zeit schneller.« Mit diesen Worten nickt er mir kurz zu, dann ist er auch schon wieder verschwunden. Lächelnd sortiere ich die Werbung aus, pinne die drei Postkarten *(zweimal Malle, einmal Korfu)* an die Wand hinter mir und öffne dann die restliche Post. Zwei Rechnungen, fünf Hotel-Angebote – und ein ellenlanger Beschwerdebrief. Bei der Lektüre sinkt meine Laune schlagartig wieder in den Keller. Normalerweise gehen Beschwerden immer direkt an den Veranstalter, aber in diesem Fall handelt es sich um eine Reise, bei der Miriam und ich Mitveranstalter waren. Zum ersten Mal haben wir das ausprobiert, wollten den Leuten auch mal etwas anderes als die üblichen Pauschalreisen anbieten und haben zusammen mit einem anderen Veranstalter eine Abenteuerreise durch den Himalaja zusammengeschustert. Wie der Brief mir zeigt, ist dabei offensichtlich alles schiefgegangen, was nur schiefgehen kann, die Beschwerde endet mit den wunderbaren Worten: *Sie hören von unserem Anwalt.* Mist! Erfolg macht glücklich, das stimmt schon. Nur leider hat man das nicht immer selbst in der Hand, sondern ist von äußeren Umständen abhängig. Ich muss wohl doch noch ein bisschen nachgrübeln, bevor ich meinem SMS-Partner eine gute Antwort schicken kann.

Als ich um kurz nach zwei die Unterlagen auf meinem Schreibtisch sortiere, um anschließend den Laden für heute zu schließen, taucht überraschenderweise Miriam auf. Etwas fahrig kommt sie durch die Tür gestolpert und lässt sich mit einem Plumps auf einen der beiden Korbstühle vor meinem Schreibtisch sinken.

»Gut, dass du noch da bist«, bringt sie japsend hervor. »Etwas Furchtbares ist passiert!«

Schwanger!, ist das Erste, was mir durch den Kopf geht. Jedenfalls sieht Miriam so aus, als wäre eine Katastrophe mittleren Ausmaßes passiert. »Was ist denn los?«

»Marius«, erwidert sie. »Er hat mir heute früh gesagt, dass er sich in mich verliebt hat!«

»Wie schrecklich …«

»Ja, oder?« Erst jetzt merkt Miriam, dass meine Antwort nicht ganz ernst gemeint war, und legt ihre Stirn in Falten. »Du nimmst mich auf den Arm!«

»Gut erkannt! Du tust so, als hätte man dir soeben mitgeteilt, dass man dir deinen rechten Arm amputieren will.«

»Na, so in der Art ist das doch auch. Jemand will meinen Single-Status amputieren.«

Ich seufze resigniert, lege die letzten Kataloge übereinander und stehe auf. Auf so einen Unsinn habe ich keine Lust.

»Ich weiß gar nicht, wo da jetzt das Drama ist. Wenn du nicht in Marius verliebt bist, sagst du es ihm einfach, und gut ist.«

»Wie kann sich denn ein Mann, der mich erst seit zwei Abenden kennt, einfach in mich verlieben?«

»Ist mir auch ein Rätsel, wie sich jemand für ein verrücktes Huhn wie dich interessieren kann.« Dabei muss ich lachen. Miriam sieht einfach zu niedlich aus, wie sie da mit finsterer Miene auf ihrem Sessel hockt. Eher wie eine trotzige Dreizehnjährige als eine erwachsene Frau von achtundzwanzig Jahren!

»Ich meine, wir hatten wirklich Spaß miteinander«, fährt Miriam unbeirrt weiter fort, »und jetzt macht der Idiot alles kaputt!« Bei dieser Feststellung schmollt sie wirklich wie ein kleines Kind. Und ich merke mal wieder, wie unterschiedlich wir sind: Was würde ich darum geben, wenn irgendein Kerl einfach mal zu mir sagen würde: »Hey, Baby, du bist es!« Wieder so ein Punkt, der mich glücklich machen würde. Aber das gilt natürlich auch nicht, weil es ja wieder nur mit dem Thema Beziehung zu tun hat. Und ich wollte doch rausfinden, was mich sonst noch glücklich macht.

»Ist was?«, unterbricht Miriam meine Gedanken.

»Wie?«

»Na, du hast gerade fast fünf Minuten ins Leere gestarrt und nichts mehr gesagt.«

»Ach so … Ich war kurz abgelenkt. Hat mit meinem geheimnisvollen SMS-Kontakt zu tun.«

»Erzähl!« Sofort ist Marius vergessen.

»Na ja, es klingt alles ein bisschen komisch.«

»Die *ganze Sache* ist komisch.« Da hat sie auch wieder recht.

»Also, er hat mich gestern Abend gefragt, was mich glücklich machen würde.«

»Was dich glücklich machen würde?« Ich nicke.

»Wie meint er das?«

»Ich nehme mal an, er meint das so, wie er es schreibt: Was würde mich glücklich machen?«

»Aha. Und? Was ist das?«

»Darüber denke ich ja auch schon den ganzen Tag nach. Aber außer, dass ich Markus zurückwill oder mich in irgendeinen anderen verlieben, fällt mir einfach nichts ein.«

»Ach«, seufzt Miriam, kommt auf meine Seite des Schreibtischs und legt einen Arm um mich, »was habt ihr bloß alle immer mit eurem Verlieben? Man kann doch auch so jede Menge Spaß haben! Mit Verlieben hat man nichts als Ärger. Glaub mir, ich weiß, wovon ich rede. Unverbindlicher Sex, damit fährt man einfach am allerbesten.«

Der arme Marius – Perlen vor die Säue!

»Und ich soll das jetzt wirklich machen?«

»Klar sollst du!«

Wir stehen in Miriams Wohnung. Beziehungsweise: Ich stehe, Miriam sitzt auf dem Sofa und mustert mich abwartend. Nachdem wir noch einen Kaffee trinken waren und gemeinsam darüber nachgedacht haben, was mich glücklich macht, ist es mir irgendwann eingefallen. Was ich früher immer gern getan habe. Ist ein bisschen peinlich, aber nachdem wir zu Prosecco übergegangen sind, habe ich es ihr gestanden: Als junges Mädchen bin ich gern zu Tschaikowsky durch mein Zimmer getanzt und habe mir vorgestellt, eine Ballerina zu sein. So ein typischer Mädchentraum, der aber spätestens mit der Erkenntnis, mit einsachtundsiebzig einfach zu groß für eine Ballettkarriere zu sein, ausgeträumt war. Und jetzt dröhnt auf einmal die Nussknacker-Suite aus den Lautsprechern von Miriams Anlage, meine Freundin sitzt giggelnd auf dem Sofa und erteilt mir Befehle wie »Los, plier!« und »Erste Position«. So ist sie einfach: Nachdem ich ihr davon erzählt habe, fand Miriam, wir müssten das gleich mal ausprobieren. Aber wer weiß: Vielleicht ist es ganz gut, dass sie mir mit ihrer Spontaneität hin und wieder einen Schubs gibt. Von allein wäre ich auf die Idee nicht gekommen. Und wir sind ja unter uns, da kann ich mich ruhig zum Deppen machen.

Ich breite die Arme aus und gleite schwanengleich durch Miriams Wohnzimmer. Wobei ich wahrscheinlich eher aussehe wie ein Nilpferd, aber wenn's der Sache dient ... Nachdem ich erst ein paar Takte etwas unsicher herumtipple, merke ich auf einmal, dass mir die Sache immer noch genauso viel Spaß macht wie früher. Und ein paar Tanzschritte kann ich sogar einigermaßen gekonnt vorführen, obwohl ich seit fast zwanzig Jahren kein Ballett mehr gemacht habe. Miriam sieht auch mehr begeistert als amüsiert aus, das spornt mich noch zusätzlich an, sodass ich mich traue, eine Pirouette zu drehen. *Rumms,* das Nilpferd geht zu Boden. Auf dem Teppich liegend breche ich in Gelächter aus, ich fühle mich wie fünfzehn! Miriam prustet ebenfalls drauflos.

»Was für eine Show!«, lacht sie. »Das sah echt gar nicht schlecht aus. Bis zum Finale, meine ich.«

Ich stelle mich wieder hin, mache eine tiefe Verbeugung und tipple dann mit ausgebreiteten Armen zu Miriam rüber aufs Sofa.

»Vielen Dank«, erwidere ich hoheitsvoll und lasse mich neben sie plumpsen, »vielleicht hätte ich doch Chancen beim Bolschoi-Ballett gehabt.«

»Mit Sicherheit«, stimmt Miriam mir zu, »ich kann mir richtig vorstellen, wie du mit Barischnikow über die Bühne geschwebt wärst.« Giggelnd entkorken wir noch eine Flasche Prosecco und stoßen auf meine leider niemals verwirklichte Ballettkarriere an.

»Jetzt kann ich es dir ja gestehen«, sagt Miriam schließlich.

»Was gestehen?«

»Ich hatte auch mal so einen kindischen Kleinmädchentraum ... ich wollte Schauspielerin werden.«

»Was ist denn daran kindisch?«, will ich wissen. Miriam und die Schauspielerei, das kann ich mir eigentlich sogar ganz gut vorstellen.

»Ach«, sie macht eine wegwerfende Handbewegung. »Das wollen doch fast alle, da ist die Konkurrenz viel zu groß. Und außerdem ...« Sie kommt ins Stocken.

»Außerdem was?« Ich mustere sie durchdringend, mit einem Mal sieht Misses Großmaul persönlich irgendwie verunsichert aus.

»Na ja«, erzählt sie dann, »in der Schule war ich mal in der Theater-AG und bekam die Hauptrolle in einem Stück.«

»Aber das ist doch toll! Wenn du kein Talent gehabt hättest, hätten sie dir die Rolle doch wohl nicht gegeben.«

Miriam nickt. »Schon. Aber an dem Abend, an dem die Aufführung stattfand, war ich auf einmal tierisch aufgeregt.« Sie spielt gedankenverloren mit ihrem Glas in der Hand herum. »Und als ich dann meine erste Szene hatte ... da bin ich raus auf die Bühne ... und ... na ja, ich hab nicht einen einzigen Satz herausbekommen. Ich war komplett gehemmt.«

»Du und komplett gehemmt? Das kann ich mir jetzt wirklich nicht vorstellen.«

»War aber so«, erzählt Miriam weiter. »Meine Stimme wollte einfach nicht so wie ich – und alle haben mich ausgelacht.«

»Und dann?«

»Bin ich von der Bühne gerannt und habe beschlossen, die Sache mit der Schauspielerei zu lassen. Mir war das einfach unglaublich peinlich.«

»Das tut mir leid.«

»Ach, was soll's.« Miriam zuckt mit den Schultern. »Ich hab's ja dann später mit Theaterwissenschaften versucht. War aber, wie du weißt, auch nicht so mein Ding.«

Eine Weile sitzen wir einfach nur so da.

»Danke«, sage ich nach ein paar Minuten.

»Danke? Wofür?«

»Dass du mir erzählt hast, dass du auch manchmal Momente hast, in denen du dich unzulänglich und doof fühlst.«

Miriam lacht. »Davon habe ich jede Menge!«

»Merkt man aber nicht.«

»Tja«, Miriam nimmt noch einen Schluck Prosecco, »du weißt doch: Die mit der größten Klappe verstecken sich nur dahinter.« Sie nimmt meine Hand und drückt sie. »Und du hast wundervoll getanzt, ehrlich wahr!«

Ich drücke ihre Hand zurück und genieße das seltene Gefühl, mich rundum wohl und zufrieden zu fühlen. Ja, gerade bin ich wirklich ziemlich glücklich.

In dem Moment, in dem ich das denke, fällt mir ein, dass ich IHM ja noch gar nichts von meinem Selbstversuch mitgeteilt habe. Schnell schnappe ich mir mein Handy, das auf dem Couchtisch liegt, und tippe los:

Erkenntnis Nummer 1: Zu lauter Musik durch die Wohnung tanzen macht mich glücklich. Probier es aus! SIE

4. Kapitel

Er

»First I was afraid, I was petrified / kept thinking I could never live without you by my side / but then I spent so many nights just thinking how you did me wrong / and I grew strong / and I learned how to carry on …«

In ohrenbetäubender Lautstärke wummert Gloria Gaynor durch meine Eineinhalb-Zimmer-Wohnung, und ich gröle aus voller Kehle mit. *Jaha!* Habe mich schon lange nicht mehr so toll gefühlt. Gut, wahrscheinlich sehe ich jetzt genauso bekloppt aus wie Kevin Kline als schwuler Lehrer in *In & Out*, aber das ist mir egal. *I will survive* – der Klassiker aller Liebeskummerkranken wirkt doch immer wieder.

Ich setze gerade zu einer gewagten Schrittkombination mit Zweifachdrehung an *(And so you're back from outer space)*, als tatsächlich jemand *from outer space* zu mir zurückkehrt: Dorothee steht in der Tür, sie hat einfach ein prima Händchen für den passenden Auftritt. Eigentlich überflüssig zu erwähnen, dass sie mich relativ entgeistert anstarrt.

»Ich habe geklingelt, aber du hast mich wohl nicht gehört«, erklärt sie ihr plötzliches Erscheinen und glotzt immer noch blöde. »Was in aller Welt machst du da?«

Ich bin zu Tode erschrocken, aber trotz Gloria Gaynor noch Mann genug, um das nicht zu zeigen. »Wonach sieht's denn aus?«, gebe ich mich so lässig, wie man in dieser peinlichen Situation nur sein kann.

»Bist du eurer Betriebssportgruppe Jazztanz beigetreten?« Sehr witzig. Damit hat sie sich die frontale Methode verdient. »Nein, um ganz ehrlich zu sein, versuche ich gerade, Schmerz durch Bewegung zu verarbeiten.«

Sie schweigt. Und, *argh*, sie sieht *so* gut aus! Ihre offenen Haare fallen weich über ihre Schultern, sie trägt den blauen Pullover, der ihre Augen immer so schön zum Glänzen bringt. So ein Glänzen, das ich bei ihr schon lange nicht mehr gesehen habe. Was ist das bloß? Ich merke, wie sich mir die Kehle zuschnürt. Sie sieht irgendwie ... glücklich aus. Geht es ihr so gut damit, mich lästigen Klotz nicht länger am Bein zu haben? Sieht ganz danach aus.

I should have changed that stupid lock, I should have made you leave your key.

Vielleicht hätte ich mal eher auf Gloria Gaynor hören und Doro gleich ihren Schlüssel abnehmen sollen. Mir ist auf einmal zum Heulen zumute. Sie hier wie in alten Zeiten in meiner Wohnung zu sehen, ist definitiv noch zu viel für mich.

»Was ... was willst du hier, Doro?«, bringe ich leicht stotternd hervor. Mein Verstand sagt mir, dass sie nicht gekommen ist, um mir doch noch eine Chance zu geben. Mein Herz behauptet das glatte Gegenteil.

»Ich wollte dir deine Schlüssel zurückgeben.« Sie nestelt an ihrem Schlüsselbund. »Hier, bitte, ich wollte ihn nicht einfach wortlos in den Briefkasten werfen.« Sie hält mir drei Schlüssel entgegen. Eigentlich auch ziemlich wortlos.

Nein. *Nein!* Bitte, Dorothee, das kann einfach nicht dein Ernst sein. Bleib hier, rede mit mir. Ich gehe einen Schritt auf sie zu und greife nach ihrer Hand. Auf dem Isemarkt konnte sie einfach weglaufen, aber jetzt werde ich es ihr nicht so leicht machen. Los, Siems, jetzt nutz mal den angetanzten Mut!

»Dorothee, bitte lass uns wenigstens noch einmal in Ruhe reden. Ich finde, du schuldest mir dieses eine Gespräch. Du kannst nicht einfach so hier aufkreuzen, mir die Schlüssel in die Hand drücken und dann wieder abhauen. Sprich mit mir!«

»Roland, es ist dir vielleicht nicht aufgefallen, aber ich habe die vergangenen sechs Monate nichts anderes versucht, als mit dir endlich ein vernünftiges Gespräch zu führen. In den drei Jahren, in denen wir zusammen waren, haben wir kein einziges Mal wirklich über uns gesprochen. Und das lag definitiv nicht an mir. Jetzt hat es leider auch keinen Sinn mehr.«

»Aber jetzt stehe ich doch hier vor dir und sage: He, lass uns reden. Ich weiß auch, dass ich unsere Probleme teilweise vielleicht ein bisschen verdrängt habe, aber ich kann mich ändern. Ich *will* mich ändern!«

»Teilweise? Vielleicht? Ein bisschen? Roland, das ist doch schon wieder der gleiche ausweichende Scheiß wie immer. Und was heißt überhaupt *unsere* Probleme? Ich finde, *du* hast ein Problem. Ich kenne niemanden, der so antriebslos durchs Leben schlingert wie du. Das macht mich ganz wahnsinnig. Ich will mich nicht mehr um dich kümmern müssen. Ich will einen Mann, kein Kind.«

»Ja, ich weiß ... Doro, ich weiß doch, dass du recht hast. Aber ich kann mich *wirklich* ändern. Ich verspreche es! Mann«, bringe ich halb trotzig hervor, »ich gehe mir doch selbst auf den Zeiger. Ich, ich ...« Ich komme ins Stocken. *Ich, ich, ich?* Was kann ich nur sagen, damit sie mir glaubt, damit sie uns noch eine Chance gibt, damit sie ...

»Roland?« Sie mustert mich und sieht auf einmal sehr entschlossen aus. »Ich liebe dich nicht mehr.«

»Was?«

»Ich liebe dich nicht mehr. Es ist vorbei, und du kannst daran nichts ändern. *Ich* kann daran nichts ändern.«

»Aber ... aber du ...«

»Nein. Bitte akzeptiere das. Es ist endgültig aus.« Sie dreht sich um und geht, ohne noch einmal in meine Richtung zu schauen. Die Tür fällt ins Schloss.

It took all the strength I had / Not to fall apart / Kept trying hard to mend the pieces of my broken heart …

Nein, ich kann mich jetzt nicht zusammenreißen. Ich will es auch gar nicht. Gehe rüber zu meiner Anlage und schalte den CD-Spieler ab. Dann tue ich etwas, was ich schon seit drei Tagen hätte tun sollen: Ich lasse los und heule, wie ich seit meiner Kindheit nicht mehr geheult habe. Und so absurd es klingt – mit einem Mal ist da eine ungeheure Erleichterung in mir, und ich merke, wie gut es tut, die angestauten Gefühle einfach rauszulassen.

Die Sonne versank schon fast am Horizont und tauchte die gelben Weizenfelder in ein rotes, warmes Licht. Im leichten Wind wiegten die Ähren sachte hin und her, als würden sie zu einer geheimen Musik tanzen. Aber es war vollkommen still. Bis auf das Knarren des Schaukelstuhls auf der hölzernen Veranda war kein Laut zu hören. Ich betrachtete meine Hände, die schwer und müde auf den Armlehnen lagen. Alt sahen sie aus, mit tausenden von Flecken übersät; dicke Adern verrieten die vielen Jahre, die sie gearbeitet hatten.

Müde hob ich meine rechte Hand und streckte sie dem Sonnenlicht entgegen. So, im Widerschein des Lichts, konnte man ihr Alter kaum noch erkennen. Beinahe jung sahen sie aus. So, wie sie einmal gewesen waren, als ich Agnes begegnet war. Damals war ich gerade mal achtzehn oder neunzehn, genau weiß ich es nicht mehr. Aber ich erinnere mich noch genau daran, wie wunderschön Agnes war. Meine wunderschöne, traumhafte Agnes, mein Engel, die einzige Liebe meines Lebens. Viele, viele Jahre waren seit dieser Liebe vergangen – aber ich hatte sie nie vergessen. Und oft, wenn ich in den Abendstunden nach getaner Arbeit hier auf meiner Veranda saß und der Sonne dabei zusah, wie sie Stück für Stück in einem Meer aus Weizen versank, dachte ich an sie. Ob auch sie mich niemals vergessen hatte? Wie gern hätte ich gewusst, ob sie manchmal heimlich die Briefe las, die ich ihr geschrieben hatte. Unzählige Briefe, Hunderttausende von Worten, die doch immer nur das Gleiche sagten: Ich liebe dich. Ich werde dich immer lieben. So lange ich lebe.

Das Klingeln an meiner Tür bringt mich wieder ins Hier und Jetzt zurück. Wie lange habe ich schon so auf meinem Bett gelegen, eingerollt in eine Art Embryonalstellung, und vor mich hin geträumt? Eine halbe Stunde? Eine? Zwei? Mehrere Tage? Ich habe keine Ahnung, habe jegliches Gefühl für Raum und Zeit verloren. Mühsam stehe ich auf und wanke zur Tür. Ein flüchtiger Blick in den Spiegel, der neben der Garderobe im Flur hängt, verrät mir, dass ich grauenhaft aussehe: Die Augen rot, die Haare wirr und irgendwie grauer als sonst, mein Gesicht wirkt nahezu eingefallen. Wahrscheinlich wäre es besser, die Tür nicht zu öffnen, aber ich schließe trotzdem auf.

Vor mir steht Georg. »Hast du uns vergessen?«

Vergessen? Was redet der da? Ich brauche ein paar Minuten, um zu begreifen, was er meint. Richtig, heute ist ja der zweite Samstag im Monat, da treffe ich mich immer mit meinen Jungs zu einer Art Stammtisch im ZwoElf.

»Wie siehst du eigentlich aus?«, fragt Georg, bevor ich etwas sagen kann. »Als Arzt würde ich jetzt die Diagnose Beulenpest stellen.«

Ich schweige.

»Schlimmer als Beulenpest?«

»Dorothee war eben hier.«

»Dorothee?« Er sieht nahezu fassungslos aus, als hätte ich ihm mein baldiges Ableben mitgeteilt. »Hat sie es sich etwa noch mal anders überlegt?«

Ich schüttele den Kopf. »Kann man nicht gerade sagen. Sie hat mir meine Schlüssel zurückgegeben.«

»Oh.«

Genau: *Oh.* Mehr fällt mir dazu auch nicht ein. »Jedenfalls muss die heitere Herrenrunde heute ohne mich stattfinden. Ich bin im Moment echt nicht in Stimmung dafür.«

»Soll ich einen Moment reinkommen und du erzählst mir alles?«

Ich ziehe Georg wortlos von der Tür ins Wohnzimmer und sacke auf meinem Sofa in mich zusammen. Er lümmelt sich in den alten Ledersessel, der in der Mitte des Raumes steht, und schaut mich erwartungsvoll an.

»Also, was hat sie gesagt?«

Da soll noch mal einer behaupten, nur Frauen würden über Beziehungen diskutieren. In weniger als vierundzwanzig Stunden führe ich ganze zwei problemorientierte Grundsatzdiskussionen mit meinem besten Kumpel! Hätte ich das doch mal mit Doro gemacht! Obwohl, genau genommen gibt es jetzt kein »Problem« mehr, über das man reden könnte.

Die nächste halbe Stunde verbringe ich damit, Georg die dramatischen zehn Minuten des Abends aus jedem Blickwinkel, mit jeder Interpretationsweise, zu schildern. Als ich damit fertig bin, lehne ich mich erschöpft zurück: »Und, was meinst du dazu?«

»Wenigstens hast du ihr diesmal kein Taxi gerufen.«

Wenn das witzig sein soll, kommt es bei mir nicht so richtig an. Ich werfe ihm einen mürrischen Blick zu.

»Hey, war doch nur ein Scherz. Ich wollte dich ein bisschen aufmuntern.«

»Ist dir nicht gelungen«, erwidere ich knapp.

»Jetzt schau doch nicht so, als wolltest du mir gleich an die Gurgel«, verteidigt er sich. »Langsam frage ich mich echt, ob du momentan irgendwie Stoffwechselstörungen hast. Ich meine, natürlich ist das alles traurig, aber du kannst doch nicht allen Ernstes hier auf deiner Bude hocken und flennen wie ein Kleinkind. Mensch, Roland! Jetzt komm mal wieder zu dir! Da draußen ist die Welt voller Frauen, die nur darauf warten, dich kennenzulernen. Im Ernst, die Zeit arbeitet da voll für dich. Mit Anfang, Mitte dreißig hören die doch alle ihre biologische Uhr ticken. Glaub mir, ich bin Gynäkologe, ich höre diese Geschichte in meiner Praxis jeden Tag zehnmal.«

»Bist du fertig?«

»Ich kann auch gehen, wenn dir das lieber ist.«

»Das meine ich ja gar nicht«, schlage ich einen versöhnlicheren Tonfall an. »Aber ich bin gerade noch total fertig wegen Dorothee, und du fängst an, mir was über andere Frauen zu erzählen.«

»Ich wollte dir ja nur zeigen, dass das nicht das Ende der Welt ist. Und du hast bestimmt noch jede Menge Chancen!«

»Klar, auf einen verhinderten Schriftsteller, der als Postbote jobbt, hat die Frauenwelt ja auch nur gewartet«, entfährt es mir zynisch.

»Wenn du mal aufhörst, dich selbst zu bemitleiden, vielleicht schon.«

»Entschuldige bitte mal: Meine Freundin hat mir nach drei Jahren den Laufpass gegeben und mir vorhin meine Schlüssel in die Hand gedrückt! Da wird man doch wohl mal ein bisschen schlecht drauf sein dürfen, oder?«

»Klar darf man das. Aber ich habe den Verdacht, dass du das jetzt als nächsten Grund nehmen wirst, warum dein Leben wertlos und unglücklich ist.«

»Sorry, aber zu einer Grundsatzdiskussion darüber, warum ich nicht zufrieden bin, habe ich jetzt echt keine Lust.« Ich springe auf und fege dabei aus Versehen den überquellenden Aschenbecher vom Tisch. Georg steht ebenfalls auf, kommt auf mich zu und will offenbar eine Hand auf meine Schulter legen. Aber im letzten Moment zieht er sie wieder zurück.

»Du hast recht. Tut mir leid, ich wollte dir nur helfen.«

»Weiß ich ja. Aber da muss ich jetzt erst einmal allein durch.« Einen Moment mustert Georg mich unschlüssig, dann nimmt er seine Jacke vom Sessel und macht Anstalten, sie anzuziehen.

»Ich werd dann mal ins *ZwoElf* gehen. Falls du doch noch Lust kriegst, kannst du ja nachkommen.«

»Mach ich.« Obwohl ich mir mehr als sicher bin, dass ich heute Abend garantiert keine Lust mehr bekomme. Ich folge Georg zur Tür.

»Trotzdem«, meint er, bevor er sie öffnet, »auch, wenn du es nicht hören willst: Irgendwann lernst du eine kennen, die dich genau so will, wie du bist.«

»Ich will aber nicht irgendeine«, stelle ich fest und komme mir vor wie eine Gebetsmühle, »ich will Dorothee.«

Georg guckt mich traurig an. »Ich glaube, die musst du vergessen.«

Sie

Vergessen. Ha! Wie einfach ist es, jemanden zu vergessen, wenn einen jede Straßenlaterne, jeder Taxistand und jede bescheuerte Cola-Dose an jemanden erinnert? Mürrisch kicke ich die zerbeulte Dose weg, die vor mir auf dem Bürgersteig liegt. Das ist das Schlimmste am Ende jeder Beziehung: Alles und jeder ist emotional kontaminiert: Da drüben, bei der Döner-Bude, da haben wir uns mal nachts um drei eine türkische Pizza geholt. Oh, dieser Song, der lief mal im Radio, als wir einen Ausflug in die Lüneburger Heide gemacht haben. Scheiße, *genau so* ein kariertes Hemd hatte er auch! Oder eben auch: Er hat am liebsten Cola aus der Dose getrunken. Die Luft ist verpestet mit Erinnerungen, mit Abermillionen von Kleinigkeiten, die nichts weiter im Sinn haben, als dich immer und immer wieder schmerzhaft daran zu erinnern: Er ist weg! Und schlimmer noch: Du bist allein, es gibt kein gemeinsames Döner-von-der-Bude-holen mehr.

»Siehste! War doch eine gute Idee, heute auszugehen.« Miriam läuft plappernd neben mir her über die Reeperbahn und merkt offensichtlich nicht, dass ich meinen Gedanken nachhänge. Ihren kleinen Schwächeanfall von vorhin hat sie schnell überwunden und ist wieder ganz die Alte. »Und ich sage dir: Die Party wird großartig!« Nach meiner kleinen Tanzeinlage habe ich mich vorübergehend so gut gefühlt, dass Miriam es geschafft hat, mich zu irgendeiner wilden Fete auf dem Kiez zu überreden. Und nachdem ich zugestimmt habe, hat sie sogar Steffie mobilisiert, die das letzte Mal vor zwei Jahren einen Fuß auf die Reeperbahn gesetzt hat. Und da auch nur, weil sie Hans nach einem Junggesellenabschied einsammeln musste. Aus dem Augenwinkel kann ich sehen, dass sie einen ähnlich begeisterten Eindruck macht wie ich.

»Ach«, juchzt Miriam und legt jeder von uns einen Arm um die Schultern, »ich freue mich, dass wir mal wieder so eine richtige Mädelstour machen!«

»Solange wir nicht wieder in die Herbertstraße müssen«, werfe ich ein.

»Keine Sorge«, beruhigt Miriam mich, »das ist ja langweilig, kennen wir doch schon!«

»Und wo genau gehen wir jetzt hin?«, will Steffie wissen. »Es ist doch schon fast Mitternacht.«

»Aber da geht's ja erst richtig los«, stellt Miriam fest.

»Glaube nicht, dass ich heute so alt werde«, meint Steffie.

»Wieso alt *werden?«*, gibt Miri scherzhaft zurück, »ihr *seid* doch schon alt!«

Haha, sehr witzig! Werd du erst mal dreißig, du junges Küken, dann bist du froh, wenn nach den Tagesthemen das Licht ausgeht. Andererseits: Vielleicht sind Steffie und ich tatsächlich schon ganz schön alt. Als ich eine halbe Stunde später in irgendeinem schummrigen Club stehe und mich mit Steffie gegen die hundertfünfzig Dezibel aus den Boxen anschreie, während Miriam ausgelassen auf der Tanzfläche rumtobt – oder wie auch immer man das nennen soll, wenn zweitausend Leute sich einen Quadratmeter teilen –, beschleicht mich der Verdacht, dass so etwas für mich einfach nichts mehr ist. Zu laut, zu voll, zu viele Menschen unter fünfundzwanzig.

»Geht's dir denn wirklich wieder etwas besser?«, gröhlt Steffie.

»Weiß nicht«, brülle ich zurück, »bei dem Lärm kann ich mich gar nicht darauf konzentrieren, dass ich eigentlich schlecht drauf bin.«

Steffie muss lachen. »Das ist doch schon mal was!«

Miriam kommt vorbeigehüpft und drückt jeder von uns ein Glas Sekt in die Hand. »Hier!«, schreit sie. »Von dem Typen da drüben!« Steffie und ich gucken nach »da drüben«, können aber nur eine undefinierbare Masse, bestehend aus Köpfen, Armen und Beinen, ausmachen. »Hab dem Kerl gesagt, dass er auch meine Freundinnen einladen muss, wenn er mich einlädt.« Dann taucht sie wieder in der Menge unter. Steffie und ich grinsen und prosten uns zu.

»Wie macht sie das nur?«, will Steffie wissen.

»Schätze, das ist ihr sonniges Gemüt.« Steffie nickt zustimmend. Dann starren wir beide weiter schweigend auf die Tanzfläche. Unterhalten hat keinen Sinn, sonst haben wir beide morgen einen Stimmbandkatarrh.

Eine Stunde und zwei Sekt später kramt Steffie ihr Handy aus der Tasche und erklärt mir mit Händen und Füßen, dass sie jetzt die Nase voll hat und Hans anruft, damit er sie abholt.

»Dann komme ich mit«, brülle ich ihr ins Ohr, »mir reicht es für heute auch!« Steffie verschwindet nach draußen, und ich suche die Tanzfläche nach Miriam ab, kann sie aber nirgends entdecken. Aber wahrscheinlich wird ihr nicht mal auffallen, wenn Steffie und ich uns davonmachen. Ich suche ebenfalls mein Handy, um ihr eine SMS zu schicken, damit sie weiß, dass sie uns nicht suchen muss. Und natürlich will ich gleichzeitig nachsehen, ob ich wieder eine Nachricht von IHM habe. Irgendwie wäre mir jetzt nach ein paar aufbauenden Worten, der Anblick der vielen ausgelassenen Leute hier zieht mich langsam, aber sicher runter. Tanzen, ja, das hat mir Spaß gemacht. Aber nicht hier und nicht so.

Keine neue Nachricht. Toll! Wenn er sich immer so viel Zeit lässt, mir zu antworten, schaffen wir es bei hundertsechzig Zeichen pro Mitteilung, in den nächsten zwei Jahren ungefähr so viele Worte miteinander zu wechseln wie andere Leute bei einem halbstündigen Kaffeeplausch! Aber gut – wer weiß, wo er sich Samstagabend rumtreibt. Normale Menschen gehen da schließlich aus und haben Spaß. So wie ich gerade, haha!

Ich schicke die Nachricht an Miriam ab und warte darauf, dass Steffie zurückkommt. Irgendwie beneidenswert: Es ist zwei Uhr nachts, und sie kann ihren Mann einfach anrufen, schon setzt er sich ins Auto und kommt angebraust. Ohhh, emotionale Kontaminierung, sofort muss ich daran denken, wie Markus mich vor drei Monaten einmal mitten in der Nacht von einer Party abgeholt hat, weil ich mein Portemonnaie verloren und kein Geld fürs Taxi mehr hatte. Das war so schön! Na gut, im nächsten Moment fällt mir ein, dass ich die Situation genau genommen etwas romantisch verklärt sehe. »Bist du wahnsinnig?«, hatte er mich angeherrscht, nachdem ich eingestiegen war, »ich habe am Montag eine wichtige Präsentation – und du klingelst mich nachts um drei aus dem Bett?«

»Aber heute ist doch erst Freitag«, hatte ich kleinlaut erwidert.

»Ich brauche meinen Schlaf!«, hatte er weitergeschrien. Und was tat ich? Ich sprang nicht etwa aus dem Wagen, knallte energisch die Tür zu, nachdem ich ihm auseinandergesetzt hatte, was für ein idiotischer Spießer er sei. Nein, ganz und gar nicht: Ich habe mich wortreich und unter Tränen entschuldigt und ihm versprochen, dass so etwas nie, nie wieder vorkommen würde. Argh! Meine Freundinnen haben recht. Es wäre wirklich besser gewesen, wenn ich ihm hin und wieder auch mal Kontra gegeben hätte.

»Hans ist in zwei Minuten da.« Steffie steht wieder neben mir.

»Was ist mit Miriam?«

»Abgetaucht.«

»Sollen wir sie suchen?«

»Hast du bis morgen früh um sechs Zeit? Ich hab ihr eben eine SMS geschrieben, dass wir schon los sind.«

»Gut, dann können wir ja gehen.«

Eine Minute nachdem wir den Laden verlassen haben, beschließt der Hamburger Himmel, in Tränen auszubrechen. So was! Hat der auch Liebeskummer? Schnell flüchten Steffie und ich uns wieder ins Innere des Clubs – dann doch lieber ein weiteres Bad in der Menge nehmen als hier weggespült werden.

»Wo bleibt Hans nur?«, regt Steffie sich auf, als er knapp dreißig Sekunden später immer noch nicht aufgetaucht ist.

»Du hast ihn doch erst eben gerade angerufen«, beschwichtige ich sie und frage mich, warum sie auf einmal so schlechte Laune hat, »er muss ja erst mal herfahren und einen Parkplatz finden.«

»Ich hasse solche Läden!« Steffie verschränkt missmutig ihre Arme vor der Brust. »Warum habe ich mich nur von Miriam überreden lassen?«

»Also, so schlimm finde ich es jetzt auch wieder nicht.«

»Wie schön für dich.«

Ich mustere Steffie etwas verwundert von der Seite. »Was ist denn auf einmal los mit dir? Eben warst du doch noch nicht so schlecht gelaunt.«

»Ach«, Steffie macht eine wegwerfende Handbewegung, »ist gar nichts. Hans war eben nur ein bisschen komisch am Telefon und irgendwie …« Sie kommt ins Stocken.

»Irgendwie was?«

»Gar nichts«, erwidert sie schnell, »es ist gar nichts.« So, wie sie das sagt, ist da garantiert was. Nur was? Aber offensichtlich liege ich mit meiner Vorstellung, wie schön es sein muss, einen Mann zu haben, der einen mitten in der Nacht abholt, doch nicht ganz richtig.

»Jetzt sag schon. Sonst bin ich immer nur diejenige, die dich mit ihren Problemen volltextet, da würde ich mich gern mal revanchieren.«

»Wir haben keine Probleme«, bellt Steffie eine Spur zu schnippisch zurück. »Ich hole uns noch einen Sekt«, meint sie dann schnell und verschwindet Richtung Bar. Hm, soll mal einer aus ihr schlau werden. Erst will sie unbedingt gehen, dann holt sie sich noch einen Sekt. Was denn nun?

Steffie und der Sekt laufen zeitgleich mit Hans ein, der sich durch einen Pulk von Menschen vor dem Eingang boxt.

»Da bist du ja«, wird er von Steffie begrüßt, die daraufhin ihr Glas in einem Zug austrinkt und mir meinen Sekt in die Hand drückt. »Dann können wir ja los.«

»Hi Jana«, begrüßt Hans mich, ohne auf Steffie einzugehen, und gibt mir links und rechts ein Küsschen auf die Wange. Dann erst widmet er sich seiner Frau und begrüßt sie ebenfalls mit einem Wangenkuss. »Wenn ich schon mal hier bin, will ich auch noch einen Moment bleiben.«

»Aber der Laden ist doch überhaupt nichts für dich!«, stellt Steffie fest.

»Sagt wer?«, erwidert Hans und greift nach der Hand seiner Frau. »Komm, wir tanzen.« Protestierend lässt Steffie sich in die Menge ziehen. Ich beobachte die Szene einigermaßen verwundert. Was ist nur mit den beiden los? Bisher hätte ich auch eher gedacht, dass Hans solche Menschenansammlungen verabscheut. Aber während ich ihn beobachte, wie er mit seiner Frau tanzt, wirkt er äußerst amüsiert. Ganz im Gegensatz zu Steffie, die einen recht sauertöpfischen Eindruck macht.

»Wo wart ihr denn?« Neben mir steht Miriam, ganz offensichtlich schon ein klein wenig angetrunken.

»Wo *wir* waren? *Du* bist doch abgetaucht!«

»Iss ja egal«, meint Miriam. »Und wo ist Steffie abgeblieben? Wahrscheinlich schon wieder auf dem Weg ins traute Heim.«

»Ganz im Gegenteil«, stelle ich fest und deute in die Menge,

»sie legt gerade mit Hans eine flotte Sohle aufs Parkett.« Miriam folgt meinem ausgestreckten Arm und verzieht das Gesicht. »Was macht denn dieser Spießer hier?« Sie hatte noch nie sonderlich warme Worte für Hans übrig. Zu gesettled. Zu steif. Zu Lehrer eben.

»Er wollte uns abholen und jetzt noch ein bisschen bleiben.«

»Sieht ihm gar nicht ähnlich.«

»Scheint aber seinen Spaß zu haben.« In diesem Moment wirbelt Hans Steffie in einer Pirouette über die Tanzfläche, zieht sie dann mit einem Ruck an sich und stößt sie wieder weg, sodass sie fast hinfällt. Steffie sieht dabei immer noch wenig begeistert aus und macht Anstalten, die Tanzfläche zu verlassen. Aber Hans zieht sie wieder eng an sich und fängt an, sie zu küssen. Dabei wirft er einen kurzen Blick zu uns herüber und lächelt uns zu.

»Ich geh mal telefonieren.« Mit diesen Worten stürmt Miriam zum Ausgang.

Seltsamer Abend. Habe ich irgendetwas nicht mitgekriegt?

Drei Tänze später schleift Steffie Hans von der Tanzfläche. Zwar sieht er so aus, als könnte er noch gut und gern bis in den Morgen hier rumhüpfen, aber er folgt ihr wie ein treuer Hund.

»So, das reicht uns jetzt«, meint Steffie, »wir fahren. Kommst du mit?« Ich nicke. »Und wo ist Miriam schon wieder hin?«

»Keine Ahnung, ist raus und wollte jemanden anrufen.«

»Na, sie wird schon nicht verloren gehen.«

»Irgendein neuer Freund bringt sie bestimmt nach Hause.« Mit dem neuen Freund liege ich gar nicht so falsch: Als Steffie, Hans und ich nach draußen kommen, steht Miriam knutschenderweise direkt neben dem Eingang und lässt sich nass regnen. Nicht weiter aufregend, bis auf ihren Galan: der Bulle, der mir gestern das Handy-Knöllchen verpasst hat! Wo hat sie denn den jetzt so schnell aufgetan?

»Wir hauen ab«, raunzt Steffie sie an und zerrt Hans an ihr vorbei Richtung Tiefgarage.

»Moment«, ruft Miriam und macht sich von dem Typen los. »Ich wollte euch kurz Marius vorstellen.«

Wie jetzt? Mein Bulle ist Miris Marius? Die Welt ist wirklich zu klein. In diesem Moment wird mir auch klar, wen Miriam angerufen hat, sie hat ihn scheinbar hierher bestellt. Etwas unsicher streckt Marius Steffie eine Hand hin, dann mir und zum Schluss Hans.

»Das ist ja lustig«, meine ich, »*du* bist also Marius!«

»Wieso?«, erwidert er verständnislos. Aber bevor ich erklären kann, dass wir uns ja bereits kennen, fällt Miriam mir ins Wort.

»Ja, *das* ist Marius!« Dabei legt sie mit einer besitzergreifenden Geste einen Arm um ihn und strahlt uns an, als wolle sie uns ihren Verlobten vorstellen und nicht den Mann, von dem sie vor nicht mal vierundzwanzig Stunden noch behauptet hat, dass er sie mit seiner Liebeserklärung total abgetörnt hätte. Ich versteh jetzt gar nichts mehr. Um mich herum durchleben plötzlich alle eine komplette Charakter-Metamorphose. Haben Außerirdische sich ihrer Körper bemächtigt?

»Wir müssen los«, beendet Hans die etwas seltsame Konversation, nimmt Steffies Hand und deutet ihr mit einem Nicken, dass er gehen will.

»Bis morgen dann«, verabschiedet Miriam sich, »wir können

ja zusammen frühstücken.« Sie wirft mir einen auffordernden Blick zu.

»Können wir gern machen«, stimme ich zu.

»Von mir aus«, meint auch Steffie.

»Um zehn bei mir?«, schlage ich vor.

»Okay.« Miriam nickt. Dann lächelt sie noch einmal verzückt. »Vielleicht bringe ich Marius mit.« Gleich haut es mich um, so etwas habe ich von Miriam ja noch nie gehört!

»Äh, ich kann nicht«, sagt Marius, »ich muss arbeiten.«

»Auf Streife?«, frage ich.

»Auf was?« Er sieht mich entsetzt an.

»Das wollte ich doch eben schon sagen: Du hast mich doch gestern angehalten, weil ich im Auto telefoniert habe.«

Er erstarrt und glotzt mich groß an. »Hab ich nicht.«

»Hast du doch, ich kann mich genau erinnern.«

»Da musst du ihn verwechseln«, geht jetzt Miri dazwischen. »Marius ist DJ.« Ich will widersprechen, da bemerke ich den bittenden Blick von Miriams Galan. So ein *Bitte-bitte-sag-ihr-nicht-dass-ich-Bulle-bin*-Blick. In Ordnung, ich kann verstehen, dass er glaubt, ein DJ hätte bessere Karten als ein Hüter von Recht und Ordnung. Was er nicht weiß: Er wird so oder so nicht lange in ihrer Gunst stehen.

»Da hab ich mich wohl vertan«, behaupte ich. Und gleichzeitig stelle ich noch was fest: Hans und Steffie sind nicht mehr da, sie sind einfach ohne mich abgehauen. Toll! Eilig verabschiede ich mich und laufe im Schweinsgalopp zur Tiefgarage. Hans und Steffie haben dort auf mich gewartet und stehen am Auto. Allerdings weiß ich bei der nachfolgenden Heimfahrt nicht wirklich, ob ich darüber froh sein soll. Im Auto herrscht eisiges Schweigen, und ich frage mich langsam wirklich, ob ich irgendetwas nicht mitbekommen habe.

»War doch ein lustiger Abend«, versuche ich, die Stimmung von meinem Rücksitz aus ein wenig aufzulockern.

»Finde ich auch«, meint Hans.

»Finde ich nicht«, erwidert Steffie bissig. »Es ist mir ein Rätsel, weshalb die Leute sich in einen engen, miefigen Club stellen, sich einen Gehörschaden holen und so viel trinken, dass sie die nächsten zwei Tage im Koma verbringen.«

»Spaß haben«, kommt es von Hans nahezu aggressiv, »die Leute wollen Spaß haben!« Mit einem heftigen Ruck schaltet er einen Gang höher, das Getriebe bedankt sich mit einem lauten *Krrrk*.

»Ich muss mich wundern«, zickt Steffie ihn an, »früher hast du solche Veranstaltungen genauso gehasst wie ich.«

»Hab ich nicht.«

»Hast du doch.«

Ich beschließe, die Klappe zu halten und mich aus diesem Pärchenstreit rauszuhalten. Aber gleichzeitig werde ich auf einmal wieder total traurig. Wieso müssen zwei Leute, die sich lieben, über so einen Unsinn streiten? Geht es wirklich um den Abend – oder geht es in Wahrheit um etwas völlig anderes? Ich muss wieder an Markus denken. Sicher, wir haben uns auch manchmal gestritten, aber die paar Mal habe ich schon fast vergessen. Ich erinnere mich daran, wie wir uns kennengelernt haben. Das war auch in so einem lauten, übervollen Club. Eine geschlagene halbe Stunde lang hat er mich angestarrt, bis er irgendwann zu mir rübergekommen ist und mich angesprochen hat.

»Entschuldigung«, hat er damals gesagt, »ich bin nicht so gut in blöden Anmachsprüchen. Aber gerade dachte ich, dass du vielleicht mein Schicksal bist, und wenn ich dich nicht anspreche und du gleich gehst, werde ich es nie erfahren.« Ich musste kichern, wurde wahrscheinlich rot und wusste gar nicht so recht, was ich dazu sagen sollte. Der Abend – oder eher gesagt die Nacht – endete dann morgens um sieben auf dem Fischmarkt. Markus hat mir einen verwelkten Strauß Blumen gekauft und mich mit heißen Waffeln gefüttert. Ich überlege, ob ich da glücklich war. Ja, das kann man sagen: Das war ich wirklich. Weil ich das Gefühl hatte, etwas ganz Besonderes zu sein, dass jemand wirklich mich meinte. Mich, Jana Kruse.

Wie kann sich jemand so ändern? Wie kann jemand in wenigen Monaten vom romantischen Träumer, der einem die Welt zu Füßen legt, zu jemandem werden, der sich aufregt, wenn man ihn nachts aus dem Bett klingelt? Irgendetwas musste passiert sein, irgendetwas, was ich nicht gemerkt habe.

»Haltet mal«, rufe ich, als wir an der Aral-Tankstelle am Abendrothsweg vorbeikommen.

»Was ist denn?«, will Hans wissen.

»Ich steig aus und lauf das letzte Stück zu Fuß«, behaupte ich, »und ich will mir hier noch schnell Kippen kaufen.«

»Wir können auch warten.«

»Ist nicht nötig, ich brauch eine bisschen frische Luft.«

»Bleibt es denn bei morgen früh?«, fragt Steffie. »Oder willst du lieber ausschlafen?«

»*Nachher* ist gut«, erwidere ich, »so um zehn. Bin ja nicht so der Langschläfer.« Ich verabschiede mich, steige aus und gehe rüber zur Tankstelle. Als Hans und Steffie außer Sichtweite sind, bestelle ich mir über Handy ein Taxi und rauche eine Zigarette, während ich warte. Die Idee ist wahrscheinlich verrückt, aber ich brauche eine Antwort. Jetzt sofort. Vielleicht ist drei Uhr nachts nicht ganz der richtige Zeitpunkt dafür, aber auf einmal habe ich das ganz große Bedürfnis, Markus zu fragen, *warum* ich nicht mehr sein Schicksal bin. Warum er mich so plötzlich verlassen hat. Es macht mich wahnsinnig, es nicht zu wissen, und ich hätte ihn neulich Morgen nicht so einfach davonkommen lassen dürfen, ohne ihm noch ein, zwei Fragen zu stellen.

Eine Viertelstunde später erreiche ich seine Wohnung in der Rellinger Straße. Schon vom Taxi aus kann ich sehen, dass in seinem Wohnzimmer im ersten Stock noch Licht brennt, die Tür zum

Balkon steht auf kipp. Er ist also wach. Nachdem ich bezahlt habe, steige ich aus und gehe auf die Haustür zu. Markus Pohl. Ich zögere, auf die Klingel zu drücken. Ist das wirklich eine so gute Idee? Vielleicht hätten wir beide wirklich noch eine Chance und ich versaue mir jetzt alles, indem ich nachts bei ihm auftauche. Noch eine Zigarette, dann werde ich eine Entscheidung treffen.

Unschlüssig wandere ich die Straße auf und ab. Klingeln oder nicht, klingeln oder nicht, klingeln oder nicht? Immerhin: Auch wenn wir nur ein paar Monate zusammen waren – habe ich nicht ein Anrecht auf ein vernünftiges, erwachsenes Gespräch? Andererseits: Wie vernünftig und erwachsen ist es, ein Gespräch um diese Uhrzeit einzufordern? Klingeln oder nicht, klingeln oder nicht, klingeln oder nicht? Von der anderen Straßenseite aus blicke ich zu der Balkontür hoch. Ich kann nicht erkennen, ob jemand im Wohnzimmer ist oder ob Markus einfach nur das Licht angelassen hat. Vielleicht sollte ich ihn anrufen?

Und wenn er rangeht und einigermaßen wach klingt, könnte ich sagen: »Hey, ich bin gerade zufällig vor deiner Haustür und wollte fragen, ob du mir das Geld fürs Taxi und meinen Fahrzeugschein zurückgeben kannst?« Nein, nicht gut. Erstens glaubt er das mit dem Zufall nie und nimmer, zweitens ist es vielleicht nicht gut, ein klärendes Gespräch damit zu beginnen, dass er mir noch Geld und meine Papiere schuldet.

Mein Blick fällt auf die fest installierten Mülltonnen direkt unter seinem Balkon. Früher bin ich da manchmal einfach raufgeklettert, habe mich auf den Balkon gehangelt und ihn überrascht, indem ich plötzlich in seinem Wohnzimmer saß, wenn er reinkam. Die ersten beiden Male fand er das noch süß, beim dritten Mal bat er mich darum, doch einfach die Haustür zu benutzen, weil er sich sonst zu Tode erschrecken würde.

Ich schnippe die Zigarette weg und überquere die Straße. Mit einem Satz bin ich auf den Mülltonnen, ächzend hangele ich mich an der Balkonbrüstung hoch und schwinge mich mit einem eleganten Satz – na ja, wahrscheinlich sieht es eher aus wie Seniorenturnen – auf seinen Balkon. Ich gebe mir Mühe, nicht allzu laut zu keuchen, damit Markus mich nicht hört. Einen Moment lang lausche ich: Leise Musik dringt an meine Ohren, ich meine, einen Song von Maroon 5 erkennen zu können. Mein Herz macht einen kleinen Hüpfer, die CD hab ich Markus zu unserem dritten Monatstag geschenkt. Immerhin: Er hört meine CD!

Mit leisen Schritten pirsche ich mich zu der Balkontür. Die Vorhänge sind nur halb zugezogen, durch einen Schlitz kann ich den Couchtisch erkennen, auf dem ein ziemlich voller Aschenbecher und ein Glas stehen. Soll ich klopfen? Ich hebe die Faust – lasse sie aber sofort wieder sinken. Eine Hand kommt ins Bild und stellt ein zweites Glas neben das erste. Eine Frauenhand! Mir stockt der Atem. Markus ist nicht allein! Jetzt will ich es genau wissen, mein Kopf schnellt vor, direkt an die Scheibe, sodass ich durch den Schlitz ins Zimmer linsen kann. Im ersten Moment sehe ich überall nur brennende Kerzen, dann registriere ich das Pärchen, das eng umschlungen auf dem Sofa sitzt und knutscht. Markus küsst irgendeine rotblonde Frau, die ich noch nie gesehen habe. Ich glaube, ich muss kotzen. Bloß weg hier!

Ich drehe mich um, springe über die Balkonbrüstung, lande mit einem lauten *Rumms* auf den Mülltonnen, hüpfe runter und kauere mich atemlos gegen die Hauswand. Wenige Augenblicke später höre ich Markus' Stimme.

»Hallo?«, ruft er vom Balkon aus, »ist da jemand?«

Ich bekomme fast keine Luft mehr, so viel Mühe gebe ich mir, meinen hechelnden Atem zu unterdrücken. Meinen Atem – und die heißen Tränen, die sturzbachähnlich aus meinen Augen schießen. Noch zwei, drei Augenblicke, dann höre ich, wie die Balkontür wieder geschlossen wird. Endlich kann ich richtig losschluchzen. Nein, da ist niemand. Nur Jana. Du erinnerst dich? Jana, die Frau, die vielleicht dein Schicksal gewesen wäre. Aber wenigstens habe ich jetzt endlich eine wirkliche Antwort.

Markus hatte recht. Es liegt nicht an mir. Keineswegs. Es liegt an der rothaarigen Frau, die jetzt da sitzt, wo ich noch vor wenigen Tagen mit Markus gekuschelt habe.

Mühsam hieve ich mich hoch, stecke mir noch eine Zigarette an und bestelle mir übers Handy ein Taxi. Noch während ich darauf warte, wird mir plötzlich etwas bewusst: So schrecklich dieser Moment auch war – irgendwie fühle ich mich ein bisschen besser. Weil ich eine Antwort habe, die ich verstehe. Weil ich weiß, warum Markus mich verlassen hat. Und weil es – in der Tat – nicht an mir liegt.

Trotzdem heule ich im Taxi noch so sehr, dass der Fahrer mir verstohlen ein Taschentuch reicht, mich anlächelt und dann feststellt: »Das wird schon, ming Deern.«

Er

Die Uhr auf meinem Nachttisch zeigt vier Uhr morgens, und noch immer kann ich nicht schlafen. Seit Stunden starre ich an die Decke und lasse die letzten Tage wieder und wieder Revue passieren. So ungern ich es zugebe, aber Georg hat recht. Ich bin nicht nur wegen Dorothee so fertig. Es ist vielmehr mein ganzes Leben, das mich unglücklich macht. Ich weiß einfach nicht, wie es weitergehen kann. Ich weiß nur, wie es *nicht* weitergehen kann.

Es muss doch irgendeinen Weg geben, den ich jetzt am besten einschlage? Vielleicht muss ich mir vorher nur selbst ein paar entscheidende Fragen beantworten, Fragen, bei denen mir auch niemand sonst weiterhelfen kann. Zum Beispiel: Was will ich eigentlich mit dem Rest meines Lebens anfangen? Oder, viel entscheidender: *Was kann ich tun, um endlich glücklich zu werden?*

Für den Bruchteil einer Sekunde bin ich versucht, meine unbekannte SMS-Freundin einfach mal anzurufen. Vielleicht würde es mich aufbauen, mit jemandem zu reden, der sein Leben ganz offensichtlich auch so wenig im Griff hat wie ich. Aber vier Uhr nachts ist wahrscheinlich nicht ganz die richtige Uhrzeit dafür. Und ich bin noch nicht einmal betrunken, sodass ich keine gute Ausrede hätte. Ich bin also wieder am Anfang. Bei der Frage nach dem Glück. Ausgerechnet am Ende eines wieder mal sehr unglücklichen Tages.

Was könnte ich tun? Die Sache mit dem Singen und Tanzen war ja nicht wirklich von Erfolg gekrönt. Für einen kurzen Moment ging es mir wirklich besser – bis Doro aufgetaucht ist und das Glück wieder in sich zusammenfiel wie ein klappriges Kartenhaus.

Ich muss also kleinteiliger vorgehen. Was tut mir gut, was nicht das Geringste mit Dorothee zu tun hat? Irgendetwas, das mich möglichst schnell aus meinem Tief befördert und mir mein Selbstbewusstsein zurückgibt. Besser gesagt: Mir überhaupt erst einmal so etwas wie einen Hauch von Selbstbewusstsein ermöglicht.

Einen Bestseller schreiben? Wird schwierig sein, das mal eben in zwei, drei Tagen umzusetzen. Vielleicht muss ich mich mehr auf mich selbst besinnen. Mich nicht so abhängig von anderen Menschen – respektive einer Frau – machen. Mal alleine ins Kino gehen *(grauenhafter Gedanke)*, den nächsten Urlaub als alleinreisender Individualtourist planen *(hoffentlich stößt mir nichts zu)*. Ach, das ist doch alles Mist. So komme ich nicht weiter.

Sie

Ein Post-it klebt an meiner Wohnungstür. *Wollte mal sehen, wie es der Patientin geht. Schade, dass du nicht da warst. Liebe Grüße, Felix*

Da war ich wohl nicht die Einzige, die auf die Idee gekommen ist, mal spontan irgendwo aufzukreuzen. Und obwohl sich mein angeschlagenes Ego ein bisschen freuen könnte, reiße ich nur genervt den Zettel ab. Lasst mich doch alle in Ruhe! Ich brauche echt nicht den nächsten Kerl, der mir erzählt, dass ich vielleicht sein Schicksal bin, um mich dann schneller wieder auszusortieren, als ich auch nur »Piep!« sagen kann. Meine Freundinnen haben recht, ich muss einfach mal lernen, mit mir allein zufrieden zu sein. Weil ich selbst – so sieht es jedenfalls im Moment aus – offensichtlich die Einzige bin, auf die ich mich verlassen kann. Und selbst da habe ich manchmal so meine Zweifel. Also, ob ich mich wirklich auf mich selbst verlassen kann.

Ich hasse es, nachts allein nach Hause zu kommen. Vor allem, wenn ich wie gerade jetzt jemanden bräuchte, mit dem ich über das Geschehene reden kann. Aber das ist ja die Krux: Gerade der Mensch, der mir jetzt zum Reden fehlt, ist der Grund, warum ich überhaupt gern reden würde! Die Katze beißt sich also quasi in den Schwanz. Wieder kullert mir eine Träne über die Wange. Wann habe ich mich das letzte Mal so schrecklich allein gefühlt?

Als hätte das Universum meine Gedanken gehört, piept in diesem Moment mein Handy. Neue Nachricht von meinem Leidensgenossen.

Singen und Tanzen hat bei mir nicht geklappt, bin immer noch unglücklich. Hast du noch eine Idee? ER

Ob ich noch eine Idee habe? Sicher, gerade heute bin ich ein unerschöpflicher Quell an Inspiration, wenn es um das Thema geht. Ich fange an, zu tippen.

Keine Ahnung. Bin gerade erst nach Hause gekommen, und meine Wohnung ist so schrecklich leer. SIE

Meine auch. Ich kann gar nicht schlafen, so still ist es hier. Was machst du gerade? ER

Was ganz Lustiges: Ich weine, weil ich eben gesehen habe, wie mein Ex eine andere küsst. SIE

Scheiße. Das tut mir leid! Habe auch Liebeskummer, Freundin hat mir gerade meinen Schlüssel zurückgegeben. ER

Da gehts dir ja auch nicht besser als mir. Und jetzt? SIE

Weiß nicht. Gerade kommt mir alles so sinnlos vor. ER

Ich starre auf die Nachricht. Und im gleichen Moment denke ich: Nein! Es ist nicht sinnlos! Okay, mein SMS-Partner und ich haben offensichtlich beide Liebeskummer. Aber ist deswegen alles sinnlos? In mir regt sich eine Art Kampfgeist. Das wäre ja noch schöner, wenn das ganze Leben sinnlos wäre, nur weil Markus und – wie auch immer die Frau heißt, die IHM gerade seinen Schlüssel zurückgegeben hat – einen nicht wollen. Das würde ja heißen, dass es nur einen Sinn macht, wenn … Na ja, ich weiß jetzt auch nicht genau, meine Gedanken sind noch etwas durcheinander. Außerdem merke ich: Mein Magen knurrt, ich habe ziemlichen Hunger. Kein Wunder, seit dem Aus mit Markus habe ich meine Nahrungsaufnahme auf ein Minimum beschränkt.

Habe eine Idee: Mache mir jetzt was zu essen. Wenn man schon allein ist, kann man wenigstens mitten in der Nacht kochen. SIE

Klingt gut! Das mache ich auch! ER

Na dann: Guten Appetit! SIE

Er

Genau. Was essen ist gut. Habe ich heute den ganzen Tag noch nicht gemacht; schlagartig merke ich, dass mir auch deswegen schon geraume Zeit ganz flau im Magen ist. Und tatsächlich hat SIE recht. Ich erinnere mich an die Zeiten, als ich noch ein unsolides Studentendasein geführt habe. Da habe ich es echt genossen, allein zu sein und tun und lassen zu können, was ich will. Dazu gehörte es manchmal auch, mir nachts etwas in die Pfanne zu hauen und bis in den frühen Morgen vorm Fernseher zu hocken oder ein Buch zu lesen. Seit ich bei der Post arbeite, geht das natürlich nicht mehr. Aber morgen ist schließlich Sonntag, und außerdem kann ich mich dunkel erinnern, mal gelesen zu haben, dass Essen eine hervorragende Ersatzbefriedigung ist. Kennt man ja aus zahlreichen Kinokomödien, wenn die Hauptdarstellerin sich wegen akutem Liebeskummer tellergroße Pizzen und literweise Eiscreme reinhaut. Na gut, ich bin keine Frau – aber wer sagt denn, dass so was bei uns Männern nicht funktioniert?

Leider muss ich selbstkritisch zugeben, dass sich in den letzten drei Jahren vor allem Dorothee um meinen Kühlschrank verdient gemacht hat. Liebevoll hat sie ihn mindestens einmal pro Woche aufgefüllt, hat verschimmelte Essensreste entsorgt, das Kühlfach gehegt und dafür gesorgt, dass immer Basiszutaten für mindestens eine warme Mahlzeit vorhanden waren. Ich hingegen habe mich mit der Abteilung Nachschub schon seit längerer Zeit nicht mehr befasst. Der Kühlschrank ist jedenfalls völlig leer, bis auf die üblichen Verdächtigen, die man beim besten Willen nicht als vollwertige Lebensmittel bezeichnen kann: Senf, Ketchup und Sahnemeerrettich. Seltsam, auch Doro scheint schon eine Weile nicht mehr einkaufen gewesen zu sein. Dabei ist es noch keine drei Tage her, dass sie Schluss gemacht hat.

Hatte sie das etwa schon länger vor? War es doch nicht der spontane Entschluss nach einem Streit, für den ich es gehalten habe?

Wenn ich recht darüber nachdenke, war Dorothee in letzter Zeit auch seltener hier. Ich meine, eigentlich hat sie in den letzten drei Jahren faktisch hier gewohnt. Sie hatte zwar noch ihr eigenes kleines WG-Zimmer, aber das war ein Stück weiter weg von der Uni als meine Wohnung, und als Pärchen ist man in einer Wohngemeinschaft auch nicht gerade der gern gesehene Dauergast. In den vergangenen Wochen war sie aber tatsächlich öfter mal bei sich und hat dort auch übernachtet. Sicher, es gab immer einen guten Grund dafür: Geburtstag einer WG-Genossin, aber nur Frauen zugelassen *(sie überdachte angeblich gerade ihr Verhältnis zu Männern)*, große Renovierungsaktion und schon genügend Helfer vorhanden, Übernachtungsbesuch aus München, dem sie erst alles in der WG erklären und später noch mit ihm losziehen wollte *(»Warte nicht auf mich, wird bestimmt ganz spät, vielleicht bleib ich auch einfach bis morgen.«)*. Hätte ich da schon stutzig werden sollen? Müssen? Oder bilde ich mir das jetzt in meinem liebeskummergestörten Hirn nur ein? Hatte Doro schon lange vor, mich zu verlassen? Und ich habe es nicht gemerkt? So, wie wir Männer ja angeblich immer erst merken, dass was los ist, wenn es schon längst zu spät ist.

Bevor ich mich hier im Kreis drehe, widme ich mich lieber wieder der Essensfrage. Der Kühlschrank ist also leer. Und Ketchup ist jetzt einfach nicht das Richtige. Bleibt wohl nur der Gang zur Nachttankstelle, wenn ich nicht wieder mit knurrendem Magen ins Bett gehen will. Ich horche in mich hinein, wonach ist mir? Ganz eindeutig nach Ersatzbefriedigung. Und – herrlich! – nach einem Bierchen, das ich völlig in Ruhe trinken kann, ohne dass jemand darüber mäkelt, weil ich dann angeblich eine Fahne habe. Ha! Ich kann ab sofort so viel Bier trinken, wie ich will. Weil es keine Sau interessiert! Okay, Roland, bevor du dich jetzt in dem Gedanken verfängst, dass es eigentlich ganz schön traurig ist, wenn sich niemand mehr Gedanken über deinen ungesunden Lebenswandel macht – auf zur Nachttanke!

Sie

Man kann sagen, was man will – aber mein Schinkennudelauflauf ist einfach große Klasse. Ich weiß, Eigenlob stinkt, aber im Moment ist sonst niemand da, der das feststellen könnte. War übrigens das Lieblingsgericht von Markus, mindestens alle zwei Wochen musste ich es für ihn machen, weil es ihm so gut geschmeckt hat. Tja, da hat er nun Pech. Es hat sich ausgeschinkennudelauflauft. *Genau,* denke ich, während ich mir genussvoll eine Gabel nach der anderen in den Mund schiebe und dabei durch die Fernsehprogramme zappe, *so muss ich das mal sehen: Nicht* ich *habe einen Verlust erlitten. Markus ist der Bedauernswerte, der eine tolle Frau hat sausen lassen! Ob die Rotblonde auch nur im Ansatz so gut ist wie ich? Bestimmt nicht!* Ich kenne sie zwar nicht, aber innerlich beschließe ich, dass sie wahrscheinlich irgendeine blöde Praktikantin aus seiner Agentur ist, die noch nicht einmal ein Spiegelei braten kann. Warum sollte ich das auch nicht denken? Kann mir keiner verbieten.

Mühelos putze ich fast die gesamte Auflaufform allein weg – morgen wiege ich jetzt zwar ein Kilo mehr, aber auch das ist der Vorteil, wenn man allein ist: Es kümmert keinen, ob man ein Kilo mehr oder weniger wiegt! Als ich den letzten Bissen geschluckt habe, greife ich wieder zu meinem Handy.

Bei mir gabs Nudelauflauf und die 200ste Wiederholung von DALLAS. War echt lecker – und bei dir? SIE

Lasse mir gerade ein paar kalte Würstchen aus dem Glas, eine Dose Bier und 'nen alten James Bond schmecken. Aber Nudelauflauf klingt besser. ER

Kannst ja vorbeikommen, ein bisschen ist noch da. SIE

Oh. Hab ich das jetzt wirklich geschrieben und abgeschickt? Was, wenn er mich beim Wort nimmt und anbietet, gleich bei mir auf der Matte zu stehen? Gerade will ich schreiben, dass das nur ein Spaß war, da nimmt er mir die Arbeit ab:

Klingt verführerisch, bin aber schon zu schlapp heute. Würde dich aber tatsächlich gern besser kennenlernen. Erzähl mal von dir! ER

Nein, diesmal bist du dran, ich hab schon Tanzen und Essen vorgeschlagen. Also, beschreib dich! SIE

Er

Beschreiben. Per SMS. Gar nicht so einfach. Ich könnte jetzt so tun, als sei ich ein erfolgreicher Romanschriftsteller, der lieber seine Anonymität wahren will. Aber da würde ich ihr – und mir – ja wieder was vormachen. Nein, ich bleibe lieber bei der Wahrheit. Auch wenn sie alles andere als schillernd klingt.

Bin Mitte dreißig und stecke wohl gerade in der Quarterlife-Krise. Stelle alles in Frage, was ich bin und mache, weiß aber auch noch keinen neuen Weg. ER

Ehrlich gesagt würde ich es ihr nicht übel nehmen, wenn sie jetzt nicht mehr zurückschreibt. Aber das ist leider die ehrlichste Beschreibung, die ich im Moment von mir liefern kann. Weil ich nicht darauf warten will, ob sie mir bald antwortet, schalte ich das Handy aus. Halb sechs, vielleicht sollte ich doch mal versuchen, ein Auge zuzutun. Und wer weiß: Wenn ich morgen aufwache, habe ich ja vielleicht schon eine Nachricht von ihr, in der sie dann auch mehr über sich verrät.

Als ich mir die Decke über den Kopf ziehe und darauf lausche, wie das Bier in meinem Bauch gluckert *(es waren drei Dosen und nicht nur eine)*, merke ich auf einmal, dass mir ziemlich warm ist. Also nicht unangenehm warm, weil es in meinem Zimmer zu heiß ist. Nein, mehr so angenehm warm. Irgendwie ein schöner Gedanke, dass SIE da draußen ist. Wer auch immer sie ist.

5. Kapitel

Sie

Immerhin. Kein Teenager und kein Rentner. Während Miriam, Steffie und ich beim gemeinsamen Sonntagsfrühstück in meiner Küche darauf warten, dass die Aufbackbrötchen im Ofen fertig werden, erzähle ich ihnen von der letzten SMS.

Bin Mitte dreißig und stecke wohl gerade in der Quarterlife-Krise. Stelle alles in Frage, was ich bin und mache, weiß aber auch noch keinen neuen Weg. ER

Die angespannte Stimmung von gestern Abend ist wie weggeblasen, Steffie wirkt nahezu aufgekratzt. Wahrscheinlich hat das Gewitter zwischen ihr und Hans einmal so richtig die Luft gereinigt. Meine kleine Balkon-Anekdote habe ich lieber für mich behalten. Meine Freundinnen müssen schließlich nicht wissen, dass ich mal wieder kurz davor war, mich zum Totaldeppen zu machen.

»Quarterlife-Krise«, stellt Steffie fest und kaut nachdenklich auf ihrem Brötchen herum, »das ist auch so ein neues Schickimickiwort.«

»Aber nicht ganz unzutreffend«, erwidere ich, »jedenfalls kenne ich dieses Gefühl.«

»Ehrlich gesagt habe ich den Eindruck, dass dich diese SMS-

Geschichte eher runterzieht, als dass sie dir hilft«, gibt Steffie zu bedenken. »Sinn und Zweck war doch wohl, dass wir etwas finden, damit es dir besser geht – und nicht jemanden, den du aufpäppeln sollst. Ich würde da nicht mehr zurücksimsen.«

»Auf keinen Fall, du *musst* weiter schreiben!«, ruft Miriam dazwischen und schiebt sich ein Stück von dem Brötchen, das sie gerade aus dem Ofen genommen hat, in den Mund. »Autsch! Scheiße, heiß!«

»Ich finde auch, dass ich jetzt nicht einfach aufhören kann. Auf so eine Nachricht nicht mehr zu antworten ist doch gemein! Außerdem kann ich nicht sagen, dass mich der Kontakt weiter runterzieht. Es ... es tut mir sogar ganz gut, macht irgendwie Spaß.«

»Genau«, bekräftigt Miriam und gurgelt mit einem Schluck Orangensaft, um ihren Mund wieder abzukühlen. »Mitte dreißig klingt auch gar nicht so schlecht, den Kerl sollte man sich wenigstens einmal ansehen!« Steffie und ich werfen unserer kleinen Nymphomanin genervte Blicke zu. »Ich mein ja nur«, fügt sie etwas kleinlaut hinzu.

»Was ist denn jetzt eigentlich mit diesem Marius?«, will ich wissen, weil ich wirklich neugierig bin, wie es bei Miriam zu dem plötzlichen Sinneswandel kam.

»Was soll mit dem sein?«

»Gestern Abend habt ihr ja einen ganz vertrauten Eindruck gemacht. Entwickelt sich da was?«

Miriam zuckt mit den Schultern. »Nö, glaube nicht.«

»Warum hast du den armen Kerl dann angerufen und auf den Kiez bestellt?« Immerhin muss er sich ja sofort auf den Weg gemacht haben. Ich an seiner Stelle würde mir da schon Chancen ausrechnen.

»Mir war eben gerade danach«, stellt Miriam lapidar fest und gießt sich noch einmal O-Saft nach. Sosehr ich Miriams Spontaneität als Freundin schätze – in solchen Dingen finde ich sie fies.

»Aber das ist nicht gerade sehr nett«, gebe ich zu bedenken.

»Finde ich nicht«, widerspricht Miriam. »Marius weiß ganz genau, woran er bei mir ist.«

»Hast du es ihm gesagt?«, will Steffie wissen.

»Nein«, gibt Miri zu, »aber ich denke, er spürt es.«

Ich pruste los und muss automatisch an Markus denken. Hätte ich spüren müssen, dass er schon längst eine andere hat? »Wie soll er das bitteschön merken, wenn du ihn antanzen lässt und dann mit ihm rumknutscht?«, entfährt es mir etwas heftiger als gewollt. Liebesopfer aller Herren Länder, vereinigt euch!

»Ich hab mich nicht heute früh aus dem Bett gequält, um mir hier eine moralische Standpauke verpassen zu lassen«, gibt Miriam genervt zurück. »Das mit Marius und mir ist eine Sache nur zwischen uns und geht sonst niemanden was an, okay?« Sie wirft Steffie und mir einen Blick zu, der uns nachdrücklich zum Schweigen bringt. Einen Moment lang sagt niemand mehr etwas, bis Steffie schließlich auf das Ursprungsthema zurückkommt.

»Du glaubst also, in der Quarterlife-Crisis zu stecken? Wieso eigentlich?«

Ich überlege einen Moment, wie ich das am besten formulieren soll. »Weil ich das Gefühl habe, dass ich irgendwie festhänge«, erkläre ich. »Kennt ihr denn nicht die Momente, in denen man sich fragt, ob im Leben alles so läuft, wie man es sich vorstellt?«

»Klar kenne ich das«, meint Steffie, »gestern Abend zum Beispiel, da lief es überhaupt nicht so, wie ich wollte. Der Laden war nervig und Hans auch. Quarterlife-Crisis würde ich das aber nicht gleich nennen. Eher kurzfristige Momente, in denen man unzufrieden ist. Ich bin da offensichtlich etwas pragmatischer als du: Ich grüble nicht ewig darüber nach, sondern nehme es einfach mal so hin, wie es ist.«

»Aber wie soll ich etwas hinnehmen, mit dem ich nicht glücklich bin?«

»Was genau stellst du dir denn vor?«, will Miriam wissen.

»Weiß ich eigentlich auch nicht. Auf jeden Fall habe ich als junges Mädchen immer gedacht, dass ich in meinem Alter längst verheiratet bin und ein, zwei, drei Kinder habe.«

»Das sind ja alles wieder nur äußere Umstände«, gibt Steffie zu bedenken. Die hat gut reden. Ihre äußeren Umstände stimmen ja.

»Wenn du Hans nicht hättest, würdest du mich besser verstehen.«

Steffie schüttelt energisch den Kopf. »Meinst du, dass ich immer glücklich bin, nur weil ich seit Jahren in einer festen Beziehung bin? Dass ich jeden Morgen aufwache und Schmetterlinge im Bauch habe, wenn ich ihn sehe?«

Genau so etwas in der Art hatte ich wirklich angenommen.

»Denkst du, ich kenne nicht genau die gleichen Ängste und Sorgen wie du? Nicht das Gefühl der Leere, die Frage, ob ich mit meinem Leben zufrieden bin oder nicht? Glaubst du wirklich, dass das Gras auf meiner Seite grüner ist?« Steffie scheint sich ein bisschen in Rage zu reden, so hitzig kenne ich sie sonst gar nicht. Aber es passt irgendwie in das Bild von gestern Abend. Da stimmt was nicht. Ich will schon nachfragen, als Miriam mir zuvorkommt. Leider nicht gerade sehr feinfühlig.

»Jetzt wird's aber arg philosophisch«, wirft sie ein. »Bisschen schweres Thema für einen Sonntagmorgen.«

»Man kann es natürlich auch wie Miriam machen«, erwidert Steffie bissig, »sobald man anfängt, über sich selbst nachzudenken, lenkt man sich ganz schnell mit irgendeinem Typen ab. Sucht sich immer wieder einen neuen Kick, bevor man Gefahr läuft, zur Ruhe zu kommen.«

»He! Was soll denn das heißen?«

»Mit deinen Bäumchen-wechsel-dich-Spielen willst du doch nur verhindern, dass jemand wirklich nahe an dich herankommt!«

»Dafür dümpelst du lieber gemütlich auf der emotionalen Null-Linie herum!«, faucht Miriam sie an.

»Moment mal, Mädels!«, gehe ich dazwischen. »Wollen wir uns jetzt alle in die Wolle kriegen?« So, wie Miriam und Steffie sich gerade ansehen, habe ich den Eindruck: Ja. Wollen sie offensichtlich.

Steffie faltet betont gefasst ihre Serviette zusammen, legt sie auf ihren Teller, schiebt ihren Stuhl zurück und steht auf. »Sorry, aber mir hat es soeben den Sonntag verhagelt. Ich geh besser.« Sagt's und ist eine Minute später aus meiner Wohnung verschwunden.

»Muss jetzt auch los.« *Schwupps,* Miriam ist ebenfalls fort. Na, wenigstens in diesem Punkt sind meine beiden Freundinnen sich einig. Ich bleibe einigermaßen verwirrt zurück und frage mich, was in den letzten zehn Minuten eigentlich passiert ist. Im Grunde genommen fing es doch mit einer ganz harmlosen Diskussion darüber an, wie man sich sein eigenes Leben vorstellt. Offensichtlich gar keine so harmlose Frage, wenn man sich darüber in Sekundenschnelle derart in die Haare kriegen kann. Mir kommt ein Verdacht: Ich bin gar nicht die Einzige, die mit ihrer Situation nicht zufrieden ist. Die anderen reden einfach nur nicht darüber. Und so fies es klingt: In dem Moment, in dem mir das klar wird, fühle ich mich fast gut. Ich bin nicht allein damit. Miriam, Steffie und nicht zu vergessen mein SMS-Brieffreund – wir sitzen alle im selben Boot. Und wer weiß, wer sonst noch alles die gleiche Schiffpassage gebucht hat wie wir.

Schnell springe ich auf, stürze aus meiner Wohnung und renne die Treppe hinunter. Das könnte den beiden so passen, sich jetzt einfach aus dem Staub zu machen! Miriam muss ich erst gar nicht lange suchen, sie steht noch unten im Flur und redet – mit meinem Nachbar Felix!

»Du wohnst also erst seit Kurzem hier?«, fragt sie gerade und wirft ihm einen perfekten Blick aus dem Handbuch der Koketterie zu.

»Hi Jana!«, begrüßt Felix mich und strahlt. »Ich war gestern Abend noch …«

»Kann grad nicht«, unterbreche ich ihn eilig und laufe aus der Haustür. Um Miri muss ich mir keine Sorgen machen, die wird da noch eine Weile stehen bleiben und meinen Nachbarn beflirten. Was mir komischerweise gerade nicht mal sonderlich viel ausmacht. Ich muss Steffie einfangen!

Ich erwische sie am Ende der Straße, als sie gerade in ihr Auto steigen will.

»Steffie! Jetzt warte doch mal!« Außer Atem bleibe ich vor ihr stehen. »Komm doch bitte wieder mit nach oben, das ist doch albern.«

Sie schüttelt den Kopf. »Sorry, aber ich habe keine Lust, mich persönlich angreifen zu lassen.«

»Sie hat das bestimmt nicht so gemeint.«

»Klar hat sie das! Sie gibt mir doch immer gern das Gefühl, dass ich ein langweiliges, ödes Dasein als Hausmütterchen friste. Manchmal denke ich, dass sie gar nicht meine Freundin ist. Sie hasst mich!«

»Das ist echter Unsinn! Und immerhin hast du ja auch ganz schön ausgeteilt.« Da kann Steffie mir nicht widersprechen. »Wir sind doch Freundinnen, oder? Willst du, dass wir uns jetzt wegen so einer Kleinigkeit zerstreiten?«

Steffie blickt auf ihre Schuhspitzen. »Natürlich nicht«, sagt sie.

»Gehen wir wieder zurück?«

Sie zögert einen Moment, aber dann nickt sie, schließt ihr Auto ab und trottet neben mir her zurück zum Haus.

Wie erwartet steht Miriam immer noch bei Felix und plaudert mit ihm.

»Steffie, das ist Felix, mein neuer Nachbar«, stelle ich die beiden vor. »Felix: Steffie. Miriam kennst du ja schon.«

»Hallo!«, sagt er und schüttelt Steffie die Hand. Aus den Augenwinkeln beobachte ich eine Reaktion, die ich von meiner Freundin bisher noch gar nicht kenne: Sie wird rot!

»Hallo!«, erwidert sie, und ich höre, wie ihre Stimme leicht zittert. Was ist denn jetzt los?

»Wir gehen dann mal wieder nach oben, haben noch etwas zu besprechen«, sage ich schnell. Jetzt ist einfach nicht der richtige Moment für einen Plausch mit meinem Nachbarn. Auch wenn er etwas enttäuscht guckt und dabei zugegebenermaßen wieder mal sehr niedlich aussieht. Aber jetzt sind Freundinnen einfach mal wichtiger als irgendein Kerl. Steffie und Miriam scheinen das ähnlich zu sehen, denn sie verabschieden sich und folgen mir ohne Widerrede.

»Also«, fange ich an, als wir wieder gemütlich an meinem Küchentisch sitzen, »unsere Diskussion hat immerhin eines gezeigt: Jede von uns fragt sich hin und wieder, ob das eigene Leben so läuft, wie wir es uns vorstellen. Oder eben kürzer gesagt: Was uns glücklich macht.« Zustimmendes Nicken meiner Freundinnen.

»Und jetzt?«, will Miri wissen.

»Weiß ich auch nicht so genau«, gebe ich zu, »damit sind wir ja wieder ziemlich am Anfang.«

»Aber fest steht doch immerhin, dass man nicht automatisch immer vor Glück hüpfend durch die Gegend läuft – selbst wenn man eigentlich Grund dazu hätte«, wirft Steffie ein.

»Wie meinst du das?«

»Ist doch ganz einfach: Du möchtest gern eine feste Partnerschaft und glaubst, dass du damit glücklich wärst. Ich habe eine lange Beziehung, die völlig in Ordnung ist – aber trotzdem wache ich nicht jeden Morgen auf und denke: Ach, was bin ich doch glücklich! Die meiste Zeit fühle ich mich eben einfach nur … normal.«

»Und dass ich mit meinem Leben immer wahnsinnig zufrieden bin«, fügt Miri hinzu, »kann ich eigentlich auch nicht behaupten.« Sie wirft Steffie einen schnellen Blick zu. »Wobei ich nicht finde, dass Steffie recht damit hat, dass ich Angst vor einer Beziehung habe.«

»Also, ich ...«, fängt Steffie sofort wieder an.

»Halt! Stopp!«, unterbreche ich sie, bevor es zum nächsten Streit kommt. »Darum geht es doch gar nicht.«

»Sondern?«, fragen meine zwei Freundinnen.

»Ich habe manchmal das Gefühl, dass man viel zu wenig die Gegenwart genießt und immer nur auf morgen wartet. Darauf, dass morgen alles so ist, wie man es sich wünscht. Dabei ist das eigentlich total egal, es geht doch immer nur um den Augenblick, der gerade zählt.«

»Hast du gerade irgendwas Esoterisches gelesen?«, fragt Miri skeptisch. Typisch! Sie kann sich ihre Kommentare einfach nicht verkneifen. Aber, na ja, dafür liebe ich sie ja auch so. Ein bisschen Spaß muss eben sein.

»Was ich meine«, fahre ich fort, »ist: *Carpe diem.* So abgedroschen der Spruch mittlerweile auch ist, da ist schon was Wahres dran. Man muss den Tag leben, immer das Beste aus einer Situation machen und die kleinen Dinge im Alltag suchen, die einem ein gutes Gefühl geben.«

»Und was wäre das zum Beispiel?« Steffie sieht mich interessiert an.

»Tja, genau darum geht es doch, das müssen wir herausfinden. Und für mich ist das wahrscheinlich etwas vollkommen anderes als für dich oder Miriam. Aber auf alle Fälle ist es etwas, was hier und jetzt in unserer Hand liegt, nicht erst morgen.«

»Dann haben wir doch die richtige Antwort für deine SMS-Bekanntschaft!«, stellt Miri fest. »Was sind wir doch für großartige Philosophen.«

Philosophen vielleicht nicht gerade. Und genau genommen ist meine Erkenntnis vielleicht etwas banal. Aber kann man für einen Sonntagmorgen und nach einer Nacht ohne Schlaf wesentlich mehr erwarten? Ich denke nicht. Also schnappe ich mir mein Handy und lasse meinen unbekannten Mit-Philosophen am Ergebnis unserer kleinen Diskussion teilhaben:

Dein Problem kommt mir bekannt vor. Vielleicht liegt es daran, dass man immer auf morgen hofft? Man sollte mehr im Hier und Jetzt leben! SIE

Er

Eine uralte Legende besagt, dass Vollmondnächte uns Träume schenken, die uns die Zukunft weisen. Und Prinz Ahura hatte einen seltsamen Traum in dieser Nacht, in der der Mond in voller Größe auf sein geliebtes Isfahan niederschien und alles in ein weiches, geheimnisvolles Licht tauchte. Er sah Prinzessin Yasmin, wie sie am Ufer des Zayandeh Rud saß, dem Ewigen Fluss, *und lächelnd ihr Spiegelbild betrachtete. Die türkisblauen Kuppeln der Moscheen leuchteten im Mondschein, aus der Ferne hörte man das Klagegebet eines Muezzins. Die Prinzessin schien ihre Lippen zu bewegen, als würde sie sprechen. Prinz Ahura lauschte angestrengt, in der Hoffnung, ihre Worte verstehen zu können.*

»Ahura«, flüsterte sie, »die Zeit ist gekommen, in der ich gehen muss. Weit fort von dir, denn mein Schicksal hat einen anderen Weg für mich bestimmt. Aber sei nicht traurig, mein edler Prinz! Noch ehe die Sonne aufgeht, wirst du wissen, dass es recht ist. Gut und recht.«

»Geh nicht!«, wollte der Prinz ausrufen. Doch kein Laut entrang sich seiner Kehle, es war, als hätte man ihm seine Stimme gestohlen. »Geh nicht!«, flehte er stumm und hoffte, die Prinzessin würde ihn trotzdem verstehen.

»Es ist gut so, mein edler Prinz. Wir sind nicht füreinander bestimmt. Nicht in diesem Leben und auch nicht in der Ewigkeit.«

Prinz Ahura spürte, wie sich alles in ihm aufbäumte. Er wollte zu ihr, wollte sie auf Knien anflehen, nicht auf das Schicksal zu hören. Auf dieses falsche, eitle Schicksal, das zwei Liebende auseinanderreißen wollte.

»Lass mich«, sagte die Prinzessin sanft und schien Ahura nun direkt ins Gesicht zu blicken. Ein Lächeln breitete sich auf ihren feinen Zügen aus. Sie fuhr mit einer Hand unter den kostbaren Stoff ihres Kleides und holte etwas hervor. »Hier«, sagte sie und ließ einen kleinen, silbernen Gegenstand im Mondlicht blitzen, »nimm deine Wohnungsschlüssel zurück. Du wirst sie eines Tages jemand anderem geben.«

Ich fahre schweißgebadet in meinem Bett hoch. Was war das für eine seltsame Geschichte, die sich mein Unterbewusstsein da zusammengesponnen hat? Und wie spät ist es? Obwohl ich das Gefühl habe, stundenlang wie weggetreten gewesen zu sein, zeigt mir ein Blick auf die Uhr, dass ich nicht mal zwei Stunden geschlummert habe. Verdammte innere Uhr! Nicht mal sonntags lässt sie mich ausschlafen, dabei habe ich heute wirklich keine Briefe auszutragen. Hmm. Sind das die ersten Anzeichen von aufkommendem Wahnsinn?

Müde stehe ich auf, gehe ins Bad und blicke in den Spiegel. Ich fühle mich nicht nur wie gerädert, ich sehe auch so aus: kleine, rote Augen in tiefen, dunklen Höhlen. Aber das ist ja auch kein Wunder, irgendwann muss ich einfach mal wieder eine ganze Nacht durchschlafen. Gähnend gehe ich zurück ins Schlafzimmer und lasse mich in die Kissen sinken. Vielleicht schlafe ich ja wieder ein.

Zehn Minuten liege ich so da, bis ich es aufgebe. Keine Chance, an Schlaf ist nicht zu denken. Zwar bin ich mehr als müde, aber gleichzeitig auch so aufgekratzt, dass ich kein Auge zubekomme. Der Grund dafür liegt auf der Hand: Kaum bin ich wach, muss ich schon wieder an mein Handy denken. Ich schalte es ein und warte ein paar Minuten. Nichts. Keine Antwort. Dabei hatte ich so gehofft, dass sie mir schon zurückgeschrieben hat. Jetzt kann es wahrscheinlich noch ein paar Stunden dauern, nur die wenigsten Menschen geistern sonntagmorgens bereits um diese Uhrzeit durch die Gegend.

Um mir die Zeit zu verkürzen, beschließe ich, den seltsamen Traum von vorhin zu Papier zu bringen. Vielleicht ist das ja die Geschichte, die mich über Nacht zum erfolgreichen Schriftsteller macht. Ich schnappe mir eine Kladde, in der Doro und ich anfangen wollten, ein Haushaltsbuch zu führen. Das heißt, eigentlich war es die Kladde, die ich immer in meinem Nachttisch hatte, um sofort drauflosschreiben zu können, wenn's mich packt. Aber nachdem es mich in den letzten Jahren nachweislich nie gepackt hat, war es Doros Idee, die Kladde dann wenigstens für etwas Sinnvolles zu benutzen. Hätte ich da nicht längst aufwachen müssen? *Hey, wir sollten über unsere Kostenstruktur reden, lass uns mal ein Haushaltsbuch führen.* Kann ein Vorschlag unerotischer sein? Außerdem muss ich zugeben, dass die in Doros Vorschlag versteckte Feststellung, ich würde schließlich niemals ein Buch schreiben, mich sehr gekränkt hat. Habe aber natürlich nicht mit ihr drüber gesprochen. Wie immer.

Zum Haushaltsbuchführen sind wir allerdings aus den bekannten Umständen nicht mehr gekommen, sodass ich die Kladde jetzt mit bestem Wissen und Gewissen wieder ihrer ursprünglichen Bestimmung zuführen kann. Ich schlage also die erste Seite auf und schreibe: *Prinz Ahura saß am Fluss …* Ach, nein, das war ja die Prinzessin! Ich streiche den Satz durch und fange wieder an: *Am Fuße des Zayandeh Rud saß die Prinzessin …* Ich stoppe mitten im Satz. Was für ein Käse!

Wie finde ich mein Glück?

Ohne dass ich weiß, warum, habe ich auf einmal diesen Satz aufgeschrieben. Literarische Übersprungshandlung? *Wie finde ich mein Glück?* Hm. So spontan fällt mir nichts ein. Außer, dass ich bisher eher passiv nach der Devise gelebt habe: *Wie findet mich mein Glück?*

Ich grüble. *Glück* ist einfach ein sehr großes Wort. Nach allgemeinen Maßstäben bin ich wahrscheinlich gar nicht unglücklich. Ich habe eine Wohnung, einen Job, lebe in einer schönen Stadt. Freunde habe ich auch – na gut, wenn ich an Georg denke, sind meine Freunde nicht wahnsinnig sensibel und mitfühlend, aber immerhin gibt es sie. Was fehlt mir also? Warum *fühle* ich mich einfach nicht glücklich?

Mitten in diesen Gedanken hinein fängt mein Magen an, unüberhörbar zu knurren. Kein Wunder, im wachen Zustand ist er um diese Uhrzeit längst Nahrungsaufnahme gewohnt, nächtlicher Snack hin oder her. Und die fordert er nun energisch ein. Also, raus aus dem Pyjama und rein in die Jeans. Ein kurzer Blick aus dem Fenster sagt mir, dass ich mit einer Regenjacke gut bedient wäre. Ich stöbere meine Garderobe durch – wo ist eigentlich meine Segeljacke geblieben? Sollte ich die bei Georg liegen gelassen haben? Oder auch wieder bei meinen Eltern? Egal, nehme ich halt eine andere Jacke. Leider ist die einzige griffbereite meine blaugelbe Dienstjacke der Post, die ich aus quasi-religiösen Gründen niemals am Sonntag anziehe. Noch ein Blick aus dem Fenster: Es gießt in Strömen. Okay, manchmal muss man religiöse Gebote brechen.

Auf der Straße bin ich um diese Uhrzeit fast der einzige Mensch weit und breit. Na klar, Sonntagmorgen um sieben Uhr dreißig in einem Uni-nahen Viertel, wer soll da auch schon unterwegs sein? Irgendwie schade, dass ich nicht mehr studiere, war eine schöne Zeit. Damals plagten mich wenigstens keine Gedanken um meine Zukunft, ich war ja noch fest davon überzeugt, bald ein berühmter Schriftsteller zu werden. Außerdem konnte ich jeden Tag ausschlafen – herrlich. Damals habe ich es allerdings noch nicht so genossen, wie ich es heute könnte. Wehmütig denke ich an die durchgemachten Nächte, die vielen Zechtouren. Das würde ich heute rein körperlich nicht mehr schaffen. Während ich mit Anfang zwanzig höchstens bis zum nächsten Mittag brauchte, um mich von einem Kater zu erholen, war mit Anfang dreißig schon der ganze Tag hin. Und jetzt? An meinem kleinen Ausflug auf die Köhlbrandbrücke habe ich gute zwei Tage zu knabbern gehabt. Die besten Jahre sind, jedenfalls was wildes Feiern anbelangt, eindeutig vorbei.

Zu meinem Bäcker sind es eigentlich nur ein paar Schritte, aber als ich dort ankomme, muss ich feststellen, dass er sonntags erst um acht Uhr aufmacht. Jetzt noch zwanzig Minuten hier im Regen rumstehen oder erst mal wieder nach Hause trotten – das ist mir zu blöde. Wird hier schließlich noch andere Bäckereien geben.

Nach einem längeren Fußmarsch durch das malerische morgendliche Hamburg, vorbei an fünf geschlossenen Bäckereien *(»Sonntags sind wir ab 8 Uhr für Sie da!«)*, finde ich schließlich tatsächlich einen geöffneten Laden. Gut, eher ein Kiosk mit Lottoannahme als ein Bäcker, aber immerhin mit dem vielversprechenden Schild *Frische Brötchen* an der Tür. Als ich das kleine Geschäft betrete, starrt mich eine ältere Dame hinter einem verstaubten Tresen ziemlich seltsam an. Bevor ich überhaupt den Mund öffnen und meinen Wunsch nach einem Käsebrötchen äußern kann, beginnt die Alte, mich wütend anzugeifern.

»Soso, heute kommen Sie also! Sie hätten mal lieber gestern kommen sollen. Aber da war wohl mal wieder Blaumachen angesagt.«

Wie bitte? Ich habe diese Frau noch nie im Leben gesehen. »Äh, entschuldigen Sie, aber müsste ich Sie kennen?«

Sie schnaubt verächtlich. »Aber natürlich! Sie sind doch *mein* Postbote!«

Aha, meine Postbotenjacke. Die Dame hat vermutlich nicht auf dem Zettel, dass heute Sonntag ist. »Das muss eine Verwechslung sein«, erkläre ich freundlich, »ich bin nicht Ihr Postbote, ich bin rein privat hier. Ist ja Sonntag.«

»Jetzt noch feige alles abstreiten? Das ist ja wohl die Höhe! Was erlauben Sie sich? Ich werde mich beschweren, Sie, Sie …« Bei diesen Worten fängt sie an, in großen Schritten auf mich zuzueilen und mit dem Zeigefinger vor meiner Nase herumzufuchteln. Überrascht weiche ich zurück. Was will die bloß von mir?

»He, das ist wirklich eine Verwechslung!« Schützend halte ich mir die Hände vors Gesicht und trete die Flucht nach hinten an. Leider stolpere ich dabei über den Zeitschriftenständer, der mit einem lauten *Kawumm* zu Boden geht. »Es liegt bestimmt an der Jacke«, beeile ich mich zu versichern und versuche gleichzeitig, den Ständer wieder aufzustellen. »Ich bin zwar Postbote, aber dies ist nicht mein Zustellbereich. Verstehen Sie? Eine Verwechslung.« Der Ständer steht wieder, ich stopfe die Zeitschriften, die rausgefallen sind, zurück in die Halterung.

»Beschweren werde ich mich!«, zetert die Frau vom Kiosk unbeeindruckt weiter.

»Hören Sie«, versuche ich es noch einmal mit etwas mehr Nachdruck, »ich bin ganz bestimmt nicht der, den Sie meinen. Und wenn Sie Grund zur Beschwerde über einen Kollegen haben, dann bitte ich Sie, am Montag bei der Zustellleitung anzurufen. Ich gebe Ihnen gern die Nummer.«

Aber die Alte ist überhaupt nicht zu bremsen. Aufgeregt rennt sie vor mir hin und her. »So eine Frechheit! Seit vierzig Jahren warte ich auf diesen Brief. Das wissen Sie auch ganz genau. Vierzig Jahre! So alt sind Sie Bengel doch noch gar nicht! Und jetzt, wo der Brief endlich kommt? Da wollen Sie mich mit Ausreden vertrösten. Lassen Ihre Arbeit einfach so liegen! Und doch wahrscheinlich alles nur, weil die Ihnen Geld geboten haben, oder? Ich war Ihnen da egal.«

Bitte? Ich verstehe kein Wort. Die ist ja komplett irre! Bloß raus hier. Ich will mich gerade umdrehen und meine Brötchen einfach woanders kaufen, als die Frau anfängt zu keuchen.

»Günter, wo bist du? Warum lässt du mich so lange allein?« Sie fängt an, sich zu krümmen, und versucht, sich mit einer Hand auf ihrem Tresen abzustützen. »Ich kann nichts mehr sehen. Günter, hilf mir doch.«

Ich bin zwar eindeutig Roland und nicht Günter, aber wir wollen in dieser Notsituation mal nicht auf Unzuständigkeit pochen. Ich gehe auf sie zu und lege meine Hand – wie ich hoffe, beruhigend – auf ihre Schulter.

»Geht es Ihnen nicht gut? Soll ich einen Arzt rufen?«

Mittlerweile ist sie kalkweiß, ihre Lippen haben dafür eine unschöne Blaufärbung, und sie greift sich mit einer Hand verkrampft an die Brust.

»Einen Arzt?«, schreie ich jetzt fast schon in Panik. »Soll ich einen Arzt rufen?« In meinem Kopf wirbeln die Gedanken durcheinander. Herzinfarkt! Bitte, bitte, lass sie keinen Herzinfarkt haben! »Halten Sie durch!«, flehe ich und muss dabei fast hysterisch lachen, weil mich diese Formulierung an unsäglich schlechte Romane erinnert. Hätte nie gedacht, dass ich mal im wirklichen Leben einen so bescheuerten Satz von mir geben würde. »Ich hole Hilfe!« Das gehört auch ganz eindeutig in die Kategorie schlechter Arztroman.

Ich lasse sie los, um nach draußen zu laufen und Hilfe zu holen. Das war ein Fehler. Kaum stütze ich sie nicht mehr, fällt sie einfach um, direkt auf meine nassen Turnschuhe. Erschrocken hüpfe ich ein Stück zur Seite und betrachte ihren leblosen Körper. Sie liegt einfach nur da, das Gesicht auf dem rot-braunen Linoleum und bewegt sich nicht mehr. *Scheiße!* Was mache ich jetzt bloß? Ein Telefon, schießt es mir durch den Kopf, wo ist hier ein Telefon? Mein Handy habe ich zum Brötchenholen absichtlich nicht mitgenommen, wollte mich schließlich nicht zum Sklaven meines SMS-Kontakts machen. War wohl ein Fehler.

Ich knie mich neben die Frau und drehe sie zur Seite. Sie hat zwar die Augen geschlossen, atmet aber noch. Gott sei Dank!

Ich stehe wieder auf und beginne mich schnell umzuschauen. War zwar noch nie hier, könnte mir aber vorstellen, dass sich in dem kleinen Laden seit mindestens zwanzig Jahren nichts geändert hat: Vergilbte Poster an den Wänden, Reklame, die ich noch aus eigenen Kindertagen kenne, eine mechanische Registrierkasse – nichts deutet darauf hin, dass wir uns mittlerweile im 2. Jahrtausend befinden. Aber leider entdecke ich nirgends ein Telefon. Himmel, das gibt's doch nicht. Ich schaue auf die Straße vor der Ladentür. Niemand. Nirgends. Nachbarn, es muss doch Nachbarn geben! Ich laufe aus dem Laden und betrachte das etwas heruntergekommene Jugendstilgebäude von vorn. Gut, rechts vom Laden ist noch ein ganz normaler Mietshauseingang. Ich stürze auf das Klingelschild zu und drücke auf den untersten Knopf bei *Oberdörffer*. Vorsichtshalber gleich ein paar Mal. Nach ein paar Augenblicken knackt die Gegensprechanlage.

»Hallo?«, kommt es verschlafen.

»Ja, hallo, ich bin …« Ach, scheißegal, wer ich bin! »Ich brauche …«

»Sind Sie wahnsinnig?«, knarzt es unfreundlich aus der Anlage. »Wissen Sie, wie viel Uhr es ist?«

»Ja, tut mir leid. Es ist ein Notfall. Die alte Frau vom Kiosk ist zusammengebrochen. Ich muss einen Arzt rufen!«

»Die alte Hexe?« Kurze Pause. »Na ja.«

Was heißt hier *Na ja*? Ich klingle noch mal, diesmal Sturm. Die Gegensprechanlage knackt noch, also brülle ich los: »Hexe hin oder her, lassen Sie mich bitte rein, ich muss telefonieren!«

Niemand antwortet, aber stattdessen summt der Türöffner, und ich bin drin. Welches Stockwerk? Egal, gibt ja sowieso keinen Fahrstuhl, also spurte ich los. Im zweiten Stock steht eine Tür offen. Ich klopfe kurz. Ein mittelalter Mann in einem grauenhaft bunten Polyesterpullover und Schlafanzughose zieht die Tür weiter auf.

»Na, denn mal immer rinn in die jute Stube.« So, wie er lächelt, macht es fast den Anschein, als ob ihn die Situation erheitert.

»So, die alte Bartholdi liegt also uff der Nase. Hehe.«

Ich verkneife mir einen Kommentar über Mitmenschlichkeit im Alltag. »Wo ist Ihr Telefon?«

Statt einer Antwort macht der Polyesterpullover nur eine Handbewegung in Richtung Zimmertür rechts. Ich gehe weiter, komme in ein Wohnzimmer reinsten Gelsenkirchener Barocks. Auf einem Eichentischchen mit gedrechselten Beinen ein gelbes Telefon mit grünem Samtbezug. *Brrr.* Aber Hauptsache, es funktioniert.

Wählt man jetzt 110 oder 112? Ich entscheide mich für die Feuerwehr. Meine Hand schnellt Richtung Tastatur – und landet auf einer Drehscheibe. Himmel, wann habe ich so was zum letzten Mal gesehen? In den Siebzigern? Etwas ungelenk bediene ich die Scheibe, kaum zu glauben, dass man so etwas verlernen kann. Es tutet in der Leitung, nach dem zweiten Klingeln wird abgehoben.

»Feuerwehr Hamburg«, meldet sich eine männliche Stimme.

»Ja, *äh*, hallo! Siems hier. Ich bin jetzt gerade in der …« Fragender Blick zu dem Polyesterpulli, der mir mittlerweile gefolgt ist.

»Mansteinstraße 320«, raunt er mir zu.

»Mansteinstraße 320. Hier unten ist ein Kiosk, und die Besitzerin ist gerade zusammengebrochen. Etwa siebzig Jahre alt, schätze ich.«

»Einundachtzig«, korrigiert mich Herr Oberdörffer aus dem Hintergrund.

»Ja, *äh*, einundachtzig«, verbessere ich mich, »die Frau ist bewusstlos, können Sie bitte schnell einen Notarzt schicken? – Wer ich bin? Siems, hab ich doch schon gesagt. – Nein, ich bin kein Verwandter, ich bin nur ein zufälliger Passant. – Ja, ich warte, bis die Kollegen da sind.« Ich lege wieder auf und drehe mich zu Mr. Polyester um. »Danke, Herr Oberdörffer.«

»Na, jernjeschehn wär fast jelojen. Ikke hau mir wieder hin. Uffwidasehn.« Gut, das war deutlich. Ich gehe zurück in den Flur und ziehe die Tür hinter mir zu.

Wieder im Laden angekommen, knie ich mich neben die Frau, die immer noch so daliegt, wie ich sie eben verlassen habe. Ich versuche, ihren Puls zu fühlen. Soweit ich das beurteilen kann, ist er schwach und unregelmäßig. Aber so genau kann ich das nicht sagen, ich habe leider keine Erfahrung mit Pulsfühlen. Vielleicht sollte man doch öfter mal seine Erste-Hilfe-Kenntnisse auffrischen. Immerhin wusste ich noch die Telefonnummer der Feuerwehr.

Die trifft in Form eines Krankenwagens auch schon fünf Minuten später ein. Beruhigend zu wissen, dass die in der Stadt relativ schnell sind. Ich winke die Belegschaft, die aus zwei jungen Männern und einer Frau in grell-orangefarbenen Jacken besteht, in den Laden.

»Kommen Sie, die Frau liegt hier.«

Einer der Männer, offensichtlich der Arzt oder sonstwie fachkundig, kniet sich neben die Frau und nimmt ihre Hand. Ohne mich eines weiteren Blickes zu würdigen fragt er: »Wissen Sie, wie die Dame heißt?«

»Äh, ja, das heißt, nein, ich ...« Ich muss kurz nachgrübeln; was hat der Polyesterpulli noch gesagt? »Bartholdi ... ich glaube, das ist Frau Bartholdi.«

»Frau Bartholdi?« Er streicht ihr über die Wange. »Frau Bartholdi, können Sie mich hören?«

Die alte Frau stöhnt leise auf.

»Hm, Puls ist ein bisschen schnell, Atmung okay – könnte natürlich ein Schlaganfall sein. Wir nehmen Frau Bartholdi jetzt mit ins Heidberg-Krankenhaus. Kennen Sie die Angehörigen?«

»Nein. Ich wollte nur Brötchen holen und hab die Frau noch nie gesehen. Aber ein Herr Oberdörffer aus dem Haus hier scheint Frau Bartholdi näher zu kennen.«

»Gut, dann notiere ich das so.«

In der Zwischenzeit hat die Frau des Rettertrios eine zusammengeklappte Trage auf Rädern aus dem Wagen geholt und fährt auf die Ladentür zu. Gemeinsam mit einem der Männer nimmt sie den Tragenteil ab und stellt ihn neben Frau Bartholdi. Ein »Zwo, drei, hepp« – und keine zehn Sekunden später ist der Krankenwagen mitsamt Patientin abfahrbereit. Bevor die Sanitäterin einsteigt, nickt sie mir noch mal kurz zu: »Danke, dass Sie uns angerufen haben. Da hat Frau Bartholdi Glück im Unglück gehabt. Also, machen Sie's gut!«

Für einen Moment fühle ich mich regelrecht heldenhaft. Allerdings hätte irgendjemand Frau Bartholdi schon gefunden. Immerhin lag sie ja mitten in ihrem Ladenlokal.

So, halb neun, schon ein Leben gerettet, aber immer noch keine Brötchen. Allerdings ist mir der Appetit auch ziemlich vergangen. Ich beschließe, ohne einen weiteren Versuch, an Brötchen zu kommen, wieder in meine Wohnung zu gehen. Dort angekommen, koche ich mir erst mal einen starken Kaffee, studiere ausgiebig die Sonntagszeitung und überlege dann, was ich mit dem vor mir liegenden Tag sinnvoll anfangen könnte. »Früher« – also noch letzte Woche – war ich sonntags meistens mit Dorothee unterwegs, erst mal irgendwohin zum Frühstücken, bei schönem Wetter danach vielleicht an die Elbe oder auf den Platz vor den Cafés am Schulterblatt, um noch einen Galao zu genießen. Alleine habe ich dazu nicht die geringste Lust.

Mir fällt meine Kladde wieder ein, und ich blättere sie noch mal auf. *Wie finde ich mein Glück?* Ich muss an die junge Rettungssanitäterin denken und schreibe los: *Es ist Glück, zur richtigen Zeit da zu sein.* Gut, das ist schon mal ein Punkt. Was noch? Während ich überlege, signalisiert mein Handy, dass es eine Nachricht für mich gibt:

Dein Problem kommt mir bekannt vor. Vielleicht liegt es daran, dass man immer auf morgen hofft? Man sollte mehr im Hier und Jetzt leben! SIE

Ein Teenager ist SIE wohl nicht. Das ist schon eine ziemlich philosophische Antwort. Und wenn ich mal darüber nachdenke, dass ich gerade eben erst vor Augen geführt bekommen habe, wie schnell es mit dem »Jetzt« unter Umständen vorbei sein kann – wobei ich für Frau Bartholdi hoffe, dass sie sich wieder berappelt –, dann muss ich zugeben, dass SIE durchaus recht hat. Wieso führt man sich das so selten vor Augen? Warum vergisst man immer wieder, dass man vielleicht gar nicht so viel Zeit hat, um sich trübsinnige Gedanken über morgen oder übermorgen zu machen?

Ich muss zugeben, dass ich Sachen sehr gern auf eine unendlich lange Bank schiebe und mich oft damit beruhige, dass bestimmt noch eine bessere Gelegenheit kommt. Ein Roman. Ein besserer Job. Der richtige Zeitpunkt, um eine Familie zu gründen. War das auch einer der Gründe, weshalb Doro mich verlassen hat? Weil ich immer nur abgewunken habe, wenn sie meinte, dass wir doch eigentlich mal zusammenziehen oder uns Gedanken über die Familienplanung machen könnten? »Hat doch noch Zeit«, habe ich dann immer gesagt, »ich bin noch nicht so weit.«

Ich sehe mich in meiner Wohnung um. Diese Lebenseinstellung nach dem Motto »Morgen, morgen, nur nicht heute« spiegelt sich auch hier wider. An jeder Wand stehen Bilder, die seit Jahren darauf warten, aufgehängt zu werden. In der Ecke liegt ein originalverpacktes Regal von Ikea, überflüssig zu erwähnen, dass sich auf dem Karton schon eine ziemlich dichte Staubschicht gebildet hat. Ein ein Meter zwanzig hoher Stapel alter Ausgaben der *Zeit* – ich wollte immer noch mal reinschauen, um ein paar interessante Artikel zu lesen, zu denen ich bisher noch nicht gekommen bin. Auf meinem Schreibtisch schätzungsweise fünfzehn Filmröllchen, die müssen noch zum Entwickeln. Und, und, und: Die Liste ließe sich wahrscheinlich beliebig fortsetzen. Das erspare ich mir.

Stattdessen fasse ich einen sensationellen Beschluss: Ich werde – gleich hier und jetzt! – meine Bilder aufhängen! Bevor ich mich auf die Suche nach Wasserwaage, Nägeln und einem Hammer mache, schnappe ich mir aber noch mal mein Handy.

Vielleicht hast du recht. Ich fange mal an, im Jetzt zu leben, und hänge ein paar Bilder auf. Was machst du? ER

Sie

Ein paar Minuten nach meiner SMS piept mein Handy wieder. »Was schreibt er?«, ruft Miri und schnappt sich einfach mein Mobiltelefon.

»He!«, gehe ich dazwischen und entreiße ihr den Apparat, »das ist ja wohl privat!«

»Wieso? Wir haben doch quasi alle bei der letzten SMS mitgeholfen!«

Ich werfe ihr einen mahnenden Blick zu, bevor ich meinen Posteingang checke.

»Und?« Jetzt ist auch Steffie – genau die Steffie, die vorhin noch meinte, ich sollte das Simsen mit dem Unbekannten bleiben lassen – mehr als interessiert.

»Er hängt Bilder auf.«

»Was?«

Ich nicke. »Ja, er schreibt mir, dass er Bilder aufhängt.«

»Wieso das?«

»Keine Ahnung.« Ich zucke mit den Schultern. »Er schreibt nur, dass er anfängt, im Jetzt zu leben, und deshalb ein paar Bilder aufhängt.«

»Ah, schon klar«, kommentiert Steffie und grinst, »Feng-Shui gegen das Gerümpel des Alltags.«

»Feng gegen was?« Ich verstehe kein Wort.

»Ist so ein komisches Buch, meine Mutter liebt es. Da steht drin, dass man in seinem Leben Ordnung halten soll, weil alles, was man vor sich herschiebt, einen unglücklich macht.«

»Aha.« Davon habe ich noch nie etwas gehört.

»So in der Art jedenfalls. Wenn du irgendwo in deiner Wohnung eine Rumpelkammer hast, lastet es quasi unterbewusst permanent auf deinem Gewissen, dass du da eigentlich mal aufräumen müsstest. Dann können die Energien nicht fließen.«

Vor meinem geistigen Auge sehe ich Steffies Arbeitszimmer vor mir: Da stapeln sich Bücher, Hefte von Schülern und aller möglicher Papierkram bis unter die Decke. »Du hältst von der Theorie aber nichts, oder?«

»Nö«, gibt Steffie zu, »ich persönlich halte das für Unsinn. Hab in das Buch nur mal reingelesen und mich darüber amüsiert, auf was für seltsame Ideen manche Leute kommen.«

»Zum Beispiel?« Momentan bin ich für seltsame Ideen mehr als zu haben. Hauptsache, in meinem Leben ändert sich was.

»Also, da heißt es, dass jedes Zimmer für einen bestimmten Lebensbereich steht. Es gibt sogar eine Beziehungsecke.«

»Beziehungsecke?«

Steffie nickt. »Ja, und wenn es da unordentlich ist, kann es mit der Liebe nicht klappen.«

»Welche Ecke ist das?« Das interessiert Miriam offensichtlich auch. »Ich meine, klingt irgendwie abgehoben«, fügt sie schnell hinzu. Schließlich hat sie uns eben erst versichert, dass sie an Beziehungen nicht interessiert ist.

»Keine Ahnung«, meint Steffie, »ich hab das Buch doch nur durchgeblättert.«

»Kannst du deine Mutter nicht mal fragen?« Wieder Miriam.

»So, so, wir sind ja ü-b-e-r-h-a-u-p-t nicht am Thema Partnerschaft interessiert! Aber für One-Night-Stands wird das wohl keine große Rolle spielen«, werfe ich ein, um sie ein bisschen zu ärgern.

»Moment mal: Ich hab ja nicht gesagt, dass ich niemals nie eine Beziehung will. Nur im Moment eben nicht, das hebe ich mir für die Zeit auf, wenn ich über dreißig bin. Und da fände ich es – rein präventiv – einfach nur mal interessant, zu erfahren, wo bei mir in der Wohnung die Beziehungsecke ist.«

»Rein präventiv, verstehe«, zieht Steffie sie auf. »Soll ich meine Mutter mal anrufen? Rein präventiv natürlich!«

»Ja, mach doch!«, entfährt es Miri und mir zeitgleich. Steffie lacht, kramt in ihrer Tasche nach dem Handy, wählt die Nummer ihrer Mutter und fragt sie nach der geheimnisvollen Beziehungsecke.

»Und?«, will ich wissen, nachdem sie nach einigen »Ahas« und einem abschließenden »So ist das« aufgelegt hat. Steffie grinst breit, steht auf und geht aus der Küche. Miri und ich folgen ihr gespannt. Direkt vor meiner Wohnungstür bleibt sie stehen, dreht sich um und lässt ihren Blick langsam von Zimmer zu Zimmer gleiten.

»Hm«, murmelt sie, »mal sehen.« Sie geht links Richtung Schlafzimmer, schüttelt dann gedankenverloren den Kopf und dreht sich nach rechts Richtung Wohnzimmer. Sehr geheimnisvoll, das Ganze. Schätze, sie macht das einzig und allein, um Miri und mich zu ärgern.

»So schwierig kann's doch wohl nicht sein!«, quengelt Miriam auch prompt.

»Moment, ich muss mich konzentrieren«, erwidert Steffie, murmelt einmal kichernd »Ommmm« und betritt dann das

Wohnzimmer. Auch hier verharrt sie einen Moment lang im Raum.

»Janas Beziehungsecke ist genau …«, die Spannung steigt, Steffie lässt ihren Arm wild hin und her rudern, *»da!«*

Ich folge ihrem Zeigefinger, der in die rechte Ecke hinter meinem Sofa deutet. Augenblicklich wird mir einiges klar: Dort lauern, mehr schlecht als recht hinter einem Gummibaum versteckt, seit geraumer Zeit zwei große Wäschekörbe. Und darin befinden sich die Unterlagen für die Steuer 2004 und 2005. Ungeordnet natürlich. Au weia!

»Na dann: Viel Spaß! Und sei tapfer!« Zehn Minuten später klopft Miriam mir aufmunternd auf die Schulter und verabschiedet sich. Beziehungsecke hin, Beziehungsecke her: Wenn ich meine Steuerunterlagen nicht schleunigst fertig mache, habe ich gute Chancen, wirklich *sehr* unglücklich zu werden. Nicht, weil ich keinen Mann finde, sondern weil ich mit einem Bein im Knast stehe. Sollte mein Traum mit dem Finanzbeamten von letzter Nacht vielleicht doch eine kleine Botschaft des Universums an mich sein? Seit Miriam und ich das Reisebüro eröffnet haben, hängt der gesamte Bürokratiekrempel an mir, weil Miriam davon noch viel weniger Ahnung hat als ich. Oder genau genommen gar keine.

»Soll ich dir helfen?«, fragt Steffie. Ich weiß, dass sie das sogar tun würde, obwohl sie – im Gegensatz zu Miriam, diesem Herzchen – ja nun wirklich überhaupt nichts mit unserer Steuer zu tun hat. Ich würde sie auch gern darum bitten, habe aber irgendwie das Gefühl, dass sie lieber zu Hans will.

»Nee, lass mal«, wehre ich deshalb ab, »ein verregneter Sonntag ist doch genau richtig, um so was mal in Angriff zu nehmen.«

»Finde ich auch«, meint Miri und grinst schief. Ich weiß ja, dass sie ein schlechtes Gewissen hat, weil ich immer diejenige bin, die sich wenigstens hin und wieder um die Finanzen unserer kleinen Firma kümmert. Aber so schlecht, dass sie mir ebenso wie Steffie wenigstens ihre Hilfe anbietet, ist ihr Gewissen dann offensichtlich doch nicht. Was soll's, sie würde wahrscheinlich noch mehr Chaos in die ganze Sache bringen, als da ohnehin schon herrscht.

»Aber tröste dich, ich werd bei diesem Mistwetter auch mal zu Hause klar Schiff machen.«

»Lass mich raten: In deiner Beziehungsecke!«

»Rein präventiv, wie gesagt!«

»Sicher doch!«, kommentieren Steffie und ich wie aus einem Mund. Dann fangen wir alle drei an zu lachen.

»Habt ihr es gemerkt?«, frage ich, nachdem wir uns wieder beruhigt haben.

»Was?« Steffie guckt verwundert.

»Na, dass wir alle drei eben einen Moment lang glücklich waren? Eben im Hier und Jetzt.«

»Stimmt«, meint Miri. »Man muss eben auf jeden Augenblick ganz genau achten.« Wir nehmen uns noch einmal gegenseitig in den Arm, und ich bin wirklich froh, dass ich zwei so vollkommen unterschiedliche, aber jede auf ihre Art fabelhafte Frauen zur Freundin habe.

Einen Moment später klappt die Tür hinter ihnen zu, und ich bin wieder allein. Das heißt, nicht ganz allein: Auf mich warten Hunderte von unsortierten Belegen, wie grauenhaft!

»Also dann«, sage ich zu mir selbst und mache mich daran, den ersten Wäschekorb hinter dem Gummibaum hervorzuziehen.

»Es nützt ja nichts.« Dann fällt mir ein, dass ich ja noch schnell eine SMS schicken muss.

Ich sortiere mal meine Steuerunterlagen. Kanns mir zwar nicht vorstellen, aber bin gespannt, ob mich das glücklich macht. SIE

Dann greife ich mir den ersten Stapel aus dem Korb und überlege, nach welchem System ich den Papierwust am besten sortieren soll. Nach Datum? Nach Art der Ausgabe? Nach Kontoauszügen? Wo zum Teufel sind die eigentlich? Für den Bruchteil einer Sekunde bin ich versucht, die Wäschekörbe einfach in eine andere Ecke zu räumen. Damit hätte ich das Problem »Beziehungsecke« immerhin im Handumdrehen gelöst ... Aber ich lasse es dann doch. Zum einen weiß ich nicht, für welche Lebensbereiche die anderen Ecken in meiner Wohnung stehen *(muss mir dringend dieses Buch besorgen!)*, zum anderen weiß ich aber sehr genau, dass das Finanzamt nicht ewig auf die Unlust von Frau Kruse Rücksicht nehmen wird.

Als ich nach zwei Stunden immerhin schon den achten Beleg korrekt zugeordnet habe und kurz davor bin, die Wäschekörbe samt Inhalt einfach bei einer rituellen Verbrennung zu vernichten, klingelt es an meiner Tür. Vielleicht doch Miri, die von ihrem schlechten Gewissen übermannt wird und mir wenigstens bei dieser scheußlichen Arbeit das Patschhändchen halten will? Nein, das ist ausgeschlossen, dafür kenne ich sie zu gut.

»Hi! Ich wollte nur mal fragen, wie es deinem Knie geht?« Felix! In Sekundenschnelle schließen sich die Synapsen in meinem Gehirn kurz. Dass ich darauf nicht gleich gekommen bin! Wenn sich einer mit dem ganzen Steuerkrempel auskennt, dann doch wohl mein überaus attraktiver Nachbar. Und noch etwas fällt mir in diesem Moment ein: Felix heißt »der Glückliche«. Wenn das mal kein Schicksal ist, wo ich doch gerade auf der Suche nach meinem Glück bin!

»Meinem Knie geht's wieder ganz gut«, erwidere ich, »heute habe ich eher ein Problem mit meinem Kopf.«

»Aha«, erwidert Felix und grinst breit. »Mal sehen, ob ich in diesem Fall auch helfen kann.«

Aber sicher doch!

6. Kapitel

Er

Zufrieden drehe ich mich einmal im Kreis und betrachte mein Werk: Die Bilder hängen relativ gerade, das Regal steht – wenn auch nach einigen Mühen *(wer schon mal ein Ikea-Regal alleine aufgebaut hat, weiß, wovon ich rede)* –, selbst die alten Zeitungen habe ich schon ins Altpapier gebracht. Die Fotolabors haben sonntags natürlich zu, die Filme kann ich also erst morgen wegbringen, aber immerhin hängen sie schon, ordentlich in einer Plastiktüte verpackt, an der Klinke meiner Wohnungstür. Mein Tagwerk ist somit getan. Ich bin stolz. Und, ja: *Ich bin glücklich!* Zwar nicht so richtig-rundum-zum-Bäume-ausreißen glücklich, aber immerhin so glücklich, dass ich mich pudelwohl fühle. Bevor ich unter die Dusche springe, um den ganzen Staub loszuwerden, schnappe ich mir meine Kladde und schreibe: *Aufräumen macht glücklich!*

Tatsächlich fühle ich mich total erleichtert, fast euphorisch. Ich werde mein Leben wieder in den Griff bekommen, ich muss nur einfach damit anfangen. Juchhu! Was könnte ich jetzt noch aufräumen oder sortieren? Meine Steuer vielleicht? Viel zu tun habe ich da nicht, mein Lohnsteuerjahresausgleich ist meistens eine simple Geschichte. Aber immerhin, er will gemacht werden, und wer weiß, vielleicht kriege ich sogar ein paar Euro zurück? Ich schaue auf die Uhr – schon fünf. In einer Stunde könnte ich damit durch sein und vielleicht zur Belohnung Georg zum Sportschaugucken und einem kalten Bier einladen. Ein toller Plan, ich werde ihn gleich mal anrufen.

Leider erwische ich nur den Anrufbeantworter, aber das stört mich nicht weiter. Ich spreche Georg meine Einladung drauf und mache mich auf die Suche nach dem sprichwörtlichen Schuhkarton, in dem ich meine Steuerunterlagen horte. Wo habe ich ihn doch noch gesehen? Unterm Schreibtisch? Oder in meinem neuen Regal?

Mein Handy piept.

Ich sortiere mal meine Steuerunterlagen. Kanns mir zwar nicht vorstellen, aber bin gespannt, ob mich das glücklich macht. SIE

Telepathie! Ob mein Handy nicht nur Kurznachrichten, sondern auch irgendwelche Schwingungen überträgt? Oder wieso fängt SIE jetzt ausgerechnet an, ihre Steuer zu sortieren? Oder sie hat meine SMS genau so verstanden, wie sie gemeint war, also Bilder aufhängen gleich unerledigte Hausaufgaben machen. Und des Deutschen liebste unerledigte Hausaufgabe ist nun mal die Steuererklärung. Würde ich jedenfalls mal behaupten. Unwillkürlich muss ich lächeln. Immerhin scheinen meine neue Brieffreundin und ich ziemlich auf einer Wellenlinie zu liegen. Nur dass sie ihre Unterlagen schon gefunden hat – ich nicht!

Wo ist der verdammte Karton? Ich hatte ihn doch vor Kurzem noch in der Hand … Ich sehe mich nun auch im Schlafzimmer um, obwohl es mir selbst sehr unwahrscheinlich vorkommt, dass meine Steuerunterlagen gerade hier sein sollten. Mein Blick fällt auf die Fensterbank, von Dorothee gewissermaßen zur Fotoecke umfunktioniert. Jedenfalls hat sie da alle Bilder von uns beiden, die ihr gut gefielen, aufgestellt. Ich habe sie immer damit aufgezogen, wohl hier im Schlafzimmer ihr Revier verteidigen zu wollen. Dabei habe ich mich insgeheim immer darüber gefreut, ihr so viel zu bedeuten, dass sie die Bilder aufstellen wollte. Hätte ich ihr das mal lieber gesagt, statt sie zu ärgern und cool so zu tun, als fände ich solche Erinnerungsstücke lächerlich. Hätte ich ihr doch gesagt, wie sehr es mich rührte, dass sie so gern Fotos von uns ansieht. Falsch: *ansah.*

Während ich die Fotos jetzt betrachte, ist es umso härter, festzustellen, dass sie kein einziges Bild mitgenommen hat. Alle Sachen, die ihr wichtig waren, hat sie in ihren riesigen Koffer gepackt – aber die Fotos stehen alle noch so da wie vor ihrem Auszug. *He Siems, was hast du erwartet?*, raunt mir meine innere Stimme zu. *Sie hat doch gesagt, dass sie dich nicht mehr liebt.*

»Schnauze!«, schreie ich laut. Und bin auf einmal überhaupt nicht mehr in der Stimmung, hier noch irgendetwas aufzuräumen. Und sämtliche Glückgefühle sind mit einem Schlag verpufft. Das war ja nur eine kurze Halbwertszeit …

Aber vielleicht ist Aufräumen auch mehr, als das Billy-Regal aufzubauen und Quittungen zu sortieren? Vielleicht muss ich beginnen, mein *Leben* aufzuräumen und die Dinge zu sagen, die ich längst mal hätte sagen müssen. Bei Doro ist es dafür zu spät, leider. Aber es gibt noch genug Baustellen, um die ich mich mal kümmern sollte.

Eine halbe Stunde später sitze ich im Auto und fahre zu meinen Eltern.

Sie haben sich zwar ein bisschen gewundert, als ich meinen Besuch so überraschend ankündigte, aber meine Mutter ist dankenswerterweise so, wie wahrscheinlich die meisten Mütter sind: Auf die – zugegebenermaßen selten von mir gestellte – Frage, ob ich spontan vorbeikommen kann, hat sie nicht etwa »Nein!«, sondern »Oh, dann koch ich aber schnell noch was!« gesagt.

Von Hamburg nach Lübeck sind es nur knappe siebzig Kilometer; eine gute Stunde, und ich bin da. Lübeck hat etwas Verträumt-Beruhigendes. Wenn ich in die kleine Straße mitten in der Altstadt einbiege, in der meine Eltern wohnen, fühle ich mich auch nach großen Katastrophen gleich viel besser. Die kleinen verwinkelten Gänge, die Blumen, die sich an vielen der verwunschen wirkenden Altstadthäuschen emporranken – alles hier gibt mir ein Gefühl, als sei hier die Zeit stehen geblieben.

Aber heute bin ich nicht gekommen, um meine Wunden zu lecken. Nein, ich will aufräumen. Und zwar mit einer meiner größten Lebenslügen.

Versailles, den 23. November 1780

Werte Comtesse,
es war alles eine Lüge. Eine riesengroße, unverzeihliche Lüge. Und dennoch bete ich, meine liebe Comtesse, dass ich auf Ihre Vergebung hoffen kann. Ich weiß, ich bin nicht würdig, Sie um diesen Gefallen zu bitten – aber wenn Sie meine Beweggründe wissen und erkennen, dass ich bei allem, was ich tat, reinen Herzens war, wird es Ihnen vielleicht doch möglich sein. Mein einziger Wunsch war immer, Sie zu beschützen. Vor der schrecklichen Wahrheit, die Ihnen vielleicht das Herz gebrochen hätte. Denn wie hätten Sie mich lieben können, wenn Sie gewusst hätten, dass nur ein Niederer, ein Bürgerlicher vor Ihnen steht? Einer, der es nicht verdient hat, dass Sie ihn auch nur eines Blickes würdigen? Einer, der Ihnen nichts zu geben hat als seine grenzenlose, unsterbliche Liebe? So grenzenlos, dass er es wagte, sich über alles hinwegzusetzen, was doch unüberwindlich zwischen uns stand? Ich, ein einfacher Bote des Königs – und Sie, die wunderschöne, anbetungswürdige Comtesse? Ich flehe Sie an, Comtesse, senden Sie mir ein Zeichen, dass

ich auf Vergebung hoffen darf! Denn sonst ist mein Leben keinen einzigen Sous mehr wert …
Ehrfurchtsvoll,
Ihr treuer Diener Gerard (Duc de Langoire-Duvall)

Paris, den 30. November 1780

Mein geliebter Gerard,
mein Herz mag Ihnen verzeihen – allein, mein Stand erlaubt es mir nicht. Diese Liebe, so groß sie auch sein mag, hat keine Zukunft. Ich werde die Frau eines anderen. Doch seien Sie gewiss: Unsere Seelen sind bis in alle Ewigkeit untrennbar miteinander verbunden …

Als ich die geschwungene Holztreppe zur Wohnung meiner Eltern hochstapfe, formuliere ich im Geiste schon, wie ich es ihnen sagen werde. Dass ich schon lange nicht mehr studiere. Dass ich gar keine Assistentenstelle an der Uni habe. Dass ich seit mehr als zehn Jahren im Hauptberuf Postbote bin. Und dass ich mich nie getraut habe, ihnen die Wahrheit zu beichten. Ich bin mir nicht sicher, was sie am meisten treffen wird, aber ich denke, der letzte Punkt ist besonders hart zu verdauen. Schließlich haben mir meine Eltern genau genommen nie einen Grund gegeben, ihnen Dinge zu verheimlichen. Aber wahrscheinlich wollte ich mir selbst nie eingestehen, dass mein ursprünglicher Lebensentwurf schon lange gescheitert ist. Und was man sich schon selbst nicht eingestehen will, erzählt man natürlich erst recht nicht anderen Menschen. Auch nicht, wenn es die eigenen Eltern sind.

Das ist wahrscheinlich in etwa so, wie wenn man nach langer Zeit wieder mit dem Rauchen anfängt; solange man sich noch keine eigene Schachtel kauft, hält man sich immer noch für einen Nichtraucher *(auch wenn man für alle anderen schon ein fürchterlicher Schnorrer ist)*. Erst an dem Tag, an dem man in einen

Kiosk marschiert und sagt: »Ein Päckchen Marlboro, bitte«, ist die Niederlage klar. Man ist wieder Raucher. Oder, wie ich in diesem Fall, Postbote. Was für eine schiefe Metapher – und das von einem hoffnungsvollen Schriftsteller wie mir …

Bevor ich an die weiß lackierte Wohnungstür meiner Eltern klopfen kann, reißt meine Mutter sie schon auf, ganz so, als hätte sie die letzte halbe Stunde nur damit verbracht, zu horchen, ob ich nicht schon die Treppe heraufkomme.

»Roland! Na, das ist diesmal aber eine wirklich nette Überraschung!« Sie nimmt mich in die Arme und drückt mich fest. Eigentlich hasse ich das, aber heute kann ich es ganz gut gebrauchen. »Gut, dass du vorher angerufen hast, eigentlich wollten wir nämlich gerade zum Friedhof fahren und Opa ein paar Blümchen vorbeibringen. Aber komm doch erst mal rein!« Ich trete mir die Füße ab und mache einen Schritt in die gute Stube. Da steht auch schon mein Vater, wie immer am Wochenende in grauer Strickjacke und ein paar braunen Cordpuschen an den Füßen.

»Na, mien Jung! Das ist ja schön, dass du uns so schnell schon wieder besuchen kommst. Dorothee ist wohl gerade nicht da und es gab nichts mehr zu essen im Kühlschrank, was?« Er klopft mir auf die Schulter und schlurft in Richtung Küche. Von dort duftet es schon verführerisch. Auf die Bemerkung meines Vaters gehe ich lieber nicht ein, will ja nicht gleich mit der Tür ins Haus fallen. Schön eines nach dem anderen. Also, erst einmal Kräfte sammeln und etwas essen!

»Hm, das riecht ja lecker«, stelle ich fest und folge meinen Eltern Richtung Küche, wo bereits der Tisch gedeckt ist.

»Ja, dauert aber noch ein bisschen«, meint meine Mutter und bedeutet mir, mich auf meinen Stammplatz am Kopfende zu setzen. »Ich hab dein Lieblingsessen gemacht: Putencurry indische Art. Hast Glück, dass ich noch Fleisch im Tiefkühler hatte.« Sie lächelt zufrieden.

Meine Mutter, ich könnte sie küssen. Seitdem ich vor sieben Jahren einmal völlig beeindruckt von einer Indienreise heimgekehrt bin, wartet sie bei Besuchen von mir immer wieder gern mit einer in ihren Augen indischen Abwandlung ihres gängigen Repertoires auf. Früher hat mich so was enorm genervt und ich hätte ihr bestimmt sofort erläutert, dass ich in Indien nirgendwo Putenfleisch serviert bekommen habe. Aber man wird bekanntlich älter und weiser und sieht indisches Putengeschnetzeltes als das, was es wirklich ist: ein Liebesbeweis.

»Willst du schon etwas trinken? Wasser? Saft?« Meine Mutter öffnet den Kühlschrank und sieht mich fragend an. Ich gebe zu, ein bisschen mehr Mut brauche ich noch.

»Och, wenn ihr habt, gern ein kaltes Bier.«

»Dann muss ich mal eben in den Keller«, erwidert sie, und bevor ich noch anbieten kann, selbst zu gehen, ist sie schon unterwegs. Eigentlich könnte ich mich jetzt auch einfach nur zwei Stunden verwöhnen lassen und dann wieder die Heimreise antreten ... Ein verführerischer Gedanke!

Halt, nicht schon wieder abschlaffen. Du hast dir etwas vorgenommen, also zieh das Ding jetzt auch durch.

Ja doch! Ich mach es schon, keine Sorge.

Als wir endlich gemeinsam am Esstisch sitzen, raffe ich mich also dazu auf, meine historische Rede zu halten.

»Mama, Papa, ich muss euch etwas Wichtiges sagen.« Meine Mutter strahlt mich an. Auweia, die denkt jetzt bestimmt, dass sie demnächst Schwiegermama wird. Oder vielleicht sogar Großmutter? Schnell weitermachen! »Ihr habt euch doch bestimmt schon oft gefragt, wann ich endlich mein Studium beenden werde.« Mutter hört auf zu strahlen und setzt plötzlich einen ungeheuer aufmerksamen Gesichtsausdruck auf.

»Na, genug Semester haste ja auf'm Buckel, mien Jung«, meint mein Vater und lacht verschmitzt.

»Also«, fahre ich schnell fort, damit ich nicht aus dem Tritt komme, »die Wahrheit ist ... Also ich meine, in Wirklichkeit ... was ich euch eigentlich schon länger sagen wollte – es ist nämlich so, dass ich die letzten Jahre mein Studium nicht mehr so ganz ... also ich meine, zuerst ruhte es nur ein bisschen. Aber dann, dann bin ich irgendwie immer mehr, also, nicht, dass ihr das jetzt falsch versteht, *ähm* ... Aber es war dann irgendwann an der Zeit, *äh* ...«

Was für ein Gewürge! Wieso bringe ich die entscheidenden Worte nicht einfach mal über die Lippen? Meine Eltern müssen langsam glauben, ich hätte einen Schlaganfall erlitten oder würde neuerdings Klebstoff schnüffeln!

»Also, um es kurz zu machen und euch nicht länger ... *äh* ...«

Mein Vater räuspert sich. »Roland, wenn du uns jetzt mit der Neuigkeit überraschen willst, dass du schon lange dein Studium abgebrochen hast, dann brauchst du wirklich nicht so rumzustottern. Das wissen wir längst.«

Was? Wie?

Das wissen wir doch längst?

»Wie meinst du das?«

»Na, so, wie ich es gesagt habe. Wir wissen, dass du nicht mehr studierst. Und doch bestimmt seit drei, vier Jahren nicht mehr.«

»Aber wenn ihr es wisst – wieso habt ihr nie etwas dazu gesagt?«

»Wir dachten, du würdest es uns schon erzählen, wenn du es für richtig hältst.« Mein Vater grinst. »Konnten ja nicht ahnen, dass das so lange dauern würde, aber jedes Ding braucht eben seine Zeit. Und außerdem hätte es ja auch sein können, dass du irgendwann wieder damit anfängst.«

Ich brauche immer noch einen Moment, um zu kapieren, was er mir gerade gesagt hat: Meine Lügen in den vergangenen Jahren – die hätte ich mir alle sparen können!

»Und dann wisst ihr auch«, frage ich vorsichtig nach, »dass ich gar keine Assi-Stelle an der Uni habe?« Ich bin wirklich fassungslos.

»Aber natürlich. So sind wir überhaupt darauf gekommen. Mama wollte dich einmal spontan an der Uni besuchen und musste feststellen, dass Professor Wiedemann, dein angeblicher Chef, dort schon seit mehreren Jahren nicht mehr lehrt. Da ist uns natürlich so manches klar geworden.« Mein Vater öffnet sich in aller Seelenruhe ein Bier. »So, und nu' lass uns mal wirklich mit dem Essen anfangen, deine Mutter hat wieder so lecker gekocht. Nicht, dass es kalt wird.« Das Letzte, woran ich jetzt denken kann, ist, ob das Essen kalt wird oder nicht. Ich schiebe meinen Teller zur Seite und beuge mich zu meiner Mutter vor.

»Aber Mama, jetzt sag du doch auch mal was. Das kann doch nicht sein, dass ihr mich nie darauf angesprochen habt und nun so tut, als sei das die normalste Sache der Welt. Das gibt's doch gar nicht! Ich meine, wir haben vergangene Woche noch über angebliche Klausuren von mir gesprochen. Da hast du mich wirklich ernsthaft nach gefragt!« Bilde ich mir das ein, oder schaut meine Mutter nun doch ein klein bisschen verschämt aus der Wäsche?

»Da habe ich absichtlich ein bisschen gestichelt – das gebe ich zu. Ich dachte immer, wenn ich nachfrage, dann erzählst du mir irgendwann, dass du hingeschmissen hast.« Sie stochert etwas hilflos mit ihrer Gabel auf der Tischdecke herum. »Ehrlich gesagt habe ich auch nie verstanden, warum du es nicht erzählen wolltest. Hast du so wenig Vertrauen zu uns?«

Ich wusste doch, dass diese Frage kommen würde. Aber sie drängt sich natürlich auf. »Nein, das ist es nicht«, beeile ich mich zu versichern. »Ich habe mir nur so lange selbst nicht eingestehen können, dass ich nicht mehr studiere. Da konnte ich es erst recht niemand anderem erzählen. Eine Zeit lang habe ich mir auch immer eingeredet, es sei nur eine vorübergehende Unterbrechung. Eine Art Urlaubssemester. Aber nach sechs Urlaubssemestern am Stück habe ich dann eingesehen, dass es vorbei ist.«

Meine Mutter greift nach meiner Hand. »Ach Roland, so schlimm ist das doch auch wieder nicht. Immerhin hast du auch so einen schönen Beruf – du stehst schließlich nicht auf der Straße.«

»Na ja«, wirft mein Vater lachend ein, »auf der Straße steht er ja irgendwie schon!« Er zwinkert mir aufmunternd zu.

Moment, woher wissen sie das nun wieder? Da gibt's eigentlich nur eine Erklärung: Dorothee! Hat sie hinter meinem Rücken mit meinen Eltern konspirative Gespräche geführt? Unglaublich! Sie hätte mich wenigstens vor der Peinlichkeit bewahren können, meinen Eltern lange Vorträge über die Minne im Hochmittelalter zu halten oder mir Schilderungen über die Tücken meines angeblichen Chefs aus den Fingern zu saugen. Nein, stattdessen erinnere ich mich an zahlreiche Momente, in denen ich mit Doro auf der Couch meiner Eltern saß, mich – wie ich jetzt weiß – zum völligen Idioten machte und Doro noch mit Kommentaren wie »Ja, Studieren kann sehr hart sein« Öl ins Feuer goss. Warum hat sie mir nie gesagt, dass meine Eltern längst alles wussten? Ich habe mich in dieser Frau getäuscht, so viel steht fest.

Meine Mutter scheint meine Gedanken zu erraten. »Doro wollte uns erst nichts erzählen«, erklärt sie, »aber nach der Sache mit der Uni habe ich sie mir mal geschnappt. Ich habe mir eben Sorgen gemacht und auf sie eingeredet. Glaub mir, sie wollte dich nicht verraten – aber schließlich hat sie erzählt, dass du schon seit Jahren als Postbote arbeitest. Mich hat das beruhigt, ich hatte nämlich befürchtet, dass du jetzt völlig durchhängst.«

»Ach, und was hat sie noch so erzählt, die liebe Dorothee?« Ich merke, wie wütend ich auf meine Freundin werde. Exfreundin.

»Nichts weiter – aber du klingst so aggressiv. Habt ihr Streit?«

Das wird ja immer besser – Doro haut mich in die Pfanne, und ich bin angeblich aggressiv! Aber wenn jetzt sowieso schon die Stunde der Wahrheit ist, kann ich gleich mal alles auf den Tisch packen.

»Ich bin nicht aggressiv, ich bin nur traurig und verletzt, weil meine Freundin mit euch Geheimnisse vor mir hatte. Und außerdem … also … Dorothee hat mich verlassen. Sie sagt, sie liebt mich nicht mehr und dass es keinen Sinn mit uns beiden hat.«

Jetzt sind meine Eltern allerdings wirklich geschockt. Offenbar war Doro die Traumschwiegertochter – mein Vater jedenfalls ringt sichtbar mit der Fassung, und meine Mutter lässt vor Schreck gleich meine Hand los. Stille.

Schließlich räuspert sich meine Mutter. »Das tut mir wirklich leid. Ich habe immer gedacht, dass ihr gut zusammenpasst und irgendwann mal … na, eben heiratet.« Bei diesen Worten hat sie fast Tränen in den Augen. Das ist genau das, was ich jetzt brauche: Eine Mutter, die mir erzählt, dass ich die Frau meines Lebens verloren habe … Aber ich wollte ja die Wahrheit sagen. Das habe ich nun von meinem Aufräumwahn. Wie bin ich bloß darauf gekommen, dass mich das glücklich machen könnte?

Mein Vater, dem die ganze Situation fast so unangenehm wie mir zu sein scheint, versucht, einen Themenwechsel einzuleiten.

»Also, ich habe Hunger. Und deswegen werde ich jetzt essen, wahrscheinlich ist es jetzt sowieso nur noch lauwarm.« Entschlossen greift er zu der Schüssel mit dem Geschnetzelten. Meine Mutter und ich schauen uns etwas ratlos an, mir hat es nun endgültig den Appetit verschlagen. Vielleicht sollte ich einfach fahren? Was zu sagen war, ist ja nun raus. Ich rücke meinen Stuhl nach hinten und stehe auf.

»Tja, ich glaube, ich mach mich wieder auf den Weg. Mir ist jetzt nicht nach Essen zumute. Tut mir leid, Mama, du hast dir so viel Mühe gemacht, aber ich bring jetzt echt nichts runter. Muss mich erst mal wieder beruhigen.«

Mein Vater legt die Gabel zur Seite und schaut von seinem Teller auf. »Roland, so geht das nicht. Ich bin wirklich froh, dass du uns jetzt selbst einmal erzählt hast, was Sache ist. Aber niemand hier hat dir Vorwürfe gemacht.«

»Stimmt, jedenfalls keine offenen«, gebe ich unerwartet streitlustig zurück.

»Aber es ist doch wohl klar, dass wir uns Sorgen gemacht haben. Und natürlich haben wir dann Dorothee gefragt. Das ist wohl das Naheliegendste. Dass ihr euch getrennt habt, finde ich sehr traurig, weil ich Doro mochte. Weißt du ja. Aber unser Sohn bist schließlich du, und nur darauf kommt es an. Ich wäre allerdings sehr froh, wenn wir in Zukunft etwas ehrlicher miteinander umgehen könnten.« So energisch, wie er jetzt ist, kenne ich ihn gar nicht. Bisher habe ich ihn immer für, na ja, nicht so durchsetzungsfähig gehalten. »Und jetzt setz dich bitte wieder hin und iss mit uns. Alles andere ist albern. Du bist doch kein Kind mehr, sondern ein erwachsener Mann.«

»Da gibt es einige, die das anders sehen.« In dem Moment, in dem ich es ausspreche, wird mir klar, dass ich tatsächlich klinge wie ein pubertierender Teenager. Und obwohl ich eigentlich gerade noch fahren wollte, setze ich mich wieder. Meine Mutter seufzt erleichtert und fängt an, mir von dem Geschnetzelten auf den Teller zu schaufeln. »Jetzt, wo wir so offen miteinander reden«, meint sie dabei, »machen wir am besten gleich weiter. Ich … ich habe schon länger das Gefühl, dass dich irgendetwas bedrückt. War es die Sache mit dem Studium und mit Doro, oder gibt's noch etwas, was du gern erzählen würdest?« Klar. Wenn Muttern mich schon mal in der Zange hat, lässt sie nicht los, bis ich all meine Sünden gestanden habe. Aber gut: Reden wir offen und ehrlich, das habe ich in den letzten dreiunddreißig Jahren schließlich nicht sehr oft getan.

»Nein, eigentlich nicht. Ich frage mich in letzter Zeit nur immer häufiger, wie das so alles weitergehen soll. Mit mir, meine ich. Um mal etwas pathetisch zu werden: Irgendwie werde ich das Gefühl nicht los, dass von meinen Kindheitsträumen nicht mehr viel übrig geblieben ist.«

Mama zieht die Augenbrauen zusammen. »Welche Kindheitsträume meinst du? Feuerwehrmann werden?« Sie zwinkert mir zu.

»Nein, du weißt doch schon: Die Sache mit dem Schreiben. Ich habe wirklich jahrelang in dem festen Glauben gelebt, ein berühmter Schriftsteller zu werden.«

»Ja, natürlich. Ich kann mich noch gut erinnern, dass du schon als Junge überlegt hast, welche Titel deine Romane haben sollten.« Sie lächelt. »Selbst über die Umschlaggestaltung hast du dir Gedanken gemacht. Allerdings habe ich immer gedacht, dass es nur Spinnerei ist.«

»Ist es eben nicht«, erwidere ich heftig. »Oder eben doch«, füge ich kleinlaut hinzu, »ich bekomme einfach nichts Anständiges zu Papier.«

»Aber ich verstehe deine Verzweiflung nicht«, meint meine Mutter. »Du bist doch erst dreiunddreißig! Ich habe neulich irgendwo gelesen, dass Rosamunde Pilcher erst mit sechzig Jahren ihren ersten Erfolg hatte. Und heute hat sie über dreißig Millionen Bücher verkauft.«

Ich bin mir nicht so sicher, ob ich mich über diesen Vergleich freuen soll. Mein Vater schnaubt verächtlich. »Also, Ingrid, so ein Quatsch! Der Junge hat doch seit der Schülerzeitung überhaupt nichts mehr geschrieben!«

»Danke, Papa!« Ist doch immer wieder schön, von den eigenen Eltern aufbauende Worte zu hören. »Das weiß ich selbst! Ich sage ja auch nur, dass es ein großer Traum von mir war. Oder ist. Oder wie auch immer. Ich behaupte ja nicht, dass ich schon aktiv begonnen habe, ihn umzusetzen.« Ich sehe meinem Vater genau an, dass er jetzt am liebsten etwas Sarkastisches erwidern würde. Aber er verkneift es sich, wahrscheinlich hat er Angst, sonst niemals in Ruhe essen zu können.

Währenddessen ist meine Mutter aufgestanden und im Schlafzimmer verschwunden. Kurz darauf kehrt sie mit einer großen Schachtel zurück.

»Hier«, sie hält mir den Karton hin. Ich sehe sie fragend an.

»Ich muss dir etwas zeigen. In dieser Schachtel bewahre ich Erinnerungsstücke aus deiner Kindheit auf. Nichts Weltbewegendes, aber für mich sehr wertvoll.« Sie setzt sich hin, öffnet den Deckel und zieht ein Stück verwaschenen Stoff heraus. »Dein erster Strampler«, kommentiert sie. Dann folgt ein etwas angeknittertes Blatt Papier. »Ein Bild, das du mir mal aus dem Kindergarten mitgebracht hast«, erklärt sie. Ich werfe einen Blick darauf. Gut, dass ich nie Maler werden wollte!

Mama kramt weiter in der Kiste, bis sie schließlich ein kleines, gelbes Heft und eine Art länglichen Zettel ans Tageslicht bringt.

»Weißt du noch, was das ist?«, fragt sie. Absolut keine Ahnung. »Dies hier«, sie wedelt mit dem Heftchen vor meiner Nase rum, »sind alle deine Deutschaufsätze aus der dritten und vierten Klasse.«

»Die hast du noch?«, wundere ich mich.

»Ich fand sie damals schon so toll, dass ich das Heft aufbewahrt habe. Erst vor Kurzem habe ich noch einmal drin geblättert und mir gedacht, wie schade es ist, dass du nicht mehr aus deinem Talent gemacht hast.«

»Mama, dritte Klasse – das ist wirklich rührend, aber alle Mütter finden doch, dass ihre Kleinen an Schiller ranreichen.«

»Vorsichtig, sonst nehme ich dir deine Sprüche übel, Roland. Ich bin Hausfrau, aber ich bin nicht verblödet. Du hast schon damals, mit neun Jahren, außergewöhnlich gut geschrieben. Und das fand nicht nur mein stolzes Mutterherz. Dein Deutschlehrer – ich weiß es noch wie heute – gab mir am Schuljahresende dein Heft und sagte: Frau Siems, geben Sie ihm das später mal, der wird bestimmt Journalist oder so, und dann wird er sich darüber freuen. Und jetzt möchte ich, dass du es mitnimmst und in Ruhe liest.« Sie drückt mir das Heft in die Hand, und ich kann nicht umhin, mich ein bisschen zu freuen. Sie hat dieses Heft so lange Zeit für mich aufgehoben, ohne auch nur den geringsten Zweifel zu haben, dass ich irgendwann »Journalist oder so« werden würde. Und die Tatsache, dass mein Deutschlehrer mich für talentiert hielt, zeigt ja immerhin, dass ich mit meinem Schriftsteller-Traum nicht ganz daneben lag. Auch wenn meine Geschichten aus der vierten Klasse wahrscheinlich das Beste sind, was ich bisher zu Papier gebracht habe …

»Und was ist das für ein Zettel?«, will ich wissen. Wortlos legt meine Mutter ihn mir hin. Ich nehme ihn und betrachte ihn genau. Es ist eher ein fünf Zentimeter langes Fähnchen, vergilbt, auf einer Seite rote Schrift. *Your name will be famous in the future.* Sagt mir spontan gar nichts.

Oder doch?

Eine Erinnerung kommt ganz schwach aus den Tiefen meines Gedächtnisses und kämpft sich langsam nach oben. Die Erinnerung an einen gemeinsamen Familienurlaub vor vielen, vielen Jahren. Genau – jetzt hab ich's: Ein Chinarestaurant in San Francisco. Ich besuchte es mit meinen Eltern als Abschluss eines wunderbaren Wohnmobilurlaubs an der amerikanischen Westküste. Nach dem Essen brachte die Bedienung einen Glückskeks für jeden von uns. Ich biss den Keks durch, denn in Deutschland hatte ich dieses Gebäck noch nie gesehen, und hatte prompt einen kleinen Zettel im Mund. Eben genau jenen, den ich jetzt in der Hand halte. Damals war ich ganz aufgeregt nach dieser Prophezeiung, hielt es für eine echte Offenbarung und konnte auf der Rückreise an kaum etwas anderes denken. Meine Eltern haben sich damals sehr amüsiert – aber immerhin hat meine Mutter auch dieses Stück Erinnerung sorgsam verwahrt.

»Was ich dir damit sagen will«, erklärt sie mir nun, »ist ganz einfach: Hier ist dein Talent, und da ist eine schöne Weissagung. Jetzt fahr nach Hause und mach endlich das Beste draus. Wenn du nichts ändern möchtest, weil du auch so glücklich bist – wunderbar. Falls nicht, leg los!«

Ich fasse es nicht. Der Knackpunkt meines Lebens, mal eben in zwei Sätzen zusammengefasst. Meine Mutter wird mir unheimlich.

Es ist ziemlich spät, als ich wieder in Hamburg ankomme. Weil es auf dem Weg liegt, fahre ich bei Georg vorbei, der sich auf meine ursprüngliche Sportschaueinladung gar nicht mehr gemeldet hat. Auch gut, wäre heute eh nichts geworden. Aber vielleicht hat er jetzt noch Zeit für ein Bier? Würde ihm gern diese wilde Glückskeks-Geschichte erzählen. Ich erwische direkt vor seiner Tür einen Parkplatz, was in Eppendorf ein seltenes Glück ist. Leider macht auf mein Klingeln niemand auf. Ich trabe zum Auto zurück und drehe mich noch mal kurz um. Komisch, ich könnte schwören, in seiner Wohnung brennt Licht. Ich kehre um, klingle noch mal. Nichts. Na ja, wohl unterwegs und nur vergessen, das Licht auszumachen. Egal. So spannend ist meine Geschichte nun auch nicht. Kann ich ihm auch morgen erzählen.

Vor meiner Tür finde ich selbstredend keinen Parkplatz und kurve stattdessen zwanzig Minuten um den Block. Normalerweise bin ich beim Falschparken ja nicht zimperlich, aber gegen die Bilanz des letzten Monats *(zweimal abgeschleppt, vier Parktickets, macht rund vierhundert Euro, mindestens)* kann ich kaum anverdienen. Und so habe ich den Vorsatz gefasst, mein Auto künftig nur noch halbwegs legal abzustellen. Vorerst jedenfalls.

Nach einundzwanzig Minuten merke ich, wie mein innerer Widerstand gegen das absolute Halteverbot schräg gegenüber deutlich zu schwinden beginnt. Bin schließlich ein Frühaufsteher, könnte doch locker morgen umparken … Andererseits habe ich das die letzten Male auch nicht auf die Reihe gekriegt. Oder soll ich den Wagen doch einfach hier abstellen?

Während ich noch mit mir selbst ringe, sehe ich eine junge Frau mit schwerem Gepäck und Kleinkind auf dem Arm zielstrebig auf eines der legal geparkten Autos zugehen. Hah! Meine Chance! Ich kurbele meine Fensterscheibe runter.

»Tschuldigung, fahren Sie weg?«

»Ja, aber das dauert noch ein bisschen. Ich muss noch den Kindersitz umbauen.«

Egal, für eine korrekte Parklücke werde ich dieses Opfer bringen. Wartet ja auch niemand auf mich. Während ich in aller Gemütsruhe den Blinker an- und den Motor abstelle, ist das erwähnte Kleinkind allerdings offensichtlich nicht bereit, auch nur eine Minute zu warten: Es will ständig schon ins Auto krabbeln, und nach dem dritten erfolglosen Anlauf wirft es sich schreiend auf den Boden und tritt nach seiner Mutter. Die nimmt das widerstrebende Gör erst mal auf den Arm und versucht es zu beruhigen. Okay, das kann hier echt noch dauern. Man sollte eben immer etwas zu lesen mit sich führen. Dabei fällt mir das alte Schulheft ein, das mir meine Mutter mitgegeben hat. Ich nehme es aus der Tüte und beginne, darin zu blättern. Niedlich, ich hatte eine richtig schöne Krakelschrift. Und diese Themen:

Mein schönstes Ferienerlebnis, Mein liebstes Weihnachtsgeschenk, Unsere Klassenreise.

Die echten Klassiker! Ob das heute an der Schule auch noch so ist? Ich schaue kurz hoch; Mutti hat ihr Balg leider immer noch nicht im Auto. Jetzt kniet sie vor ihm und scheint eine Diskussion auf Augenhöhe führen zu wollen. Na ja, mal sehen, was mein liebstes Weihnachtsgeschenk war.

Zu Weihnachten bekam ich endlich ein Bonanza-Rad geschenkt. Darauf hatte ich schon ganz lange gewartet. Aber am meisten darüber gefreut habe ich mich nicht. Am meisten gefreut habe ich mich nämlich, dass Oma mit uns gefeiert hat. Und das kam so: Eigentlich war Oma im Krankenhaus. Es ging ihr ganz schlecht. Mama hat gesagt, dass Oma schon sehr alt ist und wir uns deshalb ganz doll wünschen müssen, dass sie bald wieder gesund wird. Da war ich ganz traurig und habe überlegt, was ich machen kann. Dann hatte ich eine Idee – ich habe dem lieben Gott, der ja der Chef vom Weihnachtsmann ist, ein Geschäft vorgeschlagen. Ich habe gesagt: »Lieber Gott, wenn Oma zu Weihnachten wieder nach Hause darf, dann muss mir der Weihnachtsmann auch kein Bonanza-Rad bringen. Da verzichte ich drauf. Bitte mach lieber, dass Oma gesund wird.« Am Heiligabend bekamen Mama und Papa dann einen Anruf aus dem Krankenhaus – sie durften Oma abholen! Da haben sie sich gefreut und ich mich auch, aber ich habe ihnen nicht gesagt, dass ich ein Abkommen mit dem Weihnachtsmann habe. Als dann Bescherung war und doch ein Fahrrad unter dem Weihnachtsbaum stand, war ich sehr überrascht. Mama hat mich gefragt, warum, da habe ich alles erzählt. Oma hat geweint, aber nicht, weil sie traurig war, sondern weil sie sich darüber so gefreut hat. Dann hat sie gesagt: »Du kleiner Mann weißt schon, was wirklich zählt im Leben.« Das habe ich zwar nicht ganz verstanden, aber weil es wohl ein ganz großes Lob war, habe ich es mir genau gemerkt.

Unglaublich. Bereits im zarten Alter von zehn Jahren habe ich zum Lore-Roman geneigt … und offensichtlich auch schon zur Lebensweisheit. *Du weißt schon, was wirklich zählt im Leben.* An das Weihnachtsfest kann ich mich nur noch schemenhaft erinnern. Es war tatsächlich das letzte mit meiner Oma. Und da hat sie so etwas Nettes zu mir gesagt? Scheint ganz so, als hätte ich einen Rückschritt gemacht, denn leider kann ich momentan nicht mehr von mir behaupten, dass ich eine Ahnung hätte, was wirklich wichtig ist im Leben.

Was ist passiert in den letzten dreiundzwanzig Jahren? Was habe ich auf dem Weg ins Erwachsenenleben verloren?

Sie

»So, das hätten wir.« Es ist schon fast Mitternacht, als Felix und ich zufrieden den letzten Beleg dort abheften, wo er hingehört.

»Noch einmal tausend Dank! Ohne dich hätte ich das nie im Leben hingekriegt.«

»Das glaube ich allerdings auch«, gibt Felix mir in scherzhaftem Tonfall recht. »Ein ganz schönes Chaos hattest du da angerichtet.«

»Und das auch noch mitten in meiner Beziehungsecke!«

»Beziehungs ... *was?*«

Ich merke, wie mir das Blut ins Gesicht schießt. Das ist mir jetzt einfach so rausgerutscht! »Ist nicht so wichtig«, versuche ich, das Thema vom Tisch zu wischen, aber Felix hakt noch einmal nach.

»Was ist denn eine Beziehungsecke?«

»Ach, das ist nur so eine Theorie, dass man in seiner Wohnung eine Ecke für jeden Lebensbereich hat«, erkläre ich etwas hilflos und hoffe, dass er nicht weiter nachfragt.

»Für jeden Lebensbereich?« Pech gehabt, er fragt weiter nach. Aber immerhin hat er mir in den letzten Stunden wirklich aufopferungsvoll geholfen und mich außerdem darauf hingewiesen, dass es jede Menge Kosten gibt, die ich von der Steuer absetzen kann. Hatte ich bisher gar nicht gewusst, Felix' Tipps sind Gold wert! Er meinte sogar, dass wir wahrscheinlich vom Finanzamt etwas zurückbekommen, wenn ich das alles einreiche, ist so etwas zu fassen? Ich dachte bisher immer, wir stehen kurz vor der Pleite. Und in Anbetracht der Tatsache, dass Felix mir mehr als geholfen hat, beschließe ich, ihn wenigstens an meinem neu gewonnenen Wissen teilhaben zu lassen.

»Ja, das ist so ein Feng-Shui-Kram«, erkläre ich, »dass es eben überall in der Wohnung oder im Haus eine Ecke gibt, die für einen bestimmten Bereich steht. Das kann beruflicher Erfolg sein oder Geld oder die Gesundheit ...«

»Oder eben die Liebe«, fällt Felix mir ins Wort und ich werde – wenn das überhaupt möglich ist – noch ein bisschen röter.

»Genau, eben die Ecke, in der die Energien für eine Partnerschaft fließen. Und wenn da Chaos herrscht, ist in Sachen Liebe eben auch ...«

»Chaos?«

»Äh ... ja.«

»Und?«

»Was und?«

»Na, herrscht in Sachen Liebe bei dir Chaos?« Er wirft mir einen langen Blick zu. Augenblicklich begibt sich das Blut aus meinem Kopf auf dem direkten Weg in meinen Magen und fängt dort an, wie wild zu kribbeln.

»Nein«, stottere ich, »äh, also, ja ... ich denke ... ich ...«

Felix bricht in schallendes Gelächter aus. »Wenn du nicht mal weißt, wie es da gerade bei dir aussieht, scheint es *wirklich* chaotisch zu sein!«

»Mein Freund hat sich vor drei Tagen von mir getrennt«, rutscht es mir raus, ehe ich es verhindern kann. Das passiert mir nun schon zum zweiten Mal! Sofort hört Felix auf zu lachen.

»Oh, das tut mir leid, das wusste ich nicht ... da bin ich ja wohl mit Anlauf in ein Fettnäpfchen gesprungen.«

»Schon gut«, winke ich ab, »war sowieso nicht die riesengroße Liebe.« In dem Moment, in dem ich das sage, wird mir bewusst, dass das sogar die Wahrheit ist: Klar habe ich an meinem Geburtstag noch heiße Tränen um Markus vergossen, und auch die Tage danach ging es mir immer mal wieder ganz schön schlecht – aber wie ich jetzt, so mit mir und der Welt ganz zufrieden, in meinem Wohnzimmer sitze, merke ich, dass es gar nicht wirklich Markus war, um den es mir ging. Es war mehr der Gedanke, wieder allein zu sein. Allein und nutzlos und nicht wissend, wie mein Leben eigentlich weitergehen soll.

»Ist was?« Felix unterbricht meine Gedanken.

»Wieso?«

»Weil du nichts mehr sagst und so komisch guckst.«

»Ach, nee, ist nix, ich habe nur gerade meinen Gedanken nachgehangen.«

»Tja«, meint Felix etwas unbeholfen und macht Anstalten, aufzustehen, »vielleicht sollte ich dann jetzt besser mal gehen, ich wollte dich eben wirklich nicht …«

»Mach dir keine Gedanken«, beruhige ich ihn, »ist wirklich nicht so schlimm. Im Gegenteil, es geht mir schon viel besser.«

»Das freut mich. Aber ich muss jetzt wirklich los.«

Ich stehe ebenfalls auf und bringe ihn zur Wohnungstür. Einen kurzen Moment stehen wir wortlos voreinander, und ich merke, wie ich fast versucht bin, ihm ein Küsschen auf die Wange zu geben. Aber ich lasse es lieber, immerhin bin ich ja gerade erst wieder dabei, mich zu sortieren. Das Küsschen kann warten.

»Danke«, sagt Felix, beugt sich schnell zu mir herunter und haucht mir einen Kuss irgendwo zwischen Mund und Wange. Offensichtlich kann es bei ihm nicht warten.

»Wofür?«, frage ich überrascht. »Immerhin hast *du* ja *mir* geholfen, nicht umgekehrt.«

»Das würde ich so nicht sagen«, meint er und drückt die Klinke der Wohnungstür runter. »Ich werd jetzt auch mal schnell ein kleines Eckchen bei mir ausmisten. Ich habe so ein Gefühl, dass meine Beziehungsecke ebenfalls etwas Ordnung vertragen kann.« Mit diesen Worten ist er auch schon draußen im Flur und lässt mich einigermaßen stutzig guckend zurück. Wie hat er denn das jetzt wieder gemeint? Lebt er in einer chaotischen Beziehung? Oder wünscht er sich eine? Und hat das eventuell etwas mit … mit mir zu tun? Hätte ich ihn vielleicht doch nicht so schnell gehen lassen, sondern als kleines Dankeschön etwas mit ihm trinken sollen? Ist er jetzt vielleicht sogar beleidigt, weil er mir geholfen hat, und ich revanchiere mich nicht einmal bei ihm? Wollte er wirklich gehen? Oder hat er in Wahrheit darauf gewartet, dass ich ihn zurückhalte? Vielleicht sollte ich ihm morgen eine Kleinigkeit …

»Jana!«, unterbreche ich mich selbst, weil ich merke, dass ich gerade wieder auf einen verhängnisvollen Gedankentrip gerate. Es geht doch gar nicht darum, was Felix will. Schließlich kenne ich ihn kaum und weiß noch nichts über ihn, bis auf die Tatsache, dass ich ihn ganz nett und niedlich finde und ohne ihn wahrscheinlich bald im Steuerknast sitzen würde. Das war ungemein hilfreich und aufmerksam, nicht weniger, aber auch nicht mehr. Dafür muss ich ihm jetzt nicht gleich einen roten Teppich ausrollen, schon gar nicht – um es mal pathetisch zu sagen – in mein Herz. Das Einzige, worum es im Moment geht, bin ich selbst. *Und um die ersten kleinen Fortschritte, die ich seit meinem SMS-Kontakt mache,* denke ich, als ich wieder ins Wohnzimmer gehe und lächelnd die sortierten Unterlagen auf meinem Couchtisch betrachte. Tatsächlich: Allein die Tatsache, dass ich meinen Steuerkram erledigt habe, löst große Freude in mir aus, weil ich eine Last weniger am Hals habe. Ob es immer so einfach ist? Langsam bekomme ich wirklich richtig große Lust an diesem Experiment und bin gespannt, auf welche Ideen ER und ich noch so kommen werden.

Ich räume die Unterlagen zurück in die Wäschekörbe, trage sie zur Wohnungstür und nehme mir fest vor, sie gleich morgen früh zum Steuerberater zu bringen. Was man hat, hat man. Dann schnappe ich mir noch die Gießkanne und lasse meinen armen, etwas vernachlässigten Gummibaum einen Mitternachtssnack zukommen, sauge einmal um den Topf herum Staub, entsorge zu guter Letzt die angegammelten Wachsstümpfe aus dem Leuchter, der daneben steht, und ersetze sie durch neue Kerzen. Zufrieden lächelnd stelle ich mich vor meine Beziehungsecke und genieße das aufgeräumte Bild. Na, zumindest in dieser Ecke kann nicht mehr viel schiefgehen! Und in den nächsten Tagen werde ich dann mal die anderen Bereiche in Angriff nehmen, die meinen Energiefluss hemmen.

Zum Abschluss dieses gelungenen Tages schenke ich mir ein Glas Rotwein ein, setze mich im Schneidersitz auf mein Sofa und schreibe die Ereignisse der letzten Tage in mein Moleskin. Nachdem ich fertig bin, blättere ich noch einmal zur ersten Seite. Und tatsächlich stelle ich fest, dass sich seitdem einiges geändert hat. *Heute hat Markus mich verlassen*, steht da, *nachdem er noch einmal mit mir geschlafen hat. Ach ja, und außerdem ist auch noch mein 35. Geburtstag!* Wie deprimierend! Und das ist gerade mal drei Tage her.

Dann kommt die Geschichte mit unserer Prosecco-seligen Geburtstagsfeier, die SMS-Freundschaft, mein Tanzexperiment, die Erkenntnis, dass andere auch nicht unbedingt glücklicher sind als ich, auch wenn sie scheinbar genau das haben, was ich will – und zum Schluss das, was ich heute festgestellt habe: Im Hier und Jetzt leben. Die Dinge selbst in die Hand nehmen. Eben nicht darauf warten, dass alles von allein gut wird. Oder anderen die Schuld an den eigenen Problemen geben.

Ist es am Ende so, dass niemand seinem Schicksal hilflos ausgeliefert ist? Die Frage, mit der ich mich schon oft beschäftigt habe, schreibe ich als Letztes auf – und dahinter direkt die Antwort: *Richtig!* Vieles kann ich beeinflussen. Nicht alles zwar (mir fällt der Beschwerdebrief im Reisebüro ein), aber immerhin vieles. Und ich *werde* es beeinflussen! Einen Moment lang denke ich nach, dann greife ich noch einmal zum Stift:

Auch wenn ich beschlossen habe, mich erst einmal mit mir selbst zu beschäftigen, bevor ich mir wieder Gedanken über die Männer mache: Mein Nachbar Felix ist ein ganz bezaubernder Kerl, der mir heute unheimlich geholfen hat. Dafür hätte ich ihn knutschen können. Hab ich aber nicht, bin ganz brav geblieben. Aber wer weiß – vielleicht kommt das noch? Und dann gibt es ja noch meinen SMS-Brieffreund, der mir von Nachricht zu Nachricht interessanter erscheint. Bin wirklich gespannt, wie die Sache weitergeht – und ich freue mich darauf, zu sehen, was die Zukunft bringt!

Ich setze ein energisches Ausrufungszeichen hinter den letzten Satz. Ich bin wirklich gespannt. Keine Spur von der Jana, die noch vor wenigen Tagen lieber nicht so genau wissen wollte, was die Zukunft ihr bringt. Wenn das mal nicht ein Fortschritt ist! Ich klappe das Notizbüchlein noch einmal ganz vorne auf, wo ich Donnerstagnacht

Janas
Tagebuch

hingeschrieben habe. Das muss natürlich ab sofort anders heißen. Also ändere ich den Eintrag ab und klappe das Buch dann zufrieden zu. Jetzt steht dort, was es eigentlich ist:

Janas Glücks-
Tagebuch.

Übermütig springe ich vom Sofa, lege eine CD in die Anlage und tippele noch einmal zehn Minuten lang zu *Schwanensee* durchs Wohnzimmer. Dabei werfe ich mir jedes Mal, wenn ich an dem Spiegel neben der Zimmertür vorübertipple, alberne Grimassen zu. Herrlich! Ich tanze so lange weiter, bis mich ein lautes Pochen von der Nachbarwand daran erinnert, dass es schon nach Mitternacht ist. Na gut, ihr Spießer, dann lasse ich es für heute gut sein.

Als ich mich zehn Minuten später mehr als zufrieden in meine Bettdecke kuschele, schnappe ich mir mein Handy vom Nachttisch und vermelde noch die Erfolge des heutigen Tages:

Hat geklappt: Nachdem ich die Steuer vom Hals habe, fühle ich mich richtig gut und zufrieden! SIE

Keine Minute später erhalte ich eine Antwort, die mich noch zufriedener macht:

Bin auch glücklich. Habe heute eine große Baustelle beseitigt. Fühlt sich saugut an. Danke! ER.

Saugut. Da hat er recht. Und das »Danke« kann ich nur dreimal unterstreichen. Ich bin sicher, dass ich heute Nacht prima schlafen kann.

7. Kapitel

Sie

»Was wird denn das hier? Ziehen wir um?«

Als ich Miriams Stimme hinter mir höre, fahre ich so erschrocken hoch, dass ich mir den Kopf kräftig an der Schreibtischplatte anstoße, unter der ich gerade knie.

»Nee«, stelle ich fest und reibe mir die schmerzende Stelle am Kopf, »bin nur gerade dabei, hier ein bisschen klar Schiff zu machen.«

»Klar Schiff? Sieht eher nach Havarie aus!«

Miriam lässt ihren Blick über diverse Katalog-Stapel, Büromaterial, Altpapierhaufen, ungeöffnete Post und leere Pizzaschachteln gleiten. »Flog wohl eine ganze Menge rum, was?«

»Das kann man sagen.« Ich greife nach dem Stapel mit den ungeöffneten Briefumschlägen. »Eben habe ich ein paar Rechnungen in deinem Schreibtisch gefunden … aus dem Jahr 2002!«

»Was machst du an meinem Schreibtisch?« Sie wirft mir einen gespielt strengen Blick zu.

»Keine Sorge, deine Dildos habe ich nicht angerührt.«

»Welche Dildos?« Miri guckt erschrocken.

»War nur ein Spaß! Mach dir keine Sorgen, außer ein paar Liebesbriefen von Verflossenen habe ich nichts Aufregendes gefunden.«

»Und die Rechnungen.« Jetzt sieht sie so aus, als hätte sie ein schlechtes Gewissen.

»Nicht so schlimm, wir haben damals Mahnungen bekommen und gezahlt.« Ich stehe auf und klopfe mir den Staub von meiner Hose. »Aber freu dich nicht zu früh. Wir müssen *wirklich* etwas mehr Ordnung in unseren Laden bringen. So werden wir nie was.«

»Du weißt doch, dass mir so etwas nicht so liegt«, schmollt Miriam und versucht es bei mir mit ihrer Klein-Mädchen-Nummer. Pech für sie, dass ich kein Kerl bin, den sie mit so etwas um den Finger wickeln kann.

»Dann gibt es nur zwei Lösungen: Entweder du lernst es – oder in Zukunft kümmere ausschließlich ich mich um alles Buchhalterische. Will heißen: Alle Rechnungen zu mir!«

»In Ordnung«, stimmt Miriam sofort begeistert zu, lässt sich auf ihren Schreibtischstuhl plumpsen und schaltet ihren PC ein. War irgendwie klar, dass sie nicht begeistert ausruft, sofort einen Kurs in Buchführung belegen zu wollen ... Aber gut, ich wusste ja von Anfang an, wie sie ist, und habe trotzdem mit ihr das Reisebüro eröffnet.

»Wie war's denn gestern Abend noch?«, fragt Miriam und ignoriert dabei geflissentlich, dass ich wieder dazu übergegangen bin, Papierstapel zu sortieren. Stattdessen checkt sie, wie jeden Tag als erste Amtshandlung, ihre E-Mails und sieht nach, ob ihr wieder irgendein Verehrer geschrieben hat.

»Sehr nett«, gebe ich knapp zurück und sage weiter nichts.

»Nett?« Sie blickt erstaunt auf. »Die *Steuern?* Eigentlich hatte ich damit gerechnet, dass du mich spätestens nach einer halben Stunde anrufst und dem Nervenzusammenbruch nahe bist. So wäre es mir jedenfalls gegangen.«

»Dachte ich zuerst auch. Aber ich habe mir kompetente Hilfe gesucht.«

»Hm?«

»Mein neuer Nachbar Felix ist zufälligerweise Finanzbeamter. Er ist mir beim Sortieren zur Hand gegangen.«

»Ach was? Der Rothaarige, mit dem ich gestern kurz gequatscht habe?« Sie strahlt mich an, ich nicke. Doch im nächsten Moment verfinstert sich ihre Miene wieder. »Super, dann hat ja jetzt keine von uns beiden auch nur noch die geringste Chance bei ihm!«

»Wieso das?«

»Weil er doch spätestens jetzt weiß, dass bei uns beiden von ›guter Partie‹ nicht die Rede sein kann. Eher von Schuldenfalle.«

»Damit liegst du falsch.«

»Glaubst du, er fährt sogar auf mittellose Frauen ab?« Miri zieht skeptisch eine Augenbraue hoch.

»Nein, ich meine, dass es so furchtbar gar nicht aussieht. Felix hat mir geholfen, das alles durchzurechnen, und mir erklärt, was wir noch absetzen können. Ich hab's erst selbst nicht geglaubt, aber wir haben im letzten Jahr sogar nach Abzug der voraussichtlich zu zahlenden Steuern und aller Kosten …«

»Knapp die Insolvenz verfehlt?«

»… Gewinn gemacht!«

»Echt?« Miri sieht mich ehrlich erstaunt an. »Wie konnte denn *das* passieren?«

»Ist mir auch ein Rätsel.« Ich grinse breit. »Ist aber so. Und um dein Weltbild endgültig zu erschüttern, habe ich dir gerade eine Prämie von eintausend Euro überwiesen.«

»Das sind doch wirklich mal erfreuliche Neuigkeiten!« Miriam schnappt sich ihren noch leeren Kaffeebecher vom Schreibtisch, kommt zu mir rüber und prostet mir symbolisch zu.

»Finde ich auch. Und dabei habe ich diesen ganzen Steuerkram nur so lange vor mir hergeschoben, weil ich Angst vor dem Ergebnis hatte. Vollkommen unnötig, wie sich jetzt gezeigt hat. Hätte ich das mal schon früher gemacht – na ja, und wäre eine von uns bei diesem Existenzgründungsseminar damals etwas aufmerksamer gewesen –, dann hätte ich mir einige schlaflose Nächte ersparen können.«

»Siehste«, stellt Miriam fest, geht zu ihrem Schreibtisch zurück und klickt mit ihrer Maus herum. Über ihre Schulter kann ich sehen, dass sie sich ins Onlinebanking ihres Kreditinstitutes einloggt. Offensichtlich will sie vorsichtshalber gleich mal checken, ob ich ihr auch keine Märchen erzähle.

»Das kannst du dir sparen«, erkläre ich ihr, »so schnell geht das mit dem Onlinebanking nun auch wieder nicht. Ist frühestens heute Nachmittag bei dir auf dem Konto. Aber ich hab's wirklich überwiesen.«

»Denkst du, ich glaube dir nicht?«, will Miri entrüstet wissen. Ich zucke lachend mit den Schultern, schüttele dann aber den Kopf.

»Nein, natürlich denke ich das nicht.«

»Dann ist es ja gut.« Konzentriert klickt sie weiter. Hofft wohl doch, dass die Kohle schon da ist. »Jedenfalls«, meint sie dann, »war die Idee mit dem Im-Jetzt-leben-und-nicht-immer-auf-morgen-Warten gar nicht so schlecht. Ist doch viel schöner, Geld schon heute ausgeben zu können statt erst morgen.« Miriams Finanzpolitik hatte ich ganz vergessen, die wird ihre Prämie so schnell unter die Leute bringen, so schnell kann man gar nicht gucken. Aber das ist ihre Sache – ich für meinen Teil habe bereits gestern Nacht beschlossen, meinen Anteil zur Seite zu legen. Irgendwie kam mir die Weltreise wieder in den Sinn. Zwar nicht so konkret, dass ich das Thema Miriam und Steffie gegenüber schon ansprechen will, nur um dann am Ende doch wieder nicht zu fahren. Aber immerhin so sehr, dass ich wieder anfangen will, darauf zu sparen.

»Auf alle Fälle«, fahre ich fort und donnere einen großen Stapel veraltete Kataloge in den großen Pappkarton, den ich kurzerhand zum Altpapier deklariert habe, »ist jetzt klar, dass diese SMS-Aktion tatsächlich etwas bringt: Ich fühle mich wesentlich besser als vorher. Und wenn ich hier erst mal alles aufgeräumt habe, steht unserem Durchbruch ja genau genommen nichts mehr im Weg.«

»Wenn du meinst.«

»Und selbst wenn es keinen Durchbruch gibt, sparen wir in Zukunft immerhin die Mahngebühren.« Diesen kleinen Seitenhieb auf meine Kollegin kann ich mir nicht nehmen lassen.

»Ich hab's ja schon kapiert! Keine Sorge, demnächst werde ich die Post einfach gleich an dich weiterreichen, die ist ab sofort Chefsache.«

»Ja ja, mach's dir nur einfach!«

Miri wirft mir eine Kusshand zu. »Du bist eben die Beste!«

»Das bin ich wohl wirklich«, stelle ich fest und lasse mich seufzend auf meinen Stuhl sinken. Muss mal für fünf Minuten Pause machen, ich habe schon Rückenschmerzen. Aus meiner Tasche hole ich das Moleskin und fange an, mir Notizen zu machen. Ab sofort will ich jeden Tag reinschreiben, was so passiert – dann kann ich meine Fortschritte viel besser beobachten.

»Was machst du denn da?« Miriam muss wirklich immer *alles* wissen! Selbst wenn ich nur mal kurz nach hinten zur Toilette gehe, fragt sie meistens: »Wohin gehst du?« Als würde sie erwarten, dass ich eines Tages antworte: »Ich hab die Nase voll, mach den Krempel hier allein«, und – *schwups* – bin ich aus der Tür und für immer über alle Berge.

»Ich schreib was auf«, erkläre ich knapp.

»Das sehe ich«, gibt sie sich sauertöpfisch. »Aber *was* schreibst du auf?«

Ich halte das Notizbuch hoch und zeige es ihr.

»Was ist das?«

»Mein Moleskin.«

»Dein was?«

»Kennst du das nicht mehr?«

»Nö.« Miriam zuckt mit den Schultern.

»Du kannst dich ja toll an meine Geburtstagsgeschenke erinnern!«

»Ach, das hast du mir mal geschenkt?«

»Nein, nicht ich dir, sondern du *mir!*« Miri wirft einen weiteren Blick auf das Notizbuch, sieht aber immer noch ratlos aus.

»Vor drei oder vier Jahren, da habe ich das von dir und Steffie bekommen«, erkläre ich.

»Dann hat das wohl Steffie ausgesucht.«

Den Eindruck habe ich auch. Würde zu ihr passen, dass sie vorsichtshalber für Miriam gleich ein Geschenk mitbesorgt, weil unser Chaoskind das sonst sowieso wieder vergisst.

»Jedenfalls habt ihr mir damals erklärt, dass ein Moleskin *das* klassische Reisetagebuch ist. Hat schon Hemingway bei seinen Reisen benutzt, um sich Notizen zu machen.«

»Willst du verreisen? Doch nicht etwa dein großer Trip um die Welt?«

»Wer weiß«, gebe ich mich geheimnisvoll. »Aber zuerst einmal dachte ich, ich bringe meine neu gewonnenen Erkenntnisse zu Papier.«

»Welche Erkenntnisse?«

»Bist du eigentlich heute etwas begriffsstutzig? Worüber reden wir denn hier die ganze Zeit?«

»Über dein Mole*dings*.«

»Mole*skin!* Und wir reden darüber, was glücklich macht.«

»Ach so.«

»Oder eher«, sage ich, mehr zu mir selbst als zu Miriam, »was *mich* glücklich macht.« Ein paar Sachen habe ich ja schon aufgeschrieben, aber vielleicht sollte ich noch etwas systematischer vorgehen. Mehr eine Bestandsliste als ein Tagebuch. Ich schreibe den Satz hin und überlege einen Moment. Dann ziehe ich in der Mitte des Blattes einen senkrechten Strich, schreibe in die linke Spalte *aktiv* und in die rechte *passiv*. Miri ist mittlerweile aufgestanden und schaut mir über die Schulter.

»Aktiv? Passiv? Was soll das heißen?«

»Ganz einfach«, erkläre ich, »in die Spalte *passiv* schreibe ich die Dinge, die mich zwar glücklich machen, die ich aber nicht selbst beeinflussen kann. Die mir also ›passieren‹. Und in die rechte Spalte kommen die Dinge, die ich aktiv selbst in der Hand habe.«

»Aha ... Meinst du nicht, du übertreibst die Sache ein bisschen? Das artet ja in eine regelrechte Wissenschaft aus.«

»Kann schon sein. Aber ist doch eine gute Wissenschaft, wenn sie sich mit der Frage nach dem Glück beschäftigt. Was gibt es denn Wichtigeres im Leben?«

»Dann fang mal an, bin gespannt!«

Ich denke einen Moment nach, dann kritzele ich in die *Aktiv*-Spalte *Ordnung schaffen.*

»Geht ja aufregend los«, kommentiert Miriam. »Wie wär's mit Sex?«

»Ist das jetzt aktiv oder passiv?«

Miri überlegt einen Moment. »Sowohl als auch. Mal passiert er einem passiv, mal hat man ihn aktiv in der Hand.« Sie macht mit ihrer rechten Hand eine obszöne Geste, so, dass ich lachen muss.

»Aber«, japse ich, »macht einen aktiv dann auch glücklich?« Wieder denkt Miriam nach. »Nö«, erwidert sie dann kichernd. Also schreibe ich *Sex* in die *Passiv*-Spalte.

»Weiter«, fordert Miriam. Sie scheint an der Sache Spaß zu gewinnen. War ja klar, kaum geht es um ihr Lieblingsthema, ist meine Freundin Feuer und Flamme.

»Erfolg«, meine ich und schreibe das Wort genau auf die Mitte der Linie zwischen die beiden Felder. »Man kann zwar aktiv etwas dafür tun, braucht aber manchmal auch ein bisschen Glück. Und darauf hat man schließlich nur begrenzt Einfluss.«

»Das stimmt wohl leider«, gibt Miriam mir recht. Sie zieht sich ihren Stuhl zu meinem Tisch heran und setzt sich neben mich. »Was fällt uns noch ein?«

»Hmmm, wie wäre es mit ...«

»Mit deiner Weltreise?«, schlägt Miriam vor. »Das wäre doch auch was für die *Aktiv*-Spalte!«

Ich habe keine Lust, ihr zu erzählen, dass ich im Hinterkopf wieder mit dem Gedanken spiele. Das ist noch zu früh, zu unkonkret. Aber gut, zumindest kann ich es ja schon einmal in die Spalte *passiv* schreiben.

»Wieso passiv?«, wundert Miriam sich. »Die Reise kannst doch nur du allein aktiv planen.«

»Stimmt, aber ich hänge dabei passiv auch von äußeren Umständen ab.«

»Damit meinst du doch nicht etwa wieder, dass du nur fahren willst, wenn du jemanden gefunden hast, der auch …«

»Tanzen«, unterbreche ich sie kurzerhand und ersticke die aufkommende Diskussion im Keim. Miriam fragt nicht mehr nach. Jedenfalls nicht, was die Reise betrifft. »Tanzen?«, will sie wissen.

»Aber das gilt ja nur für dich!«

»Na und? Ist ja auch *mein* persönliches Glückstagebuch. Du kannst dir ja selbst eins zulegen.«

»Das mach ich auch!« Gespielt schmollend verzieht Miriam sich wieder zu ihrem Schreibtisch, schnappt sich das Ringbuch, das dort liegt, und zieht ebenfalls eine lange, vertikale Linie in der Mitte. »Ich bin bereit.«

»Dann wohl zuerst einmal *Sex* bei *passiv*.« Sie nickt und schreibt es auf. »Okay.«

Wir überlegen weiter. Gar nicht so einfach. Aber es wird doch wohl noch eine ganze Menge anderer Dinge geben, die glücklich machen! Hoffe ich jedenfalls.

»Eine große Packung Eiscreme für sich ganz allein haben«, schlägt Miri vor. Damit kann ich mich anfreunden und schreibe es in die *Aktiv*-Spalte. Ich muss ja schließlich nur in den Supermarkt gehen und mir eine kaufen. Miriam schreibt es ebenfalls auf.

»Musik«, fällt mir dann als Nächstes ein, »auch wieder etwas für die *Passiv*-Spalte.«

»Wieso das?«, will Miriam wissen, »Musik kann man auch aktiv machen. Ich hab immerhin als Kind im Chor gesungen.«

»Dann schreib du es halt bei *aktiv* hin. Bei mir ist es eher so, dass alle anderen, wenn ich singe, ziemlich schnell sehr unglücklich werden.«

Miri guckt mich überrascht an, dann prustet sie los. »Okay … ich *aktiv,* du *passiv*.«

Wir denken beide weiter nach, hin und wieder kichert Miri leise vor sich hin, schreibt etwas auf, verrät mir aber nicht, was. Soll sie ruhig die Geheimniskrämerin spielen. Ich bin ja nicht so neugierig wie sie – und außerdem: Irgendwann bekomme ich es sowieso heraus!

»Ein Kompliment bekommen«, schlägt Miri dann wieder laut vor.

»Das wäre dann wieder *passiv«*, meine ich.

»Du siehst heute wieder ganz bezaubernd aus«, stellt Miriam kichernd fest.

»Na, vielen Dank … ich schreibe lieber *Ein ernst gemeintes Kompliment bekommen* auf.«

»He!«, beschwert Miri sich, »ich *habe* das ernst gemeint!«

»Schon gut, du musst dir nicht gleich ein Bein ausreißen«, wiegele ich ab und denke weiter nach. »Kinder lachen zu sehen«, schlage ich dann als Nächstes vor.

»Kinder? Brrrrr!« Sie schüttelt sich gespielt. »Aber gut, in dein Büchlein kannst du ja schreiben, was du willst.« Ich füge es in die Spalte der Dinge, die man nicht selbst beeinflussen kann.

»Ausschlafen können«, fällt Miri als Nächstes ein.

»Kannst du doch immer!«

»Ja, das macht mich ja auch glücklich«, gibt sie grinsend zurück und schreibt es auf. Wahrscheinlich bei *aktiv*. Ich entscheide mich, es auf die Mittellinie zu setzen. Schließlich kann ich nicht immer ausschlafen, wenn ich will, sondern muss mich den Öffnungszeiten unseres Büros unterwerfen.

»Dabei fällt mir noch etwas ein!«, rufe ich aufgeregt, weil ich mich gerade so über den Geistesblitz freue. »Eigentlich macht so etwas nur glücklich, wenn es keine Selbstverständlichkeit ist.«

»Keine Selbstverständlichkeit?«

»Ja, klar! Wenn du jeden Tag bis in die Puppen im Bett liegen kannst, ohne dass jemand etwas dagegen hat – dann ist es ja gar nichts Besonderes mehr! Du weißt es erst zu schätzen, wenn es eben nicht immer geht. Erst dann macht es dich glücklich. Das ist genauso, wie es dich nicht unglaublich glücklich macht, dass du laufen und sehen und sprechen kannst – erst wenn du es nicht mehr könntest, wüsstest du diese Selbstverständlichkeiten richtig zu schätzen.«

»Meinst du? Das klingt jetzt aber sehr abstrakt.«

»Abstrakt oder nicht: Es ist so! Genau wie bei Steffie und Hans. Die beiden haben sich schon ewig – vielleicht müssten sie manchmal mehr daran denken, dass so etwas nicht selbstverständlich ist. Besonders, wenn sie sich wie am Samstag gegenseitig anzicken.«

»Jetzt komm mir nicht mit den beiden«, erwidert Miriam. »Aber wenn du meinst, dass es glücklich macht, nicht alles als selbstverständlich zu nehmen, kann ich es ja mal aufschreiben …«

»Da bin ich mir sogar ganz sicher!« Ich habe eine Idee: »Starten wir doch einfach ein kleines Experiment. Ich bin dafür, dass du ab heute jeden Tag zusammen mit mir pünktlich um neun Uhr im Büro erscheinst.«

»Ist das dein Ernst?« Miriam wirkt entgeistert. Ich nicke energisch. »Das ist gemein!«, mault sie.

»Aber Süße«, ich grinse sie breit an, »ich will doch nur, dass du glücklich wirst. Und glaube mir, du wirst noch viel, viel lieber ausschlafen, wenn es nicht mehr jeden Tag geht.«

»Eine blöde Ideensammlung ist das«, grummelt Miriam.

»Finde ich überhaupt nicht, im Gegenteil! Ich finde, wir haben hier eine große Erkenntnis nach der anderen.«

»Pöh!« Miriam spielt noch immer beleidigt. »Und so jemand wie du will meine Freundin sein!«

»Freunde!«, stelle ich begeistert fest. »Gute Freunde machen in jedem Fall glücklich.«

»Aber ist das nun *aktiv* oder *passiv?«* Miriam hat ihre Schmollminute offensichtlich frühzeitig abgebrochen und sieht mich nachdenklich an. »Man kann sich ja schließlich niemanden suchen und ihn fragen: Willst du mein Freund sein?«

»Aber für Freundschaften muss man auch etwas tun, also aktiv werden ... Ein klarer Fall für die Mittellinie!« Wir schreiben beide.

»Was hältst du von *Schuhe kaufen?«*, schlägt Miri als Nächstes vor.

»Ich glaube, du hast zu viel *Sex and the City* geschaut. Mich hat Schuhe kaufen noch nie glücklich gemacht.«

»Mich schon.«

»Dann schreib's halt auf.«

»Mach ich auch!«

»Hin und wieder egoistisch sein«, fällt mir als Nächstes ein, »und nur an sich denken. Ist nämlich auch ganz schön, wenn man einfach nur das macht, wonach einem selbst ist, egal, was die anderen denken.«

»Also, damit hatte ich ehrlich gesagt noch nie besonders große Schwierigkeiten«, wirft Miriam ein.

»Das weiß ich doch. Aber trotzdem können wir es aufschreiben.« Ich notiere es unter *aktiv.* Dann grüble ich weiter nach. Mir muss doch noch jede Menge einfallen, schließlich habe ich gerade erst angefangen.

Liebe.

Auf einmal taucht dieses Wort in meinem Kopf auf. Wie aus dem Nichts, plötzlich ist es da und geht nicht mehr weg. *Liebe,* hämmert es durch meine Gehirnwindungen, *Liebe, Liebe.* Weg da! Mit dir kann ich im Moment nichts anfangen! Die vermeintliche Liebe hat mich ja erst dazu gebracht, dass ich jetzt hier sitze und mir Alternativen fürs Glücklichsein ausdenke. Weil Liebe eben absolut passiv ist. Man hat sie nicht selbst in der Hand. Außerdem sind meine bisherigen Erfahrungen mit diesem angeblich schönsten aller Gefühle nicht gerade der Beweis dafür, dass es glücklich macht. Eher das Gegenteil.

Ich gebe mir Mühe, wieder an etwas anderes zu denken, aber das Wort will einfach nicht aus meinen Gedanken verschwinden. *Liebe, glückliche Liebe,* flüstert ein kleines Teufelchen in meinem Kopf, *ist das absolute Nonplusultra!*

»Ist es nicht!«, entfährt es mir wütend.

»Wie bitte?« Miriam blickt von ihrem Zettel auf, den sie fast vollständig vollgekritzelt hat.

»Ach, nichts, habe gerade nur laut gedacht.«

»Und worüber hast du nachgedacht?«

»Diese bescheuerte Idee mit dem Glück ist Schwachsinn!« Ich klappe mein Moleskin energisch zu.

»Aber was ist denn jetzt auf einmal ...«

Das Klingeln der Türglocke schneidet ihr das Wort ab. Steffie kommt ins Reisebüro gerauscht und baut sich schwer atmend vor Miriam und mir auf. Sie sieht furchtbar aus: Ihre Augen sind rot und verweint, ihre langen blonden Haare hängen wirr um ihren Kopf, und sie sieht aus, als hätte sie sich nur schnell irgendeinen alten Pullover übergeworfen. Ein seltsamer Anblick, so kenne ich sie sonst gar nicht.

»Was ist denn mit dir passiert?«, spricht Miriam meine Gedanken aus.

»Scheiße!«, bringt Steffie hervor. »Diese Idee war einfach nur riesengroße Scheiße!« Dann lässt sie sich auf einen der Korbstühle vor meinem Schreibtisch sinken, stützt das Gesicht in die Hände – und weint hemmungslos. Sofort springen Miriam und ich auf.

»Steffie«, frage ich besorgt, »was hast du denn?«

»Ha ... Ha ...«, stottert sie zwischen ihren Weinkrämpfen.

»Haha?«, fragt Miriam.

»Hans?«, will ich wissen.

Steffie nickt, nimmt das Taschentuch, das ich ihr reiche, und schnäuzt sich damit geräuschvoll.

»Hans ... Hans will mich verlassen«, erklärt sie, nachdem sie sich einigermaßen beruhigt hat.

»Was?«, rufen Miriam und ich wie aus einem Mund. Wieder fängt Steffie an zu schluchzen.

»Ja«, erwidert sie schließlich mit tränenerstickter Stimme, »er will sich eine eigene Wohnung suchen.«

»Aber wieso das denn?« Jetzt kapiere ich gar nichts mehr. Hans will sich von Steffie trennen? »Erzähl mal von Anfang an.« In der Zwischenzeit hat Miriam für Steffie ein Glas Wasser geholt, das sie auf den Tisch stellt. Dankbar nimmt Steffie einen Schluck und räuspert sich dann geräuschvoll.

»Als ich gestern Abend nach Hause kam, habe ich Hans von unserem Gespräch erzählt. Dass wir uns darüber unterhalten haben, was uns glücklich macht.« Sie macht eine Pause und sieht so aus, als würde sie jeden Moment wieder in Tränen ausbrechen.

»Und dann?«, frage ich schnell, damit sie einfach weitererzählt, bevor sie wieder losheulen kann.

»Wir sind dann über diese Frage irgendwie in eine Diskussion geraten, was uns beide eigentlich glücklich macht. Du, habe ich dann zu Hans gesagt, du machst mich glücklich.« Ich kann ihr ansehen, dass allein die Erinnerung an das Gespräch für sie schmerzhaft ist.

»Aber das ist doch nichts Schlimmes«, stellt Miriam tröstend fest.

»Nein, das nicht. Aber Hans hat dazu dann erst einmal gar nichts gesagt, sondern sich ein Glas Whiskey aus der Hausapotheke eingegossen.«

»Jetzt mach's nicht so spannend«, dränge ich, »was ist dann passiert.«

»Er hat das Glas in einem Zug ausgetrunken und dann gesagt: Ich wollte schon eine ganze Weile mit dir darüber reden, aber jetzt sprichst du es ja selbst an. Die Sache ist nämlich die: Ich bin mit dir nicht mehr glücklich.«

»Das hat er gesagt?« Ich bin entsetzt. Nie im Leben hätte ich mit so etwas gerechnet, bis vor einer Sekunde war ich immer der festen Überzeugung, Steffie wäre Hans' ganz große Liebe.

»Ja. Und dann hat er mir erzählt, dass er das Gefühl hat, dass wir seit Jahren auf der Stelle treten und nur noch nebeneinander herleben. Und am Samstagabend wäre ihm ganz deutlich bewusst geworden, dass bei uns beiden einfach die Luft raus ist.«

»Das ist doch wohl nicht sein Ernst!« So empört Miriam jetzt auch guckt, ich ahne, dass sie in Wahrheit genau das denkt. Genau genommen hat sie ja gestern schon so etwas Ähnliches zu Steffie gesagt. Wie nannte sie das noch gleich? Emotionale Nulllinie. Aber in diesem Moment ist sie vollkommen loyal und erinnert Steffi nicht daran. Jetzt in die gleiche Kerbe hauen wäre wohl auch wenig hilfreich.

»Und was heißt das genau?«, will ich wissen.

»Er hat seine Tasche gepackt und gemeint, er würde erst einmal ein paar Wochen zu Gerd ziehen.«

»Zu Gerd?« Ich muss unwillkürlich grinsen, als ich an Hans' besten Freund denke. »Keine Sorge, da wird er nicht lange bleiben. Da ist es doch im Zweifelsfall noch viel langweiliger als bei euch.« Hups, da hab ich wohl gerade unabsichtlich etwas danebengehauen. Sofort wirft Steffie mir einen strafenden Blick zu.

»Wollte nur einen kleinen Scherz machen«, versuche ich, die Situation noch schnell zu retten.

»Mir ist nicht nach Scherze machen zumute! Verstehst du nicht, was passiert ist? Mein Mann hat mich gestern verlassen, einfach so! Und alles nur, weil wir diese vollkommen unsinnige Diskussion hatten! Ich wünschte, wir wären nie auf diesen blöden Orakel-Kram gekommen!« Wieder bricht sie in Tränen aus.

»Guten Tag … hallo … äh … ’tschuldigung!«, meldet sich plötzlich eine fremde Stimme. Steffie, Miri und ich fahren erschrocken herum. Unser Postbote steht etwas hilflos guckend vor uns, ein Bündel Briefe in der Hand.

»Legen Sie die Post einfach hin, Sie sehen doch, dass es gerade nicht geht«, fährt Miriam ihn ziemlich scharf an. So habe ich sie noch nie mit einem Mann reden hören, aber offensichtlich ist sie der Meinung, dass hier und jetzt Prioritäten gesetzt werden müssen. Wenn ihr auch sonst nichts heilig ist, in dieser Situation kann selbst Miriam mal ernsthaft sein.

»Ich wollte nur kurz«, setzt der Briefträger an, wird aber sofort von Miriam unterbrochen.

»Ich sagte doch: Gerade ist es ungünstig!«

Der Mann macht wirklich Anstalten, wieder zu gehen, da meldet Steffie sich zu Wort.

»Lieb von dir, Miri, aber lass nur. Ist mir egal, ob der da alles mitkriegt oder nicht. Das macht jetzt auch nichts mehr.«

»Kann ich Ihnen helfen?«, wende ich mich so freundlich wie möglich an unseren Briefträger, nachdem Miri ihn so angepflaumt und Steffie ihn mehr oder weniger zu Luft erklärt hat. Irgendwie tut er mir leid, wie er da etwas unsicher in seiner riesigen blaugelben Jacke vor uns steht und nicht so recht weiß, was er tun soll.

»Ich … also … ich habe ein Einschreiben mit Rückschein für Frau Kruse.«

»Das bin ich«, stelle ich verwundert fest und gehe zu ihm.

»Wer schickt mir denn so etwas?«

»Das kann ich Ihnen nicht sagen«, erwidert der Mann, »ich muss mir nur den Rückschein hier von Ihnen unterschreiben lassen.« Mit diesen Worten reicht er mir den Brief und hält mir mit der anderen Hand einen Zettel zur Unterschrift unter die Nase. Für den Bruchteil einer Sekunde sehe ich ihm dabei direkt in die Augen, die hinter einer kleinen Nickelbrille liegen. *Schokolade,* denke ich unwillkürlich. Unser Postbote hat große, schokoladenbraune Augen, mehr edelzart als Vollmilch. Hübsch sieht das aus, irgendwie … warmherzig. Und seine langen Wimpern scheinen fast bis zu den Augenbrauen zu reichen.

»Danke«, sage ich und reiße mich gewaltsam von seinen Augen los. Jetzt ist wirklich nicht der richtige Zeitpunkt, um meinen Postboten genauer unter die Lupe zu nehmen. Immerhin sitzt eine meiner besten Freundinnen hier und hat gerade eine handfeste Ehekrise. Darum werfe ich auch nur einen flüchtigen Blick auf den Absender des Briefs, kann das Gekrakel aber so schnell nicht entziffern. Stattdessen unterschreibe ich auf der Karte, dass ich das Einschreiben erhalten habe, und gebe sie dem Briefträger zurück.

»Danke«, sagt er. Ich kann noch schnell einen letzten Blick auf diese unglaublich schönen Augen erhaschen, dann wendet er sich schon wieder zum Gehen. »Schönen Tag noch!«

»Wünsche ich Ihnen auch!« Doch er ist schon aus der Tür, schwingt sich draußen auf sein gelbes Rad und tritt in die Pedale.

»Jana!« Miriams energische Stimme lässt mich zusammenzucken.

»Was?« Erst jetzt merke ich, dass Miriam und Steffie mich abwartend mustern. Habe dem Briefträger wohl länger nachgeschaut, als ich dachte. Kinder, wie die Zeit vergeht!

»Ich fasse es nicht!«, bringt Steffie hervor, »*ich* stehe hier vor den Trümmern meiner Ehe – und *du* flirtest mit dem Briefträger!«

»Ich habe nicht geflirtet«, verteidige ich mich. Hab doch nur mal geguckt, das wird ja wohl noch erlaubt sein!

»Was ist denn das überhaupt für ein Einschreiben … etwa noch eine Mahnung?«, will Miriam wissen.

»Wahrscheinlich«, erwidere ich und mache mich daran, den Brief zu öffnen. Einigermaßen fassungslos starre ich auf das, was er enthält. Es ist … Nein, das kann doch nur ein Scherz sein! »In der Tat – eine Rechnung«, sage ich schließlich und weiß nicht, ob ich jetzt lachen oder weinen soll. »Oder besser gesagt, eine Abrechnung.«

»Wie?« Miriam guckt fragend. Ich halte ihr und Steffie den Wisch unter die Nase, eine Sekunde später reißen auch meine beiden Freundinnen überrascht bis entsetzt die Augen auf.

»Eine Kostenaufstellung von Markus?«, bringt Miri hervor.

»So sieht es aus.« Ich nehme ihr das Blatt Papier wieder weg und lese vor.

Liebe Jana,
eigentlich wollte ich dich anrufen, aber ich denke, dieser Weg ist der beste, um die finanziellen Dinge zwischen uns zu klären. Ich erwarte deine Antwort innerhalb der nächsten sieben Tage.
Lieben Gruß, Markus

Darunter hat er fein säuberlich unsere »Beziehungskosten« aufgelistet. Womit er die Dinge meint, die er mir ursprünglich mal spendiert hatte.

- *achtmal essen gehen (Gesamtsumme 430 Euro; dein Anteil: 215 Euro)*
- *ein Wochenende im Atlantik-Hotel Hamburg (Gesamtsumme 324 Euro; dein Anteil: 162 Euro)*
- *Musical »Tanz der Vampire« (Anteil deiner Karte: 89 Euro)*
- *Ausflug zum Heidepark Soltau (dein Anteil Sprit: 12,50 Euro; Eintritt für dich: 24 Euro)*
- *Nachmittag im Hamam (Gesamtsumme: 145 Euro; dein Anteil: 125,50 Euro)*
- *Konzert von »Wir sind Helden« (Anteil deiner Karte: 39 Euro)*

Ich bin versucht, mich umzusehen, ob sich hier im Büro irgendwo eine versteckte Kamera befindet. Das kann doch nicht sein Ernst sein!

»Das kann doch nicht sein Ernst sein!«, spricht Miriam meine Gedanken laut aus. »Sind denn die Kerle alle verrückt geworden?«

»Genau das«, meint Steffie und blickt finster drein, »offensichtlich sind die Männer plötzlich alle verrückt geworden.«

Ob die beiden recht haben? So etwas ist mir jedenfalls bisher noch nie passiert, hätten wir den 1. April, würde ich das alles für einen Scherz halten.

»Tja, Mädels«, stelle ich fest und lasse den Brief sinken, »die Zeiten sind hart geworden. Heutzutage ist die Liebe ein akribischer Buchhalter geworden und rechnet genau mit, wer etwas nimmt – und wer etwas gibt.«

Für einen Moment herrscht absolute Stille. Dann meldet Miriam sich wieder zu Wort. »Es ist zwar noch weit vor achtzehn Uhr – aber ich schätze, jetzt ist genau der richtige Moment, um ein schönes Glas Sekt trinken zu gehen.«

»Finde ich auch«, pflichtet Steffie ihr bei, »es können gern auch zwei oder drei sein.«

»Na gut«, stimme ich zu. »Aber lasst uns einen Laden suchen, der nicht allzu teuer ist. Sieht so aus, als wäre ich demnächst pleite.« Noch einmal gucke ich auf diesen unglaublichen Schrieb, den Markus mir da hat zukommen lassen. Aber immerhin: Mein Fahrzeugschein steckte auch in dem Umschlag, da ist der Herr schon gewissenhaft. Kopfschüttelnd zerknülle ich seine Kostenaufstellung und befördere sie mit einem energischen Tritt in den Karton mit Altpapier. Der soll ruhig mal versuchen, an das Geld zu kommen! »Geht's los?« Steffie und Miriam haben bereits ihre Jacken angezogen und warten an der Tür auf mich.

»Sofort«, meine ich, hole meine Jacke, die über meinem Schreibtischstuhl hängt, und ziehe sie an. Schon will ich den beiden folgen, da halte ich inne. *Nein.* Bisher war ich immer die liebe, nette Jana, die zu allem Ja und Amen sagt. Aber ab sofort sollen mich alle kennenlernen! So etwas lasse ich mir nicht mehr gefallen! Schnell schnappe ich mir einen Kuli, blättere zur nächsten Seite in meinem Notizbuch und mache unter *aktiv* noch einen letzten Eintrag: *Glücklich macht es, wenn man sich nicht mehr alles gefallen lässt!* Jawohl! Markus ist einfach zu weit gegangen. Jetzt wird er die kleine, hilflose Jana mal so richtig kennenlernen!

Ich hole den Brief aus dem Altpapier und streiche ihn wieder glatt, lege ihn aufs Fax, suche die richtige Nummer aus meinem Adressbuch heraus und – *schwups* – geht der Brief per Fax in Markus' Werbeagentur. Selbstverständlich ins Sekretariat. Sollen die sich alle mal den Bauch halten vor Lachen über den werten Herrn Artdirector.

Als das Fax den Sendebericht ausspuckt, lache ich kurz auf.

»Kommst du endlich?« Miriam und Steffi stehen immer noch in der Tür und sehen mich an, die eine ungeduldig, die andere schon wieder den Tränen nahe. »Alles klar«, sage ich und stecke den Brief wieder ein, »auf geht's!« Ich hänge noch das Schild *Geschlossen* an die Tür, dann machen die Mädels und ich uns auf den Weg ins erstbeste Café.

Er

Was für blöde Kühe. Was heißt denn hier »Jetzt nicht« oder »Ob der da alles mitkriegt oder nicht«? Frechheit, für wen halten die sich! Sollen sie sich doch ihre Briefe demnächst im Postfach abholen, wenn ihnen mein Service nicht passt. Mann, gehen mir Kunden manchmal auf den Sender. Was glauben die eigentlich, warum ich bei ihnen vorbeikomme? Mein Privatvergnügen ist das bestimmt nicht.

Wobei – die eine ist ja ganz niedlich, die mit dem Postkartentick. Ganz knackige Figur, ist mir schon öfter aufgefallen. Ziemlich lange Beine, gute Größe. Heute hatte sie so einen hoch geschlitzten Rock an – o là là! War ziemlich eng, das gute Stück, für mich hat sich der Anblick echt gelohnt. Ansonsten weiß ich über sie nicht viel. Liegt auch daran, dass ich den Fahrradteil meiner Tour erst seit ein paar Monaten mache. Vorher war ich ausschließlich mit meinem Bus unterwegs, um die Uni-Institute abzuklappern. Dort kenne ich eigentlich alle Kunden etwas besser. Bleibt nicht aus, wenn man eine Tour schon so lange macht. Finde ich aber auch ganz schön.

Von den beiden Reisebüro-Mädels weiß ich nur, was man schnell mitbekommt. Die Hübsche scheint auch die Fleißigere von beiden zu sein, sie ist fast immer da und meistens auch mit beruflichen Sachen beschäftigt, jedenfalls soweit ich das von außen beurteilen kann. Kundengespräche, Ablage und so. Private Telefongespräche habe ich bei der eigentlich noch nie mitbekommen. Ganz anders bei ihrer Kollegin. Sieht auch nicht schlecht aus, ist aber nicht mein Typ. Irgendwie zu … zu direkt. Wenn sie da ist, hängt sie eigentlich immer am Telefon und quatscht mit irgendwelchen Typen. Woher ich das weiß? Ich merke es an ihrer Stimme. Die verändert sich. Wenn sie mit der anderen spricht, ist ihre Stimme, na sagen wir mal: normal. Sobald sie aber an der Strippe hängt, bekommt sie ein ganz weiches Gurren. Wird auch tiefer. Klingt jedenfalls flirtig. Kundengespräche sind das bestimmt nicht, da bin ich mir sicher. Geht mich aber im Grunde genommen überhaupt nichts an. Immerhin weiß ich jetzt – Einschreiben sei Dank –, wer die Süße ist: Jana Kruse. Dann muss ihre Kollegin zwangsläufig Miriam Stellding sein. Denn so lautet der offizielle Büroname: *Traumreisen Jana Kruse und Miriam Stellding GbR*.

Während ich im engen Flur eines Mehrfamilienhauses weiter Briefe in diverse Kästen stecke, überlege ich, ob ich Frau Kruse nicht mal zu einem Kaffee einladen sollte. Immerhin hat sie eben sehr charmant »mein« Einschreiben entgegengenommen. Es kann natürlich Wunschdenken sein, aber ich glaube, sie hat mir dabei ziemlich tief in die Augen geschaut. Und ich auch in ihre. Schöne blaue Augen waren das.

Hmmm ...

Ich merke, wie meine Laune steigt. Fühle mich trotz Janas ruppiger Kollegin auf einmal ziemlich gut. Wenn ich nach Hause komme, ist ein neuer Eintrag in die Kladde fällig. *Flirten am Arbeitsplatz macht glücklich.* Eindeutig.

Mein letzter Eintrag stammt von gestern Nacht, nachdem ich meinen Eltern endlich alles erzählt habe. Auch wenn sie es schon vorher wussten. *Keine Leichen mehr im Keller zu haben, macht glücklich.*

»Tschuldigung, kann ich mal vorbei?« Ein junges Mädchen reißt mich aus meinen Gedanken. Offensichtlich versperre ich ihr den Weg zum Fahrradkeller. Als sie ihr rotes Tourenrad an mir vorbei schiebt, grinst sie mich an. »Sie haben so geguckt, als ob Sie gerade etwas Schönes träumen.«

Ich muss lächeln. »Fast richtig geraten. Ich habe gerade darüber nachgedacht, was mich glücklich macht.«

»Und?«

»Flirten am Arbeitsplatz.«

»Echt? Das stelle ich mir bei Ihrem Arbeitsplatz aber schwierig vor. Sie sehen Ihre Kollegen doch kaum.«

»Eben.«

Jetzt grinst sie noch breiter. »Ach so, verstehe. Eben einem netten Menschen einen Brief vorbeigebracht?«

Dazu sage ich jetzt mal nichts. Das Gör ist sowieso schon ziemlich neugierig. Sie scheint allerdings auch gar keine Antwort zu erwarten, denn sie redet munter weiter.

»Wissen Sie, das ist schon ein komischer Zufall. Ich habe beim Heimradeln auch gerade über das Glücklichsein nachgedacht.«

»Echt? Radfahren macht dich also glücklich?«

»Ne, so doch nicht. Ich mache seit einer Woche ein Sozialpraktikum im Altenheim. Und als ich heute so von der Frühschicht nach Hause radle, da habe ich es gemerkt: Ich bin glücklich. Heute früh habe ich nämlich einem alten Herrn beim Frühstücken geholfen, der hat sich total gefreut und mir ganz viel erzählt. War echt schön.« Ihr Grinsen weicht einem Lächeln. »Ja, so ist es: Jemandem zu helfen, macht mich glücklich.«

Ich bin fast versucht, ihr meine Hand auf die Schulter zu legen.

»Du klingst ja schon ganz schön erwachsen für dein Alter.«

»Ey, ich bin schon vierzehn!«, ruft sie empört.

»Mensch, so alt? Na, dann will ich nichts gesagt haben.« Ich halte ihr noch die Tür zum Fahrradkeller auf, dann mache ich mich auch wieder auf den Weg. *Helfen macht glücklich.* Keine schlechte Erkenntnis. Ist auf alle Fälle einen Eintrag wert. Außerdem erinnert mich das an etwas, was ich noch dringend machen muss. Wollte doch in Zukunft vermeiden, die wirklich wichtigen Dinge aus den Augen zu verlieren.

Als ich zu Hause ankomme, ist es gerade erst vierzehn Uhr. Ich habe meine Schicht heute in Rekordzeit geschafft – aber ich will ja auch noch etwas erledigen. Ich schnappe mir mein Telefonbuch und beginne zu blättern. Schnell werde ich fündig.

»Heidberg-Krankenhaus? Ja, Siems hier. Bei Ihnen müsste eine Frau Bartholdi Patientin sein. Können Sie mir sagen, wo genau ich sie finde? Verwandt? … Ja, äh, ich bin ihr … Neffe.« Ich warte einen Moment, dann bekomme ich die gewünschte Info.

Ich beschließe, auf dem Weg noch ein paar Blumen zu kaufen. Wahrscheinlich ist die Idee völlig irre, aber ich habe das Gefühl, dass Frau Bartholdi eine kleine Aufmunterung gebrauchen könnte. Und wie sagte der Teenie doch so richtig: *Helfen macht glücklich.* Hoffe nur, dass Frau Bartholdi nicht gerade umringt ist von der lieben Verwandtschaft, die mich eindeutig als »kein Neffe« identifiziert und in mir gleich den Erbschleicher vermutet.

Als ich schließlich mit einem Zehn-Euro-Strauß von *Blume 2000* bei Oma Bartholdi ankomme, bin ich der einzige Besuch weit und breit. Und nachdem auf ihrem Nachttisch auch keine anderen Blumen, Pralinen oder was man sonst noch so ins Krankenhaus mitbringt zu sehen sind, habe ich den starken Verdacht, dass sie bisher überhaupt noch keinen Besuch bekommen hat. Gut, heute ist Montag, also ist sie erst einen Tag da – aber Kinder oder Enkel wären doch bestimmt noch am gleichen Tag erschienen. Vielleicht interpretiere ich aber auch nur ein bisschen viel.

Frau Bartholdi scheint mich nicht gleich zu bemerken. Sie liegt im Bett und starrt an die Decke, sieht sehr schmal und klein aus, beinahe zerbrechlich. Ich räuspere mich und gehe einen Schritt auf sie zu. Hoffentlich denkt sie nicht wieder, ich sei ihr treuloser Postbote! Auf einmal kommt mir meine eigene Idee völlig beknackt vor. Als ich an ihrem Bett stehe, reißt sie sich von der intensiven Betrachtung der Zimmerdecke los und sieht mich müde an.

Sein Gesicht war leichenblass und eingefallen. So hatte Ronaldo den Paten noch nie gesehen. Anstelle des stattlichen Mannes, den er kannte, lag hier ein alter, schwacher Greis.

»Mio padre!« Bestürzt eilte er zu dem Krankenbett, ging auf die Knie, ergriff die Hand des Capo di Capi *und küsste den großen Rubinring daran. »Mio padre«, flüsterte er immer wieder und merkte, wie ihm die Tränen in die Augen schossen. »Mio padre!«*

»Es ist gut, Ronaldo.« Seine Stimme war kaum mehr als ein heiseres Flüstern. »Es ist gut.«

»Wer hat dir das angetan?«, stieß Ronaldo hervor. »Wer war es? Meine Vendetta wird furchtbar sein!« Doch Luigi Camillo lächelte nur schwach.

»Es ist an der Zeit, zu gehen, mio figlio. Meine Zeit ist abgelaufen.«

»So etwas darfst du nicht sagen!« Jetzt waren es wirklich heiße Tränen, die ihm über die Wangen liefen. »Wir kriegen die Schweine! Wir kriegen sie ganz sicher!« Als wolle er seinen Worten Nachdruck verleihen, tastete Ronaldo nach dem Revolver in seinem Halfter. »Sie dürfen nicht ungeschoren davonkommen!«

»Ich bin alt«, seufzte der Pate, »jetzt ist deine Zeit gekommen. Und ich bitte dich: Schüre nicht den Hass unter den Clans! Lass die famiglia wieder zusammenwachsen. Genug Menschen sind gestorben.«

»Noch nicht genug«, widersprach Ronaldo hitzig, »erst werden sie büßen müssen für das, was sie dir angetan haben!« Wütend sprang er auf, lief zu dem Schrank auf der anderen Seite des Zimmers und boxte hilflos auf ihn ein. »Sie werden büßen müssen«, wiederholte er immer wieder, »büßen müssen!« Als er sich wieder umdrehte, erstarrte er vor Schreck. Der Pate hatte die Augen geschlossen, seine Hände gefaltet, sein Gesicht war nur noch ein friedliches Lächeln. Er atmete nicht mehr.

»No!«, schrie Ronaldo, stürzte auf seinen Vater zu und begrub sein Gesicht schluchzend in seinen Händen. »Mio padre«, rief er aus, »mio padre!« Doch Luigi Camillo konnte ihn nicht mehr hören.

»Hallo, Frau Bartholdi.« Ich verscheuche meine Fantasiebilder und begrüße die alte Dame freundlich. Dann trete ich auch gleich die Flucht nach vorne an. »Wahrscheinlich erkennen Sie mich gar nicht wieder, aber ich war in Ihrem Laden, als es Ihnen so schlecht ging.« So, hoffentlich ist sie nicht genauso verwirrt wie gestern. Aber ich scheine Glück zu haben. Frau Bartholdi mustert mich und fängt langsam an zu sprechen.

»Ehrlich … ehrlich gesagt, ich kann mich an gar nichts erinnern, was gestern Morgen passiert ist. Haben Sie den Krankenwagen gerufen? Niemand konnte mir sagen, wer das getan hat – es war nur von einem jungen Mann die Rede.«

»Ja, schätze, damit bin ich gemeint. Roland Siems ist mein Name, und ich wollte gestern früh bei Ihnen Brötchen kaufen. Mein Bäcker hatte noch zu.«

Frau Bartholdi lächelt. »Ja, ja, Sonntagmorgen mache ich immer ein gutes Geschäft mit den Frühaufstehern – ich bin die Einzige im ganzen Viertel, die schon vor acht Uhr aufhat.« Sie versucht mühsam, sich aufzusetzen, und beugt sich verschwörerisch zu mir vor. »Ich verrat Ihnen mal was: Das sind Aufbackbrötchen, die ich morgens im Ofen mache. Schmecken aber trotzdem sehr gut. Auf die Idee bin ich selbst gekommen.« Ein zaghaftes Lächeln huscht über ihr Gesicht. »Waren Sie zufrieden damit? Nehmen Sie doch Platz, Sie stehen so ungemütlich.«

Ich setze mich auf den Stuhl neben ihrem Bett. »Also, um ehrlich zu sein, haben Sie mir gestern gar keine Brötchen mehr verkauft, es ging Ihnen schon schlecht, als ich in den Laden kam. Wir haben uns kurz unterhalten – und dann sind Sie auch schon zusammengebrochen, und ich habe den Krankenwagen gerufen.« Ob ich ihr von unserer seltsamen Konversation erzählen soll? Oder lieber nicht? Warum hat sie sich bloß so aufgeregt? Hatte mein Kollege einen Brief verschlampt? Würde ich sie offen gestanden alles gern fragen. Aber wenn sie sich an nichts mehr erinnern kann, wird sie mir kaum noch sagen können, was sie an diesem Morgen so fuchsteufelswild gemacht hat.

Als ob sie meine Gedanken lesen könnte, fragt sie: »Worüber haben wir denn geredet, bevor ich umgefallen bin? Ich meine, haben Sie einfach gesagt: Ich hätte gern drei Brötchen – und schon lag ich auf der Erde, oder habe ich Sie um Hilfe gebeten?«

»Äh, na ja … ehrlich gesagt haben Sie mich wohl mit jemandem verwechselt. Ich nehme an, mit Ihrem Postboten. Ich bin nämlich auch bei der Post und hatte diese typische blau-gelbe Jacke an.«

»Ach, und ich habe gedacht, ich bekomme am Sonntag Post? Sie sehen meinem Briefträger überhaupt nicht ähnlich, habe ich meine Brille denn nicht aufgehabt? Das klingt ja alles ein bisschen seltsam.«

Okay, bevor sie jetzt denkt, ich hätte sie eigentlich ausrauben wollen und ihr deswegen eins übergezogen, schildere ich ihr unser kleines Gespräch lieber etwas ausführlicher. Auch auf die Gefahr hin, dass sie gleich nach der Schwester klingelt.

»Sie sagten, dass Sie nun schon vierzig Jahre auf einen bestimmten Brief warten würden und dass Sie vermuteten, ich – beziehungsweise Ihr Postbote – hätte ihn wissentlich unterschlagen. Außerdem erwähnten Sie einen gewissen Günter.«

Bei diesem Namen sinkt die kleine Frau völlig in sich zusammen, so, als wolle sie sich mitsamt ihrem Krankenhausbett unsichtbar machen.

»Habe ich das wirklich erzählt? Oh Gott, wahrscheinlich werde ich langsam verrückt.« Sie fängt an zu weinen. Ich wühle in meinen Taschen, finde schließlich ein unbenutztes Taschentuch und reiche es ihr. Die nächsten Minuten sagt keiner von uns ein Wort. Schließlich richtet sie sich wieder in ihrem Bett auf.

»Günter ist mein Mann. Wir sind seit über fünfzig Jahren verheiratet – und seit vierzig Jahren habe ich nichts mehr von ihm gehört.«

»Oh, das tut mir leid.«

Oh, das tut mir leid – was ist das denn für eine schlappe Bemerkung? Aber etwas Tröstlicheres fällt mir so schnell nicht ein. Helfen mag zwar glücklich machen – aber es ist nicht immer ein einfacher Weg zum Glück … Hm, was könnte jetzt trösten? Verstohlen schaue ich zu Frau Bartholdi rüber. Sie wirkt so mitgenommen und verletzlich – ich könnte mich ohrfeigen, dass ich das Thema überhaupt angesprochen habe! Meine emotionale

Intelligenz müssen wir wohl eher im unteren Bereich ansiedeln. Am liebsten würde ich jetzt gehen. Aber das Gefühl, hier mit etwas wirklich Wichtigem begonnen zu haben, hält mich zurück. Ich unternehme noch einen Versuch.

»Wollen Sie vielleicht darüber sprechen, wie das passiert ist?« Keine Reaktion.

»Ich möchte Sie nicht belästigen, aber manchmal hilft es doch, mit jemandem zu reden – auch wenn es ein Fremder ist.«

Frau Bartholdi mustert mich nachdenklich. Überlegt sie, ob es mir Ernst ist mit meinem Angebot? Oder hält sie mich nun endgültig für einen aufdringlichen Spinner? Oder aber – erkennt sie mich auf einmal nicht mehr?

»Wissen Sie, ich habe schon so lange nicht mehr mit jemandem über die Geschichte gesprochen, dass es mir schwerfällt. Aber wahrscheinlich haben Sie recht und es wird mir gut tun.« Sie seufzt und setzt sich jetzt ganz aufrecht hin. An ihrem konzentrierten Blick sehe ich, wie schwer ihr die Erinnerung fallen muss.

»Günter und ich hatten eine kleine Gastwirtschaft in Heitdorf – einem Nest in der Nähe von Karow. Wissen Sie, wo Karow liegt?«

»Keine Ahnung«, gebe ich zu, »nie gehört. Ist mir nicht mal während meiner Jahre als Postbote untergekommen.«

»Karow ist ein Städtchen in Mecklenburg, nicht weit von Schwerin entfernt. Sehr hübsch, sollten Sie mal hinfahren.«

Erwartet sie jetzt, dass ich irgendetwas dazu sage? Während ich noch überlege, fährt sie fort.

»Wir waren jedenfalls die einzigen Selbstständigen in Heitdorf. Der Laden lief gut, wir hatten viele Gäste. Allerdings auch viele Neider – aber das merkt man ja immer erst hinterher. Günter hatte immer ein loses Mundwerk, die Meinung anderer hat ihn nicht viel geschert. Ich habe das bewundert an ihm. Er war so stark und unabhängig. Wo andere nur geflüstert haben, hat er laut gesagt, was er dachte. Ein Teufelskerl, ja, das war er.«

»Aha«, sage ich. Interessant. Aber ich verstehe nicht ganz, worauf sie hinauswill.

»Eines Tages, da ist er zu weit gegangen. 1951, das war ein schöner Sommer, ich erinnere es noch wie heute. In unserem kleinen Biergarten war jeden Abend viel los, das halbe Dorf traf sich dort. Auch die örtlichen Parteikader. Hielten dort an einem Tag im August auch eine Art Versammlung ab. Weil unsere Bedienung krank geworden war, schafften Günter und ich die Getränke im Wechsel an den Tisch. Und dabei muss es dann passiert sein. Ich weiß heute noch nicht genau, wie, aber irgendwann geriet Günter mit dem Ortsvorsitzenden aneinander. Es gab einen heftigen Schlagabtausch. Und irgendwann muss Günter ihn gesagt haben, diesen fatalen Satz: *Euch Kommunistenapparatschiks ist das Hemd auch näher als die Hose – ihr springt doch, wenn der Russe pfeift!* Ich hab's erst gar nicht so richtig mitbekommen. Nur als mir Günter nachher ganz amüsiert davon erzählt hat, da ist mir heiß und kalt geworden vor Angst. Da habe ich schon geahnt, dass das nicht mehr lange gut geht.«

»Äh ... ja.« Für mich sind das, ehrlich gesagt, eher böhmische Dörfer. Kann mir wirklich nicht vorstellen, wie das damals war.

»Keine zwei Tage später haben sie ihn geholt«, erzählt sie weiter, und ihre Stimme fängt an, zu zittern. »Drei Mann von der sowjetischen Geheimpolizei. Die Nachbarin hat's mir später erzählt. Nicht mal seine Sachen konnte er noch packen, seine Zahnbürste war noch da, als ich nach Hause kam. Ich habe ihn knapp verpasst. Wissen Sie, ich war gerade unterwegs, um Lebensmittel zu organisieren. Deswegen habe ich ihn nicht mehr gesehen. Da lag nur dieser Zettel auf dem Tresen. *Mach dir keine Sorgen, Elsbeth. Bin bald wieder da. Dein Günter.* Zwei Monate später war sein Prozess in Schwerin, vor dem sowjetischen Militärtribunal am Demmlerplatz. Ich durfte nicht dabei sein. Niemand von uns durfte dabei sein. Fünfzehn Jahre Arbeitslager lautete das Urteil. Ich habe es erst später erfahren, als aus Moskau eine Karte mit einer Registriernummer kam. Da war Günter schon in einem Arbeitslager in Sibirien.« Sie fängt wieder an zu weinen.

»Aha«, sage ich wieder, weil mir darauf beim besten Willen nichts Schlaues einfällt. Solche Geschichten kenne ich nur aus Filmen. Und darüber bin ich eigentlich auch ganz froh.

»Können Sie sich das vorstellen?«, schluchzt Frau Bartholdi. »Nach Sibirien haben sie meinen Günter gebracht! Und das wegen eines lächerlichen Satzes! Boykotthetze, so nannte man das damals. Ich habe ihn nie wieder gesehen. Nur zwei Briefe von ihm sind bei mir angekommen. Der letzte im Herbst 1955.« Sie nimmt sich noch ein Taschentuch. Ich bin mit dem Stuhl mittlerweile näher an ihr Bett gerückt, greife nach ihrer Hand und drücke sie.

»Das ist wirklich schrecklich. Ich habe noch nie etwas Vergleichbares erlebt, trotzdem kann ich mir vorstellen, wie furchtbar das für Sie gewesen sein muss.« Ich denke jedenfalls, dass ich mir das vorstellen kann. Aber dagegen sind die Geschichten, die ich bisher erlebt habe, alle mehr oder weniger Pillepalle.

»Wissen Sie, was für mich in all den Jahren das Schlimmste war? An diesem Tag, an dem er abgeholt wurde, kurz bevor ich losgezogen bin, da haben wir uns auch noch gestritten. Und ich bin im Streit gegangen. Worum es ging, erinnere ich heute nicht mal mehr. Wohl aber die letzten Worte, die ich zu meinem Günter gesagt habe.« Sie fängt an zu schluchzen.

»Was haben Sie gesagt?« Ich hänge wie gebannt an ihren Lippen. Natürlich weiß ich, dass es unhöflich ist, so direkt zu fragen, aber die Geschichte hier ist einfach spannender als alles, was ich mir bisher ausgedacht habe.

»Ich habe gesagt: *Günter, manchmal mag ich dich überhaupt nicht leiden.* Verstehen Sie? Das war das Letzte, was ich zu meinem Mann gesagt habe: Dass ich ihn nicht leiden mag!« Ihr Schluchzen ist in einen Weinkrampf übergegangen.

Ich setze mich auf die Bettkante und lege einen Arm um ihre Schulter. *Oh je, Siems, da hast du dich in was Schönes hineinmanövriert, du Menschenfreund!* Aber diese Erkenntnis kommt nun eindeutig zu spät. Jetzt heißt es wohl oder übel Händchen halten bei Oma Bartholdi.

In diesem Moment kommt eine Schwester in das Krankenzimmer. Der Anblick, der sich ihr bietet, muss relativ ungewöhnlich sein. Jedenfalls stellt sie sofort das Tablett ab, das sie in den Händen hielt, und steuert direkt auf mich beziehungsweise das Bett zu.

»Oh, geht es Ihrer Mutter nicht gut?«

Ich will ansetzen, zu erklären, dass ich nicht der Sohn, sondern nur der Neffe beziehungsweise der vermeintliche Postbote, aber der eigentlich auch nicht, bin – lasse es aber bleiben. Ich will hier nicht für zusätzliche Verwirrung sorgen. Stattdessen nicke ich schlicht und ergreifend mit dem Kopf.

»Ja, ich glaube, sie macht sich ein bisschen Sorgen.«

»Ach, Frau Bartholdi, das brauchen Sie doch nicht. Sie wissen doch noch, was der Doktor heute Morgen bei der Visite gesagt hat: Das war wahrscheinlich nur Ihr Kreislauf. Einen Schlaganfall oder so etwas konnten wir nicht feststellen. Vielleicht haben Sie auch nur zu wenig getrunken. Jetzt bleiben Sie zur Sicherheit noch ein paar Tage hier, und dann kann Ihr Sohn Sie wieder mit nach Hause nehmen.« Die Schwester zwinkert mir zu und nimmt sich wieder ihr Tablett. »Ich komm dann einfach später noch mal wieder, wenn Ihr Besuch wieder weg ist.«

Als sie gegangen ist, trocknet Frau Bartholdi sich ihr Gesicht mit meinen restlichen Taschentüchern. Sie scheint sich etwas gefangen zu haben, jedenfalls klingt ihre Stimme schon deutlich fester, als sie wieder zu sprechen beginnt.

»Ich glaube, ich bin jetzt etwas erschöpft, und ein bisschen Schlaf täte mir ganz gut.« Sie sieht mich bittend an. »Ich weiß, es ist vielleicht nicht passend … aber besonders ruhig könnte ich schlafen, wenn Sie mir versprechen würden, morgen wiederzukommen. Unser Gespräch hat mir gutgetan – auch wenn es vielleicht nicht so aussieht. Außerdem hätte ich noch eine große Bitte: Könnten Sie meiner Nachbarin Frau Rosen diesen Zettel vorbeibringen?« Sie reicht mir ein Blatt Papier. »Ich habe ihr einen Brief geschrieben, um sie zu bitten, mir einige Sachen von zu Hause zusammenzusuchen und einem Taxi mitzugeben. Vielleicht könnten Sie nun den Boten spielen?«

»Kein Problem, Frau Bartholdi. Briefzustellung ist schließlich mein Geschäft. Aber was halten Sie davon, wenn wir sie einfach vorher anrufen? Nicht, dass sie sich wundert, wenn plötzlich ein fremder Mann vor der Tür steht.«

»Das ist leider nicht möglich, Frau Rosen ist sehr schwerhörig und telefoniert nie. Aber sie ist die Einzige im Haus, der ich so vertraue, dass sie einen Schlüssel von mir hat.«

Ergeben nehme ich den Zettel entgegen, verabschiede mich von Frau Bartholdi und mache mich auf den Weg nach draußen. Verstehe. Großartig. *Helfen macht glücklich*.

Aber, wenn ich genauer in mich hineinhorche: Tatsächlich weiß ich gar nicht genau, wem das Gespräch besser getan hat – Frau Bartholdi oder mir.

8. Kapitel

Sie

Nach dem dritten Sekt sind Miriam und ich schon ziemlich tutti, nur Steffie heult noch immer wie ein Schlosshund. Im *Maybe* gucken uns deswegen schon alle etwas seltsam an – aber sollen sie ruhig glotzen, wenn in ihrem eigenen Leben nix Aufregendes passiert.

»Du musst dich irgendwie beruhigen«, versucht Miriam zum hundertsten Mal – und leider ohne jeden Erfolg – Steffie zu trösten. Irgendwie komisch, sie so aufgelöst zu sehen. Bisher war Stefanie schließlich von uns dreien immer diejenige, die alles im Griff hatte. Die, bei der alles lief, die sich immer Zeit für die Probleme von mir und Miriam nehmen konnte, weil sie selbst eigentlich nie welche hatte. Einerseits macht es mich traurig, sie jetzt so klein und verletzlich zu sehen – andererseits fühle ich mich ihr nah wie noch nie. Weil unter ihrer perfekten, immer gefassten Fassade auch nur ein unsicheres, verletztes Mädchen steckt, das man am liebsten in den Arm nehmen möchte. Und das tue ich jetzt.

»Es wird bestimmt wieder alles gut«, sage ich zu ihr, nachdem ich sie fest an mich gedrückt habe, »so schlimm ist das alles gar nicht.«

»Nicht schlimm?«, schluchzt sie. »Mein Mann packt zu Hause gerade seine Sachen, um zu einem Kumpel zu ziehen. Das ist für dich nicht schlimm?«

»Er zieht doch nur vorübergehend zu Gerd«, erwidere ich. »Das heißt doch noch nichts.«

»Doch!«, widerspricht Steffie mir heftig. »Das heißt es sehr wohl! Du hättest mal seinen Gesichtsausdruck sehen sollen, so was von entschlossen.«

»Ja, mag schon sein«, meine ich, »aber in ein paar Tagen wird er sich sicher wieder einkriegen.«

»Und wenn er sich nicht mehr einkriegt? Was ist dann, Jana? Ich kenne ihn gar nicht mehr, er ist so, so … so anders.«

»Ach, das ist bestimmt nur eine Phase«, versuche ich, sie zu beruhigen, »spätestens übermorgen steht er sicher wieder bei dir auf der Matte.«

Steffie schüttelt traurig den Kopf. »Das glaube ich nicht. Er hat gesagt, dass er schon seit Jahren darüber nachdenkt, ob wir uns vielleicht besser trennen sollten. Seit *Jahren!* Und ich blöde Kuh habe von alledem nichts gemerkt, sondern habe mich gemütlich in meiner vermeintlich glücklichen Beziehung ausgeruht.«

»Aber er muss doch mal was gesagt oder wenigstens Andeutungen gemacht haben. So etwas kommt doch nicht von heute auf morgen«, wundere ich mich. Beziehungsweise: Ärgere ich mich, weil ich es nicht fair finde, wenn jemand immer die Klappe hält und dann plötzlich geht, ohne dem anderen auch nur die geringste Chance zu geben. Von heute auf morgen, völlig aus dem Off. Kommt mir irgendwie bekannt vor.

»Na ja«, meint Steffie, »zuerst habe ich auch gedacht, dass das alles total unvorbereitet kommt. Aber wenn ich ehrlich bin«, fährt sie fort, »gab es da … schon immer wieder mal Anzeichen.«

»Wieso?« Miriam mustert Steffi gespannt. Irgendwie hat es ihr in den letzten Minuten die Sprache verschlagen. So schweigsam kenne ich sie gar nicht. »Ich denke, ihr hattet immer die perfekte, harmonische Beziehung.«

»Nach außen hin war das wohl so«, erzählt Steffie weiter. »Aber ein paar Sachen lagen schon im Argen.«

»Im Argen?«

»Ich weiß gar nicht genau, wann es passiert ist, dass Hans und ich in so einen Alltagstrott geraten sind. Wahrscheinlich war es eher ein schleichender Prozess, den man gar nicht bemerkt.« Sie runzelt die Stirn. »Ganz zu Anfang, kurz nach der Hochzeit, da hatte ich manchmal das Gefühl, dass mit ihm etwas nicht stimmt. Da wirkte er manchmal so abwesend, fast ein bisschen melancholisch. Wenn ich ihn dann gefragt habe, ob etwas ist, hat er immer nur gesagt: *Nichts, ich hänge nur ein bisschen meinen Gedanken nach.* Und irgendwann hat es sich von allein gelegt, und ich habe nicht weiter darüber nachgedacht.« Gedankenverloren nimmt sie noch einen Schluck von ihrem Sekt. »Und dann hatten wir vor vier, fünf Jahren noch einmal eine Zeit, in der es ein bisschen kriselte.«

»Aber das ist doch normal, in so einer langen Beziehung«, werfe ich ein.

»Ja, dachte ich auch immer. Wisst ihr … ich habe schon manchmal gemerkt, dass Hans nicht ganz zufrieden ist. Nur habe ich dem nie eine sonderlich große Bedeutung beigemessen, weil für mich ja klar war, dass wir zusammengehören. Tja … und jetzt weiß ich, dass das für Hans offensichtlich nicht ganz so klar ist wie für mich.«

»Wie meinst du das – du hast gemerkt, dass er nicht zufrieden ist«, frage ich.

»Lass mich überlegen … Er hat zum Beispiel mal gesagt, dass er es schade findet, dass wir uns kaum noch küssen.«

»Ist das so?«

»Wenn ich ehrlich bin … ja, schon. Klar haben wir uns immer mal hier und da ein Küsschen gegeben – aber so ausgiebige Knutschereien wie mit Anfang zwanzig gab es schon ewig nicht mehr.«

»Dabei ist Küssen doch so großartig!«, wirft Miriam ein.

»Ist es ja auch. Aber irgendwann sind die Schmetterlinge weg, und dir ist nicht mehr danach, deinen Partner wo immer es geht zu knutschen und zu knuddeln.«

»Wenn du das sagst ... ich war ja noch nie so lange mit jemandem zusammen, dass ich auch nur annähernd über die erste Verliebtheitsphase hinweggekommen wäre«, meine ich. »Mich haben sie ja immer dann sitzen lassen, wenn es eigentlich am schönsten war. Für mich jedenfalls. Wie hast du denn drauf reagiert, als Hans das gesagt hat?«

»Leider ziemlich bescheuert.« Steffie guckt ein bisschen unglücklich und seufzt dann laut. »Ich habe gelacht und ihm erklärt, dass wir doch schließlich keine Teenager mehr sind. *Schade,* hat er darauf geantwortet, *manchmal wäre ich gern noch einmal ein Teenager.*«

»Aber das wird doch nicht der Grund für seinen Trennungswunsch sein.«

»Das allein vielleicht nicht, aber es gab schon noch eine ganze Reihe anderer Dinge, die gezeigt haben, dass er nicht wirklich glücklich und zufrieden mit der Situation ist. Zum Beispiel hat nicht nur das Küssen nachgelassen.«

»Du redest von Sex.«

»Ja, auch von Sex. Aber das ist eben etwas, was sich mit der Zeit legt. Wenn man jeden Tag erledigt von der Arbeit nach Hause kommt, am Wochenende den Haushalt macht, Hefte korrigiert und Freunde besucht – dann ist man halt viel zu kaputt, um im Bett noch großartig etwas anzustellen.«

»Wie oft habt ihr denn ...« Steffie guckt mich groß an.

»Sorry, geht mich ja nichts an.«

»Nee, ist schon gut. Ist mir nur fast peinlich.«

»Wie oft denn?«, hakt nun Miriam nach.

»So alle zwei Monate.«

Alle zwei Monate? Das sind ja gerade sechsmal im Jahr! Da komme ja sogar *ich* auf mehr! »Oh«, entfährt es mir. »Das ist wirklich nicht gerade … oft.«

»Ich weiß. Und ich weiß auch, dass es Hans gestört hat. Oder sagen wir mal so: Ich glaube, viel mehr hat ihn gestört, dass es mich überhaupt nicht gestört hat, dass wir so selten miteinander schlafen. Wie wir überhaupt nur noch selten etwas miteinander gemacht haben. Samstagabend war die absolute Ausnahme, und da musste ich mich dann auch noch so blöde aufführen. Am Ende hat er im Auto zu mir gesagt, dass er das Gefühl hat, ich wäre schon tot. Besonders, wenn er mich neben einer Frau wie Miriam sieht.«

»Also, weißt du«, unterbricht Miriam sie, »also … ich würde da gerne rausgehalten werden.«

»Aber Hans hat es nun mal so gesagt, als Beispiel halt«, erklärt Steffie.

Miriam nickt und sieht dabei auf ihre Uhr. »Oh, Scheiße!«, entfährt es ihr. »Hab ich ganz vergessen – ich muss noch mal ins Büro!«

»Wieso das denn?«, will ich wissen. Miriam und Arbeitseifer? Das passt nun wirklich nicht zusammen!

»Letzte Woche war da so ein Typ, der wollte heute um sechzehn Uhr noch mal vorbeikommen und sich über eine Reise erkundigen.«

»Aha«, sage ich. »Süßer Typ oder große Reise?«

Miriam zuckt mit den Schultern. »Vielleicht beides?«

»Na, dann mal los.«

Miriam sieht Steffie an. »Ist das wirklich in Ordnung, wenn ich jetzt geh?«

»Klar, geh nur, das Geschäft geht schließlich vor. Und die Leiche wird sich hier einfach weiter mit Sekt betrinken.«

Miriam schnappt sich ihre Jacke, verabschiedet sich und rauscht von dannen Richtung Date. Ich bleibe bei Steffie und ordere vorsichtshalber noch einmal zwei Sekt. Habe das Gefühl, dieses Gespräch wird noch eine Weile dauern. »Also, Süße, erzähl weiter.«

Steffie kämpft schon wieder mit den Tränen. »Ich habe mir vorhin, nachdem Hans weg war, Fotos aus unseren Anfangsjahren angesehen. In meiner ersten Wut wollte ich sie alle wegschmeißen. Aber dann war ich erschrocken, wie sich unser Leben seitdem verändert hat.«

»Verändert?«

»Ja!« Steffie nickt. »Was haben wir früher nicht alles miteinander gemacht! Spontanausflüge am Wochenende, unser Segelclub, einen Tanzkurs haben wir belegt, sind oft einfach mitten in der Nacht spazieren gegangen, habe Konzerte besucht, mit Freunden gekocht, jeden Sonntagmorgen hatten wir unser rituelles Frühstück im Bett – und erst jetzt wird mir klar, dass das alles im Verlauf der Jahre total eingeschlafen ist. Wir haben nur noch nebeneinander hergelebt, wie eine Wohngemeinschaft, in der jeder sein eigenes Ding macht.«

Ich würde jetzt gern etwas Aufmunterndes sagen, aber erstens fällt mir überhaupt nichts ein und zweitens habe ich das Gefühl, dass es Steffie guttut, einfach mal alles rauszulassen. Selten habe ich sie so erlebt, sie, die doch sonst immer so beherrscht und ruhig und vernünftig ist.

»Wir haben uns als Paar einfach total aus den Augen verloren, haben vergessen, dass man sich um eine Beziehung auch kümmern und sie pflegen muss, damit sie Bestand hat. Nein, besser gesagt, *ich* habe das aus den Augen verloren.«

»Jetzt sei mal nicht zu hart zu dir, dazu gehören immer noch zwei.«

Steffie schüttelt den Kopf. »Hans hat ja immer wieder versucht, etwas daran zu ändern. Aber ich hab's einfach nicht geschnallt. Während du dich immer viel zu sehr für deine Typen verbogen hast, habe ich genau das Gegenteil gemacht. Ich war schrecklich unbeweglich und selbstgerecht, war der Meinung, dass ich allein ihm doch schon reichen müsste.«

»Also, nun hör mal auf mit deinem seelischen Offenbarungseid. Du stellst dich ja wie ein Monster dar!«

»Weißt du, was?« Steffie sieht mich auf einmal sehr, sehr ernst an. »Im Moment glaube ich sogar, dass ich eins bin. Denn wenn ich darüber nachdenke, was mich gerade am meisten fertig macht, ist es nicht die Tatsache, dass Hans ausziehen will. Sondern der Gedanke, wie ich es allen Leuten beibringen kann, falls wir uns wirklich trennen sollten. Dass ganz plötzlich nichts mehr so ist, wie es sein sollte.«

»Oh«, stoße ich erstaunt hervor. Das hätte ich nicht gedacht.

»Aber du liebst ihn doch noch, oder?«

Wieder ein paar dicke Tränen, dann legt sie beide Arme um mich, lässt ihren Kopf auf meine Schulter sinken. »Ich weiß es nicht«, bringt sie stockend hervor, »ich weiß es gerade wirklich nicht. Ich fühle mich wie ein Kind, dem man sein Spielzeug weggenommen hat, an dem es schon längst kein Interesse mehr hatte. Aber jetzt will es das Spielzeug unbedingt wiederhaben. Und am Ende landet es dann doch wieder unbeachtet in der Ecke. Vielleicht würde es mir mit Hans ja genauso gehen ... Ach, Jana, in meinem Kopf geht gerade alles drunter und drüber, und ich weiß gar nicht mehr, was ich fühle.«

»Klingt so.«

»Liebe ich Hans, ja oder nein? Wenn ich ihn noch liebe, warum habe ich es denn überhaupt erst so weit kommen lassen? Und wenn nicht: Warum habe ich die letzten elf Jahre meines Lebens mit ihm verbracht?«

Darauf fällt mir auch keine Antwort ein. Außer, dass ich immer noch meine rechte Hand dafür geben würde, um mal so eine lange Zeit eine glückliche Liebe leben zu können. Aber so glücklich, wie ich bisher immer dachte, war diese Beziehung ja wohl gar nicht. Ach, das ist doch alles zum Verrücktwerden! Wer hat sich das bloß jemals ausgedacht, die Sache mit Männern und Frauen und überhaupt? Muss das denn alles so kompliziert sein? Kann man nicht einfach seinen passenden Deckel finden und gut?

»Ich glaube, im Moment ist erst einmal eines wichtig«, stelle ich fest, nachdem ich ein paar Minuten ratlos geschwiegen habe, »du musst herausfinden, was du willst. Und wie du dir dein Leben vorstellst. Wie *du* glücklich wirst. Ob nun mit oder ohne Hans.«

»Ich weiß nicht, ob das was bringt«, erwidert Steffie skeptisch.

»Also, mir bringt das im Moment eine ganze Menge. Ich sehe auf einmal viele Dinge wesentlich klarer als vorher. Und das nur, weil ihr mich an meinem Geburtstag auf die SMS-Geschichte gebracht habt und ich mich seitdem mit Fragen beschäftige, die ich mir noch nie gestellt habe.«

»Aber die SMS-Sache und diese blöde Glückssuche haben mich doch erst in die Situation gebracht, in der ich jetzt bin!«

»Glaubst du das wirklich?«

Steffie denkt einen Moment lang nach. »Nein«, gibt sie dann kleinlaut zu, »die Situation war schon eine ganze Weile so. Aber erst jetzt ist sie dadurch ans Licht gekommen.«

»Und ist das nicht vielleicht besser so?«

Wieder zögert sie einen Augenblick und sieht sehr grüblerisch aus. »Da hast du wahrscheinlich recht«, sagt sie schließlich.

»Früher oder später hätte es zwischen Hans und mir gekracht, so konnte es ja nicht weitergehen.«

»Siehste. Und ich bin mir ganz sicher, wenn ihr jetzt beide an der Sache arbeitet, dann renkt sich bestimmt schon bald alles wieder ein.«

»Oder wir gehen getrennte Wege«, erwidert Steffie nachdenklich. Getrennte Wege. Bei Steffie und Hans für mich unvorstellbar, die beiden gehören für mich zusammen wie … na, einfach wie Topf und Deckel. Ich überlege fieberhaft, was ich darauf erwidern könnte, aber mir fallen nur Plattitüden wie »wird schon« oder »lass den Kopf nicht hängen« ein. Nichts, was an dieser Stelle angebracht wäre. Ein Piepen reißt mich aus meinen Gedanken.

»Oh, SMS für dich«, meint Steffie. »Ist bestimmt von deinem neuen Brieffreund.«

»Ist jetzt nicht so wichtig«, erwidere ich, obwohl es mir natürlich schon in den Fingern juckt, sofort nachzusehen. Aber ich fände es etwas unsensibel, wenn ich mich in dieser Situation mit meinem Handy beschäftige.

»Schon gut«, sagt Steffie, »schau doch mal nach. Schließlich bin ich ja auch neugierig.«

Also wühle ich in meinem Rucksack herum und finde mein Handy irgendwo in den dunklen Tiefen zwischen mehreren Lippenstiften und leeren Kaugummi-Papieren.

»Und, was schreibt er?«, will Steffie wissen, als ich das Display studiere. »Er schreibt: *Du miese, gehässige Kuh! Das wird dir noch mehr als leidtun!*«

»Da habt ihr ja wirklich einen äußerst freundlichen SMS-Kontakt.«

»Nein«, erkläre ich, »die ist nicht von ihm … die ist von Markus.«

»Wieso von Markus?«

Schnell erzähle ich Steffie, was ich vorhin noch am Faxgerät gemacht habe. Sie lacht sich fast kaputt darüber. Immerhin: *Sie lacht!*

»Super! Ihn mit seinen eigenen Waffen schlagen, das hat er wirklich verdient!«, freut sie sich.

»Stimmt«, stelle ich fest, »und das ist ihm sicher alles mehr als peinlich! Aber wer solche Schreiben verfasst, muss sich nicht wundern!«

»Oh Gott, Jana!« Steffie hält sich noch immer den Bauch vor lauter Lachen. »Allein die Vorstellung, jemand würde so einen Brief bei mir in der Schule ans Schwarze Brett hängen – ich wäre für den Rest meiner Tage erledigt!«

»Mit dem Unterschied, dass du niemals niemals nie irgendjemandem so etwas schicken würdest. Genauso wenig«, ich deute auf mein Handy-Display, »wie das hier. Und deshalb werde ich ihm das auch stante pede zurückschicken. Allerdings nicht, ohne noch einen kleinen Text hinzuzufügen.« Mit diesen Worten klicke ich im Menü auf *Weiter versenden* und schreibe noch ein freundliches: *Du blöder Knauserkopf, wenn du nicht aufpasst, schicke ich das hier gleich mal weiter an deinen Vorgesetzten.* Senden – und fertig. Steffie und ich kichern bösartig.

Ein komisches Gefühl. Vor ein paar Tagen habe ich mich Markus gegenüber noch total klein, schwach und hilflos gefühlt. Abserviert und aussortiert. Und – ich schäme mich fast, es vor mir selbst zuzugeben – wahrscheinlich hätte ich ihn sogar sofort zurückgenommen, wenn er mich wieder gewollt hätte. Aber ganz plötzlich und unverhofft haben sich die Karten neu sortiert. Jetzt ist *er* das arme Würstchen, das man eigentlich nur noch bemitleiden kann. Und selbst das hat er nicht verdient. Einfach nur noch peinlich, der Typ. Weshalb ist mir das nicht schon vorher aufgefallen?

»Wieso ist mir nicht schon früher aufgefallen, was für ein armseliger Idiot Markus ist?«, formuliere ich meine Frage laut.

»Weil du viel zu fixiert darauf warst, ihm zu gefallen. Und dabei hast du glatt vergessen, dich zu fragen, ob er dir eigentlich gefällt«, analysiert Steffie.

Schon lustig, wie klar Außenstehende eine Situation sehen können, während man selbst orientierungslos durch die Gegend irrt. Aber das ist tatsächlich wahr, die ganze Zeit habe ich immer nur krampfhaft versucht, Markus zu halten. Nur, damit jemand da ist. Wie bekloppt kann man eigentlich sein?

Wieder piept mein Handy. Gespannt schnappe ich es mir. Mal sehen, was der Idiot jetzt wieder für eine Frechheit vom Stapel lässt!

Wieso bin ich ein Knauserkopf? Woher kennst du meinen Vorgesetzten? Und was wird dir eigentlich noch leidtun? ER

Oh. Falscher Empfänger! Da habe ich doch glatt meinem Glückssuche-Kameraden diese unfreundliche SMS geschickt. Wortlos zeige ich Steffi das Display – und wieder müssen wir losprusten. Blöde Technik!

Er

Also wirklich! Ich bin ja vielleicht etwas orientierungslos in meinem Leben – aber ein Knauserkopf bin ich noch nie gewesen! Irgendwie irritiert mich die Nachricht, die ich auf dem Heimweg von IHR bekomme. Was ist nur in sie gefahren? Und die Sache mit meinem Vorgesetzten kommt mir erst recht spanisch vor. Ich schreibe ihr zurück – und eine Minute später klärt sich das Missverständnis auf.

Sorry, wollte das an meinen blöden Ex-Freund schicken. Du warst nicht gemeint. SIE

Aha, verstehe. Und gleichzeitig ärgert mich die Nachricht ein bisschen. Weil ich jetzt weiß, dass SIE sich noch immer mit ihrem Ex beschäftigt und ihm offensichtlich Nachrichten schreibt. Gehässige Nachrichten. Will heißen: Sie hängt noch an ihm. Denn wenn man über jemanden hinweg ist, schreibt man so etwas nicht. Während ich darüber nachdenke, wird mir klar: Offensichtlich ist SIE mir auch schon nicht mehr egal. Es klingt total verrückt, aber ich hänge an ihr. An einer Frau, die ich nicht einmal kenne! Und obwohl ich sie nicht kenne, habe ich das Gefühl, dass mir schon lange niemand mehr so nahe gewesen ist. Immerhin ist unser kleiner Gedankenaustausch wirklich alles andere als alltäglich.

Ehrlich gesagt würde ich SIE gern mal kennenlernen. Wie das wohl wäre? Hätten wir uns bei einem persönlichen Treffen auch so viel zu sagen? Würden wir uns mögen? Würden wir uns vielleicht sogar … ineinander verlieben? Über den Gedanken muss ich selbst lachen. *Hör bloß auf, Siems! Da geht der Schriftsteller wieder mit dir durch, du bist schließlich nicht in einem Hollywood-Film.* Ist schon besser, dass wir uns nicht kennen – vermutlich wären wir beide total enttäuscht vom anderen, würden nur einen schnellen Kaffee miteinander trinken und dann zusehen, dass wir uns mit Hilfe der dämlichsten Ausreden wieder voneinander verabschieden. Nein, es ist schon besser, wenn SIE einfach so bleibt, wie ich sie mir vorstelle: Klug. Sensibel. Geistreich. Und natürlich wunderschön! Viel schöner als Doro. Oder vielleicht eine ganz Niedliche, Hübsche. So wie diese Frau Kruse aus dem Reisebüro.

Ich fasse einen Plan: Ich werde jetzt einfach noch einmal im Reisebüro vorbeischauen und sie fragen, ob sie nicht Lust hat, mit mir etwas trinken zu gehen. Was soll schon groß passieren? Gut, sie könnte mich auslachen – und ich müsste dann darum bitten, dass ich meine Tour verlegen kann, weil es mir die nächsten zwanzig Jahre natürlich unsagbar peinlich wäre, ihr weiterhin jeden Tag die Post bringen zu müssen. Aber egal: *No risk, no fun!*

Ihr Schlafzimmer war für mich nicht schwer zu erreichen. Eine rostige Feuerleiter verlief direkt neben dem Fenster entlang, das sie wegen der lauen Sommernacht nur angelehnt hatte. Geschmeidig wie eine Katze schlich ich die Sprossen hoch bis in den dritten Stock, stieß lautlos das Fenster auf und schwang mich mit einem einzigen Satz in ihr Zimmer. Da lag sie! Friedlich schlummerte sie in ihrem großen Bett, seufzte leise, drehte sich ein bisschen und schmiegte sich dann wieder an die weißen Seidenlaken. Mein Herz blieb einen Moment lang stehen: Sie war noch schöner, als ich sie in Erinnerung hatte: Ihre weizenblonden Haare schimmerten wie Gold auf den weißen Kissen, ihr zartes Gesicht wirkte so unschuldig wie das eines kleinen Mädchens. Mit vorsichtigen Schritten näherte ich mich ihrem Bett, bis ich direkt neben ihr stand. Ich zögerte. Sollte ich es wirklich tun? Dieses wunderbare Geschöpf zu einem Dasein in der Dunkelheit verdammen? So, wie auch ich schon als Kreatur der Nacht seit Hunderten von Jahren umherirrte?

Ah, ihr Duft … dieser wunderbare, süße Duft! Wie ein Tier blähte ich die Nüstern und sog den Geruch von weichem Fleisch und warmem Blut tief in meine Lungen. Augenblicklich begann mein eigenes, kaltes Blut in meinen Adern zu rauschen, die Gier brachte mich fast um den Verstand. Ich hatte keine andere Wahl, das Monster in mir war zu stark. Mit einem schmerzhaften Aufschrei warf ich den Kopf nach hinten, spürte, wie die langen, scharfen Eckzähne durch meinen Kiefer stießen, bereit, sie ihr in den schlanken Hals zu schlagen.

In diesem Moment wurde sie wach. Zuerst schien sie nicht recht zu begreifen, verwirrt sah sie um sich. Doch von einer Sekunde zur nächsten verstand sie – und starrte mich angsterfüllt an.

»Warum sind Sie gekommen?«, flüsterte sie.

»Ich konnte nicht anders.« Meine Stimme war mehr ein heiseres, dunkles Grollen. »Ich will es nicht – aber ich muss es tun.« Mit diesen Worten beugte ich mich über sie, nahm ihr Gesicht in meine Hände, die mittlerweile zu riesigen Tatzen angewachsen waren. Ich dachte, dass sie gleich schreien würde. Aber sie tat es nicht, sie ließ alles ruhig über sich ergehen. Kurz bevor ich ihr in

den Hals biss, um ihr das Leben auszusaugen, hörte ich sie noch flüstern. »Versprechen Sie, dass Sie bei mir bleiben. Dass ich Ihre Gefährtin bleibe!«

»Das verspreche ich«, raunte ich ihr zu, »solange der Mond jede Nacht ans Himmelszelt tritt, werde ich bei Ihnen bleiben.« Dann biss ich zu – und spürte, wie der heilende, warme Saft in meine Kehle schoss …

Das Reisebüro ist zwar geöffnet, aber nicht besetzt. Verwundert gehe ich hinein. Vermutlich sind die beiden hinten im Lager, Kataloge holen – oder was man sonst so in einem Reisebüro macht. Unsicher sehe ich mich um. Soll ich jetzt wieder gehen oder mich setzen und warten, bis Jana Kruse oder ihre Kollegin zurückkommen? Ich entscheide mich fürs Bleiben. Jetzt bin ich schon mal hier, dann kann ich das auch durchziehen.

Interessiert lasse ich meinen Blick über die bunten Plakate wandern, die hier überall rumhängen: Seychellen, Mauritius, Mallorca … Ich denke an den Mallorca-Urlaub, den Doro und ich für dieses Jahr noch gemeinsam geplant hatten. Der dürfte nun wohl ausfallen. Dann betrachte ich die Postkartenwand hinter Frau Kruses Schreibtisch. Sind schon eine ganze Menge, einen Großteil der Karten habe ich ihr selbst gebracht. Finde ich irgendwie eine nette Idee, so etwas zu sammeln. Gerade will ich aufstehen, um die Wand etwas genauer zu inspizieren (vielleicht erfahre ich da ja etwas mehr über Frau Kruse), als ich Stimmen höre. Aha, die Frauen kommen zurück, also bleibe ich lieber sitzen.

Als hätte jemand eine Tür geöffnet, werden die Stimmen jetzt lauter. Aber sie kommen nicht näher, jemand scheint sich im hinteren Teil des Büros – da, wo ich das Lager vermute – zu unterhalten. Und die eine Stimme der beiden ist eindeutig männlich.

»Es tut mir leid«, sagt die männliche Stimme, »aber ich musste einfach mir dir reden.«

»Du hast Glück, dass Jana nicht hier ist.« Das ist die Frau. »Wie hätte ich ihr erklären sollen, dass du hier so aufgeregt reinschneist?«

»Aber verstehst du das nicht? Jetzt, nachdem ich eine Entscheidung getroffen habe, musste ich es dir einfach erzählen.«

»Erstens weiß ich es schon. Und zweitens spiele ich dabei doch wohl keine Rolle.«

Ich lehne mich ein bisschen vor, um die beiden besser zu verstehen. Zwar schäme ich mich, so dreist zu lauschen, aber, hey, ich bin Schriftsteller! Und wie sagte Luther schon: *Man muss dem Volk aufs Maul schauen.* Nichts anderes tue ich hier.

»Mir ist einfach klar geworden, dass ich so nicht weitermachen kann«, erwidert der Mann jetzt heftig.

»Schön für dich! Aber das spielt einfach keine Rolle mehr. Und Steffie ist meine Freundin!«

»Du hast sie doch erst durch mich kennengelernt!«

»Na und? Hans, das ist alles schon so lange her – alles sollte so bleiben, wie es ist.«

»Aber, ich ...«

»Nein! Ich will darüber nicht mehr reden. Außerdem muss ich jetzt arbeiten, also geh bitte!«

Mit einem Satz springe ich auf und hechte aus der Tür. Ist mir doch etwas unangenehm, von den beiden jetzt erwischt zu werden. Lieber komme ich ein anderes Mal wieder, dieser Moment scheint nicht perfekt zu sein, um nach einem Date zu fragen. Draußen verschwinde ich um eine Ecke, bleibe dort stehen und behalte die Tür des Reisebüros im Auge.

Nur einen Moment später kommt ein großer, schlanker Mann heraus. Das war also die männliche Stimme. Und die Frau? War das Jana Kruse oder ihre Kollegin? Ich bin mir nicht sicher, also gehe ich zurück, spaziere so gelassen wie möglich an dem großen Schaufenster vorbei und werfe wie zufällig einen flüchtigen Blick hinein. Irgendwie bin ich erleichtert: Es ist die andere, diese Miriam Stellding. Sie sitzt an ihrem Schreibtisch und hat den Kopf in die Hände gestützt. Ihr Körper zittert leicht – ob sie weint? Was war das für ein Gespräch, das ich da eben gehört habe? Klingt nach Beziehungskrise oder so etwas in der Art. Man kann es offensichtlich drehen und wenden, wie man will, am Ende geht es doch immer nur um eins: die Liebe. Na ja, und um Geld. Aber diesen Gedanken findet der Schriftsteller in mir natürlich total unromantisch. Wenn ich nach Hause komme, werde ich das aufschreiben: *Glück und Liebe sind eben doch ziemlich untrennbar miteinander verbunden.*

Sie

Gegen kurz vor sechs liefere ich Steffie in einem Zustand zu Hause ab, in dem ich sie in all den Jahren, in denen wir uns kennen, noch nie erlebt habe. Aber gut, an ihrer Stelle hätte ich auch so viel Sekt getrunken, bis gar nichts mehr geht.

Ich helfe ihr die Treppen zu ihrer Wohnung hoch, fingere den Schlüssel aus ihrer Jackentasche und schließe auf. Steffie kommt ins Straucheln, wir taumeln in die Wohnung.

»Am besten«, schlage ich vor, nachdem ich ihr aus der Jacke geholfen habe, »du legst dich sofort ins Bett.«

»Nein«, widerspricht sie mir lallend, »ich will nicht ins Bett. Da iss Hans!«

Natürlich weiß ich, was sie meint: Dass da nicht wirklich Hans liegt, sondern dass er noch in den Laken steckt. Ich habe schließlich selbst erst vor Kurzem Markus aus meinen Kissen gewaschen.

»In deinem Zustand merkst du das gar nicht«, bestimme ich energisch und hieve Steffie Richtung Schlafzimmer. Sie widerspricht mir nicht noch einmal, wahrscheinlich ist sie dafür viel zu betrunken. Im Schlafzimmer angekommen, befördere ich sie aufs Bett und schaffe es gerade noch, ihr die Schuhe auszuziehen, da ist sie auch schon eingeschlafen. Einen Moment lang betrachte ich meine Freundin, wie sie da fast komatös auf ihrem Bett liegt und leise schnarcht. Die Arme! Die nächste Zeit wird wirklich nicht leicht für sie werden. Hoffentlich kommt Hans schnell wieder zur Vernunft. Mein Blick fällt auf den Kleiderschrank, bei dem die Türen offen stehen: Eine Seite ist fast komplett ausgeräumt, offensichtlich hatte Hans da seine Sachen. Sieht irgendwie nicht so aus, als würde er sich auf einen eher kurzen Besuch bei Gerd einrichten ... er scheint wirklich alle seine Sachen mitgenommen zu haben. Leise schließe ich die Schranktüren. Muss Steffie ja nicht als Erstes sehen, wenn sie wieder zu sich kommt. Dann schleiche ich auf leisen Sohlen hinaus und hoffe, dass meine Freundin bis morgen früh durchschlafen wird. Und dann sieht die Welt bestimmt schon wieder ganz anders aus. Jedenfalls mit ein bisschen Glück.

Als ich schon fast an der Wohnungstür bin, klingelt im Flur das Telefon. Ich zögere einen Moment. Soll ich rangehen? Oder geht mich das nichts an? Und was, wenn es Hans ist, der mit Steffie reden will? Dann könnte ich ihm sagen, dass seine Frau ihn heute Nacht vielleicht brauchen würde ... Aber in ihrem Zustand würde sie davon sowieso nichts mitbekommen.

Es klingelt weiter.

Doch rangehen? Vielleicht ist es ja wichtig.

»Bei Rademacher?«

»Steffie?«

»Nein, hier ist eine Freundin.«

»Ach so, guten Tag. Mein Name ist Petra Schüler. Ich bin eine Kollegin von Herrn und Frau Rademacher. Wissen Sie vielleicht, wo die beiden sind? Sie waren heute nicht in der Schule, und wir haben schon den ganzen Tag versucht, sie zu erreichen.«

»Oh.« Was mache ich jetzt? »Das ist meine Schuld, tut mir leid«, sage ich schnell. »Die beiden ... äh ... haben ... äh ... eine

Familienangelegenheit ...« Gut, das kann vieles sein, lieber nicht zu konkret werden! »Ja und ... also, sie haben mich gebeten, im Schulsekretariat Bescheid zu sagen. Tja, hab ich wohl vergessen.«

»Ach so«, kommt es vom anderen Ende der Leitung. »Dann bin ich ja beruhigt. Aber die Direktorin ist nicht gerade begeistert, die beiden sollten sich sofort morgen früh bei ihr melden.«

»Ja, sicher, ich werde es ausrichten.«

»Danke nochmals, auf Wiederhören.«

Ich lege auf und sehe mich suchend nach einem Zettel um. Auf dem kleinen Telefontisch im Flur werde ich fündig. Schnell schreibe ich Steffie die Nachricht und die Info mit der »Familienangelegenheit« auf, dann pappe ich den Zettel mit einem Stück Tesa an die Wohnungstür.

»Immerhin«, murmele ich auf dem Weg nach draußen vor mich hin, »Hans war auch nicht in der Schule. So völlig egal scheint ihm das alles also nicht zu sein.«

»N'Abend Jana!« Ist es Zufall oder Absicht, dass Felix schon wieder im Treppenhaus rumlungert, als ich nach Hause komme?

»Alles gut mit der Steuer?«

»Ja«, antworte ich, »hab die Unterlagen gleich heute Morgen zu meinem Steuerberater gebracht.«

»Na, das ist doch ein Grund zum Feiern!« Er sieht mich erwartungsvoll an. Im ersten Moment will ich sagen: Nein, lass mal, eine Freundin von mir steht gerade vor den Scherben ihres Lebens, und ich auch, und ... Aber dann denke ich: Warum eigentlich nicht? Ich habe ja schon ein paar Mal darüber nachgedacht, mit ihm ein Glas Wein zu trinken. Außerdem ist ja auch noch ein »Dankeschön« für seine Hilfe fällig.

»Ich wollte mir gleich was kochen«, meine ich, »hast du vielleicht auch Hunger?«

Er strahlt mich an. »Und wie!«

»Na dann, komm mit!« Mit einem Nicken fordere ich ihn auf, mir in meine Wohnung zu folgen.

»Moment«, sagt er, »ich geh noch mal schnell in meine Wohnung. Hab da noch eine Flasche Sekt im Kühlschrank.«

Oh, nein, bitte! Wenn ich noch ein Glas von dem blubbernden Zeug trinken muss, überlebe ich es nicht!

»Und dann hast du also dieses Reisebüro eröffnet?« Felix sitzt im Schneidersitz neben mir auf dem Sofa. In den vergangenen zwei Stunden hat einer dem anderen mehr oder weniger seine Lebensgeschichte erzählt. Na gut, die Tatsache, dass ich kein wirklich glückliches Händchen bei Männern habe, dass ich meine Träume wie zum Beispiel die Weltreise noch nicht verwirklichen konnte und dass ich manchmal glaube, nur durchs Leben zu taumeln, habe ich weggelassen. Das wäre mir dann doch zu viel Seelenstrip auf einmal, ich will ihn ja nicht gleich mit meiner Gefühlswelt überfallen. Aber es ist ein wirklich netter Abend, Felix hört gut zu und erzählt – selbstverständlich unter dem absoluten Siegel der Verschwiegenheit – die lustigsten Geschichten aus der Finanzbehörde: Von Leuten, die bei einer plötzlichen Steuerprüfung hektisch versuchen, ganze Aktenordner im Klo runterzuspülen oder die total ausrasten und auf Felix und seine Kollegen losgehen. Tatsächlich ist es nämlich so, dass Felix nicht irgendeinen Job bei der Behörde macht, nein, er ist bei der Steuerfahndung – da lag ich mit meinem Traum wirklich gar nicht so falsch. Ob ich das als Prophezeiung ansehen sollte?

»Und du?«, will ich schließlich von ihm wissen. »Wo hast du gewohnt, bevor du hierhergezogen bist?«

»In Winterhude«, antwortet Felix etwas einsilbig.

»Aha. Und warum bist du da weg? Ist doch auch eine schöne Ecke.« Einen Moment lang starrt Felix mich an, als hätte ich gerade etwas ganz Schreckliches gesagt. Dann stellt er sein Weinglas auf dem Couchtisch ab, beugt sich ohne Vorwarnung zu mir herüber und fängt an, mich zu küssen. Erst bin ich so überrascht, dass ich mich gar nicht wehren kann – und dann will ich es auch gar nicht mehr. Felix' Lippen sind so weich und warm ... wie sehr ich dieses Gefühl mag!

»Tut mir leid«, sagt Felix, als dieser Kuss nach einer scheinbaren Ewigkeit und doch viel zu früh endet, »ich weiß auch nicht, was da in mich gefahren ist. Aber ich musste dich einfach küssen.«

In meinem Kopf dreht sich alles, meine Gedanken fahren Karussell. Ich könnte jetzt noch stundenlang mit Felix knutschen! Ach was, ich könnte noch ganz andere Sachen mit ihm veranstalten, gerne auch stundenlang. Aber es ist komisch – irgendeine innere Stimme sagt mir, dass ich es lieber bleiben lassen sollte. Ich bin gerade auf so einem guten Weg, und ich habe Angst, davon abzukommen, wenn ich jetzt wieder ein Techtelmechtel anfange.

»Sehr schlimm?«, unterbricht Felix meine Gedanken.

Ich schüttle den Kopf. »Nein, nicht sehr schlimm. Aber es ist wohl besser, wenn du jetzt gehst. Ich bin einfach noch nicht so weit, in meinem Leben ist gerade alles ein bisschen durcheinander, und ich bin dabei, mich neu zu sortieren.«

»Verstehe«, erwidert Felix und steht auf. »Ich will dich nicht drängen, aber ...« Er unterbricht sich. Was aber? Leider gibt er mir keine Antwort, sondern verlässt ohne ein weiteres Wort meine Wohnung. Ein komischer Abgang. Und ich frage mich, ob er jetzt sauer ist oder verwirrt. Was ist da gerade passiert? Seltsam das alles. Ich trinke noch einen Schluck von dem Rotwein (schon erstaunlich, was ich in letzter Zeit so vertrage), hole mir aus dem Flur meine Tasche und krame mein kleines Notizbuch hervor. Heute habe ich eine Menge aufzuschreiben, ist ja auch eine Menge passiert ...

Ich habe IHN ja völlig vergessen! Bis auf die Nachricht, die eigentlich für Markus bestimmt war, und die nachfolgende Erklärung habe ich mich heute noch gar nicht bei IHM gemeldet. Also erst mal Nachricht schreiben.

Hallo, lieber ER! Was machst du? SIE

Ich denke über die Liebe nach. ER

Lustig! Das mache ich auch gerade. Und was denkst du so? SIE

Dass Liebe und Glück eben doch zusammengehören. ER

Jedenfalls, wenn die Liebe glücklich ist. Sonst hat sie eher mit Unglück zu tun. SIE

Glaubst du denn noch an die große, einzige Liebe? ER

Darüber muss ich jetzt erst einmal einen Moment nachdenken. Spontan würde ich sagen: Ja, klar! Aber gleichzeitig bin ich mir nicht mehr ganz sicher. Ist es überhaupt in meinem Alter noch angebracht, diese Prinzessinnen-Träume zu haben von der großen Liebe, die nie vergeht und alles überwindet? Oder ist es an der Zeit, sich von solchen Vorstellungen zu verabschieden und etwas pragmatischer zu denken? Dass Schmetterlinge im Bauch nicht das sind, worauf es ankommt, weil die sich sowieso irgendwann verflüchtigen. Siehe Steffie und Hans, die beiden sind das beste Beispiel dafür. Also geht es doch mehr darum, jemanden zu finden, der zu einem passt? Der die gleichen Vorstellungen, Wünsche und Ziele hat? In diesem Fall sollte ich vielleicht anfangen, mich auf Touristikmessen rumzutreiben, da würden meine Chancen vermutlich rasant steigen, jemanden zu finden, der mit mir die Welt erkundet.

Andererseits: Liebe ist doch nicht etwas, was man wie eine Checkliste abhaken kann. Hat er die richtige Größe? Die richtige Haarfarbe? Hört er die richtige Musik? Wählt die richtige Partei? Liest die richtigen Bücher? Nein, so funktioniert das wahrscheinlich nicht. Weil man sich am Ende dann doch in jemanden verliebt, der die gesamte James-Last-Collection zu Hause hat und seine Pullis gern in die Hose steckt.

Bist du noch da? ER

Ja doch! Ich denke hier gerade über eine wichtige Frage nach, nämlich, ob ich noch an die große Liebe glaube – das kann ich nicht mal eben in dreißig Sekunden beantworten! Ich überlege, wie ich das jetzt am besten formuliere.

Ja, ich glaube schon noch daran. Aber mittlerweile denke ich, dass man sie nur findet, wenn man wirklich glücklich ist. SIE

Scheint, als wären wir wieder am Anfang: Es geht also immer noch darum, rauszufinden, wie man glücklich wird. ER

Stimmt. Aber wir sind nicht ganz am Anfang. Habe mittlerweile rausgefunden, dass jeder etwas anderes unter Glück versteht. SIE

Interessant. Dazu werde ich mal eine kleine Umfrage starten. Und du kannst die Vorschläge dann ja wieder ausprobieren. ER

Und was ist mit dir? SIE

Ich mach natürlich auch mit! ER

Okay, dann bin ich gespannt, was andere Leute glücklich macht. SIE

Er

Als ich um sechs Uhr früh das Haus verlasse, ahne ich schon, dass es ein anstrengender Tag werden wird. Denn wie ein schlechtes Omen liegt direkt im Hauseingang meine *Süddeutsche* – offensichtlich von irgendeinem blöden Köter bepinkelt, der meine Zeitung für sein Hundeklo hielt. Es ist doch nicht zu glauben! Wenn ich Herrchen erwische, werde ich ihn mit der Hundeleine erwürgen. Mit spitzen Fingern trage ich meine *Süddeutsche* zu den Mülltonnen rüber. Großartig. Ich will wieder ins Bett!

Auf der Arbeit angekommen, gehe ich erst einmal zu meinem Sortiertisch rüber und ziehe den Zettel von Oma Bartholdi aus der Tasche. Habe mir vorgenommen, gleich nach der Arbeit zu Frau Rosen zu fahren. Falls sie Zeit hat, gleich ein paar Sachen rauszusuchen, könnte ich sie mitnehmen und Frau Bartholdi heute noch ins Krankenhaus bringen. Irgendwie mag ich die Alte. Und die Geschichte ist mir doch nahegegangen. Obwohl ich immer noch nicht verstanden habe, was die Sache mit dem sehnlich erwarteten Brief zu tun hat. Ob sie glaubt, dass Günter noch lebt? War er die ganze Zeit vermisst und ist nun gefunden worden? Das ist schon sehr traurig. Wir haben es beide gerade nicht leicht, das schweißt zusammen. Ich will natürlich nicht ihr schweres Schicksal mit meiner Situation vergleichen, aber trotzdem bin ich momentan etwas sensibler als sonst.

Dabei fällt mir ein, dass sich einer der unsensibelsten Menschen, die ich kenne, schon länger nicht mehr gemeldet hat: mein Freund Georg. Nehme ihn innerlich auch noch auf die To-do-Liste für heute. Vielleicht hat er heute Abend Zeit für ein schnelles Bier, ich würde ihm gerne mal die Geschichte von Frau Bartholdi erzählen.

Eine andere Sache, die ich heute auf dem Zettel habe, ist die kleine Umfrage unter meinen Kunden, Thema: *Was macht glücklich?* Während ich noch überlege, wer sich für diese Umfrage besonders gut eignet, kommt Kollege Bernd vorbei und setzt sich auf den Rand meines Sortiertisches. Irgendwie sieht er so aus, als ob er etwas Unangenehmes mit mir besprechen müsste, aber nicht so recht weiß, wie er damit anfangen soll. Dann will ich ihm das mal erleichtern.

»Na, du schleichst hier rum, als wolltest du mich fragen, ob ich nicht zufälligerweise drei Punkte in Flensburg für dich übernehmen kann.«

»Hey – keine schlechte Idee. Aber im Ernst … es geht schon ein bisschen in die Richtung.«

»Zwei Punkte?«

»Nein, so doch nicht. Aber ich wollte dich tatsächlich um einen Riesengefallen bitten.«

»Dann schieß mal los.«

»Also, du bist doch in der Urlaubsliste für die Woche um den Oktober eingetragen.«

»Richtig, endlich krieg ich auch mal einen Brückentag ab.«

»Was würdest du nun sagen, wenn ich dich auf Knien anflehen würde, mit mir die Urlaubswoche zu tauschen?«

»Ich würde vermutlich sagen: Warum sollte ich das tun?«

»Vielleicht, weil du ein wahrer Freund bist?«

»Hä?«

»Ich habe schon alle anderen gefragt, aber du bist der Einzige, mit dem mich die Leitung tauschen lässt. Alle Springer sind in der Zeit schon verplant, und außer dir hat aus unserer Gruppe niemand Urlaub eingereicht.« Bernd setzt den treuesten Dackelblick auf, den er zur Verfügung hat. »Bitte, Roland, es wäre total wichtig für mich. Meine Mutter hat spontan angeboten, die Kinder zu nehmen, und ich könnte endlich mal mit Anja ein paar Tage alleine wegfahren. Glaub mir, unsere Ehe kann das momentan echt gebrauchen. Du weißt ja nicht, wie das mit drei Kleinkindern ist.«

»Danke für den Hinweis, das ist mir auch schon aufgefallen.«

»Das war jetzt nicht so gemeint … Aber mit Kindern wird eben alles anders. Man ist einfach kein Paar mehr, alles, worüber man sich unterhält, ist Logistik: Wer bringt in den Kindergarten, wer holt ab, warum sind keine Windeln eingekauft – und so weiter und so weiter.« Er findet gar keine Ende mehr, redet sich regelrecht in Rage. »Und dann ständig dieses Gequengel: *Der hat mich gehauen, ich muss mal, ich will nicht, ich will, du bist doof, ich will nicht aufstehen, ich will nicht ins Bett, ich mag das nicht essen* – du machst dir keine Vorstellung, wie aufreibend das ist. Ehrlich, genieß bloß die Zeit, in der du noch keine Kinder hast. Also, diese Woche wäre einfach tierisch wichtig für Anja und mich – *bitte,* sei nicht so!«

Argh – meine Feiertagswoche! Da wollte ich doch Urlaub mit Doro machen. Gut *(beziehungsweise: schlecht)*, Doro ist jetzt nicht mehr der Grund, eine Woche freizunehmen, aber irgendwie habe ich in den letzten Jahren urlaubsmäßig ständig den Kürzeren gezogen. Alle hatten immer irgendwelche Feiertage in ihrer Planung dabei – und ich kam immer zu spät auf die gute Idee. Deswegen war ich diesmal auch so früh dran, das sollte mir nämlich nicht noch einmal passieren. Andererseits … der geplante Kuschelurlaub in einer schönen Finca auf Malle findet jetzt sowieso nicht mehr statt. Jedenfalls nicht mit Doro. Und dass ich nun innerhalb von einem Monat eine »Nachrückerin« finde, erscheint mir bei allem Optimismus doch sehr unwahrscheinlich. Außerdem habe ich in dieser Finca schon einmal eine wundervolle Woche mit Doro verbracht – alles dort würde mich an sie erinnern. Kein schöner Gedanke. Liegt doch eher ein Storno der ganzen Angelegenheit nahe.

Ich ziehe dramatisch die Augenbrauen hoch – Bernd schaut mich erwartungsvoll an. Ach, was soll's. Ich bin zu gut für diese Welt.

»Gut, ich will natürlich nicht für das Scheitern deiner Ehe verantwortlich sein. Dir ist hoffentlich klar, dass du mir jetzt unglaublich was schuldest?«

Bernd macht fast einen Luftsprung. »Super! Das ist echt ein Riesengefallen, den du mir da tust! Ich werde mich revanchieren, bestimmt! Und wenn Anja davon hört – die flippt bestimmt total aus. Hatte ihr nämlich schon gesagt, dass es bestimmt nicht klappt. Wirklich super!« Bevor er mir um den Hals fallen kann, bücke ich mich und ziehe meine Kladde aus meiner Tasche.

»Okay, Bernd, im Gegenzug kannst du mir jetzt schon mal eine Frage beantworten: Was macht dich glücklich?«

»Wie meinst du das denn jetzt?«

»Genau so, wie ich es gesagt habe. Ich will wissen, was dich glücklich macht.«

Bernd zögert keine Sekunde. »Meine Kinder.« Soll ich das besonders witzig finden?

Hab den Ersten gefragt: Seine Kinder machen ihn glücklich. ER

Wird schwierig, das mal eben »auszuprobieren«. SIE

Hast recht – also frage ich weiter rum. ER

»Okay, mal sehen, hm …« Sylvia, ihres Zeichens gute Fee der Poststelle im Geomaticum, kaut nachdenklich auf dem Ende eines Kugelschreibers rum. »Was mich glücklich macht … also, puh, gar nicht so einfach.« Sie streicht sich eine blonde Strähne aus dem Gesicht.

»Was fällt dir denn so ganz spontan ein?«, versuche ich, ihr ein bisschen auf die Sprünge zu helfen.

»Also, ich würde sagen, wenn ich am Sonntagmorgen mit Finn kuschle und er versucht, mich mit seinen kurzen Ärmchen ganz fest zu drücken, und sagt: *Sooo lieb, Mama* – dann bin ich *wirklich* glücklich.«

»Und sonst so? Ich meine, dich muss doch auch noch was anderes glücklich machen?« Es kann doch nicht sein, dass Kindersegen der zwingende Schlüssel zum Glück ist. Würde mich *wirklich* frustrieren.

»Außer Finn? Ja, natürlich, es gibt viele Sachen, die mir ganz gut gefallen. Aber hier reden wir doch wohl von echtem Glück. Also etwas von ganz tief innen, oder nicht?« Sie schaut mich fast ein bisschen beleidigt an. Habe anscheinend ihr Mutterherz getroffen.

»Ja, du hast vollkommen recht. Und Finn ist ja auch wirklich sehr süß.« Auch wenn ich's mit Kindern ja bisher noch nicht so habe, das ist tatsächlich nicht gelogen – Sylvia hatte Finn schon ein paar Mal mit im Büro, wenn die Tagesmutter krank, verreist oder sonst wie verhindert war. Dann habe ich mich gerne zu einem Spontanstopp mit Spielpause hinreißen lassen und mit dem kleinen Kerl eine Runde Kindermemory gespielt. Trotzdem – es muss doch noch andere Sachen geben, die die Leute glücklich machen!

Als ich wieder auf der Straße stehe, schaue ich ratlos auf die Liste, die ich in den vergangenen drei Stunden erstellt habe. Bisher liest sie sich etwas monoton:

Ich brauche keine materiellen Dinge, um glücklich zu sein – meine gesunden Kinder sind für mich Glück genug.

Meine Familie – das ist mein Glück.

Die Geburt meiner Tochter war pures Glück. Ihren ersten Schrei werde ich nie vergessen, und das tiefe Gefühl uneingeschränkter Liebe – einfach Wahnsinn!

Das Lachen meines Sohnes, wenn ich ganz »kindisch« mit ihm durch Pfützen springe.

Wenn diese Umfrage so weitergeht, kriege ich Depressionen. Es kann doch nicht sein, dass alle Leute, die ich nach ihrem Glück frage, nur von ihren Kleinen faseln! Kann nicht wenigstens einer mal sagen: *Seit meiner Scheidung hat das Glück mich wieder* oder *Ich bin glücklich, seitdem der Hund tot und die Kinder aus dem Haus sind.* Wahrscheinlich sind Poststellenmitarbeiter alle zu gesettled – ich muss mir ein anderes Umfragepublikum suchen. Am besten Singles. Und auf jeden Fall Leute *ohne* Kinder!

Mein letzter Kunde für heute ist der kleine Copyshop im so genannten WiWi-Bunker. Der macht immer erst um zwölf Uhr auf, deswegen kommt er auch zum Schluss dran. Hat den Vorteil, dass man zur Mittagszeit wieder mitten auf dem Campus ist und im *Abaton* einen schönen Milchkaffee trinken kann, je nach Laune auch mit einem der wirklich herrlichen belegten Brötchen. Aber Essen ist heute nicht mein Thema. Denn ich habe eine Mission: Ich brauche Leute, die auch ohne Kinder glücklich sind! Und unter den Studis sollte ich doch wohl fündig werden. Bevor ich mich aber im besagten Café an den Ersten anpirschen kann, piept mein Handy.

Na? Was macht die Umfrage? SIE

Bisher immer nur Kinder, Kinder, Kinder! Aber ich bin weiter dran. ER

Nachdem ich die Nachricht losgeschickt habe, gehe ich zu einem Tisch rüber, an dem drei junge Männer – alle höchstens zwanzig – sitzen, und spreche sie kurzerhand an.

»Tschuldigung, ich hätte da mal ’ne Frage: Was macht euch wirklich glücklich?«

Als ich IHR zwei Minuten später wieder eine SMS schicke, muss ich grinsen. Und bin sehr auf ihre Antwort gespannt. Ich muss nicht lange warten, dann piept es.

In Ordnung. Klingt zwar völlig bescheuert, aber ich probiere es aus! SIE

9. Kapitel

Sie

Na gut. Ich habe es mir selbst eingebrockt. Ich stehe in hundertdreißig Metern Höhe auf einer schmalen Rampe und betrachte ängstlich die Miniaturstadt, die mir zu Füßen liegt. Wunderbar. Für sechzig Euro kann ich mir jetzt mal so richtig schön in die Hose machen. Wie zum Teufel bin ich nur auf die Idee gekommen, zu schreiben, dass ich alles ausprobiere? Und welcher gestörte Mensch hat IHM gegenüber behauptet, dass Bungeespringen glücklich macht?

»Los! Spring endlich!«, krakeelt Miriam von hinten. Die hat es gut. Die hat man ja auch nicht an ein Seil geschnallt und erwartet von ihr, sich todesmutig in die Tiefe zu stürzen. Der Typ von der Bungee-Firma deutet mir ebenfall mit einem Zeichen, dass ich jetzt gern Selbstmord begehen darf. Ich kontrolliere noch einmal, ob mein Helm auch richtig sitzt. Aber eigentlich ist das Unsinn. Wenn das Seil reißt oder ich mit Karacho gegen die Betonwand des Fernsehturms schlage, nützt mir dieser blöde Helm wahrscheinlich auch nichts mehr. Mutig wage ich mich noch einen Schritt vor und starre dabei wie gebannt weiter nach unten. Mein Herz rast, das Blut pulsiert in meinen Ohren. Am liebsten würde ich mich auf der Stelle übergeben. Aber wer weiß, welche spazierende Omi ich unten auf der Straße treffen würde. Noch einmal drehe ich mich unsicher zu den anderen um, die mir aufmunternd zunicken. Dann muss ich jetzt wohl. Scheiße, wieso habe ich mir das eingebrockt? Bin ich denn wahnsinnig, von allen guten Geistern verlassen? In meinem Kopf dreht sich alles, und von Glücksgefühlen fehlt weit und breit jede Spur.

Urplötzlich erinnere ich mich daran, wie ich mit zwölf Jahren mal Achterbahn gefahren bin. Meine Schulklasse hatte damals einen Ausflug in einen Freizeitpark gemacht. Damals war ich schwer verknallt in Jonas, so wie ungefähr hundertfünfzig Prozent aller Mädchen in meiner Klasse. Er war aber auch einfach zu süß! Seine Eltern kamen aus Schweden, und Jonas hatte neben einem hellblonden Lockenkopf noch einen extrem niedlichen schwedischen Akzent vorzuweisen. Alter Schwede, sozusagen. Oder besser gesagt: Junger Schwede.

Schon damals neigte ich ein wenig dazu, mich für das andere Geschlecht zu verbiegen. Und deshalb behauptete ich, als Jonas auf der Busfahrt in den Park lauthals verkündete, er würde mindestens zehn Runden in der Riesenachterbahn mit vier Loops drehen, kurzerhand, dass ich bei diesem Höllenritt auf jeden Fall dabei wäre. Dabei hätte man mich unter normalen Umständen nicht für viel Geld und gute Worte in so ein Schienenteil gekriegt. Aber für Jonas eben schon.

So saß ich mit stolz geschwellter Brust direkt neben meinem Schwarm ganz vorn im ersten Wagen, als die Bahn losfuhr und meine neidischen Klassenkameradinnen von unten zusehen mussten, wie wir zwei in trauter Einheit gen Himmel fuhren. Hach, was war ich da glücklich! Allerdings währte mein Glück nicht lange – denn nachdem die Bahn drei Minuten später mit gefühlten zweihundert Stundenkilometern wieder abwärts donnerte, übergab ich mich direkt auf Jonas' Schoß. Sah nicht wirklich appetitlich aus, wie sich da eine Masse aus Hot Dog, Popcorn und Cola über seine Jeans ergoss. Unnötig, zu erwähnen, dass ich nach dieser Nummer für Jonas gestorben war. Das heißt, gestorben wäre gar nicht so schlecht gewesen ... denn ich war seitdem für ihn und alle anderen nur noch die *Kotzjana*. Aber ich versuchte, es gelassen zu nehmen. Schließlich waren es ja nur noch sieben Jahre bis zum Abitur, und danach würde ich von diesen Idioten niemals mehr jemanden wiedersehen ...

»Hallo! Schreibst du im Geist gerade deine Memoiren oder wird's jetzt langsam mal was?« Ach ja, richtig, ich stehe immer noch auf dieser bescheuerten Bungee-Rampe und soll mich in die Tiefe stürzen. Hatte ich fast vergessen. Miriam macht wieder eine Handbewegung, die wohl so viel wie »husch, husch« heißen soll. Ich denke an Jonas. Und die Achterbahn. Und die Hot Dogs. Was habe ich heute eigentlich schon alles gegessen?

Zwanzig Minuten später habe ich wieder eine neue Entdeckung in Sachen Glück gemacht: Man kann auch einfach mal von einer Idee Abstand nehmen, wenn sie einem doch nicht so gut erscheint. Egal, was die anderen meinen.

»Ich bin echt enttäuscht«, grummelt Miriam neben mir im Auto, »wieso bist du denn nicht gesprungen?«

»Weil mir da oben klar geworden ist, dass es möglicherweise Menschen gibt, die so ein Sprung in die Tiefe glücklich macht. Aber ich gehöre ganz eindeutig nicht dazu«, stelle ich fest und seufze noch einmal erleichtert. »Die Aussicht hat mir voll und ganz gereicht.«

»Und ich hab mir extra die Digitalkamera von Marius ausgeliehen.«

»Ja, dann müssen wir natürlich sofort zurückfahren, damit ich mich in den Tod stürzen kann«, stelle ich ironisch fest, »sonst ist der arme Marius bestimmt enttäuscht.«

»Ist er eh schon«, murmelt Miriam leise vor sich hin.

»Wie?«

»Ach, ich hab dir doch erzählt, dass er sich wohl ein bisschen in mich verknallt hat.«

»Und?«

»Na ja, ich hab ihm gesagt, dass ich mir eben keine Beziehung vorstellen kann. Nicht mit ihm … und mit überhaupt gar keinem.«

»Wie hat er reagiert?«

»Er war traurig, weil er dachte, mit uns beiden wäre es etwas Besonderes. Und das ist es ja auch, ich fühle mich wohl bei ihm und aufgehoben. Der Sex ist auch prima, es ist nur …«

»Nur was?«

»Im Moment ist irgendwie alles durcheinander, ich weiß auch nicht … ich … ich ... ach, vergiss es am besten.« Mit diesen Worten verschränkt sie ihre Arme vor der Brust und starrt aus dem Seitenfenster. Klar würde ich gerne noch einmal nachhaken, aber ich kenne Miriam lange und gut genug, um zu wissen, dass es im Moment keinen Zweck hätte, sie weiter auszufragen. Irgendwann wird sie schon von sich aus wieder mit dem Thema anfangen.

»Jedenfalls finde ich, dass es ein erfolgreiches Experiment war, auch wenn ich nicht gesprungen bin.«

»Aha?«

»Ja. Weil es mal wieder zeigt, dass viele Dinge in Wirklichkeit gar nicht so toll sind, wie wir immer denken. Eben so wie bei Steffie und Hans.«

»Was haben die zwei denn jetzt damit zu tun?«

»Na, weil ich doch immer gedacht habe, dass alles, was man zum Glücklichsein braucht, eine Beziehung ist. Aber wie wir jetzt wissen, stimmt das nicht. Und wer weiß, ob ich mit einem vermeintlichen Traummann nicht irgendwann auch todunglücklich wäre.«

»Schon richtig, aber genau deswegen machen wir doch dieses Experiment«, erinnert Miriam mich unnötigerweise. »Um herauszufinden, was dich *wirklich* glücklich macht.«

»Bungee war's jedenfalls nicht.«

»Hast du ihm das schon mitgeteilt?«

Ich nicke. »Ich hab ihm vorhin geschrieben, dass Bungee bei mir zwar für eine Menge Adrenalin sorgt, aber eher die Sorte, die ich auch beim Zahnarztbesuch ausschütte.«

»Manche Leute stehen ja drauf.«

»Schätze, so weit bin ich noch nicht.«

Er

Aha, sie ist also nicht gesprungen. Kurz bevor ich bei Frau Rosen klingeln kann – gestern habe ich vor lauter Glücksumfragen total vergessen, dass ich bei ihr ja ein paar Sachen für Frau Bartholdi holen wollte –, erreicht mich ihre Kurzmitteilung:

Hilflos an einem Gummiseil baumeln macht mich eindeutig NICHT glücklich. Bin nicht gesprungen. Und bevor du es vorschlägst: Ich werde auch nicht einfach mal zum Zahnarzt gehen, weil irgendwer das toll findet. SIE

Ich muss grinsen. Wäre wahrscheinlich auch nicht gesprungen, wenn mich eine mir völlig unbekannte Person per SMS dazu aufgefordert hätte. Andererseits war ich ganz froh, meine Glücksliste mal um eine originelle Aussage erweitern zu können. Nach der *Meine-Kinder-machen-mich-glücklich*-Häufung gab es im *Abaton* neben der Bungee-Idee dann ein regelrechtes *Wenn-ich-eine-Packung-Häagen-Dasz-Eiscreme-oder-eine-andere-Kalorienbombe-alleine-essen-darf*-Cluster. Kein Wunder, dass die *Magnum*-Werbung so erfolgreich ist: Die eine Hälfte aller Deutschen macht es glücklich, sich Speiseeis in rauen Mengen alleine reinzuhauen, die andere freut sich darüber, wenn der Nachwuchs es tut und dabei glänzende Augen kriegt.

Bevor ich bei Frau Rosen klingle, schreibe ich IHR zurück:

Einmal kneifen ist okay, aber das Nächste musst du ausprobieren. ER

Prompt kommt ihre Antwort, dass sie es tun wird. Bin gespannt, was der Nächste auf meine Frage erwidert …

Während ich den Klingelknopf drücke, frage ich mich, wie mich Frau Rosen überhaupt reinlassen kann, wenn sie taub ist. Leuchtet dann eine Lampe auf? Oder hat sie ein Haustier, das verrückt spielt – sozusagen keinen Blinden-, sondern einen Taubenhund?

Immerhin, irgendwie hat sie es mitbekommen, denn schon geht der Summer der Tür und ich stehe wieder in dem gleichen Hausflur, durch den ich vor vier Tagen auf der Suche nach einem Telefon gehastet bin. Ein Stockwerk höher, und ich stehe vor einer auf den ersten Blick rüstigen Mittsiebzigerin, die die Hände in die kittelbeschürzten Hüften stemmt.

»Na, wollen Sie mir was verkaufen, junger Mann?« Sie lächelt, und um ihre Augen bilden sich unglaublich viele Lachfältchen. Ich räuspere mich und versuche sehr laut und dennoch freundlich mein Anliegen zu erklären.

»Nein, Siems ist mein Name, ich komme quasi als Bote Ihrer Nachbarin Frau Bartholdi. Sie liegt nach einem Schwächeanfall im Krankenhaus und hat mir eine Nachricht für Sie mitgegeben. Ich glaube, sie braucht ein paar Sachen aus ihrer Wohnung. Ich hätte auch vorher angerufen, aber Frau Bartholdi sagte, Sie hätten kein Telefon.«

»Das stimmt. Wissen Sie, ich höre nicht so gut – das Klingeln zwar noch, aber was gesprochen wird, kann ich nicht richtig verstehen. Da habe ich es irgendwann abgeschafft. Aber kommen Sie doch rein.« Sie zieht die Tür weit auf, macht eine einladende Geste und lässt mich hinein. »Wo ist denn die Nachricht? Sicher will sie ein paar Sachen zum Anziehen. Dass sie im Krankenhaus liegt, wusste ich schon. Herr Oberdörffer hat es erzählt. Der kann sie zwar nicht leiden, weil sie sich immer darüber beschwert, dass er seinen Hund auf den Grünstreifen vor ihrem Kiosk machen lässt, aber das tat ihm dann wohl doch leid.«

Ich verkneife mir den Kommentar, dass ich da einen ganz anderen Eindruck hatte, und drücke ihr stattdessen den Zettel in die Hand. Sie zieht eine Brille aus der Tasche ihres Kittelkleides und liest interessiert.

»Hm, gut, ich glaube, das finde ich und kann es schnell alles zusammenpacken. Bringen Sie es ins Krankenhaus?«

»Ja, klar, mach ich. Ich wollte Frau Bartholdi sowieso noch mal besuchen. Ich hatte den Eindruck, sie kann etwas Aufmunterung gebrauchen.«

»Da haben Sie bestimmt recht. Nett, dass Sie sich darum kümmern. Sie sind nur zufällig am Sonntag vorbeigekommen, hat Oberdörffer erzählt?«

»Stimmt, ich war eigentlich auf der Suche nach einem Bäcker.«

»Umso netter, dass Sie sich jetzt kümmern. Frau Bartholdi hat nicht sehr viele Freunde. Und Verwandtschaft gibt es, soweit ich weiß, auch nicht. Viel Persönliches hat sie mir nie erzählt, obwohl wir uns ganz gut verstehen. Ich glaube, sie war auch mal verheiratet – ihr Mann Günter ist wohl schon lange tot. Sie lebt sehr zurückgezogen.«

Während wir in die Wohnung von Frau Bartholdi gehen, um die Sachen zusammenzupacken, überlege ich, warum Frau Rosen mir so munter alle möglichen Geschichten erzählt, als wäre ich ein alter Freund der Familie. Und auch Frau Bartholdi hat mir ja regelrecht ihr Herz ausgeschüttet. Für einen kurzen Moment habe ich fast ein schlechtes Gewissen. Ich will doch nur schnell die Sachen ins Krankenhaus bringen, mehr nicht. Und diese Leute sind alle so nett und freundlich, als würden sie sich freuen, endlich mal jemanden zum Reden zu haben. Ist das auch etwas, das glücklich macht? Jemanden zum Reden haben? Für die meisten von uns ist das selbstverständlich: Wir haben

Freunde, Kollegen, unsere Eltern – aber was, wenn es nicht mehr so selbstverständlich ist?

Als Frau Rosen schließlich mit einer kleinen Reisetasche aus dem Schlafzimmer kommt, beschließe ich zu testen, ob die deutsche Vorliebe für den Verzehr von Speiseeis bis ins hohe Alter anhält. »Würden Sie mir einen Gefallen tun?«

»Selbstverständlich – was denn?«

»Es mag ungewöhnlich klingen, aber würden Sie mir bitte verraten, was Sie besonders glücklich macht?«

Frau Rosen guckt nun in der Tat etwas erstaunt, runzelt die Stirn und scheint ernsthaft über meine Frage nachzudenken. Wahrscheinlich zählt sie im Geiste ihre Enkel und wird gleich mit einer neuen Variante der Standardantwort von den strahlenden Kinderaugen aufwarten.

»Weihnachtspost.«

»Weihnachtspost?«

»Ja, ich bekomme furchtbar gerne Weihnachtspost. Leider wird es mit den Jahren immer weniger, aber ich freue mich sehr, wenn mir meine Enkel oder ein Bekannter schreiben. Das macht mich immer richtig glücklich.«

Sie

Liebe Oma! So weit, so gut, aber wie jetzt weiter? Keine Ahnung, wann ich das letzte Mal eine handgeschriebene Karte verfasst habe. Muss ewig her sein, wahrscheinlich irgendwann in der Grundschule. Jedenfalls sieht meine Handschrift schwer danach aus, dass es mindestens so lange her ist. Aber so etwas mit dem Computer zu schreiben, ist irgendwie stillos. Weihnachtsgrüße müssen handschriftlich verfasst werden, in schön geschwungenen Lettern. Sicher, mit Weihnachtskarten bin ich Anfang September vielleicht ein kleines bisschen früh dran, aber ich kann ja auch nichts dafür, dass ER mir diese seltsame Aufgabe geschickt hat. Und vielleicht ist das auch gar nicht so schlecht, von allein bin ich bisher noch nie auf die Idee gekommen. Wenn dann ab Ende November bei mir alle möglichen Weihnachtskarten eintrudelten, habe ich mich immer schlecht gefühlt, weil ich selbst nie welche geschrieben habe. Das gleiche Gefühl hat man, wenn einem gerade die Leute zum Geburtstag gratulieren, deren eigenen Ehrentag man immer wieder mit schöner Regelmäßigkeit vergisst. Also vielleicht wirklich ein weiterer Punkt auf meiner *Das-macht-glücklich*-Liste: Jemandem mit einer Karte eine Freude machen. Ihm zeigen, dass man an ihn denkt, und sich dann vorstellen, wie er den Umschlag öffnet und dabei lächelt. Das macht doch mindestens genauso glücklich, wie selbst einen kleinen Gruß zu bekommen.

Während ich ein paar Zeilen an meine Oma verfasse, nehme ich mir außerdem vor, in Zukunft immer Urlaubskarten zu schreiben. Wenn ich denn mal in Urlaub fahre, meine ich. Oder auf meine Weltreise gehe … Schließlich schicken mir ja sogar wildfremde Menschen Karten, da kann es doch nicht so schwierig sein, mich auch dazu aufzuraffen! Also noch einmal:

Liebe Oma,
wahrscheinlich wunderst Du Dich darüber, dass Du in diesem Jahr zum ersten Mal eine Weihnachtskarte von Deiner Enkeltochter bekommst. Aber ich dachte, ich fange dieses Jahr einfach mal damit an. Also: Hier die ersten offiziellen Weihnachtsgrüße von mir! Backst Du dieses Jahr auch wieder diese leckeren Vanilleplätzchen? Vielleicht könnte ich Dich besuchen kommen und wir machen das zusammen? Früher als Kind habe ich mich immer das ganze Jahr darauf gefreut, mit Dir Plätzchen zu backen. Weißt Du noch, wie ich einmal hinter Deinem Rücken den gesamten Teig aus der Schüssel aufgegessen habe? Hinterher war mir total

schlecht und Du hast ein bisschen geschimpft, aber dann haben wir noch dieses tolle Lebkuchenhaus gebastelt. An diesen Tag erinnere ich mich immer noch gern, und ich finde, es ist an der Zeit, dass wir das mal wiederholen. Aber diesmal lasse ich die Finger vom Teig, versprochen! Ganz liebe Grüße und bis bald, Deine Jana.

Drei Stunden später bin ich ganz schön stolz auf mich: Zwölf hübsche Weihnachtskarten liegen vor mir, adressiert und frankiert, bereit, sich auf den Weg zu machen. Vielleicht sollte ich sie noch zwei Monate lang liegen lassen, aber ich bin gerade so euphorisch, dass ich schnell zum Briefkasten laufe, um sie einzuwerfen. *Was du heute kannst besorgen …*

Wieder zu Hause horche ich einen Moment in mich hinein: Wie fühle ich mich? Tatsächlich ziemlich gut bei dem Gedanken, dass vielleicht schon morgen oder spätestens übermorgen einige nette Menschen überrascht eine Karte von mir aus dem Briefkasten ziehen.

Und gleichzeitig wird mir klar, dass es tatsächlich einige liebe Menschen gibt, die mein Leben bereichern: meine Oma, meine Patentante, meine Eltern (auch wenn ich sie nicht so oft sehe) … Wieso habe ich denen nicht schon viel öfter mal eine Karte geschrieben oder sie besucht? Es ist doch so einfach, sich gegenseitig eine Freude zu machen! Also schreibe ich IHM eine Nachricht:

Weihnachtskarten sind keine schlechte Idee, fühle mich richtig gut! SIE.

Also sollen wir weitermachen? ER

Auf jeden Fall! SIE

Da ich ja gerade schon so schön beim Schreiben bin, schnappe ich mir gleich mal mein Glücksbüchlein und notiere die neueste Erkenntnis. Natürlich bei *aktiv*, denn immerhin habe ich die Karten ja selbst und höchstpersönlich geschrieben. An meine Oma, meine Tante in München, ans Postfach meiner Eltern (wobei das eigentlich unsinnig ist, weil ich selbst schließlich jede Woche die Post für die beiden abhole und sammle – aber wenn schon, denn schon!), an meine zwei Cousinen, an meinen früheren Chef (hihi, den wollte ich allerdings ein bisschen ärgern), an Miriam und an Steffie. Wie es ihr wohl geht? Ich hangele nach dem Telefon, das neben mir auf dem Couchtisch liegt, und wähle ihre Nummer. Sie geht ran, als es kaum das erste Mal geklingelt hat.

»Ja, hallo?«

Oh weh! Sie hat nur zwei Worte gesagt, und ich kann schon hören, dass es ihr offensichtlich nicht gut geht.

»Hi, hier ist Jana! Ich wollte nur mal nachhorchen, wie es dir geht.«

Sie schnäuzt sich geräuschvoll. »Wie soll's mir schon gehen? Scheiße natürlich!«

»Hat Hans sich gemeldet?«

»Nein.« Noch ein Schnäuzer. »Absolute Totenstille.«

»Und was machst du?«

»Ich laufe durch die Wohnung und gebe mir Mühe, nicht durchzudrehen.«

»Oh.« Was soll man darauf erwidern? »Möchtest du vielleicht, dass ich vorbeikomme? Wir können ein bisschen quatschen, einen Film gucken oder so.«

»Lieb von dir, aber ich will allein sein. Ich muss in Ruhe über das alles nachdenken und überlegen, wie es jetzt weitergehen soll.«

»Wenn du meinst … Aber wenn du es dir doch noch anders überlegst, meldest du dich, okay?«

»Ja, mach ich. Tschüss!«

Ich lege auf. Schon komisch, was in den letzten Tagen alles passiert ist. Letzte Woche habe ich Steffie noch beneidet, weil sie eine gute Beziehung hat und ich nicht. Und plötzlich bin ich diejenige, die sie trösten muss. So schnell kann sich alles ändern. Was mich mal wieder an unsere Erkenntnis von »Hier und Jetzt« erinnert. Das ist offensichtlich wirklich die schlauste Idee, die mir je gekommen ist.

Ich schreibe die Worte noch einmal auf eine neue Seite in meinem Moleskin und unterstreiche sie fett. *Hier und jetzt.* Das sollte man tatsächlich nie aus den Augen verlieren.

In meinem »Hier und Jetzt« klingelt es in diesem Moment an der Tür. Als ich öffne, steht Felix vor mir und strahlt mich an.

»Hi!« Er beugt sich zu mir vor und haucht mir einen Kuss auf die Wange. »Darf ich reinkommen?«

»Sicher.«

Wir gehen ins Wohnzimmer, Felix setzt sich aufs Sofa, von dem ich schnell meine Sachen runtersammle.

»Was machst du gerade?«, will er wissen.

»Ich schreibe.«

»Schreiben? Und was?«

»Zuerst habe ich Weihnachtskarten geschrieben.«

»Weihnachtskarten?« Ich nicke.

»Aber es ist doch erst September!«

»Ich weiß«, erwidere ich, »aber das ist eine längere Geschichte.«

»Aha. Und was schreibst du noch?«

Ich halte mein Moleskin hoch, das ich gerade in meine Tasche stecken wollte.

»Tagebuch?« Felix guckt interessiert. »Ehrlich? Das habe ich mit dreizehn auch mal gemacht.«

»Ich habe auch jetzt erst wieder angefangen. Macht aber ziemlich viel Spaß, kann ich nur empfehlen.« Ich stecke das Notizbuch weg und lasse mich neben Felix aufs Sofa plumpsen. Einen Moment sitzen wir beide nur so schweigend da, Felix rutscht ein bisschen unsicher hin und her. Süß! Er wirkt richtig nervös – ob das an mir liegt?

»Und jetzt?«, frage ich und merke sofort, wie ich ihn damit noch unsicherer mache.

»Ja, ich, äh …« Jetzt fängt er auch noch an zu stottern, wie niedlich! »Eigentlich wollte ich dich fragen, ob du vielleicht Lust hast, mit mir ins Kino zu gehen.«

»Prinzipiell gern, aber es ist ja schon nach neun, da hat doch schon alles angefangen.«

Jetzt grinst Felix wieder. »Na, hör mal! Wir leben immerhin in einer Großstadt, da gibt's ja auch so was wie Spätvorstellungen.«

»Klar, aber ich bin dann immer so müde und muss morgen früh raus und …« Ich unterbreche mich selbst. Was soll das denn, Jana? Was hast du dir vor einer Minute noch einmal dick in deinem Tagebuch unterstrichen? Genau: *Hier und Jetzt!*

»Also, warum eigentlich nicht?« Ich springe vom Sofa und sehe Felix erwartungsvoll an.

»Also willst du doch?«

Ich nicke, schnappe mir meine Tasche und marschiere Richtung Flur. Auf dem Weg drehe ich mich nach Felix um, der noch etwas verdattert auf meinem Sofa sitzt. »Sollen wir dann?«, will ich wissen. Eilig steht er auf. »Ja, sicher, klar!«

Als wir die Wohnung verlassen, denke ich: *So ist's brav, Jana. Dass du morgen müde bist – darüber kannst du dich morgen immer noch ärgern.*

Er

Was ist bloß mit Georg los? Nachdem ich Frau Bartholdi ihre Sachen gebracht habe, schaue ich noch einmal bei ihm zu Haus vorbei. Aber Fehlanzeige, er ist mal wieder nicht da. Langsam glaube ich, der ist ausgewandert und hat vergessen, es mir zu erzählen. Neben meinen Spontanbesuchen habe ich ihm bereits dreimal auf seine Mailbox gequatscht, zwei Nachrichten bei seiner Sprechstundenhilfe hinterlassen – aber nichts. Kein Rückruf, kein Besuch, gar nichts. Bin ich dem irgendwie auf den Schlips getreten? Aber das ist bei Georg eigentlich so gut wie unmöglich. In unserer Beziehung bin ich das Weichei, nicht er.

Ich krame in meiner Jackentasche nach irgendeinem Zettel und finde immerhin noch das zerknüllte Papier von dem Hamburger, den ich mir heute Mittag gegönnt habe (Ja, Junkfood macht mich hin und wieder auch extrem glücklich!). Nicht sonderlich appetitlich, aber besser als gar nichts. Ich schreibe Georg eine kurze Nachricht, dass er sich doch mal bei mir melden soll, und werfe sie ihm in den Briefkasten.

Ich muss wieder an die Geschichte denken, die Frau Bartholdi mir erzählt hat. Ihr Mann verschwindet einfach, und sie verbringt den Rest ihres Lebens damit, über die letzten Worte nachzugrübeln, die sie miteinander gewechselt haben. Also, nicht dass ich jetzt ernsthaft vermuten würde, Georg sei etwas zugestoßen. Aber jetzt mal ganz theoretisch überlegt: Was, wenn ich ihn nie mehr sehe? Hätte ich ihm dann jetzt schon alles gesagt, was für unsere Freundschaft wichtig wäre? Vor meinem inneren Auge sehe ich Georg, der sich über meine Gedanken schlapp lachen würde. *Mensch, Roland, ich kenne niemanden, der so gerne über Schwachsinn nachdenkt wie du.* Das wäre sein Kommentar. Ziemlich sicher. Aber trotzdem – je mehr ich über Frau Bartholdis Lebensgeschichte nachdenke, desto klarer wird mir, dass nichts sicher ist. Morgen kann alles vorbei sein, oder zumindest ganz anders. Vielleicht sollte man das auch mal auf dem Zettel haben.

Wenn ich mein eigenes Leben betrachte, tue ich jedenfalls immer so, als ob da noch mindestens hundertfünfzig Jahre bei bester Gesundheit auf mich warten. Alles, was ich eigentlich mal erreichen wollte, verschiebe ich auf morgen. Das muss ich dringend ändern. Immerhin könnte ich morgen tot umfallen. Ich überlege, dass ich heute Abend eigentlich noch anfangen könnte, wichtige Dinge zu tun. Ist ja gerade erst kurz nach neun. Georg ist unauffindbar. Allein ins *ZwoElf* würde ich sowieso nicht gehen. Alleine ins Kino auch nicht. Es sieht so aus, als hätte ich wirklich keine Ausrede – heute Abend könnte ich mich also hinsetzen und … schreiben. Verwegener Gedanke. Vor allem für jemanden, der Schriftsteller werden will.

Ich denke an den Glückskekszettel, den mir meine Mutter mitgegeben hat. *Your name will be famous in the future.* Na gut, dann will ich mal Ruhm und Ehre in Angriff nehmen.

Sie

Es ist schon zwei Uhr nachts, als Felix und ich wieder nach Hause kommen. Felix hatte vorgeschlagen, nach dem Kino noch etwas trinken zu gehen, und da ich ja im *Hier-und-Jetzt*-Modus bin, war ich einverstanden, obwohl ich genau weiß, dass ich mich morgen früh dafür hassen werde.

Der Film war übrigens grottig! Absolut schlecht! Irgend so ein bescheuerter Horror-Splatter, der laut Felix sensationell sein sollte. Ich habe es nicht übers Herz gebracht, ihm vor der Kasse zu sagen, dass ich solche Filme ganz grauenhaft finde. Nach zwei Stunden Kettensägenmassaker kam ich dann aber zu der Einsicht, dass es besser gewesen wäre, den Mund aufzumachen.

Dafür war es hinterher in der Bar ziemlich nett. Felix hat mich ein bisschen nach meiner Arbeit im Reisebüro ausgefragt und im Gegenzug von seinem Hobby erzählt. Golf! Bisher habe ich immer gedacht, das wäre nur etwas für ältere Vorstandsvorsitzende in karierten Hosen, aber Felix hat mir erklärt, dass das ein ziemlich anstrengender Sport ist, der ein hohes Maß an Konzentration erfordert. Na ja, wer's mag.

»Das war ein wirklich schöner Abend«, stellt Felix fest, als wir uns vor meiner Wohnungstür verabschieden.

»Finde ich auch«, meine ich und verzichte darauf, ein kleines *bis auf diesen schrecklichen Film* hinzuzufügen. Ich muss ihm ja nicht direkt eine Breitseite verpassen.

»Sehen wir uns morgen?«, fragt er und wirkt dabei schlagartig wieder so unsicher wie vor ein paar Stunden auf meiner Couch.

»Denke schon.« Ich grinse ihn an. »Wir sind ja schließlich Nachbarn.«

»Na dann: Gute Nacht, Frau Nachbarin!« Diesmal macht er keine Anstalten, mich zu küssen, was mir auch ganz recht ist. Ja, es war schön. Aber trotzdem: Jana Kruse lässt sich ab sofort Zeit. Sie sieht sich einen Kerl erst in aller Ruhe an und überlegt, ob er wirklich gut zu ihr passt. Obwohl ich zugeben muss, dass die eher körperlich orientierten Teile von Jana Kruse nicht wirklich etwas dagegen einzuwenden hätten, sich mit Felix durch die Laken zu wühlen ... Und ein kleines Teufelchen in meinem Kopf scheint mir zuzuflüstern: *Jana! Hier und Jetzt! Wer weiß, ob es morgen nicht zu spät ist.* Aber ich ignoriere es geflissentlich. In diesem Fall finde ich die *Hier-und-Jetzt*-Methode nicht wirklich angebracht.

»Gute Nacht«, sage ich, krame meinen Schüssel aus der Tasche und schließe meine Wohnung auf.

»Ja, gute Nacht!«, sagt Felix noch einmal, bevor ich leise die Tür schließe.

Zehn Minuten später stecke ich in meinem gemütlichen Pyjama und lasse mich seufzend aufs Bett fallen. Herrlich! Nur blöd, dass in gut fünf Stunden schon wieder der Wecker klingelt. Vielleicht kann ich ja einfach morgen mal eine Stunde später ins Büro gehen, Miriam habe ich ja zum pünktlichen Erscheinen verdonnert. Oder aber … Mir kommt eine Idee. Schnell stehe ich noch einmal auf, hole mein Handy aus der Tasche und schreibe eine Nachricht an IHN. Nachdem er mich dazu gebracht hat, den Fernsehturm zu erklimmen und im Spätsommer Weihnachtskarten zu schreiben, habe ich jetzt auch mal wieder eine Idee zum Thema Glück: Morgen – beziehungsweise heute – mache ich einfach nur das, wozu ich Lust habe. Und dazu gehört als erste Amtshandlung: ausschlafen! Schließlich muss ich überprüfen, ob die Theorie, die ich Miri erläutert habe – dass es eben noch viel schöner ist, wenn man ausschläft, obwohl es eigentlich nicht geht –, auch stimmt. Tja, ein harter Job, aber einer muss ihn machen …

Nachdem meine Nachricht weggeschickt ist, lege ich mich wieder hin, stelle den Wecker aus und freue mich darauf, morgen einen absoluten *Jana-macht-was-sie-will*-Tag vor mir zu haben.

Er

Der eiskalte Wind blies uns ins Gesicht, aber wir spürten ihn schon lange nicht mehr. Zwölf Tage dauerte unsere Expedition bereits, die meisten von uns waren so erschöpft, dass sie sich nachts in den Schlaf weinten. Ich hatte gewusst, was mich erwartet. Hatte mich gut vorbereitet, bevor ich mich auf den Spuren Shackletons Richtung Südpol aufgemacht hatte. Aber die Wirklichkeit, die Eiseskälte, die Schneeblindheit in Kombination mit dem ständigen Hunger – das war schlimmer als alles, was ich mir in meinen kühnsten Träumen vorgestellt hatte.

»Marie«, murmelte ich wie ein Mantra bei jedem Schritt vor mich hin. »Marie!« Warum hatte ich sie zurückgelassen? Warum hatte ich mich auf diesen Höllentrip in die unbarmherzige Antarktis begeben, von dem niemand wusste, ob wir von ihm zurückkehren würden? Die Antwort lag auf der Hand: Weil ich es mir beweisen wollte. Nein. Das war nicht einmal die Wahrheit. Ich wollte es IHR beweisen. Einzig und allein Marie …

Piep, piep.

Mein Handy reißt mich aus meinen Gedanken. Mist! Dabei war ich gerade so gut drin. Noch einmal überfliege ich die letzten zwei Zeilen, die ich geschrieben habe. Okay, *gut* ist Geschmackssache – aber immerhin war ich *drin*. Als ich von meinem Schreibtisch aufstehe und mein Blick aus dem Fenster fällt, bin ich überrascht: Draußen ist es stockdunkel, ich muss ziemlich lange geschrieben haben. Ein Blick auf meine Armbanduhr bestätigt meinen Verdacht – Viertel nach zwei, ich habe die letzten vier Stunden in einer Art Schreibrausch verbracht. Ich freue mich: Wenn ein solcher amtlicher Schreibrausch kein Zeichen dafür ist, dass ich doch das Zeug zum echten Schriftsteller habe, weiß ich es auch nicht!

Die Nachricht auf meinem Handy ist von IHR:

Jetzt habe ich eine Idee zum Thema Glück: Mache morgen nur, was ich will. Gehe nicht zur Arbeit. SIE

Die Glückliche! In dem Moment, als ich das denke, muss ich automatisch lachen. Ja, genau, darum geht es uns ja: die Glückliche!

Ich wünschte, ich könnte das auch einfach machen, nicht zur Arbeit gehen. Krankfeiern? Aber ich will es meinen Kollegen nicht antun, meine Tour zu übernehmen. Das würde mir ein schlechtes Gewissen bereiten, und das macht, richtig, wieder unglücklich. *Außerdem,* denke ich, *sehe ich dann ja vielleicht wieder die süße Jana im Reisebüro.* Und das macht mich wiederum ein bisschen glücklicher. Wer weiß: Möglicherweise traue ich mich tatsächlich, sie zu fragen, ob sie mit mir einen Kaffee trinken will.

Mach dir einen schönen Tag, ich gehe jetzt ins Bett, muss morgen im Gegensatz zu dir arbeiten. ER

Eine Sekunde nachdem ich sie abgeschickt habe fällt mir ein, dass morgen ja nicht nur Job auf dem Programm steht. Zu meiner grenzenlosen Begeisterung findet morgen auch noch mein jährliches Vorgesetzten-Mitarbeiter-Gespräch statt ... *uah!*

Auf dem Weg ins Schlafzimmer überlege ich einen Augenblick, ob ich mich noch einmal zu Marie und dem Höllentrip durch die Antarktis begeben soll. Nein, für heute lasse ich es gut sein, ich bin wirklich hundemüde. Aber dafür immerhin zufrieden. Schreibrausch, ha!

Sie

»Kruse?«

»Hi, ich bin's, Miriam. Wo steckst du denn?«

»Zu Hause.«

»Das merke ich auch. Aber es ist schon kurz nach zehn.«

»Ich weiß.«

»Willst du nicht mal langsam ins Büro kommen?«

»Nö.«

»Was soll das heißen, nö?«

»Ich nehme mir heute mal einen Tag spontan frei.«

»Du nimmst was?«

»Einen freien Tag. Ich habe heute keine Lust zum Arbeiten, da dachte ich, ein Urlaubstag könnte mich glücklich machen.«

»Spinnst du?«

»Im Gegenteil! Und ich wünsche dir eine schöne Zeit im Büro!« *Klick.* Zufrieden drehe ich mich noch einmal im Bett um und kuschele mich in die warme Decke. Herrlich! Einfach mal so lange liegen bleiben, wie ich will, das ist doch was.

Das Telefon klingelt wieder, aber ich gehe einfach nicht ran. Kann mir schon vorstellen, dass es wieder Miriam ist. Aber soll sie bei mir ruhig die Leitung heiß laufen lassen, ich habe schließlich auch oft genug im Büro gehockt und keine Ahnung gehabt, wo meine liebe Kollegin steckt. Jetzt sieht sie mal, wie das ist. Und bevor sich auch nur der Anflug eines schlechten Gewissens in mir breit machen kann, schwinge ich mich aus dem Bett, werfe meinen Morgenmantel über und gehe in die Küche, um mir ein großes, leckeres Frühstück zu machen. Während ich darauf warte, dass der Kaffee durchläuft, verfasse ich eine SMS an den anderen Glücksritter:

Die Idee war klasse: Sitze gemütlich beim Frühstück und genieße das Leben! SIE

Klingt prima! Bei mir steht heute leider nicht nur Job, sondern auch noch Gespräch mit Big Boss an. ER

Beim Frühstück schreibe ich in mein Notizbuch die Sachen, die ich heute gerne machen will: Zuerst einmal lange ausschlafen, das habe ich ja schon gemacht. Ausgiebiges Frühstück mit Kaffee, frisch gepresstem Orangensaft, Rührei mit Schinken und Tomaten, Obstsalat und zur Feier des Tages einem Gläschen Prosecco zum Abschluss. Langsam sollte ich mir vielleicht mal Gedanken über meinen Alkoholkonsum machen. Aber nur langsam. Und schon gar nicht im Hier und Jetzt.

Eine gute halbe Stunde später ist auch der Punkt *Ausgiebiges Frühstück* abgehakt. Ein Blick aus dem Fenster sagt mir, dass ich heute wirklich einen Glückstag erwischt habe: Die Sonne strahlt, es ist einer der letzten warmen Spätsommertage. Also auf nach draußen an die frische Luft!

Zuerst fahre ich mit dem Rad zum Isemarkt. Das habe ich schon ewig nicht mehr getan, ich schaffe es immer nur kurz vor Ladenschluss in den *Spar* an der Ecke. Gemütlich schlendere ich von Stand zu Stand und wundere mich gleichzeitig, dass hier so viele Menschen unterwegs sind. Müssen die denn auch alle nicht arbeiten? Und jeder von ihnen sieht so zufrieden aus, als hätte er sich ebenfalls einen kleinen Spontanurlaub gegönnt. Bei einem Obsthändler kaufe ich ein Kilo frische Äpfel – und sacke nebenbei gleich noch ein nettes Kompliment ein: »Bitteschön«, sagt der Verkäufer und reicht mir die Tüte, »meine schönsten Äpfel für meine schönste Kundin heute!« Auch wenn er den Spruch wahrscheinlich dreißigmal am Tag bringt, mich freut er, und ich notiere das insgeheim auf meinem kleinen Glückskonto. Überhaupt merke ich, dass mich bei meinem Einkauf der eine oder andere Mann freundlich anlächelt. Sehe ich heute anders aus als sonst? Als ich an einem Schmuckstand vorübergehe und dort einen schnellen Blick in einen der aufgehängten Spiegel werfe, stelle ich fest: Ja. Ich sehe heute irgendwie anders aus als sonst. Zufriedener. Ausgeruhter. Einfach glücklich mit mir selbst und im Hier und Jetzt. Vor lauter Freude darüber kaufe ich mir eines der kleinen Silberarmbänder, die auf der Samtauslage liegen. So eins, an dem ganz viele kleine Anhänger baumeln, Kleeblätter, Herzen und solche Symbole. Eben ein Glücksarmband. Das werde ich mir in Zukunft immer ansehen, wenn es mir mal gerade nicht so gut geht, und mich dann daran erinnern, wie einfach es sein kann, das Leben zu genießen.

Mit mehreren Tüten am Lenker (ich habe noch frischen Fisch, Salat, ein paar Gewürze und eine Tüte mit gebrannten Mandeln gekauft) schiebe ich wieder ab in Richtung meiner Wohnung. Nur beim letzten Stand, einem Blumenverkäufer, mache ich noch einmal halt.

»Bitte einen Strauß mit zwanzig roten Rosen«, sage ich dem Verkäufer, der mir ein Bündel schöner Baccara-Rosen reicht und dabei – ebenso wie alle hier – freundlich lächelt. Schon ewig hat mir niemand mehr Blumen geschenkt, von roten Rosen mal ganz zu schweigen. Deshalb schenke ich mir heute einfach selbst welche, weil ich finde, dass ich mir die verdient habe. Und ich weiß auch schon, wo ich die Blumen zu Hause hinstellen werde: in meine frisch aufgeräumte Beziehungsecke, in eine große Bodenvase. Einen perfekteren Platz dafür gibt es wohl nicht.

Kurz vor der nächsten Kreuzung entgehe ich nur knapp einer Kollision. Ein gelber VW-Bus heizt derart rasant über die Straße, dass er mich fast über den Haufen fährt. Ich mache eine Vollbremsung und springe vom Sattel. Offensichtlich hat mich der Fahrer in letzter Minute doch noch gesehen, jedenfalls bremst er, fährt rechts ran und kurbelt seine Fensterscheibe runter.

»Tschuldigung – hab Sie nicht gesehen«, ruft er mir durch das geöffnete Fenster zu.

»Idiot!«, entfährt es mir, und ich will mich noch mehr aufregen, als ich meinen Beinahe-Unfall-Partner erkenne: es ist mein Postbote.

»Tut mir wirklich leid!«, entschuldigt er sich nochmals. »Ich hab's schrecklich eilig.«

»Das habe ich gemerkt, aber vielleicht sollten Sie von Lichtgeschwindigkeit auf normales Verkehrstempo schalten.«

»Bin etwas spät dran«, erklärt er, »aber ich wollte Sie keinesfalls umfahren.« Er lächelt etwas unbeholfen, und ich sehe, wie sein Blick von meinem Gesicht hinunter zu dem üppigen Strauß wandert, den ich in der Hand halte. »Die sind aber schön«, stellt er fest.

»Ja, sind sie.« Mit diesen Worten ziehe ich eine der Rosen aus dem Strauß und reiche sie ihm durchs Fenster. Keine Ahnung, warum, mir ist einfach danach.

Mein Briefträger macht ein erstauntes Gesicht. »Wofür ist die denn jetzt?«

»Dafür, dass Sie mich eben nicht umgefahren haben«, erkläre ich lapidar. »Außerdem bin ich heute einfach gut gelaunt.«

»Danke«, freut er sich, »so etwas habe ich ja schon lange nicht mehr geschenkt bekommen.«

»Wem sagen Sie das?«

Er nimmt die Rose, steigt aus und befestigt sie hinter dem Scheibenwischer. »Na dann: Vielen Dank für die Blumen!« Einen Moment lang stehen wir noch unschlüssig voreinander herum, dann verabschiedet er sich. »Sorry, ich muss jetzt wirklich weiter. Aber wir sehen uns ja in Ihrem Salon.« Mit diesen Worten sitzt er auch schon wieder im Postbus.

In meinem *Salon?* Wie kommt er denn jetzt darauf? Aber wahrscheinlich bringt er einfach die Leute durcheinander, denen er täglich die Post bringt. Salon, der hält mich offensichtlich für eine Friseurin. Bei dem Gedanken kommt mir die Idee, dass ich eigentlich auch mal wieder etwas für mein Äußeres tun könnte, ich sehe am Kopf wahrscheinlich aus wie eine Vogelscheuche.

Zehn Minuten später betrete ich das *Haareszeiten.* »Waschen, schneiden, tönen, föhnen«, reime ich spaßhaft, als mich eine der Friseurinnen fragt, was sie für mich tun kann. »Dazu noch Augenbrauen färben und Maniküre.« Wenn schon, denn schon.

Er

Mist! Da war sie: Meine Chance! Und ich habe sie – mal wieder – ungenutzt verstreichen lassen. Warum habe ich sie nicht gefragt, ob sie als Dankeschön für die Rose einen Kaffee mit mir trinkt? *Siems, du Idiot! Für einen Schriftsteller bist du wirklich nicht sonderlich wortgewandt. Wer weiß, ob du sie noch einmal außerhalb des Reisebüros triffst, wenn entweder ihre Kollegin oder irgendwelche Kunden zuhören.* Als ob ich mir nicht gerade erst vorgenommen hätte, Dinge endlich mal gleich zu tun, statt sie ewig auf morgen zu verschieben.

Während ich weiter in Richtung Post und Vorgesetzten-Mitarbeiter-Gespräch fahre, nehme ich mir fest vor, Frau Bartholdi beim nächsten Mal zu fragen, ob sie ihr Leben nach der Erfahrung mit ihrem Mann eigentlich irgendwie geändert hat. Oder ist das zu indiskret? Und vor allem – was, wenn die Antwort in etwa lautet: *Nein, und jetzt bin ich achtzig, einsam und völlig unglücklich?* Ich verwerfe den Gedanken also wieder. Gespräche mit Frauen, gleich welchen Alters, sollte ich wohl momentan meiden. Siehe Frau Kruse. Ich bin eben ein echter Hornochse! Aber immerhin: Jetzt weiß ich, wo sie steckt. Vorhin war sie nämlich nicht im Reisebüro, als ich die Post vorbeigebracht habe. Nur die Kollegin, und die wirkte auch nicht viel besser gelaunt als letztes Mal, als sie sich mit diesem Typen unterhalten und danach geweint hat.

Sie

Eigentlich erschreckend, wie simpel wir Frauen gestrickt sind. Aber mit neuer Frisur und frisch lackierten Fingernägeln fühle ich mich gleich noch einmal um Welten besser. Etwas selbstverliebt betrachte ich meine rechte Hand, während ich die bisherigen Glücks-Erkenntnisse des heutigen Tages in mein Moleskin schreibe, das vor mir auf dem kleinen Bistrotisch des Straßencafés liegt, in dem ich mich niedergelassen habe. Unterm Strich bleibt festzuhalten: *Nett zu sich selbst sein und sich etwas gönnen – das macht auf jeden Fall ganz schön glücklich!* Allerdings: Wenn ich überlege, was mein kleiner Wellness-Trip mich heute gekostet hat (Einkaufen auf dem Markt, Rosen, Friseur ... das waren gut hundertzwanzig Euro), kann ich mir so eine kleine Glückskur auch nicht täglich leisten. Es heißt ja immer: Geld allein macht nicht glücklich. Also überlege ich, was ich denn noch für mein persönliches Wohlbefinden tun könnte, ohne dass es etwas kostet.

Bei »kosten« muss ich blöderweise gleich wieder an Markus und seinen bescheuerten Brief denken. Mir ist ja im Leben schon eine ganze Menge passiert, aber dass mir jemand am Ende einer Beziehung eine Art Nebenkostenabrechnung schickt – also wirklich! Immerhin habe ich es ihm jetzt mal so richtig gezeigt. Und darauf bin ich ganz schön stolz. Weil das nämlich nicht wirklich meine Art ist. Ich bin eher jemand, der Konflikten aus dem Weg geht, wenn es irgendwie möglich ist. Lieber klein beigeben als sich mit jemandem groß streiten. Kennt man ja, den Spruch mit dem Klügeren und so. Andererseits: Es fühlt sich manchmal verdammt gut an, nicht die Klügere zu spielen. Bisher habe ich vor allem Männern gegenüber immer schön brav die Klappe gehalten und mich angepasst, weil ich Angst hatte, dass ein Konflikt die Beziehung gefährden könnte. Was für ein Schwachsinn!

Nachdem ich meinen Kaffee getrunken habe, bleibt die Frage, was ich mit dem übrigen Tag anfange. Bei dem schönen Wetter sollte es etwas an der frischen Luft sein. Vielleicht an die Elbe fahren und am Strand entlangspazieren? Aber allein habe ich dazu keine rechte Lust. Miriam sitzt im Büro (hihi), Steffie will niemanden sehen, und sonst fällt mir gerade auch niemand ein, den ich um Gesellschaft bitten könnte. Außer … Felix. Aber zum einen ist der um diese Zeit wahrscheinlich noch damit beschäftigt, Steuersünder zur Strecke zu bringen, zum anderen wollte ich es mit ihm ja ruhig angehen. Und ruhig heißt wohl nicht, ihn schon zwölf Stunden nach unserem letzten Treffen gleich wieder anzurufen und einen Spaziergang vorzuschlagen. Ich kaue nachdenklich auf meiner Unterlippe herum. Dann stehe ich auf und ziehe meine Jacke an. Schaue ich halt doch mal im Reisebüro vorbei … ein halber freier Tag reicht für heute erst einmal. Aber mit Sicherheit werde ich mir in Zukunft solche Auszeiten öfter gönnen. Wenn auch, Miriam zuliebe, das nächste Mal mit Ansage.

»Wie schön, dass du dich heute doch noch mal blicken lässt!« Miri mustert mich mit vorwurfsvoller Miene. Ich muss spontan in Gelächter ausbrechen. »Was ist denn daran so komisch?«

»Na ja«, pruste ich, »du musst schon zugeben, dass das normalerweise mein Text ist!«

»Sehr witzig!«

»Das finde ich auch! Was gibt's sonst Neues?«

»Nichts. Außer, dass ich eine Excel-Tabelle mit unseren Ausgaben und Einnahmen erstellt habe.«

»Du hast was?« Ich bin fassungslos.

»Ich dachte, nachdem wir jetzt endlich mal etwas Ordnung in unserem Laden haben, sollten wir die in Zukunft beibehalten. Scheint besser fürs Geschäft zu sein.« Sie grinst mich fröhlich an.

»Miriam, ich stelle völlig neue Seiten an dir fest. Du hasst doch so etwas normalerweise.«

»Ach«, sie macht eine wegwerfende Handbewegung. »War gar nicht so schlimm, hat sogar Spaß gemacht. Und tatsächlich muss ich feststellen, dass wir gar nicht so schlecht dastehen.

Aber in unserem Chaos konnte man da ja auch keinen Überblick mehr haben.«

»Apropos Chaos«, sage ich und strecke eine Hand nach ihr aus.

»Was meinst du?«

»Du wolltest mir doch immer die Post geben, damit hier nicht wieder irgendwelche Rechnungen verschwinden.«

»Ach ja, richtig.« Sie nimmt einen Packen Briefe vom Schreibtisch und hält ihn mir hin. »Hier, das hat der Postbote eben gebracht.«

»Danke.« Ich blättere den Stapel durch, aber es ist nur Werbung und eine Rechnung. »Nicht mal eine Postkarte dabei, was?«

»Nö«, bestätigt Miriam. »Er hat übrigens nach dir gefragt.«

»Wer hat nach mir gefragt?«

»Unser Briefträger.«

Ich werfe Miri einen überraschten Blick zu. »Wieso das?«

»Wollte wissen, wo du steckst, ob du vielleicht krank bist.«

»Aha.«

»Hab ihm gesagt, dass du ein Kollegenschwein bist und mich hier total hängen lässt.«

»Vielen Dank!«

In diesem Moment fliegt die Tür auf, und eine vollkommen hysterische Steffie stürzt herein. »Du mieses Flittchen!«, brüllt sie – und baut sich vor Miriams Schreibtisch auf.

Bitte? Mies? Flittchen? Was ist denn jetzt schon wieder los?

Bevor ich fragen kann, was das Problem ist, kommt Miriam mir zuvor. »Er hat es dir erzählt?« Mit einem Schlag ist sie kreideweiß geworden, alle Farbe ist ihr aus dem Gesicht gewichen.

»Natürlich nicht!«, schnaubt Steffie. »Ich hab es allein herausgefunden. Da!« Sie schleudert Miriam einen dicken Stapel Papier auf den Tisch, der für mich auf den ersten Blick aussieht wie ein paar Hefte oder so etwas.

»Woher hast du das?«, will Miri wissen.
»Spielt das eine Rolle?«
»Woher hast du das?«

»Als ob das eine Rolle spielen würde!«

Wie oft wollen meine Freundinnen diesen Dialog noch wiederholen? Und vor allen Dingen: Was geht hier vor? »Könnte mich bitte mal jemand einweihen?«, frage ich und lasse meinen Blick von Steffie zu Miriam wandern.

»Das ist nur etwas zwischen Steffie und mir«, beeilt sich Miriam zu versichern.

»Oh nein!«, widerspricht Steffie energisch. »Jana kann das ruhig wissen. Was du für eine bist!«

»Aber du kriegst das alles in den total falschen Hals«, ruft Miriam, »es ist doch nicht so, wie du denkst. Oder jedenfalls ist es nicht *ganz* so, nicht mehr! Ich … ich …«

Was ist nicht so? Wie? Was? Wo? »Hallo?« Ich wedle mit den Händen in der Luft, um die Aufmerksamkeit der beiden auf mich zu ziehen. »Ich verstehe echt kein Wort mehr!«

»Miri hatte eine Affäre.«

»Na und?«, frage ich. »Miri hat doch alle naselang Affären, ist ja nichts wirklich Neues.« Und schon gar kein Grund, sich hier so tierisch aufzuregen, wie Steffie das gerade tut.

»Sie hatte eine Affäre«, wiederholt Steffie jetzt noch einmal, »mit meinem Mann. Mit Hans!«

Rumms. Das sitzt.

Ungläubig starre ich Miriam an, die mittlerweile angefangen hat, zu weinen. »Was?«, bringe ich erstaunt hervor. »Aber das kann doch nicht sein!« Ausgerechnet mit Hans, dem spießigen, soliden Hans, soll Miriam eine Affäre gehabt haben? Das kann ich mir nicht vorstellen! Und außerdem: Wir sind doch Freundinnen! »Wir sind doch Freundinnen!«, spreche ich meinen letzten Gedanken noch einmal laut aus.

»Das habe ich bisher auch immer gedacht«, pflichtet Steffie mir bei und wirft Miriam einen Blick zu, der so eiskalt ist, dass selbst ich anfange zu zittern. Dann steckt sie die Papiere, die sie zuvor Miriam hingeworfen hatte, wieder ein, macht auf dem Absatz kehrt und marschiert Richtung Ausgangstür.

»Steffie«, ruft Miriam ihr nach, »lass mich das wenigstens erklären, ich ...«

Steffie dreht sich noch einmal zu ihr um. »Halt deinen Mund!« Dann ist sie auch schon aus der Tür und lässt mich mit einer heulenden Miriam zurück. Tja. Nachdem der Tag eigentlich ganz gut begonnen hatte, nimmt er nun eine, sagen wir mal, etwas *überraschende* Wendung.

10. Kapitel

Sie

Nach Steffies eindrucksvollem Auftritt weiß ich überhaupt nicht, was ich sagen soll. Miriam heult noch immer, ich gucke ratlos auf die Rechnungen, die vor mir liegen. Soll ich die jetzt mal bearbeiten? Und gefällt mir die Farbe von meinem Nagellack eigentlich wirklich, oder ist sie mir doch zu perlmuttig? Hätte ich nicht letzte Woche irgendwas aus der Reinigung holen müssen? Und stehe ich – vielleicht oder möglicherweise und unter Umständen – ein kleines bisschen unter Schock?

»Jana?« Miri klingt wie ein Häufchen Elend und holt mich schlagartig wieder in die Wirklichkeit zurück.

»Ja?«

»Es ist nicht so, wie Steffie denkt.«

Ich drehe meinen Bürostuhl in ihre Richtung. »Dann sag mir doch, wie es ist. Hattest du eine Affäre mit Hans oder nicht?«

»Ja«, gibt sie zu.

»Und warum machst du dich an den Mann einer deiner besten Freundinnen ran?« Ich kann immer noch nicht glauben, dass ich dieses Gespräch führe. Aber offensichtlich führe ich es. Miri springt auf und fängt an, nervös durch das Reisebüro zu wandern. Als sie auf ihrem Weg an der Tür vorbeikommt, dreht sie unser Öffnungsschild auf *Geschlossen* und schließt ab.

»Das ist es ja eben: Damals kannte ich Steffie doch noch gar nicht!«

»Damals? Wie lange ist das denn her?«

Miriam zuckt mit den Schultern. »So um die zehn Jahre.«

»Zehn Jahre? Da warst du ja gerade mal achtzehn!«

»Fast neunzehn«, korrigiert sie mich. Und in diesem Moment wird mir etwas klar. Etwas nahezu Unglaubliches!

»Dann ist Hans … Hans ist … ist …«

»The Unspeakable«, vollendet Miriam meinen Satz. »Ja, das ist Hans.«

»Ich glaub es nicht!«

»Ist aber so. Und deshalb habe ich mir auch diesen Spitznamen einfallen lassen. Wie hätte ich euch denn die Wahrheit sagen können?« Da hat sie recht, das wäre wohl etwas … schwierig gewesen.

»Und Hans ist also dieser wundervolle, einzigartige Mann, von dem du immer gesprochen hast?«

Miriam nickt.

»Aber ich dachte, du fändest ihn spießig und langweilig und überhaupt. Solange ich dich kenne, hast du selten ein gutes Haar an ihm gelassen.«

»Na ja«, murmelt Miriam, »war eben ein bisschen schwierig für mich. Und außerdem war es da ja schon längst vorbei. Die Sache ging damals nur ein halbes Jahr.«

»Wo hast du ihn denn kennengelernt?« Miriam schweigt.

»Jetzt sag schon! Schlimmer kann's doch wohl eh nicht mehr werden, oder?«

»Er war mein Lehrer.«

Okay, es kann doch schlimmer werden. »Dein Lehrer?«

»Ich hab an seiner Schule Abitur gemacht. Steffie weiß das nicht, sie kam erst ein Jahr nachdem ich meinen Abschluss hatte an die Schule, und ich denke, bis heute hat niemand etwas von unserem Techtelmechtel mitbekommen.«

»Bis heute.«

»Das wäre auch so geblieben, wenn Steffie nicht diese blöden Briefe und meine Abizeitung gefunden hätte.«

»War es das, was sie vorhin auf deinen Tisch geknallt hat?«

Miriam nickt. »Keine Ahnung, wo sie die Sachen herhatte. Hans und ich haben uns damals, als uns beiden klar war, dass wir keine Zukunft haben – er frisch verheiratet und auch noch mein Lehrer –, versprochen, dass wir alles wegwerfen und es für immer für uns behalten.«

»Daran hat sich Hans offensichtlich nicht gehalten.«

»Ach, Jana!« Wieder fängt Miriam an zu weinen. »Mir tut das alles so leid! Ich wünschte, ich könnte das rückgängig machen! Ich war damals jung und verknallt. Wir waren beide unvernünftig, es war mehr ... mehr aus einer Laune heraus. Und nach der Geschichte habe ich mir vorgenommen, mich nie wieder zu verlieben, wenn es immer so wehtut.«

»Was du ja bis heute auch so durchgehalten hast.«

»Nicht so ganz«, gesteht Miriam kleinlaut. »Wenn ich ehrlich bin, finde ich Marius schon wirklich klasse. Aber ich trau mich einfach nicht.«

»Aber das ist doch super!«, freue ich mich und vergesse für einen Moment die leidige Steffie-Miriam-Hans-Geschichte.

»Dachte ich ja auch, ich wollte mir das in aller Ruhe begucken. Aber dann hat Hans sich plötzlich von Steffie getrennt, und alles war so ein riesiges Durcheinander. Er ist hier ins Reisebüro gekommen und hat mir erzählt, dass es der größte Fehler seines Lebens war, dass wir uns damals aus Vernunft getrennt haben.«

»Hat er?« Ich bin ein weiteres Mal schockiert.

»Ich weiß auch nicht, was auf einmal in ihn gefahren ist. Die letzten Jahre war ich mir sicher, dass er mit Steffie glücklich ist. Und auf einmal passiert so etwas. Ich bin einfach überfordert!«

»Und du selbst? Wie sind deine Gefühle zu Hans?«

»Ich mag ihn immer noch gern. Aber mittlerweile ist mir klar, dass ich damals etwas in ihn hineinprojiziert habe. Aber es hat halt lange gedauert.« Während sie das sagt, kommt mir auf einmal ein Gedanke.

»Du warst gar nicht zufällig auf dieser Segelclub-Party, auf der wir uns kennengelernt haben, oder?«

Miriam schüttelt den Kopf. »Nein«, gibt sie zu. »Ich war Hans ein paar Wochen zuvor zufällig wieder begegnet und dachte damals, dass ich ihn immer noch liebe. Also habe ich ein bisschen recherchiert und von der Feier seines Vereins erfahren. Eigentlich bin ich da nur hin, um ihm eins auszuwischen und um mir seine Frau mal genauer zu begucken. Ich habe immer gedacht, sie muss das totale Biest sein. Nicht, dass Hans das je behauptet hat – aber ich hab's mir halt eingeredet.«

»Und was war dann?«

»Tja, den Rest kennst du im Wesentlichen: Ich kam mit dir und Steffie ins Gespräch und war total von den Socken, wie nett sie war. Sie rief mich dann ja auch ein paar Tage später an und fragte, ob wir nicht mal einen Kaffee zusammen mit dir trinken wollen.« Ich erinnere mich dunkel, dass das damals so war. »Und dann kam eins zum anderen, wir haben uns angefreundet, mir wurde klar, dass Hans nicht der Richtige für mich ist – aber andererseits habe ich jahrelang Panik gehabt, dass es irgendwann mal auffliegt. Ist es ja jetzt auch.«

»Und Hans will wieder mit dir zusammen sein?«

Miriam schüttelt den Kopf. »Nein, also, ja, also …« Sie kommt ins Stocken. »Er sagt das zwar, aber ich glaube, dass er nicht wirklich mich meint. Ihm fehlt das Unbekümmerte, das Leichte, das damals unsere Affäre ausgemacht hat. Natürlich war es damals so, ich war schließlich erst achtzehn. Es war aufregend, spannend und so. Immerhin war ich seine Schülerin, natürlich hat das ganz schön gekribbelt. Aber ich glaube, mir war damals trotzdem schon klar, dass diese Liebe kaum eine Chance hat!«

»Hm.« Mehr fällt mir nicht ein. Ich muss das alles erst einmal verdauen.

»Wobei ich zugeben muss, dass ich manchmal schon noch Angst hatte, dass ich zwischen Hans und Steffie stehen könnte«, fährt Miriam fort. »Erinnerst du dich noch an letzten Samstag?« Ich nicke. »Da habe ich gleich gemerkt, dass zwischen Hans und Steffie irgendwie schlechte Stimmung ist, und ich habe Panik bekommen, dass Hans ... na ja ... dass er manchmal denkt, dass er Steffie wegen mir verlassen sollte. Was ja total irre ist, weil in den letzten zehn Jahren wirklich nicht mehr das Geringste zwischen uns gewesen ist. Also habe ich Marius zum Club bestellt, damit Hans sieht, dass er sich bei mir keine Chancen mehr ausrechnen kann.«

»Dafür hat sich dann Marius Chancen ausgerechnet.«

»Sicher! Was würdest du denken, wenn dich jemand mitten in der Nacht anruft und dich sehen will? Und ich bin auch total zerrissen, was die Sache mit Marius angeht. Mal denke ich: Ja, der ist jemand, auf den du dich einlassen kannst. Und dann wieder nicht. Speziell, wenn alles so aus dem Ruder läuft wie gerade.«

»Ich denke«, sage ich, nehme meine Jacke vom Stuhl und stehe auf, »ich sollte mal dringend mit Steffie reden.«

»Meinst du, das bringt was?«, fragt Miriam hoffnungsvoll. »Ich hänge wirklich an ihr als Freundin und würde alles tun, damit sie mir verzeiht!«

»Ich werde sehen, was ich tun kann.«

Draußen schließe ich mein Fahrrad auf und radle los, Richtung Steffie. Hoffentlich ist sie nach Hause gefahren und macht nicht irgendeinen Unsinn. Was ich verstehen könnte, ich selbst würde vermutlich auch durchdrehen, wenn ich in ihrer Situation wäre. Obwohl Miriam nicht wirklich etwas dafür kann. Aber wenn man gerade so von der Rolle ist wie Steffie, ist man wahrscheinlich nicht mehr fähig, die Lage sachlich zu betrachten.

Während ich in die Pedale trete, fingere ich mein Handy aus

der Tasche und wähle Steffies Mobilnummer, um zu hören, ob sie zu Hause oder woanders ist. Es klingelt, aber sie geht nicht dran. Mist! Nach ein paar Minuten versuche ich es noch einmal – und fahre dabei aus Versehen fast über eine rote Ampel.

»Halt!«, schreit es neben mir. Mein Kopf fährt herum. Das gibt's doch nicht! Lauert der eigentlich überall?

Fünfzig Meter entfernt von mir steht Marius! Diesmal allerdings in Zivil. Kopfschüttelnd kommt er auf mich zu. »Hat dir schon mal einer gesagt«, fragt er, als er mich erreicht hat, »dass Telefonieren auf dem Rad genauso verboten ist wie im Auto?« Er zwinkert mir zu.

»Nö«, sage ich, »aber ich bin auch in einer Ausnahmesituation.«

»Ausnahmesituation?«

»Kann ich dir jetzt nicht erklären. Also, wie viel kostet es heute?«

Marius schüttelt den Kopf. »Gar nichts. Zum einen bin ich nicht im Dienst, zum anderen hast du mich nicht bei Miriam verpfiffen, dass ich ein Bulle bin. Ich werd's ihr allerdings selbst beichten.«

»Gute Idee«, bekräftige ich ihn in seinem Entschluss. »Mach das mal am besten gleich und besuch sie im Reisebüro.«

»Da wollte ich sowieso gerade hin.«

»Das ist sehr gut.«

»Wieso?«

»Weil ich glaube, dass sie gerade jemanden brauchen kann, der sie in den Arm nimmt. Wenn du verstehst, was ich meine.« Ein strahlendes Lächeln tritt auf sein Gesicht. »Geht klar«, erwidert er, »bin schon auf dem Weg.«

Eine Viertelstunde später erreiche ich mit hängender Zunge Steffies Wohnung und klingle Sturm. Nach fünf Minuten Dauergebimmel erklingt endlich der Türsummer. Mit einem Satz bin ich im Flur.

»Lass mich in Ruhe!«, fährt Steffie mich an, als ich keuchend vor ihr stehe. »Ich will mit niemandem reden. Mit *niemandem!«*

»Steffie«, versuche ich, sie zu beruhigen, »wie lange kennen wir uns jetzt schon?«

»Na und?«, blafft sie mich an, »wie lange kenne ich Miriam schon? Das scheint ja nicht mehr viel zu heißen!«

»Ach, Steffie!« Ich gehe einfach auf sie zu, schiebe sie beiseite und trete in die Wohnung, was sie überraschenderweise widerstandslos geschehen lässt. »Jetzt lass uns doch mal in Ruhe darüber reden.«

»Gut, reden wir. Aber ich glaube nicht, dass das etwas bringt.« Trotzig geht sie vor in die Küche, bedeutet mir, am Tisch Platz zu nehmen, und setzt sich dann auch dazu. »Also, worüber sollen wir reden?« Sie greift in die Tasche ihrer Strickjacke, holt ein Päckchen Zigaretten heraus und zündet sich eine an.

»Seit wann rauchst du?«, frage ich überrascht.

»Seit eben«, faucht sie mich an. »Willst du darüber mit mir reden? Ob ich rauche, oder was?«

Ich schüttle den Kopf. »Natürlich nicht. Ich will mit dir über Miriam und Hans reden.«

»Dieses Miststück!«, legt Steffie sofort wieder los. »Und dieses Arschloch! Eine Schülerin – Miriam war seine Schülerin! Wusstest du das?« Schnaubend bläst sie den Rauch aus.

»Ja, Miriam hat es mir eben erzählt.«

»Wunderbar!«, kommt es jetzt sarkastisch. »Hat sie dir denn auch erzählt, wie er so war, mein Hans?«

»Wie bitte?«

»Da!« Sie schleudert mir ein Stück Papier entgegen.

»Was ist das?«

»Eine Liste. Eine Liste, die Hans irgendwann einmal aufgestellt hat. Ein Pro und Kontra für Miriam und mich. Die habe ich zusammen mit Miriams Liebesbriefen und ihrer Abizeitung entdeckt, die Hans in einem Fach seines Schreibtischs versteckt hatte.«

»Du hast in seinen Sachen geschnüffelt?«

»*In seinen Sachen geschnüffelt?* Ich muss hier gerade erfahren, dass mein Mann eine Affäre mit einer Schülerin hatte, die zufälligerweise heute eine meiner besten Freundinnen ist – und du willst mir vorwerfen, ich hätte geschnüffelt?«

»Hast recht, war jetzt blöd von mir«, entschuldige ich mich.

»Ich bin heute fast verrückt geworden«, erzählt Steffie, »und wusste nicht mehr, was ich tun soll. Und irgendwann habe ich gedacht: Gut, wenn Hans ausziehen will, soll er das tun. Aber dann bitte auch ganz! Also habe ich wütend alle seine Sachen zusammengesammelt und wollte den Schreibtisch ausräumen – und dabei habe ich es eben entdeckt. Zuerst konnte ich das natürlich nicht glauben, aber an diesen Beweisen« – sie deutet auf die Briefe, die Zeitung und die Liste – »gibt's wohl nichts mehr zu deuteln. Jetzt verstehe ich auch, warum Miriam uns nie erzählt hat, auf welcher Schule sie war. Weil sie nicht wollte, dass ich es erfahre. Und dann diese Liste! Hier!« Steffie schiebt sie mir noch weiter hin. »Sieh dir das an!«

Ich werfe einen Blick darauf und bin einigermaßen erschüttert. Das ist schon harter Tobak:

Steffie – Pro:

- *wir sind erst ein Jahr verheiratet*
- *sie passt zu mir, wir haben die gleichen Lebensziele*
- *wir sind fast gleich alt*
- *manchmal denke ich, ich liebe sie noch sehr*
- *keiner kennt mich so gut wie sie*
- *ich kann neben ihr gut schlafen*
- *sie ist so zärtlich*
- *wir haben den gleichen Beruf an derselben Schule*
- *wir haben einen gemeinsamen Freundeskreis*
- *im Urlaub übernimmt sie immer die Organisation*

»Geh zu Kontra!«, unterbricht Steffie mich, bevor ich mit der Liste am Ende bin. Ich tue, was sie sagt.

Steffi – Kontra:

- *fühle mich manchmal wie Bruder und Schwester*
- *sie ist rechthaberisch*
- *bei ihr muss immer alles genau sein*
- *sie lacht so komisch*
- *Sex ist selten und auch nicht mehr so gut*

»Hast du das gelesen?«, regt Steffie sich auf. »Selten und nicht mehr so gut!«

»Aber«, mache ich zaghaft einen Einwurf, »das hast du doch neulich selbst gesagt.«

»Ja, neulich! Aber nicht vor *zehn* Jahren!«

Ich passe lieber auf, was ich sage, sonst rastet sie noch total aus. Stattdessen mache ich mich über das Pro und Kontra her, das unter Miriams Namen steht. Unter Kontra finden sich natürlich Sachen wie *zu jung* und *meine Schülerin*, aber auch *Soll ich dafür meine Ehe und meinen Beruf aufs Spiel setzen?*. Bei Pro wird es dann allerdings nahezu schwärmerisch:

Miriam – Pro:

- *sie hat noch so viele verrückte Ideen und Träume*
- *sie bringt mich oft zum Lachen*
- *sie ist einfach wunderschön*
- *mit ihr wird es nie langweilig*
- *Sex mit ihr ist der Wahnsinn*

Ich stocke. Okay, ich muss zugeben, das tut weh: Wer will schon schwarz auf weiß sehen, dass der eigene Mann den Sex mit einer anderen *den Wahnsinn* findet? Noch dazu, wenn man mit dieser anderen Frau befreundet ist? Und noch viel schlimmer: Wenn es die Schülerin des eigenen Mannes war! Ich lese weiter:

- *ihre Haut ist so weich*
- *ich weiß bei ihr nie, was sie im nächsten Moment tun wird, sie ist spontan*
- *bei ihr fühle ich mich lebendig*
- *ich bin glücklich, wenn sie bei mir ist*

»Du hast recht«, sage ich, nachdem ich die Liste zu Ende studiert habe. »Das ist alles ganz schrecklich.«

»Das kann man wohl sagen!«

»Aber trotzdem: Du solltest versuchen, so sachlich wie möglich über alles nachzudenken. Immerhin hast du mir mal erzählt, dass du und Hans ein Jahr nach eurer Hochzeit eine Krise hattet. Aber danach hat es sich doch wieder eingerenkt.«

»Das hab ich auch immer gedacht. Aber da konnte ich ja nicht ahnen, dass er sich mit einer Schülerin eingelassen hat.«

»Natürlich ist das schlimm. Aber vielleicht … vielleicht kannst du ihm verzeihen?«

Steffie starrt mich entsetzt an. »Verzeihen? Ich habe hier eine Pro-und-Kontra-Liste, auf der Hans mich mit einer Abiturientin vergleicht!«

Ich seufze. Natürlich kann ich sie verstehen, es würde mir bestimmt nicht anders gehen. »Ich glaube, ich lasse dich jetzt lieber mal allein«, meine ich deshalb. »Aber vielleicht kannst du ja noch über eine Sache nachdenken.«

»Die wäre?«

»Dass Miriam dich damals noch nicht gekannt hat. Was auch immer sie getan hat – sie war noch nicht deine Freundin. Und seitdem ist nie wieder etwas mit Hans gewesen.«

»Behauptet sie?«

»Ja, das tut sie, und ich glaube ihr. Außerdem liegt ja auf der

Hand, dass Hans *The Unspeakable* ist, das hat sie auch schon zugegeben. Und dass mit dem seit Jahren nichts mehr war, weißt du ja selbst.«

»Ja«, schnauft Steffie, »was für eine dramatische Geschichte! *The Unspeakable!* Da hat sie uns ganz schön an der Nase herumgeführt.«

»Aber sie hätte ja auch schlecht seinen wirklichen Namen sagen können.« Steffie zuckt mit den Schultern.

»Ich hätte es trotzdem lieber von ihr persönlich als auf diese Art und Weise erfahren.«

»Wäre es dann etwas anderes?«, will ich wissen. »Hättest du dann in Ruhe mit ihr geredet und dich überhaupt nicht aufgeregt?«

»Nein«, gibt Steffie zu. »Aber vielleicht hätte ich mich dann nicht ganz so gedemütigt gefühlt wie jetzt. Und gleich zweifach hintergangen.« Wieder fängt sie an zu weinen. Ich nehme Steffie noch einmal in den Arm und lasse sie dann allein. Sie wird wohl noch eine ganze Weile brauchen, bis sie auch nur annähernd verdauen kann, was sie heute entdeckt hat. Ich möchte wirklich nicht gern in Hans' Haut stecken, wenn er ihr das nächste Mal begegnet!

Ich bin schon eine Weile unterwegs, als mir klar wird, dass ich noch nicht nach Hause fahren kann. In meinem Kopf geht es drunter und drüber, ich weiß gar nicht, wie ich mit der Situation umgehen soll. Zerbricht jetzt alles? Unsere jahrelange Freundschaft, ist sie mit einem Schlag vorbei? Der Gedanke macht mich mehr als traurig. Ja, wenn ich ehrlich bin, macht er mich sogar noch trauriger als jede Trennung, die ich bisher erleben musste. Es ist schon was Wahres dran: Männer kommen und gehen – aber Freundinnen hat man fürs Leben. Oder eben auch nicht. Wenn ich bloß wüsste, was ich tun kann, um die Wogen wieder etwas zu glätten. Aber angesichts der Lage müsste da schon ein mittelgroßes Wunder geschehen.

Ich halte an und hole mein Handy heraus. Das SMS-Orakel war ja schon so eine Art Wunder. Vielleicht hilft es mir jetzt auch weiter. Ich schreibe eine Nachricht an IHN.

Er

Mein Mitarbeiter-Vorgesetzten-Gespräch war – wie nicht anders zu erwarten – *same procedure as every year*. Meine Chefin fragte mich nach der eigenen Einschätzung meiner Arbeitsleistung (unspektakulär), teilte mir ihre mit (noch unspektakulärer), gemeinsam brüteten wir über meinen beruflichen Perspektiven – und am Ende kam natürlich mal wieder rein gar nichts dabei heraus.

Was für eine Zeitverschwendung!

Als ich das Krankenhaus betrete, habe ich den Gesprächsinhalt schon fast wieder komplett vergessen und freue mich auf Frau Bartholdi. Tatsächlich: Zu meiner eigenen Überraschung merke ich gerade, dass ich mich wirklich *freue*. Zu dem kleinen Spontanbesuch habe ich mich entschlossen, weil ich noch immer nichts von Georg gehört habe und langsam mal wieder Lust hätte, auch mit Menschen zu reden, die nicht meine Kollegen oder Kunden sind. Oder meine Eltern. Und außerdem möchte ich wirklich sehen, wie es Frau Bartholdi geht. Irgendwie habe ich sie lieb gewonnen.

»Na, das ist ja eine nette Überraschung!«, begrüßt sie mich, als ich ihr Zimmer betrete. »Freut mich, dass Sie wieder vorbeischauen! Ich wollte mich neulich noch bedanken, dass Sie meine Sachen gebracht haben. Aber als ich aufgewacht bin, waren Sie schon weg.« Sie strahlt mich an und sieht schon wesentlich besser aus, nahezu rosig.

»Keine Ursache. Es freut mich, dass es Ihnen besser geht«, sage ich und nehme auf dem Stuhl neben ihrem Bett Platz. In diesem

Moment fällt mir auf, dass ich ihr gar nichts mitgebracht habe. Pralinen, Blumen, irgendetwas in der Art. *Roland, du bist echt ein Schussel!* »Tut mir leid, ich hab Ihnen gar nichts mitgebracht …«

»Keinen Brief von meinem Günter?«

Ich sehe sie erschrocken an. Ist sie schon wieder verwirrt?

»Ich, äh …«

Frau Bartholdi fängt an zu lachen. »Keine Sorge«, beruhigt sie mich, »das sollte nur ein kleiner Scherz sein. Ich weiß, dass es vermutlich gar keinen Brief von Günter gibt. Und dass ich wohl nie wieder etwas von ihm hören werde.« Für einen kurzen Moment sieht sie sehr unglücklich aus, doch dann lächelt sie wieder. »Das spielt keine Rolle mehr. Mir geht es gut, ich bin gesund, und die Ärzte meinen, dass so eine kleine Verwirrtheit in meinem Alter schon einmal vorkommen kann. Morgen darf ich übrigens wieder nach Hause.«

Ich seufze erleichtert. Dachte schon, die Szene vom Anfang unserer Bekanntschaft würde sich noch einmal wiederholen. »Das freut mich.«

»Sie sehen aber auch irgendwie anders aus«, stellt Frau Bartholdi fest.

»Anders?«, will ich wissen.

»Ja, Sie wirken irgendwie fröhlicher.« Das haut mich fast vom Stuhl. Wie hat sie denn in ihrem Zustand bemerkt, wie es *mir* geht? »Ich bin vielleicht alt und verwirrt«, erklärt sie, ohne dass ich überhaupt etwas gesagt habe, »aber nicht blind.«

»Da haben Sie mich wohl durchschaut. Es ging mir eine Zeit lang nicht so gut. Aber jetzt ist es schon wesentlich besser.«

»Sehen Sie, meine Junge«, sagt sie und tätschelt mir dabei mütterlich die Hand. »Am Ende kommt eben doch alles wieder ins Lot.«

Hoffentlich hat sie damit recht. Aber wenn ich sie mir so ansehe, wie sie da fröhlich grinsend in ihrem Bett sitzt, möchte ich es fast glauben.

Piep, piep. Mein Handy!

»Na, na, na«, rügt Frau Bartholdi mich, als ich das Telefon aus meiner Jackentasche hole. »So etwas muss man hier doch ausschalten!«

»Hab ich nicht mehr dran gedacht«, entschuldige ich mich, lese aber schnell die Nachricht.

Der Tag fing toll an, aber jetzt ist alles konfus! Meine besten Freundinnen sind zerstritten, ich stecke mittendrin. Weiß nicht weiter. SIE

Verdammt. Klingt nach ziemlicher Krise, die SIE da hat. Und ich kann ihr nicht mal helfen.

»Na?«, will Frau Bartholdi wissen. »Eine Verehrerin? Davon haben Sie doch sicher eine ganze Menge, so ein schicker, junger Kerl wie Sie!« Ich muss lachen, da liegt sie ja nun komplett falsch. Und ohne groß darüber nachzudenken, erzähle ich ihr alles: die Sache mit Doro, der SMS-Kontakt, unsere Glückssuche und dass ich mehr und mehr wissen will, wer SIE eigentlich ist. Ich beende meinen Bericht mit der Kurznachricht, die ich eben bekommen habe.

»Das ist ja eine unglaublich romantische Geschichte!«, ruft Frau Bartholdi verzückt.

»Romantisch? Ich kenne diese Frau doch gar nicht.«

»Unsinn!«, widerspricht Frau Bartholdi mir energisch. »Sie kennen diese Frau besser, als Sie glauben! Diese Nachrichten, diese Glückssuche – das klingt doch fast wie Seelenverwandtschaft.«

»Meinen Sie?« Frau Bartholdi nickt. »Und wie kann ich ihr jetzt helfen? Ich habe keine Ahnung, was ich ihr schreiben soll.« Ratlos blicke ich auf mein Display.

»Lassen Sie mich mal überlegen.« Sie legt ihre ohnehin schon gefurchte Stirn noch mehr in Falten und wirkt sehr konzentriert.

»Ich hab's!«, ruft sie dann. »Die Dinge kann man immer besser beurteilen, wenn man über ihnen steht statt mittendrin.«

»Über statt mittendrin?« Ich verstehe nur Bahnhof.

»Also, ich bin in Situationen, in denen ich nicht wusste, was ich machen soll, immer auf irgendein hohes Gebäude gestiegen«, erklärt mir Frau Bartholdi. »Und wenn ich dann runtersah, den Hafen und die Schiffe und die Kräne von Hamburg sehen konnte, dann wurde mir immer vieles sofort klarer. Das sollten Sie Ihrer Unbekannten raten!«

Sie

Auf der Aussichtsplattform der St.-Michaelis-Kirche, kurz Michel, herrscht ziemlicher Wind. Und ziemliches Gedränge. Kein Wunder, immerhin handelt es sich um eines der bekanntesten Hamburger Wahrzeichen. Trotzdem finde ich ein kleines Plätzchen für mich und gucke hinunter. Sieht aus wie Hamburg von oben. Und jetzt? *Bin auf einen Kirchturm geklettert*, tippe ich in mein Handy, *und jetzt? SIE.* Immerhin war das seine Idee, dass ich irgendwo hoch soll, um mir eine »Übersicht« zu verschaffen.

Was siehst du? ER

Unten die Straße und Autos. SIE

Was noch? ER

Menschen, die wie Playmobil-Figuren aussehen. SIE

Und? ER

Die Schiffe im Hafen. SIE

Sonst noch was? ER

Eine Kirmes (Dom), die Reeperbahn, Planten un Blomen (ist eine Grünanlage). SIE

Etwa zehn Minuten lang warte ich auf Antwort. Kommt aber nix mehr. Super! Erst hetzt er mich auf diesen Turm, und dann hüllt Monsieur sich in Schweigen. Soll ich etwa runterspringen, und dann lösen sich alle meine Probleme von allein, oder was? *Hallo!,* schreibe ich, *noch da?* Als seine Antwort eintrudelt, falle ich tatsächlich fast vom Michel.

Du wohnst also in Hamburg. Ich auch! ER

Er

Sie wohnt auch in Hamburg! Sie – wohnt – auch – in – Hamburg! Ich kann es gar nicht fassen, als ich die Nachricht mit Reeperbahn und *Planten un Blomen* lese. Das kann doch nicht sein! Oder – und das halte ich gerade gar nicht für unwahrscheinlich – die Sache ist doch von Anfang an geplant gewesen und ihre erste SMS hat mich gar nicht zufällig erreicht. Aber dann stellt sich die Frage: Warum?

Wie gern würde ich jetzt mit jemandem darüber reden. Aber Georg ist – welch Wunder! – immer noch nicht zu erreichen. Und Frau Bartholdi will ich nicht schon wieder zutexten. Was hatte sie noch gesagt? Seelenverwandtschaft? Und wenn es wirklich so ist? Selbst der hartgesottenste Realist muss angesichts dieser Umstände zum Esoteriker werden. Mit fahrigen Fingern tippe ich auf der Tastatur herum. Wenn es so sein soll, soll es so sein!

Lass uns treffen! Sonntag, 12 Uhr, wieder auf dem Michel? ER

Gut. Ich komme. SIE

Das ist der Stoff, aus dem Romane sind!

Sie

»Ist das jetzt Schicksal oder Zufall? Ich meine, dass mein SMS-Freund auch in Hamburg wohnt?«

»Schicksal«, meint Miri. Nach der SMS von IHM bin ich sofort zu ihr gefahren. Musste das einfach jemandem erzählen. Auch wenn Miriam gerade andere Sorgen hat. Aber deshalb bleibt mein Leben ja nicht stehen, und sie ist eben eine meiner besten Freundinnen. Die andere sitzt vermutlich immer noch zu Hause und wetzt ihre Messer. Aber irgendwann wird sie sich beruhigen. Vielleicht. Hoffe ich doch.

»Ich sehe das jedenfalls so«, stellt Miriam fest, »egal, ob es Zufall oder Schicksal ist, du solltest aus der Situation etwas machen und dich mit ihm treffen.«

»Das habe ich ja auch vor«, erkläre ich, »aber irgendwie seltsam ist das alles schon.«

»Das Leben *ist* seltsam.«

»Auch wieder wahr.«

»Hast du mit Steffie geredet?«

»Ja.«

»Und?«

»Ich denke, sie wird noch eine Weile brauchen.«

Miriam seufzt. »So ein Mist! Hätte ich ihr doch einfach alles erzählen sollen?«

»Nein«, antworte ich, »gib ihr nur etwas Zeit. Irgendwann könnt ihr dann bestimmt in Ruhe über alles reden.«

»Glaubst du?«

Ich bin mir nicht sicher. Ehrlich gesagt überhaupt nicht, aber trotzdem sage ich: »Ja.«

Miriam guckt nachdenklich auf das Foto auf ihrem Sideboard, das Steffie, sie und mich bei einem gemeinsamen Urlaub zeigt. 2001 war das, da haben wir eine Mädelswoche auf Gran Canaria gemacht. Eigentlich hatte ich mit meinem damaligen Freund hinfliegen wollen, aber der hatte mich – natürlich! – kurz vorher sitzen lassen. Als ich weinend Miriam und Steffie davon erzählte, war für beide sofort klar: Dann fliegen wir eben zu dritt! Dabei hasst Miriam die Kanaren, und Steffie hat in der Schule kurzerhand blaugemacht und sich krankgemeldet (so etwas würde sie sonst nie tun!) – aber trotzdem war es eine tolle Woche, die ich nie vergessen werde. Auf dem Foto strecken wir alle drei die Zunge heraus – so, als wollten wir sagen: *Die Welt kann uns mal, Hauptsache, wir haben uns!* Miriam seufzt noch einmal, während sie das Foto betrachtet und wahrscheinlich genauso wie ich an unseren Urlaub denkt. »Ich will, dass wieder alles so ist wie vorher!«, stößt sie dann weinerlich hervor.

»Süße«, sage ich und nehme ihre Hand. »Es wird nie wieder wie vorher. Es wird anders werden. Aber anders heißt nicht unbedingt schlechter.«

Einen Moment lang sitzen wir nur so da. Aber dann kommt die alte, unbekümmerte Miriam wieder zum Vorschein. »So, jetzt lass uns noch einmal über dein Treffen am Sonntag reden!« So ist Miriam. Sie spricht nur selten über etwas, was ihr wirklich nahe geht. Auch wenn das jetzt absurd sein mag, weil die Situation mit Hans und Steffie und ihr ja wirklich alles andere als schön ist: Ich bin fast froh, dass ich Miri deswegen auch mal so ganz anders erleben darf. Genau wie bei Steffie bringt mich ihr das noch näher, als ich ihr ohnehin schon bin.

»Ja«, stimme ich zu, ohne ihr zu sagen, woran ich gerade gedacht habe, »die wichtigste Frage ist doch wohl: Was, um Gottes willen, ziehe ich an?«

»Zieh einfach an, worin du dich wohl fühlst.«

»Aber ob ihm das dann auch gefällt?«

Miriam guckt mich vorwurfsvoll an. Weiß gar nicht, was sie hat. Aber dann dämmert es mir. »Ach so, ja richtig, ich sollte nicht darüber nachdenken, was *ihm* gefällt, sondern was *mir* gefällt. Noch dazu, wo ich ja überhaupt nicht weiß, wer dieser Typ ist. Vielleicht finde ich ihn ja ganz schrecklich und bin froh, wenn ich das Treffen so schnell wie möglich wieder beenden kann.«

»Sehr schön, du hast deine Lektion begriffen.«

Ich nicke. Aber insgeheim bin ich mir trotzdem ganz sicher, dass er mir gefallen wird. Obwohl ich nicht weiß, wie er aussieht, ja, noch nicht einmal seine Stimme kenne und dieser SMS-Kontakt genau genommen ziemlich anonym ist – irgendwie hat mich das, was er mir bisher geschrieben hat, sehr berührt. So eine Art Seelenverwandtschaft. Klingt kitschig, aber das ist das einzige Wort, das mir dazu einfällt. Soll's ja alles schon gegeben haben, nicht umsonst gibt es Single-Chats und InternetBörsen. Einsame Menschen haben sich schon zuhauf gefunden und verliebt, bevor sie sich zum ersten Mal getroffen haben. Auf jeden Fall werde ich mir am Sonntag trotzdem ein bisschen mehr Mühe mit meinem Styling geben. Ist doch nichts dabei, wenn ich da nicht gerade in meinem Lieblingsjogginganzug aufkreuze.

»Jana!«, unterbricht Miriam meine Gedanken. »Du hast schon wieder dieses verräterische Grinsen im Gesicht.«

»Hab ich gar nicht!«

»Hast du wohl!«

»Hab ich nicht.«

»Hast du wohl«

»Hab ich nicht.«

»Hast du wohl.«

»Na gut«, gebe ich zu, bevor wir dieses lustige Spielchen noch ein paar Stunden praktizieren, »natürlich finde ich es unglaublich spannend, ihn zu treffen. Und sicher habe ich mich auch schon gefragt, ob er vielleicht mein Typ sein könnte. Wir kennen doch alle den Film *Schlaflos in Seattle* – und ich finde, unsere Geschichte ist fast ein bisschen ähnlich.«

»Du meinst, du wirst auf dem Michel vielleicht Tom Hanks begegnen?«, scherzt Miri. »Obwohl«, verbessert sie sich dann schnell, »der ist doch so fett geworden ... Jemand wie Collin Farrell oder Johnny Depp müsste da stehen.«

»Bei meinem Glück werde ich von Markus Maria Profitlich empfangen«, mutmaße ich.

»Wer auch immer es ist, spannend ist es auf jeden Fall«, meint Miriam. »Eigentlich würde ich am liebsten mitkommen.«

»Super Idee! Ich habe mein erstes Date mit dem Unbekannten, und du stehst kichernd daneben. Echt romantisch!«, stelle ich fest.

»Ich würde mich auch ganz unauffällig verhalten.«

»Du *kannst* dich überhaupt nicht unauffällig verhalten!«

»Kann ich doch!«

Bevor ich etwas antworte, nehme ich sie einfach in den Arm und knuddele sie einmal kräftig durch.

»He!«, ruft sie und macht sich los. »Was soll denn das?«

Ich drücke ihr einen dicken Schmatzer auf die Wange. »Ich hab dich einfach schrecklich lieb! Und alles andere regelt sich auch noch, wirst schon sehen!«

Bei mir zu Hause war jemand vom Teleshopping-Kanal. Oder so was in der Art. Vor meiner Wohnungstür steht jedenfalls eine große Einkaufsbox, randvoll gefüllt mit Leckereien: zwei Flaschen Chianti, eine Packung Gnocchi, Pesto, Aceto Balsamico, Mozarella, Tomaten, Basilikum ... sprich: alles, was ein italienischer Feinkostladen so hergibt. Was ist das? Versteckte Kamera oder so? Bei näherem Hinsehen entdecke ich einen Zettel, der zwischen den Lebensmitteln steckt.

Wollte meine bezaubernde Nachbarin bekochen, aber die bezaubernde Nachbarin ist nicht da. Schade! Sollte die bezaubernde Nachbarin zu einer Zeit nach Hause kommen, zu der man noch essen kann, und sollte die bezaubernde Nachbarin dann auch noch Lust dazu haben, würde sich der Nachbar freuen.
Felix

Ich muss lachen. Wie süß! Leider habe ich weder besonders großen Hunger, noch bin ich nach diesem Tag sonderlich fit – aber irgendwie finde ich die Idee zu hinreißend, um die Einladung abzulehnen. Außerdem: Ein Glas Wein und ein Teller Gnocchi gehen immer!

»Dann leg mal los, du Chefkoch«, fordere ich Felix auf, nachdem ich bei ihm geklingelt habe. Er freut sich sichtlich, kommt mit in meine Wohnung und stellt sich sofort fachmännisch in die Küche.

»Ich liebe die italienische Küche!«, stellt er fest, als er uns keine halbe Stunde später ein leckeres Gericht serviert. »Und Italien, das ist überhaupt mein Lieblingsland.«

»Na dann«, ich hebe mein Glas Chianti, »Prost!«

»Und?«, will Felix wissen, nachdem wir den ersten Schluck getrunken haben. »Wie war dein Tag so?« Ich stöhne auf und verdrehe die Augen.

»Das willst du nicht wissen.«

»Sicher will ich das wissen.«

»Glaub mir: Das willst du ganz bestimmt nicht.«

»Du bist echt eine kleine Geheimniskrämerin«, mault Felix und schiebt sich die erste Gabel Gnocchi in den Mund. »Aber mach ruhig. Ich finde schon alles heraus.«

»Nimm dich in Acht«, erwidere ich lachend. »Sonst findest du sie wirklich noch heraus, die finsteren Geheimnisse der Jana K.!«

»Also, was sind jetzt deine finsteren Geheimnisse?«, will Felix wissen, als wir später am Abend auf meinem Sofa sitzen. »Rück schon raus damit!« Er zupft mich spielerisch an den Haaren, die ich zum Pferdeschwanz hochgebunden habe.

»Hm«, meine ich, »lass mal nachdenken.«

»Ich lausche gespannt.«

»Ich gehe gern mit Socken ins Bett, weil ich immer so kalte Füße habe.«

Felix reißt erschrocken die Augen auf. »Das ist ja furchtbar! Was meint dein Therapeut dazu?«

Ich lache und nehme noch einen Schluck von dem leckeren Chianti. »Er denkt, ich komme durch.«

»Puh!« Felix wischt sich den imaginären Schweiß von der Stirn. »Dann ist es ja gerade noch einmal gut gegangen! Und sonst? Welche finsteren Geheimnisse hast du sonst noch?«

»Lass mal überlegen ... Ich liebe Rock-Hudson-und-Doris-Day-Filme. Muss ich mir immer ansehen, wenn einer läuft.«

»Das wird ja immer schlimmer!«, ruft Felix. »Und welchen findest du besser? *Ein Pyjama für zwei* oder *Bettgeflüster?«*

»Den Pyjama natürlich!«

»Wieso?«

»Weil man da die sexy Brust von Rock Hudson sieht!«

»So?« Felix setzt sich kerzengerade hin, drückt seinen Brustkorb raus und greift sich mit beiden Händen ans Hemd. »Das kann ich auch!«, behauptet er.

»Das traust du dich nicht!«

»Meinst du?« Ich nicke.

Ratsch! Mit einem Ruck sitzt Felix mit freiem Oberkörper neben mir, ich verschlucke mich fast an meinem Chianti, so überrascht bin ich. Und den Atem verschlägt es mir auch: Er ist mehr als gut gebaut, ich kann gar nicht wegsehen.

»Also«, stottere ich, »für jemanden vom Finanzamt bist du wirklich ganz schön ... äh ...«

»Und nicht nur da«, flüstert Felix, und sein Gesicht kommt meinem gefährlich nahe. Das ist gemein! Wie soll ich denn da widerstehen? Mein Herz pocht mir bis zum Hals, ich kann Felix' warme Haut riechen. Kurz bevor seine Lippen meine berühren, schiebe ich ihn zurück.

»Felix, bitte«, krächze ich etwas heiser. »Ich hab dir doch gesagt, dass ich Zeit brauche.«

»Aber wie viel Zeit brauchst du denn noch?« Täusche ich mich, oder macht Felix wirklich einen wütenden Eindruck?

»So viel, wie ich will!«, gebe ich heftig zurück. Ich habe keine Lust, mich vor ihm zu rechtfertigen. Und wenn ich nicht will, dann will ich eben nicht! Sofort setzt Felix eine entschuldigende Miene auf.

»Tut mir leid, aber ich finde dich eben so ...«

»Ja«, unterbreche ich ihn, »aber es spielt doch wohl auch eine Rolle, wie *ich dich* finde.«

Jetzt wechselt der Ausdruck von entschuldigend zu verletzt. »Ich dachte eben, du magst mich auch. Dachte, du würdest auch ...«

»Tu ich ja. Aber das geht mir zu schnell.« Wie soll ich ihm das erklären? Meine hunderttausend gescheiterten Beziehungen, die SMS-Geschichte – das Gefühl, das erste Mal in meinem Leben wirklich auf mich zu achten. Das ist ja alles viel zu kompliziert, da brauche ich Stunden. Außerdem ist das auch nichts, was ich jemandem, den ich kaum kenne, einfach so erzählen möchte.

»Die Sache ist die«, wähle ich daher die Kurzform, »es gibt da ... noch einen anderen.«

»Oh.« Linkisch fängt er an, sein Hemd wieder zuzuknöpfen. Geht nur leider nicht, weil er die Knöpfe gleich mit abgerissen hat. »Das wusste ich nicht.«

»Konntest du auch nicht wissen. Und es ist auch eigentlich gar nichts. Und dann wieder doch. Es ist ... wirklich schwierig zu erklären. Aber unterm Strich bleibt es eben so: Ich brauche Zeit.«

»Ja, sicher«, pflichtet Felix mir sofort bei. »Ich habe dich überfahren, das tut mir leid.« Er nimmt die Chianti-Flasche und gießt uns beiden noch einen großen Schluck ein. »Komm, lass uns das von eben vergessen und noch einmal auf den bisher wunderbaren Abend anstoßen.«

»Gern!« Na bitte, geht doch. Felix drückt sich vom Sofa hoch, steht vor mir, verbeugt sich galant, wir stoßen an – in diesem Moment geschieht das Malheur: Felix rutscht sein Glas aus der Hand, er kippt mir den Chianti direkt über meinen Kopf, meinen hellblauen Pullover und meine beige Hose. Treffer, versenkt.

»Mist!«, schreie ich und springe auf. Ich bin vom Scheitel bis zur Sohle mit Rotwein durchtränkt.

»Oh, sorry! Ich ...« Er versucht, den Wein mit einem Zipfel seines Hemdes abzutupfen. »Du musst die Sachen am besten gleich einweichen«, meint er, »dann geht das bestimmt wieder raus. Und wenn nicht, zahl ich dir die Reinigung.«

»Schon gut«, beruhige ich ihn. »Sind sowieso alte Sachen.« Ich sehe an mir hinunter. »Und jetzt sehen sie halt noch etwas älter aus. Trotzdem, ich muss mal schnell unter die Dusche. Oder ist Rotwein gut für die Haare?« Jetzt muss ich grinsen, und auch Felix bringt ein hilfloses Lächeln zustande.

»Ich weiß nicht, wie ich so ungeschickt sein konnte!«

»Mach dir mal keine Gedanken«, beruhige ich ihn. »Vielleicht sollten wir den Abend jetzt lieber beenden.«

»Bist du sicher?« Ich nicke. Im Stehen ist sein Oberkörper noch imposanter als im Sitzen. Trotzdem: Ich muss ins Bett. Allein!

»Ganz sicher«, meine ich und mache Anstalten, ihn zur Tür zu bringen.

»Lass mal, ich finde schon allein raus. Sonst verteilst du den Rotwein noch durch deine gesamte Wohnung.«

»Ist gut.« Dann gebe ich ihm doch noch ein Küsschen auf die Wange, er wirkt gerade so zerknirscht. Felix wendet sich zur Tür, ich selbst mache mich auf den Weg ins Badezimmer.

Was für ein Tollpatsch, denke ich, während mir das warme Wasser übers Gesicht läuft. Oder liegt es vielleicht daran, dass ich ihn irgendwie nervös mache? Kein schlechter Gedanke, dass ein Mann wegen mir das Zittern anfängt. Aber trotzdem weiß ich noch immer nicht so recht, was ich mit ihm anfangen soll. Natürlich finde ich ihn attraktiv und sexy. Der Mann scheint alles zu haben, was man sich wünschen kann. Aber trotzdem ist da so ein Gefühl … Vielleicht ist er mir ein bisschen zu drängend. Und dann ist da ja auch noch der Sonntag, wenn ich den großen Unbekannten kennenlerne. Wer weiß, was danach ist? *Schlaflos in Seattle?* Mein Bauchgefühl sagt mir jedenfalls, dass es ein aufregendes Treffen werden wird.

Als ich im Bademantel vorm Spiegel stehe und mir die Haare trocken rubbele, habe ich den Eindruck, aus meiner Wohnung ein leises Klappern zu hören.

»Ist da jemand?«, rufe ich und gehe ins Wohnzimmer. »Felix?« Aber es ist niemand da, auch der Flur ist leer. Allerdings fällt mein Blick auf meine Handtasche, die vor der Kommode liegt und ihren kompletten Inhalt ausgespuckt hat: Portemonnaie, Handy, Bürste, Lippenstift, mein Notizbuch. Das war also das Geräusch, die Tasche ist runtergefallen. Seufzend sammle ich die Sachen wieder ein, stecke sie zurück in die Tasche und gehe ins Bad zum Zähneputzen.

Vor dem Badezimmerspiegel stehend lasse ich noch einmal den Tag Revue passieren. Unglaublich, dass alle diese Ereignisse in kaum mehr als zwölf Stunden gepasst haben. Früher passierte so viel nicht in einem ganzen Jahr. Aber früher war eben früher. Und seitdem hat sich viel geändert.

Er

Das Saublöde an künstlerischer Inspiration ist leider, dass sie kommt und geht, wie sie will. Gerade will sie nicht. Kommen, meine ich.

Schon den ganzen Abend sitze ich am Schreibtisch und kriege keinen einzigen Satz zu Papier. Dabei war ich ganz sicher, dass ich heute – sozusagen von der Muse der freudigen Erwartung wegen Sonntag geküsst – wahrhaft meisterliche Einfälle haben würde. Tja, Pech. Habe ich nicht. Das Einzige, was mir bisher einfallen wollte, ist eine Einkaufsliste für morgen, damit mein Kühlschrank endlich mal wieder eine sinnvolle Aufgabe bekommt: kühlen. Und zwar Lebensmittel.

Um kurz nach eins gebe ich auf. Bevor ich mir noch einen steifen Nacken hole, indem ich bewegungs- und inspirationslos rumsitze, gehe ich lieber ins Bett. Aber vorher will ich dann doch noch das schreiben, wozu ich auf jeden Fall in der Lage bin: eine SMS, um ihr zu sagen, dass ich mich sehr auf Sonntag freue.

Als ich mein Telefon aus der Tasche hole, sehe ich, dass ich bereits eine Kurzmitteilung habe. Das Piepen muss ich überhört haben. Dabei war ich nicht mal im Schreibrausch. Ich bin mir sicher, dass die Nachricht von IHR ist – aber beim Abrufen sehe ich sofort, dass es eine andere Nummer ist. Schade. *Hab eine neue Handynummer*, steht da. Ha! Also doch von IHR! *Bitte notieren. Freue mich auf Sonntag! SIE.* Ich simse ein *Ich auch* zurück, dann speichere ich ihre neue Nummer ab. Unter SIE. Wo sonst? Kurz bevor ich einschlafe, versuche ich noch einmal, mir unser erstes Rendezvous auszumalen – wie SIE wohl ist? Ich freue mich jedenfalls diebisch auf Sonntag – und bin ein bisschen genervt, dass dazwischen noch ein laaaanger Samstag liegt.

11. Kapitel

Sie

Samstagvormittag bin ich zwar körperlich im Büro anwesend, aber im Kopf bin ich bei Felix. Zwischendurch manchmal bei meinem Michel-Date. Und dann wieder bei Felix. Hätte ich ihn gestern Abend doch küssen sollen? Immerhin gefällt er mir ja, und normalerweise bin ich da nicht so schüchtern. Aber irgendwie habe ich das Gefühl, dass es wichtig ist, dass ich jetzt erst einmal mein eigenes Ding durchziehe. Ich habe ja gerade erst angefangen, mich selbst und meine Wünsche kennenzulernen. Meine Angst ist einfach zu groß, dass ich jetzt gleich wieder an einen Typen gerate und mich dafür völlig aufgebe.

»Ich kann trotzdem nicht glauben, dass du ihm einen Korb gegeben hast«, stellt Miriam fest, der ich die Geschichte erzählt habe. »Er ist doch unheimlich süß!«

»Aber *ihr* habt doch gesagt, dass ich die Kerle mal vergessen soll.«

»Ja, aber *so* eisern musst du ja nun doch nicht sein. Ein bisschen Knutschen, ein bisschen Fummeln …«

»Ach, du weißt doch, wie das meistens bei mir endet: Ich verliebe mich sofort. Und ich finde, dass ich in letzter Zeit unheimlich viel über mich selbst rausgefunden habe und es sich gelohnt hat, mal eine Pause zu machen.«

»Hoffentlich gehst du deshalb jetzt nicht für immer ins Zölibat.«

»Guten Morgen, die Damen!« Vor uns steht ein strahlender Postbote. Der kommt wirklich immer dann rein, wenn man am wenigsten einen Zuhörer gebrauchen kann. Möchte nicht wissen, was der von Miriam und mir denkt.

»Guten Morgen!«, entgegne ich trotzdem fröhlich, sein nettes Grinsen steckt ziemlich an. »Was haben Sie heute denn Schönes?«

»Zuerst einmal das hier.« Er zaubert zwei kleine Blumensträußchen hinter seinem Rücken hervor, solche, wie man sie sich sonst an ein Ballkleid steckt.

»Oh, danke. Wofür ist das denn?«

»Ich dachte, ich revanchiere mich für die Rose von gestern«, stellt er fest.

»Welche Rose?«, will Miriam verständnislos wissen.

»Erklär ich dir später«, sage ich und nehme lächelnd meine Blumen in Empfang. »Schön, dass Sie mich doch noch richtig zugeordnet haben – und nun nicht mehr in einen Salon stecken wollen. Wie heißen Sie eigentlich?« Nach drei Jahren sollte man seinen Briefträger wirklich mal fragen, wie sein Name ist.

»Roland. Roland Siems.« Er deutet einen Hofknicks an.

»Ich bin ...«, setze ich an, werde aber von ihm unterbrochen.

»Jana Kruse und Miriam Stellding. Ich darf doch wohl sehr bitten, ich bringe Ihnen Ihre Post!«

»Stimmt auch wieder«, gebe ich ihm recht. »Haben Sie sonst noch etwas?«

Er nickt. »Hier sind mal wieder ein paar Postkarten und dann noch einige Briefe.« Er gibt mir das Päckchen. Die Briefe lege ich erst einmal achtlos beiseite und mache mich daran, zuerst die Postkarten zu lesen und anzupinnen. Barbeidos, Sizilien und Calgary ist die heutige Ausbeute. Leider wieder alles nur Flugreisen, aber ich habe mir schon ein neues Konzept überlegt, das ich Miriam noch erzählen muss. Roland Siems bleibt einfach weiter vor meinem Schreibtisch stehen und sieht mir zu.

»Sind Sie da auch schon überall gewesen?«, will er wissen. »Wenn man ein Reisebüro hat, kommt man doch bestimmt ziemlich viel rum.«

»Da kennen Sie Jana schlecht!«, lacht Miriam, bevor ich etwas sagen kann. »Sie träumt immer nur vom Reisen, aber bisher ist sie kaum über die Stadtgrenzen von Hamburg hinausgekommen.«

»Na, so ganz stimmt das ja nicht«, werfe ich maulig ein. Muss sie mich jetzt hier so bloßstellen? Das geht ihn doch nichts an.

»Ach, das macht ja auch nichts«, meint er und lächelt noch immer, als hätte er gerade erfahren, dass er im Lotto gewonnen hat.

»Wenn man richtig hinsieht, gibt es auch hier so viele wunderschöne Orte, wie man sie auf der ganzen Welt nicht findet.«

»Meinen Sie?«, frage ich. Er dreht sich um und blickt einen Moment nachdenklich nach draußen. Was kann er da schon groß sehen? Die Grindelhochhäuser würde ich jedenfalls nicht unter *Schönster Ort der Welt* einsortieren.

»Ja, das meine ich«, erwidert er. Dann macht er doch noch Anstalten, zu gehen. »Ich wünsche Ihnen beiden ein wunderschönes Wochenende … und bis Montag!« Mit diesen Worten ist er dann auch schon wieder aus der Tür.

»Davon will ich auch was haben«, meint Miriam.

»Wovon?«

»Na, von dem Zeug, das dieser Roland eingeworfen hat. Der Typ ist doch ganz offensichtlich auf dem Euphorie-Trip, da hat er bestimmt was genommen. Sonst ist er hier immer so miesepetrig reingeschlichen, woher kommt da plötzlich seine gute Laune?«

»Keine Ahnung«, erwidere ich und zucke mit den Schultern.

»Vielleicht ist er frisch verliebt?«

»Tja, Liebe ist ja auch eine Art Droge. Die beste jedenfalls, die ich kenne. Blöd nur, dass man davon so verdammt leicht einen Kater bekommen kann.« Mit einem Schlag wirkt sie wieder traurig, und ich weiß natürlich, woran sie denkt: die Sache mit Steffie. Wahrscheinlich kann man auch wegen einer Freundin richtig Liebeskummer haben. Möglicherweise vielleicht sogar schlimmer als bei einem Kerl.

»Ich habe übrigens eine Idee«, sage ich schnell, um Miriam von ihren trüben Gedanken abzulenken.

»In Sachen Steffie?«, fragt sie hoffnungsvoll.

Ich schüttle den Kopf. »Nein, in Sachen Reisebüro.«

»Aha.«

»Ja, ich habe mir überlegt, dass wir uns was einfallen lassen müssen, um wirklich gute Geschäfte abzuschließen.«

»Könnte jedenfalls nicht schaden«, geht Miriam sofort auf meine Ablenk-Strategie ein. »Schieß los!«

»Also«, fange ich an, »wir haben doch festgestellt, dass Erfolg glücklich macht.«

»Und?«

»Da habe ich mir so gedacht: Vielleicht ist es ja auch umgekehrt, dass nämlich glückliche Menschen auch automatisch erfolgreicher sind.«

»Bist du sicher?«

»Nur mal so eine Theorie. Und klingt meiner Meinung nach auch ganz logisch.«

»Ja«, stimmt Miri mir zu, »könnte sein.«

»Und deshalb habe ich mir überlegt, dass wir mal eine andere Klientel ins Auge fassen und uns was trauen müssen. Nichts gegen unser studentisches Publikum – aber auf Dauer bringen die einfach nicht genug Geld in unseren Laden.«

»Das stimmt auf jeden Fall.«

»Wir sollten deshalb ein Firmen-Rundmailing machen!«

»Was für ein Rundmailing?« Ich sehe drei Fragezeichen auf ihrer Stirn.

»Ich dachte mir, wir könnten doch so eine Art Incentives anbieten.«

»Incentives?«

»Firmenreisen für Mitarbeiter.« Ich schnappe mir ein Blatt Papier und schreibe drauflos: *Machen Sie Ihre Mitarbeiter glücklicher – und erfolgreicher!* Miriam guckt mir interessiert über die Schulter. »Ich habe mir das so gedacht«, erkläre ich. »Wir entwickeln besondere Angebote für Firmen. Also Reisen, die sie speziell ihren Angestellten anbieten können. Als Prämie für die Mitarbeiter, die besonders erfolgreich waren.«

»Also einen Bonus?«

Ich nicke. »Genau. Das kann ein Wellness-Wochenende sein oder ein Kurztrip nach Paris – was immer uns einfällt.«

»Und du meinst, das funktioniert?«

Ich zucke mit den Schultern. »Keine Ahnung, aber man kann es ja mal ausprobieren. Wir schreiben ein paar Angebote, untermauern unsere These noch mit ein paar psychologischen Erkenntnissen – zum Beispiel der, dass glückliche und zufriedene Mitarbeiter sich mehr mit ihrem Unternehmen identifizieren und mehr leisten –, und dann schicken wir das einfach mal raus.«

»Klingt gar nicht schlecht«, stimmt Miriam mir zu, »wir sollten das ausprobieren.«

»Das denke ich auch. Immerhin ...« Mein Handy piept und fordert meine Aufmerksamkeit.

Achtung, habe ab sofort eine neue Handynummer. Und können wir unser Treffen auf 15 Uhr verschieben? ER

Darunter steht seine neue Mobilnummer, die ich sofort unter ER speichere. Dann schreibe ich ihm ein *Okay* zurück.

»Und?«, fragt Miriam und beugt sich neugierig über mein Handy. »Nachricht von IHM?«

Ich nicke. »Ja, er hat das Treffen um drei Stunden nach hinten verlegt.«

»Prima!«, freut Miri sich.

»Wieso findest du das denn prima?«

»Weil ich nachmittags besser Zeit habe als um zwölf!«

Ich werfe ihr einen strengen Blick zu. »Ich habe gesagt: Du kommst *nicht* mit!«

»Natürlich nicht! Würde nicht im Traum daran denken, da einfach aufzutauchen!« Sie lacht. »Aber jetzt lass uns mal gleich an die Arbeit gehen und deine Idee umsetzen. Mich würde es nämlich auch verdammt glücklich machen, wenn wir unseren Laden vielleicht doch richtig ans Laufen bringen.«

Das würde mich auch glücklich machen, denke ich. *Und wer weiß: Wenn wir damit tatsächlich richtig Geld verdienen, dann rückt meine Weltreise in greifbare Nähe.*

Er

Endlich! *Today is the day!* Sonntag! Nach dem Aufstehen stelle ich fest, dass ich mich fast schon beeilen muss. Immerhin ist es gleich halb elf. Und ich habe … ein Date!

An dieser Stelle kann ich gleich mal mit dem Gerücht aufräumen, dass nur Frauen sich gründlich auf eine Verabredung vorbereiten. Völlig falsch. Zumindest ich brauche mindestens eine Stunde, um mich physisch und psychisch in eine optimale Verfassung für ein Rendezvous zu bringen. Wobei ich zugeben muss, dass circa vierunddreißig Minuten allein darauf entfallen, meine Kontaktlinsen einzusetzen. Ohne tägliche Übung braucht man dafür nämlich ziemlich lange. Aber seit mir irgendein Date vor Jahren beim ersten Treffen die Brille von der Nase geklaubt und sich anschließend darüber amüsiert hat, dass ich ja offensichtlich Glasbausteine bräuchte und sonst so gut wie blind sei, gehe ich dieser peinlichen Situation bei einer neuen Verabredung lieber aus dem Weg. Stattdessen quäle ich mir die Dinger rein – und finde auch, dass mich das deutlich attraktiver macht (Habe ich schon erwähnt, dass ich eine gewisse Ähnlichkeit mit Jude Law habe? Meint meine Mutter jedenfalls immer!).

Als die Linsen endlich sitzen, muss ich noch mindestens eine Viertelstunde darüber meditieren, in welcher meiner drei Jeans mein Hintern am knackigsten aussieht. Wie immer stelle ich aber fest, dass die gerade in der Wäsche ist. Und dann sind zusammengerechnet auch schon fast fünfzig Minuten um und ich bin immer noch nicht geduscht. Eigentlich überflüssig zu erwähnen, dass ich früher auch immer das letzte Kind war, das nach dem Turnunterricht aus dem Umkleideraum drömelte. Manche Dinge ändern sich eben nie.

Um kurz nach halb zwölf bin ich endlich mit dem Gesamtkunstwerk Roland Siems zufrieden. Noch schnell einen Joghurt reinhauen und einen Kaffee hinterhergießen, dann kann's losgehen.

Als ich mich auf mein Radl schwinge, muss ich mir selbst eingestehen, dass ich ganz schön nervös bin. Verrückt. Ich kenne meine Verabredung noch gar nicht, und vielleicht ist sie auch eine Vogelscheuche – aber meine innere Stimme sagt mir, dass ich gleich eine Frau treffen werde, für die sich das ganze Rumgetippe auf meinem Handy gelohnt hat.

Der Vorplatz des Michels sieht aus, als ob gerade zehn Busse mit wild gewordenen Japanern angekommen sind. Mehrere Reisegruppen treten sich gegenseitig beim Fotografieren auf die Füße, und es ist so gut wie unmöglich, auf einen Blick auszumachen, ob hier eine schöne junge Frau auf mich wartet.

Auf den zweiten Blick sieht auch niemand so aus, als würde er hier auf mich warten – ganz zu schweigen davon, dass ich niemanden sehe, der die drei Adjektive *weiblich*, *jung* und *schön* auf sich vereint. Aber das irritiert mich nicht weiter, denn erstens ist es ja noch kurz vor zwölf und zweitens wollten wir uns oben auf dem Turm treffen. Ich drängle mich also zur Kasse durch und lasse dabei mindestens fünf Touris herzlos stehen, die mich mit wildem Gewinke bitten wollten, ein Bild von ihnen und Hamburgs Wahrzeichen Nummer eins zu machen. Ein andermal gern, bin schließlich für meine Herzensgüte berühmt, aber heute habe ich endlich mal Wichtigeres vor.

Oben auf der Besucherplattform sehe ich mich wieder um. Hm! Zwei ältere Damen mit Gesundheitsschuhen und beigen Trevirahosen, ein Rentner mit Cordhut, ein pickliger Teenager, der in der Nase bohrt, und drei Dutzend Japaner – nein, hier ist SIE sicher nicht dabei.

Bestimmt kommt SIE, einer nicht nachvollziehbaren Frauenlogik folgend, mindestens zehn Minuten später. Bis dahin kann ich die heute tatsächlich sensationelle Aussicht über Hamburg genießen. Und vielleicht netterweise doch ein paar Touristen fotografieren. Jemand zupft mich am Ärmel. Ich fahre herum – ist SIE doch schon da?

»Sir, can you please make photo?«, lächelt mich eine jüngere, südländisch wirkende Frau an. Na, sage ich doch, man sieht mir meine Herzensgüte dermaßen an, dass ich bei solchen Gelegenheiten immer angesprochen werde.

»Okay, can you get closer together?«, fordere ich sie und ihren Freund auf und schaue durch den Sucher. Die beiden sehen noch ziemlich verliebt aus – ich beneide sie. Aber wer weiß, wie sich mein Tag heute noch entwickelt … Ich bin da ziemlich hoffnungsfroh.

Das ändert sich eine Viertelstunde später. Zwanzig nach zwölf. Jetzt könnte sie aber echt mal kommen. Ob ich sie anrufe? Nee, wirkt irgendwie klettig uncool. Da muss ich wohl durch. Außerdem – was will ich ihr denn sagen? *Hallo, hier ist Roland, deine Verabredung. Sag mal, versetzt du mich gerade?* Geht gar nicht!

Ich muss an meine erste richtige Verabredung mit Doro denken. Da war ich es allerdings, der eine halbe Stunde zu spät kam, weil ich nicht mehr wusste, ob wir im *Abaton*-Kino oder im *Holi* verabredet waren – und mich ganz zielsicher für das Falsche entschied. Stand dann zwanzig Minuten dort rum, bis mir klar wurde, dass sie gerade vor dem anderen stand. Glücklicherweise hat Doro meine Verspätung damals mit Humor genommen, und trotz des holprigen Starts sind wir ein Paar geworden. Vorübergehend jedenfalls.

Ich bin mir allerdings ziemlich sicher, dass es in Hamburg nur einen Michel gibt und ich diesmal zwangsläufig den richtigen erwischt habe. Wo bleibt SIE nur?

Viertel vor eins. Hmmm. Langsam komme ich mir ganz schön blöd vor. Vielleicht sucht sie noch einen Parkplatz?

»Sie ist also nicht gekommen.«

»Nein, ist sie nicht. Obwohl ich eine Stunde gewartet habe.« Ich lehne mich tief in meinen Sessel zurück und betrachte den unscheinbaren Typ, der auf dem Stuhl vor meinem Schreibtisch unruhig hin und her rutscht. Mein Gott, was für eine Pfeife! Ich schiebe meinen Hut vom Nacken tief in die Stirn und denke nach. Der Mann braucht Hilfe, klar, sonst wäre er nicht hier. Aber vielleicht kann die Hilfe nur darin bestehen, mal Klartext mit ihm zu reden.

Andererseits – ich kann die Kohle gut gebrauchen. Barny nervt wegen der Miete, und dann sind da noch meine Schulden bei Vince. Ich greife zu meiner Zigarettenschachtel, drehe sie um und klopfe eine einzelne Kippe heraus. Nachdem ich sie ange-

zündet und einen tiefen Zug genommen habe, blase ich den Rauch entschlossen in seine Richtung.

»Also, mein Freund … Was sagt Ihnen, dass sie Sie nicht einfach versetzt hat?«

Er schüttelt den Kopf. »Auf keinen Fall, Mr. Brady. Das hätte sie nicht getan. So ist sie nicht. Es muss etwas passiert sein.«

»So ist sie nicht?« Ich schnaufe verächtlich. »Junger Freund, wenn ich Sie richtig verstanden habe, kennen Sie die Lady gar nicht. Sie meinen nur, Sie zu kennen.« Ich bemerke, wie der Typ anfängt zu schwitzen. Seine Stirn ist auf einmal bedeckt von lauter kleinen Schweißperlen. Er rutscht immer noch hin und her – und macht mich wahnsinnig damit.

»Ich weiß ja selbst, dass das komisch klingt. Aber glauben Sie mir, ich habe sie schon so gut kennengelernt, auch wenn wir uns noch nie gesehen haben – sie wäre gekommen, wenn nicht etwas passiert wäre. Es muss etwas passiert sein – und Sie müssen herausfinden, was. Vielleicht ist sie in großer Gefahr! Bitte, helfen Sie mir – Geld spielt keine Rolle.«

Okay, das ist ein echtes Argument. Scheiß auf die Lady, ich werde das Flittchen schon finden.

Hm. Nicht schlecht. Vielleicht sollte ich mich wirklich auf das Krimi-Genre verlegen und so alle persönlichen Enttäuschungen der letzten Jahre zu packenden Romanen verarbeiten. Natürlich hätten mich die Damen dann nie versetzt oder abgesägt, sondern wären scheußlichen Verbrechen zum Opfer gefallen und nach Monaten beispielsweise von den Froschmännern des Bundesgrenzschutzes aus einem trüben Weiher gefischt worden. Zum handlichen Paket verschnürt. Der Gedanke gefällt mir irgendwie. Und er ist deutlich besser als die trostlose Wirklichkeit.

Die sieht nämlich so aus, dass sie einfach nicht gekommen ist. Und nein, ich glaube in diesem Fall nicht an ein Verbrechen. Ich habe mich nach einer Stunde doch der Peinlichkeit hingegeben und auf ihrem Handy angerufen, aber das war natürlich abgeschaltet – und es gab nicht mal eine Mailbox, auf die ich hätte sprechen können. Oder auf der ich wenigstens mal ihre Stimme hätte hören können, damit ich weiß, dass sie nicht doch nur ein Phantom ist.

Und so sitze ich jetzt wieder in meiner Wohnung und fühle mich überraschend schlecht dafür, dass es ja eigentlich nur ein Blind Date war. Trotzdem – ich bin enttäuscht. Ja, ich hatte mir sogar *ziemlich* viel von dem Treffen versprochen. War irgendwie der Strohhalm, nach dem ich die ganze Zeit gegriffen habe. Ich schaue auf die Uhr – schon fast drei. Wenn ich noch ein paar Stunden bei diesem geilen Wetter in meiner Bude hocke, kriege ich erst recht Depressionen. Aber schon wieder meine Eltern besuchen? Auf keinen Fall. Wie war das noch mit meinen tollen Überlegungen zum Thema Glück, die ich so brav gesammelt habe? Bezweifle schwer, dass mir davon irgendetwas helfen kann. Ich bin schlecht drauf – und Punkt. Das wird wohl auch mal erlaubt sein!

Bleibt mir bei meiner momentanen Stimmung nur noch Georg – aber der ist ja total abgetaucht. Vielleicht sollte ich ihn mal suchen – nicht, dass er derjenige ist, der auf dem Grund des trüben Weihers liegt, und sein guter Männerfreund Roland hat es über Wochen nicht bemerkt, weil er damit beschäftigt war, im Selbstmitleid zu baden.

An sein Handy geht er natürlich wieder nicht ran, also beschließe ich, wieder mal vorbeizufahren und zu klingeln. Packe noch eine Flasche Rotwein und zwei Pappbecher ein, vielleicht wird's doch noch ein ganz netter Tag. Wir könnten ja ein spontanes Picknick im Hayns-Park machen, der ist gleich bei Georg um die Ecke. Also nehme ich auch noch die Familienpackung Nürnberger Rostbratwürstel mit, die ich auf dem Weg vom Michel noch im Penny gekauft habe (von wegen Kühlschrank und so) – bei dem schönen Wetter ist eigentlich auch ein spontanes

Grillen drin. Meine Laune steigt. Als ich mein Fahrrad vor Georgs Haus anschließe, bin ich schon fast wieder bester Dinge. Sein Auto steht auch vor der Tür – einem gepflegten Sonntagnachmittag unter Männern steht also nichts im Weg!

Nichts, bis auf Georg. Der öffnet nämlich auch nach dem dritten Klingeln nicht. Hm. Wo steckt der bloß? Liegt er vielleicht schon seit Tagen leblos hinter seiner Wohnungstür? Aber das wäre doch zumindest seiner Sprechstundenhilfe aufgefallen. Das Handy ist auch immer noch ausgeschaltet. Was nun? Während ich noch nachdenke, verlässt eine junge Frau das Haus. Sieht gar nicht so schlecht aus. Ein sicheres Indiz dafür, dass Georg sich ihr schon mal vorgestellt hat, falls es sich um eine Nachbarin handeln sollte.

»Tschuldigung – wissen Sie vielleicht, wo Georg Altinger steckt? Ich meine, falls Sie seine Nachbarin sind? Ich bin ein guter Kumpel von ihm und habe schon seit ein paar Tagen nichts mehr von ihm gehört. Mache mir langsam Sorgen.« Die junge Frau mustert mich neugierig, bevor sie antwortet.

»Da haben Sie Glück, ich bin tatsächlich eine Nachbarin von Georg. Aber Sie brauchen sich bestimmt keine Sorgen zu machen. Ich glaube, die sind gerade mit einem Picknickkorb bewaffnet im Park verschwunden.« Sie deutet in Richtung Hayns-Park. »Da würde ich es an Ihrer Stelle mal versuchen.«

»Danke, mach ich.«

Die sind im Park verschwunden. *Die?* Bevor ich noch weiterfragen kann, ist die schöne Nachbarin schon um die Ecke gebogen. Sollte ich irgendeine Aktion meines Stammtisches verpasst haben? Einen verspäteten Vatertag? Oder hat Georg eine neue Flamme, von der er mir noch gar nichts erzählt hat? Jetzt bin ich aber neugierig! Ich schnappe meine Tüte und gehe Richtung Park. Dann werde ich Georgs Rendezvous mal ein wenig aufmischen.

Als ich an dem kleinen Pavillon vorbeikomme, der bis auf die Schmiererei tatsächlich ein bisschen südländisches Flair in den Park bringt, kann ich Georg schon sehen. Er sitzt auf einer Bank. Und tatsächlich in weiblicher Begleitung. Wobei ich die nur erahnen kann, denn die beiden sind in eine heftige Knutscherei verwickelt.

Mir kommt eine gute Idee. Ich werde mich von hinten anschleichen, schon mal Rotwein in die mitgebrachten Pappbecher füllen und dann wie Kai aus der Kiste mit den Worten »Na, willste mich der Dame nicht vorstellen« auftauchen. Was fällt dem schließlich ein, mir nichts, aber auch rein gar nichts von diesen neuen Entwicklungen zu erzählen? Schöner Männerfreund! Aber möglicherweise wollte er mich mit seinem neuen Glück auch nicht deprimieren.

Ich mache also einen großen Bogen und robbe mich von hinten an die Parkbank. Entkorke den Wein, bringe die Becher in Anschlag – und kippe sie mir beide über den Frack, als ich aus einem Meter Entfernung schließlich erkenne, mit wem Georg da sitzt und knutscht.

Doro!

Die schwere Holztür kann mich nicht zurückhalten. Ich hämmere mit aller Gewalt dagegen. Mein Knappe weicht entsetzt zurück.

»Mylord! So wartet doch! Die Zofe hat uns berichtet, dass der Königin nicht wohl ist.«

»Geh zurück zu deiner Amme, mein Sohn«, befehle ich streng. »Dies ist nichts für Kinder, ich will dich hier nicht länger sehen!« Der Knappe erbleicht, aber gehorcht sofort. Ich bin allein. Ein letzter Stoß, dann schwingt die Türe auf und gibt den Blick frei auf etwas, dessen Anblick ich schon lange fürchtete.

»Gwenwyfer – mein Weib! Wie kannst du mich nur so betrügen?« Sie steht vor mir in all ihrer vollkommenen Nacktheit. Ihr

langes, rotblondes Haar umspielt ihre Brüste. Sie zittert, ihr ganzer Körper bebt. Ich spüre Abscheu und gleichzeitig wildes Verlangen. Doch darum geht es nicht. Es geht um Verrat. Und der Verräter steht gleich neben meinem Weib: Lancelot, mein tapferster Ritter. Mein treuer Freund. Er hat den Blick gesenkt. Auch er fast nackt, nur eine Decke rasch gegriffen und um die Lenden geschlungen.

Gwenwyfer hebt an, zu erklären, zu verteidigen. »Herr, lasst mich Euch sagen: Schon lange suchte ich das Gespräch mit Euch. Ich wollte Euch nicht verletzen, aber seht …« Ich wische ihre Worte mit einer Geste unwirsch zur Seite wie eine Fliege, die lästig ist.

»Nein – du brichst mir nicht das Herz, Gwenwyfer! Wer wärst du denn, dass du das Herz eines Königs brächest? Du bist nur ein schwaches Weib – und sündig, wie alle Weiber sind.« Sie starrt mich entsetzt an. Es kümmert mich nicht. Stattdessen drehe ich mich zu ihm. »Aber du, Lancelot. Mein Ritter. Mein Freund. Du hast deinem König dein Schwert durch das Herz getrieben.«

Sie

Heute ist es hier oben sogar noch voller als am Freitag. Was verständlich ist, denn immerhin ist Sonntag. Einen blöderen Ort hätte ER sich für das Treffen wirklich nicht aussuchen können. Ich sehe ja kaum die Hand vor Augen, so dicht sind die Menschenmassen hier, wie soll ich IHN da finden? Zumal wir noch nicht einmal ein Erkennungszeichen ausgemacht haben, echt bescheuert!

Leise pfeife ich vor mich hin und trete von einem Fuß auf den anderen. Unprofessionell, wie ich bin, habe ich schon fünfzehn Minuten vor drei die Plattform des Michels erreicht. Dabei weiß doch jede vernünftige Frau, dass man Männer mindestens zehn

Minuten warten lassen muss. Andererseits bin ich alles andere als vernünftig, passt also irgendwie.

Ich lasse meinen Blick über den Hafen schweifen. Die Dinge von oben sehen – das hat er mir vorgestern geschrieben. Ich muss wieder an Miri und Steffie denken. Und daran, dass Steffie mich heute früh angerufen hat und schon etwas besser klang. Sie hatte gestern Abend ein Gespräch mit Hans, in dem er versucht hat, ihr alles zu erklären. Dass er kurz nach der Hochzeit das Gefühl hatte, ausbrechen zu müssen. Eine Art Panik. Ob das nun eine gute Entschuldigung ist oder nicht, kann ich nicht beurteilen. Immerhin ist es ein Versuch. Am Ende unseres Telefonats hat Steffie sich dann sogar zaghaft nach Miriam und ihrem Befinden erkundigt. Das konnte sie sich dann doch nicht so ganz verkneifen. Ich habe selbstverständlich betont, dass Miri sich ganz schreckliche Vorwürfe macht. Denke mal, Steffie erwartet das auch so.

Endlich zeigt meine Uhr Punkt drei. Er wird also jeden Moment auftauchen. Es sei denn, er will mich zappeln lassen, so wie ich es als Frau eigentlich mit ihm tun sollte. Für einen kurzen Augenblick überlege ich, ob ich nicht doch schnell wieder gehen sollte. Ich muss an Markus Maria Profitlich denken und weiß plötzlich nicht mehr so recht, ob es nicht vielleicht doch besser wäre, mir alle Illusionen über meinen SMS-Brieffreund zu erhalten … Ich meine, so, wie es ist, ist es doch eigentlich auch ganz schön. Wir kennen uns nicht, wissen so gut wie nichts voneinander – eine bessere Projektionsfläche gibt es gar nicht, als sich einzubilden, dass am anderen Ende meines Handys ein regelrechter Traummann Kurznachrichten tippt. Ich blicke versonnen aufs Bismarck-Denkmal und mache einen Deal mit mir selbst: Ganz langsam werde ich jetzt bis zehn zählen. Und wenn er dann nicht da ist, gehe ich einfach wieder. *Eins … zwei … drei … vier … fünf … sechs … sieben … acht … neun …*

»Hallo«, sagt eine männliche Stimme hinter mir. Ich erstarre. *Das ist er!* Fast auf die Sekunde pünktlich. Er lässt mich also nicht zappeln, er ist da!

Langsam drehe ich mich um. So langsam, als würde der Mann hinter mir mit einem lauten *Puff* wieder verschwinden, wenn ich mich zu schnell bewege.

Dann endlich sehe ich ihn.

Rote Locken, Sommersprossen, ein breites Grinsen und noch viel breitere Schultern. Vor mir steht …

… mein Nachbar. Felix!

»Du?«

Er nickt. »Ja, ich.«

»Aber, aber«, stottere ich, »das *kann* doch nicht sein, solche Zufälle gibt es doch nicht!«

»Habe ich auch erst gedacht. Aber mit der Zeit hatte ich dann mehr und mehr den Verdacht, dass du SIE sein könntest.« Sein Grinsen wird – wenn das überhaupt möglich ist – noch breiter.

»Darf ich mich vorstellen: ER.«

Jetzt schlägt's dreizehn. Oder wenigstens fast: Der Michel schlägt mit lautem *Gidong* drei.

Er

Als ich in der Mansteinstraße ankomme, bin ich nicht mehr sicher, ob es eine gute Idee ist, zu Frau Bartholdi zu fahren. Aber die traurige Wahrheit ist, dass ich nicht weiß, zu wem ich sonst könnte. Und eins ist klar – ich möchte jetzt auf keinen Fall alleine sein. Normalerweise würde ich mich in so einem Notfall auf den direkten Weg zu Georg begeben. Aber jetzt schnürt mir schon der Gedanke an ihn die Kehle zu. So ein Schwein! Ich weiß, die Frage ist platt und sie darf auch in keiner Telenovela fehlen, aber ich stelle sie mir schon seit einer Stunde ununterbrochen: *Wie konnte er mir das nur antun?* Was habe ich Georg getan, dass er so etwas macht? Ich dachte, wir wären beste Freunde. Hat ihm das nichts bedeutet? Ist es ihm egal, mich als Kumpel zu verlieren?

Georg würde über eine so naive Frage wahrscheinlich schallend lachen. Natürlich ist es ihm egal – sonst hätte er es schließlich nicht gemacht. Sah auch gerade nicht so aus, als würde Doro ihn mit Waffengewalt zu ihrem trauten Stelldichein nötigen.

Überhaupt, Doro. Müsste ich eigentlich nicht viel wütender auf *sie* sein? Ich versuche, in mich hineinzuhorchen und das dort herrschende Gefühlschaos etwas zu sortieren. Komisch, für Doro empfinde ich momentan eigentlich gar nichts. Die Erkenntnis, dass Georg mich die ganze Zeit betrogen hat, trifft mich dagegen tief. Doro habe ich wohl schon abgehakt, aber auf diese Weise auch noch einen Freund zu verlieren, ist hart.

»Junger Mann, wollnse Ihr Fahrrad da nu anschließen, oder wollnse lieber noch ein bisschen herumstehen und träumen?« Eine nölige Stimme reißt mich aus meinen trüben Gedanken. Ich drehe mich um – und erkenne den Polyesterpullover samt Inhalt. Herrn Oberdörffer. Anscheinend erkennt er mich auch. »Ach nee, sieh mal an, die Christel von der Post. Hab mich schon gefragt, ob man Sie noch mal hier sieht. Wollte mich eigentlich mal bei Ihnen bedanken.«

»Hm?« Ich bin irritiert. Will der Typ mich verarschen? Offensichtlich ist mir dieser Gedanke auch deutlich ins Gesicht geschrieben. Jedenfalls grinst Oberdörffer und erklärt dann: »Na, seitdem Sie die Alte damals uffjesammelt haben, ist die ja wie ausjewechselt. Richtig nett auf einmal. Und dafür hab icke nur zwee Erklärungen: Entweder, der Bartholdi ist damals wat uffn Kopp jefalln. Aba ditt hätte sie mir ja erzählt, denn den Rest hatse mir ja och erzählt. Oder aba, dit hat mit Ihnen zu tun. Sie hat mir jestern erzählt, dass Sie se besucht ham im Krankenhaus. Und sie war janz fröhlich dabei. Wissense, was? Ick glob, die is verliebt!«

»Verliebt?« Aber doch wohl bitte nicht in mich! Soll ich jetzt anstelle der wunderschönen Frau, die meine SMS-Bekanntschaft in meinen Träumen ist, Frau Bartholdi nehmen? Das erscheint mir doch etwas abwegig. »Also, ich glaube, da täuschen Sie sich«, widerspreche ich ihm. »Wahrscheinlich hat es Frau Bartholdi nur gutgetan, mal wieder mit jemandem zu reden.« Und mit deutlich vorwurfsvollem Unterton setze ich noch nach: »Hier im Haus hat sie ja offenbar nicht viele Freunde.«

Oberdörffer runzelt die Stirn. »Na, das ist ja auch kein Wunder. Sie hätten mal erleben sollen, was das für'n alter Besen war. Ick meen, bevor se umjefalln ist. Na, und da dacht ick eben, altes Herz wird wieda jung, wa?«

Hm ... ob an seiner Theorie was dran ist? Vielleicht hält sie mich ja für die Wiedergeburt von Günter. Denn ansonsten dürfte doch allein unser Altersunterschied von schätzungsweise fünfzig Jahren gegen Oberdörffers Verdacht sprechen. Obwohl ... wenn ich mich recht entsinne, trennten Anna Nicole Smith und ihren Gatten eher sechzig Jahre. Aber da ich keine dralle Blondine und Frau Bartholdi kein geifernder Mulimillionär ist, muss ich mich mit dem Gedanken eindeutig nicht länger beschäftigen. Will ich auch nicht, da gehen mir momentan weiß Gott andere Dinge im Kopf herum. Und darum muss ich diesen Oberdörffer jetzt endlich loswerden.

»Tja, also, Herr Oberdörffer, dann würde ich mal sagen, Sie haben uns ertappt. Wir wollten es ja noch länger verheimlichen, aber jetzt, wo Sie mich schon darauf ansprechen – Frau Bartholdi und ich werden heiraten, und ich kann mir vorstellen, dass meine Verlobte tatsächlich einen sehr gut gelaunten Eindruck gemacht hat. Schließlich gibt es doch nichts Schöneres, als die eigene Hochzeit zu planen. Wenn Sie mich jetzt bitte entschuldigen würden.« Ich schiebe Oberdörffer aus dem Weg, der mich mittlerweile anschaut, als hätte er eine Erscheinung.

»Aba watt denn, die alte Schachtel? Ick hab doch nur Spaß jemacht.«

»Sehen Sie, Oberdörffer, das unterscheidet uns: Ich mache Ernst.« Mit einem energischen Schritt bin ich schon an der Eingangstür, als mir Oberdörffer noch einmal hinterherruft: »Dit is doch eklig. Die könnte doch Ihre Jrossmutta sein. Watt wollnse denn mit der?«

Ich drehe mich noch einmal kurz um und bedenke ihn mit einem mitleidsvollen Blick. »Ganz einfach. Ich will ihr Geld – und sie will meinen Körper. Das perfekte Geschäft für uns beide.« Einen Moment genieße ich den völlig entsetzten Ausdruck auf dem Gesicht über dem Polyesterpullover, dann summt der Türöffner und ich bin im Hauseingang verschwunden.

»Hier, das ist unser Foto vor dem Standesamt. Und das hier, Moment, da waren wir in Kühlungsborn, unser erster richtiger Sommerurlaub. Herrlich war das, obwohl es eigentlich die ganze Zeit geregnet hat.«

Vor uns auf dem kleinen Sofatisch liegt ein ganzer Stapel mit kleinen Schwarz-Weiß-Fotos. Das heißt, eigentlich sind es eher Braun-Weiß-Fotos mit einem ringsum verlaufenden gewellten Rand. Frau Bartholdi hat sie aus ihrem Büfett genommen, und nun betrachten wir sie gemeinsam. Fotos von Günter und ihr, Fotos aus einer anderen Zeit. Sie kichert.

»Schauen Sie mal hier – der Badeanzug! Günter hatte mir den aus Berlin mitgebracht, und ich kam mir darin ungeheuer verrucht vor, wegen des hohen Beinausschnitts. Den hatte er sich gegen eine Buddel Schnaps ertauscht, kaufen konnte man das damals ja gar nicht. Wissen Sie, für so etwas habe ich ihn geliebt.«

Nachdenklich nehme ich das Bild in die Hand und betrachte es. Eine junge Edda Bartholdi lacht mich an, froh und unbeschwert schaut sie aus. Wie lange ist das wohl her? Fünfundfünfzig Jahre, sechzig? Und trotzdem kann man in den mädchenhaften Gesichtszügen der jungen Frau schon die Edda erkennen, die nun neben mir auf dem Sofa sitzt. Ich neige eigentlich nicht dazu, philosophisch zu werden, aber eine Frage schießt mir spontan durch den Kopf, die ich dringend sofort loswerden muss.

»Wenn Sie damals schon gewusst hätten, wie Ihr Leben verlaufen wird, hätten Sie versucht, etwas zu ändern? Hätten Sie etwas anders gemacht?«

Edda schmunzelt. »Das klingt ja fast, als ob ich schon auf dem Sterbebett läge.«

»Äh, nein, so meine ich das natürlich nicht …«, stottere ich und überlege gleichzeitig, wie ich mich besser ausdrücken könnte.

»Aber ein bisschen mehr Lebenserfahrung als ich haben Sie ja schon. Und ich glaube, die könnte ich gerade gut gebrauchen.«

Sie mustert mich aufmerksam. »Was bedrückt Sie denn? Erzählen Sie mir doch einfach Ihren Kummer – und dann erzähle ich Ihnen, was ich heute anders machen würde. Und den Rat einer alten Dame, was sie an Ihrer Stelle machen würde, bekommen Sie noch kostenlos obendrauf. Also los, das hat Ihnen doch neulich auch gutgetan!«

»Bei so einem Angebot kann ich ja kaum Nein sagen«, erwidere ich lächelnd. »Ich hoffe, Sie haben ein bisschen Zeit. Könnte nämlich dauern.« Ich bin mir gar nicht so sicher, ob es wirklich eine gute Idee ist, Edda Bartholdi mit der *Story of my Life* zu behelligen, aber die Versuchung ist groß. Andererseits, vielleicht reicht auch die Kurzfassung? Ohne den Teil *Eigentlich schlummert in mir ein großer Schriftsteller?* Frau Bartholdi lächelt mich aufmunternd an. »Dann mal los, junger Mann.«

Okay – die Langfassung. Den ersten Teil kennt Frau Bartholdi immerhin schon.

Die Hohepriesterin neigt ihr Haupt zu dem jungen Verdalan, der mit ausgebreiteten Armen vor ihr auf dem Boden liegt.

»Steh auf, mein Sohn. Was du erzählt hast, bekümmert mich, aber ich wusste, dass du keine gute Nachricht aus Mittelland bringst.« Verdalan erhebt sich langsam auf die Knie, unfähig, der Greisin in die Augen zu sehen.

»Göttliche Mutter, ich habe versagt. Ich floh, als ich hätte kämpfen müssen. Ich schwieg, als ich hätte sprechen müssen. Ich bin unwürdig, länger Euer Diener zu sein.« Die Alte runzelt die Stirn, dann zieht sie mit ihren faltigen Händen das Gesicht des Jungen ganz dicht an sich heran. Er versucht, ihrem Blick auszuweichen, doch ihre Augen bannen die seinen wie zwei Pfeile, denen er nicht mehr entrinnen kann.

»Das will ich nie wieder hören. Das Böse war schon zu stark, ein Kampf wäre zwecklos gewesen. Nun sammle deine Kraft und lass uns überlegen, was zu tun ist. Wir dürfen nicht länger Zeit verschwenden mit Dingen, die wir nicht ändern können. Jetzt, da Gorgo endgültig an die Mächte der Finsternis verloren ist – was willst du tun, Verdalan? Was kannst du tun?« Der Junge zögert, dann erhebt er sich. Geht scheinbar ziellos im Raum auf und ab.

»Göttliche Mutter, ich weiß es nicht. Als Kind, da träumte ich, einst zu den Rittern von Shinzein zu gehören. Ihre Riten zu leben, ihre Aufgaben zu teilen. Doch seht mich an – wie mutlos ich bin. Ich werde es niemals schaffen. Ich werde immer der bleiben, der ich jetzt bin. Ein unbedeutender, kleiner Bote, unfähig, die Aufgaben zu lösen, die Ihr, ehrwürdige Mutter, mir gegeben habt. Ich habe versagt.«

Wütend springt die Alte nun auf und reißt den Jungen an der Schulter herum. »Nein! Wir werden einen Meister für dich finden. Und du wirst Shinzein werden. Wenn du nur willst. Denn das, mein Sohn, ist die Göttliche Macht: dein Wille. Und nichts sonst. Mag sich Gorgo auch mit den Dunklen verbündet haben, mag auch das Ziel weit erscheinen: Mit deinem Willen kannst du es erreichen. Aber ohne deinen Willen sind wir verloren, auch meine Kraft kann das nicht ändern.«

Sie

Was soll ich sagen? Mein geheimnisvoller SMS-Kontakt ist niemand anders als Felix Jäger. Wirklich nicht zu glauben! Und es ist schon Ironie des Schicksals, dass ich so viel Zeit verschwendet habe, ihn dauernd zurückzuweisen. Dabei war er es die ganze Zeit: mein Seelenverwandter, mein Glücksritter, der mit mir gemeinsam auf der Suche war. Aber immerhin haben wir uns jetzt gefunden. Und das ist so schön, dass wir hemmungslos miteinander knutschen – bis uns ein freundlicher Mensch vom Michel darauf aufmerksam macht, dass die Plattform jetzt leider geschlossen werden muss. Kichernd fahren wir im Fahrstuhl runter, halten uns bei den Händen und strahlen uns an.

»Weißt du«, flüstere ich ihm ins Ohr, »bisher habe ich nie an das Schicksal geglaubt. Aber jetzt ist mir klar, dass es so etwas geben muss.« Felix sagt nichts und fängt stattdessen wieder an, mich zu küssen. Und das ist soooo schön!

Er

Als ich die Haustür aufschließe, habe ich das Gefühl, dass Georg eigentlich auf den Stufen vor meiner Wohnung sitzen müsste. Verzweifelt, von Selbstvorwürfen zerrüttet. In panischer Angst, seinen besten Freund verloren zu haben.

Aber da sitzt natürlich niemand. Es liegt auch kein Brief vor der Tür. Ob die beiden mich im Park gar nicht bemerkt haben? Ich spule die ganze Szene noch einmal wie einen Film in meinem

Kopf ab: Wie ich mich anschleiche, die Flasche mit den Bechern raushole, ich dann sehe, mit wem Georg da sitzt. Nein, sie haben mich gesehen. Das steht fest. Denn ich habe die beiden auch nur erkannt, weil sie sich direkt zu mir umgedreht haben. Wahrscheinlich haben sie das Ploppen des Korkens gehört, oder ich habe mich doch nicht so lautlos angeschlichen, wie ich dachte. Ich habe zwar sofort kehrtgemacht, aber Georg hat mich erkannt. Kein Zweifel. Und trotzdem sitzt die Sau nicht heulend vor meiner Tür.

Roland, du bist ein romantischer Spinner. Nimm die Dinge doch einmal so an, wie sie sind. Wenn Georg so gestrickt wäre, dass er jetzt um eure Freundschaft jammernd an deine Tür hämmern würde, dann hätte er erst gar nichts mit Doro angefangen. So einfach ist das. Sieh es endlich ein. Ja doch! Ist gut. Manchmal könnte ich mein eigenes inneres Ich erwürgen. Es ist so – so besserwisserisch. Nervig. Nichts gegen gute Ratschläge, ich habe schließlich gerade eine weise alte Dame selbst um einen gebeten. Völlig anders sieht es allerdings aus, wenn die Ratschläge aus dem eigenen Kopf kommen. Ich persönlich fühle mich dann immer, als wäre ich ein bisschen borderlinig.

Ich schließe auf und schleppe mich in die Wohnung. Bin auf einmal todmüde. Vielleicht sollte ich sofort ins Bett gehen. Ist zwar erst achtzehn Uhr, aber selbst das Sandmännchen werde ich heute nicht mehr schaffen. Außerdem ist morgen wieder Montag, mein Hasskappentag. Dicht gefolgt vom Hasskappendienstag. Oder ist es nicht vielleicht sogar so, dass der hasskappige Rest meines Lebens schon begonnen hat?

Ich muss wieder an Frau Bartholdi denken. Die hat heute wirklich ziemlich viele schlaue Sachen gesagt. Eine davon geht mir jetzt noch im Kopf rum. *Wenn ich etwas gelernt habe, ist es Folgendes: Ändern Sie Dinge rechtzeitig. Irgendwann ist es zu spät, und verlorene Jahre gibt Ihnen niemand zurück. Sicher, vieles braucht seine Zeit, aber warten Sie nicht zu lange. Der*

Rest Ihres Lebens hat schon begonnen, und Sie werden schneller alt, als Sie jetzt denken.

Sie hat recht. Und ich weiß wirklich nicht, worauf ich warte. Gewartet habe. Auf meinem Schreibtisch krame ich mein Adressbuch heraus. E, F, G – H, Harlinger. Bernd Harlinger. Ich schnappe mir mein Telefon und wähle. Es klingelt, und nach dem zweiten Ton meldet sich Bernd. Ich halte mir die Nase zu.

»Hallo Bernd. Hier ist Roland. Du, mich hat's total erwischt. Jaja, Sommergrippe. Ganz schlimm. Muss morgen erst mal zum Arzt. Kannst du bitte Bescheid sagen, dass ich nicht komme. Tut mir total leid, aber ich fühle mich dermaßen scheiße – hat gar keinen Sinn. Ja, danke. Melde mich, wenn ich beim Doc war. Danke. Tschüss.«

So, das wäre erledigt. Zeit habe ich jetzt. Nun muss ich nur noch für ausreichend Motivation sorgen. Und ich weiß auch schon, wie. Die kleine Tüte, die mir meine Mutter beim letzten Besuch mitgegeben hat, liegt noch genauso da, wie ich sie aus meinem Auto hochgetragen habe. Ein kurzer Griff, dann habe ich den Zettel. Ich nehme ihn und klebe ihn mit einem Stück Tesafilm auf die obere rechte Ecke meines Bildschirms. Da kann ich ihn gar nicht übersehen, wenn ich am Computer sitze. Etwas vergilbt klebt er da nun, aber die Botschaft ist eindeutig: *Your name will be famous in the future.*

12. Kapitel

Sie

Wenn alle Träume in Erfüllung gehen, wenn alles, was man sich je gewünscht hat, auf einmal Wirklichkeit wird – ist man dann rundum zufrieden und glücklich? Ich habe bisher immer geglaubt, dass es genau so sein würde, war mir sogar mehr als sicher. Und genau genommen habe ich auch nicht den geringsten Grund, unzufrieden zu sein: Die Mailing-Aktion von Miriam und mir ist eingeschlagen wie eine Bombe, unser Reisebüro läuft besser, als wir es erwartet hätten. Mittlerweile mussten wir sogar noch jemanden einstellen, um den Ansturm überhaupt bewältigen zu können. Miriam hat sich – wider Erwarten – sogar zu einer richtigen Geschäftsfrau gemausert. Seit wir erfolgreich sind, kniet sie sich mit einer Wahnsinnsenergie in die Sache und ist morgens fast immer die Erste im Büro. Wirklich unglaublich, wie sehr sie sich verändert hat.

Tja, und dann ist da ja auch noch Felix. Seit drei Monaten sind wir jetzt zusammen, und man kann sagen, dass er mir die Welt zu Füßen legt. Und das im wahrsten Sinne des Wortes: Ständig kommt er mit irgendwelchen Reiseführern an, nimmt mir Reportagen im Fernsehen auf oder weist mich auf interessante Artikel in Zeitschriften hin – ja, es ist tatsächlich wahr: Felix will mit mir um die Welt reisen, in zwei Monaten soll es schon losgehen.

»Was ist denn, mein Schatz?«

Ich blicke irritiert von der Geschichte über Tibet auf, in die ich mich gerade vertieft hatte. Felix sitzt neben mir auf dem Sofa und sieht mich fragend an.

»Was soll denn sein?«

»Ich habe dich eben dreimal gefragt, ob du die Idee mit der Amalfi-Küste gut findest, und du hast mir nicht geantwortet.«

»Tut mir leid«, entschuldige ich mich. »Ich war irgendwie abwesend.«

»Das habe ich auch gemerkt. Irgendwie bist du in letzter Zeit öfter mal abwesend, und ich frage mich, ob irgendetwas nicht stimmt.«

»Nein«, sage ich, »alles bestens.« Obwohl ich weiß, dass das nicht ganz die Wahrheit ist. Wahrscheinlich bin ich eine undankbare, blöde Kuh – aber in Wahrheit ist gar nichts in Ordnung. Felix plant wie ein Wilder unsere Reise, macht Vorschläge und denkt sich Routen aus. Er schwärmt davon, was wir beide alles miteinander erleben können und dass das eine unvergessliche Sache wird.

Und ich? Ich habe dabei die ganze Zeit das Gefühl, dass das irgendwie falsch ist. Es ist doch *mein* Traum, *ich* wollte immer diese Reise machen. Aber plötzlich ist es so … Es ist so, als würde Felix einfach meine Träume für sich in Anspruch nehmen. Hat sogar im Job schon auf eine anstehende Beförderung verzichtet und stattdessen ein Sabbatjahr beantragt, damit wir zusammen losfahren können. Er gibt sein komplettes Leben auf – nur für mich. Und was tue ich? Ich bin nicht dankbar und freue mich nicht darüber. Im Gegenteil, ich habe den Eindruck, als würde ich keine Luft mehr bekommen. Völlig schwachsinnig, aber so empfinde ich es einfach. Der Felix, mit dem ich mich über SMS ausgetauscht habe, scheint ein völlig anderer zu sein als der, der gerade neben mir sitzt. Das ist auch so ein Punkt: So albern es klingt, mir fehlt der Gedankenaustausch per Kurzmitteilung, unsere Herumphilosophierereien. Wenn ich Felix jetzt eine SMS schicke, antwortet er darauf … so *direkt.* Keine Spur mehr von den Fragen oder Gedankenexperimenten, die er mir früher geschickt hat.

»Ich muss noch mal kurz zu Steffie«, erkläre ich und stehe auf.

»Okay«, meint Felix und macht ebenfalls Anstalten, aufzustehen. »Fahren wir.«

Ich seufze, leider genervter, als ich es beabsichtigt habe. »Ich meine *allein*.«

»Ach so.« Felix sieht aus wie ein begossener Pudel. Sein Anblick macht mich einerseits traurig, andererseits fast aggressiv. *Leb doch endlich mal für einen Tag dein eigenes Leben!*, würde ich ihn am liebsten anschreien. Aber stattdessen beuge ich mich nur zu ihm hinunter, gebe ihm ein Küsschen und sage: »Dauert auch nicht lange, ich bin bald wieder zurück.«

»Ich verstehe das nicht«, weine ich mich bei Steffie aus und erzähle ihr von meinen ungerechten Gedanken und Gefühlen.

»Ich verstehe das durchaus«, meint sie und gießt mir noch einen Schluck Kaffee nach. »Nur weil die äußeren Umstände stimmen, muss es ja längst noch nicht da drinnen«, sie zeigt mit einem Finger auf ihr Herz, »stimmen.«

»Aber ich habe mir doch nichts sehnlicher gewünscht!«

»Du hast dich eben in den letzten Monaten verändert«, gibt Steffie zu bedenken. »Wir alle haben das. Nimm zum Beispiel Hans und mich. Natürlich wünsche ich mir immer noch, dass wir irgendwann wieder zusammenkommen. Aber momentan ist es für mich wichtiger, herauszufinden, was *ich* eigentlich will. Und ich denke, dir geht es genauso.«

»Aber ich dachte, ich wüsste, was ich will«, wende ich ein. »Einen Partner, der zu mir gehört und der mit mir meine Wünsche lebt.«

Steffie sieht nachdenklich aus. »Das kann ja auch immer noch so sein. Aber vielleicht … vielleicht ist Felix nicht der Richtige für dich.«

Bei dem Gedanken muss ich schwer schlucken. »Aber wenn *er* nicht der Richtige für mich ist – wer sollte es dann sein? Der Mann ist doch perfekt!«

Steffie zuckt mit den Schultern. »Das kann ich dir nicht sagen. Diese Frage kannst du wohl nur für dich beantworten. Ich schätze, du weißt es, wenn es sich richtig anfühlt.«

»Aber warum fühlt es sich denn mit Felix nicht richtig an?«, brause ich auf. »Was kann ich denn anderes wollen als jemanden, der mich so offensichtlich liebt, der sich um mich kümmert und der wirklich alles dafür tut, um *mich* glücklich zu machen?«

Steffie rührt nachdenklich in ihrer Kaffeetasse und legt ihre Stirn in Falten. Aber bevor sie noch etwas sagen kann, fällt es mir auf einmal selbst ein. *Der wirklich alles dafür tut, um* mich *glücklich zu machen.* Mir fällt ein, warum der jetzige Felix und der Felix, den ich per SMS kennengelernt habe, so unterschiedlich sind.

»Das ist es!«, rufe ich und bin selbst überrascht.

»Was ist was?«, will Steffie wissen.

»Na, warum ich das Gefühl habe, Felix ist so anders, als ich gedacht habe.«

»Und das wäre?«

»Es geht gar nicht darum, dass er unbedingt versuchen muss, *mich* glücklich zu machen. In erster Linie sollte er seine eigenen Wünsche und Träume haben und nicht einfach meine annehmen. Ich will jemanden, der sich selbst glücklich macht – und für den nicht ich das einzige Glück bin!«

Steffie lächelt. »Klingt fast so, als wäre am Ende doch alles ziemlich einfach.«

Na ja, da habe ich so meine Zweifel. Aber trotzdem weiß ich, was ich zu tun habe. Das Gespräch, das ich heute Abend führen muss, wird vermutlich alles andere als einfach. Aber es nützt nichts.

Ich muss Felix die Wahrheit sagen.

Ich glaube, ich empfinde einfach nicht genug für dich. Zwei Stunden später bin ich es, die diesen Satz sagt. Diesen einen Satz, von dem ich nie geglaubt hätte, dass er mir mal über die Lippen kommen würde. »Ich glaube, ich empfinde einfach nicht genug für dich.«

Felix starrt mich fassungslos an. Zuerst sagt er gar nichts, geht nur in seine Küche und kommt zwei Minuten später mit einem geöffneten Bier in der Hand zurück. Er nimmt einen Schluck und sieht mich immer noch sprachlos an.

»Es tut mir leid«, setze ich an, »aber ich muss dir doch die Wahrheit sagen.«

»Aber das verstehe ich nicht«, sagt Felix endlich und lässt sich auf einen der schweren Ledersessel sinken. Er blickt zu Boden und rollt die Flasche Bier zwischen seinen Händen hin und her.

»Was habe ich denn falsch gemacht?« Es klingt so verzweifelt, dass es mir fast das Herz bricht und ich am liebsten sofort alles zurücknehmen möchte. Aber das wäre eine Lüge und würde weder ihm noch mir helfen.

»Es hat nichts mit dir zu tun«, sage ich und habe das Gefühl, die plattesten Schlussmachsätze, die die Welt je gehört hat, zu benutzen.

»Quatsch!«, herrscht Felix mich an und wirft mir einen wütenden Blick zu. »Mit wem sonst außer mir sollte es etwas zu tun haben? Das ist doch kompletter Unsinn!«

Genau genommen hat er recht: Natürlich hat es etwas mit ihm zu tun. Aber nicht, weil er irgendwie blöd wäre oder schlecht zu mir. Das eben alles nicht. Eher das Gegenteil ist der Fall. Es macht mich wahnsinnig, dass Felix sich so für mich verbiegt. So, wie ich es früher gemacht habe. Erst jetzt begreife ich, wie sehr einen das nerven kann. Aber das kann ich Felix schlecht sagen.

»Irgendwie hatte ich gedacht, dass du … ganz anders bist«, bringe ich etwas hilflos hervor.

»Wie, ganz anders?«

»Na ja, als wir uns nur über Handy ›unterhalten‹ haben … da hatte ich von dir einen völlig anderen Eindruck.«

»Einen anderen Eindruck?«

Herrje, wie soll ich ihm das denn erklären, ohne ihn zu verletzen? Aber gut, was soll's? Es wird ihm sowieso wehtun, vielleicht sollte ich einfach mal bei der Wahrheit bleiben.

»Ich dachte immer«, fange ich an, »dass wir beide danach suchen, was uns glücklich macht. Und dass du deine eigenen Wünsche und Ziele hast. Aber langsam glaube ich, dass du immer nur das willst, was ich auch will.«

»Ja«, gibt Felix mir recht, »weil ich eben *dich* will. Du machst mich glücklich, du bist alles, was ich mir je gewünscht habe!« Er sieht mich an wie ein trotziges Kind, das gleich mit einem Fuß auf den Boden aufstampfen wird.

»Aber es muss doch für dich auch noch etwas anderes geben«, erkläre ich. »Wenn du mich zum Mittelpunkt deines Lebens machst, dann habe ich das Gefühl … das Gefühl … erdrückt zu werden.«

»Oh«, entfährt es Felix, »das wollte ich nicht.«

»Es ist aber so. Natürlich freue ich mich, wenn du dich um mich kümmerst. Das fand ich schon früher ganz bezaubernd. Wie du mir mit der Steuer geholfen hast, als du für mich gekocht hast … aber du tust eben alles für mich, hast sogar die Beförderung ausgeschlagen, um mit mir die Reise zu machen – aber ich will nicht, dass du dich komplett für mich auflöst.«

»Das tu ich ja auch nicht!« Felix springt auf, kommt auf mich zu und legt mir beide Hände auf die Schultern. »Hör zu, Jana, ich kann mich ändern. Ich *werde* mich ändern! Und wenn du willst, dann mach eben deine Reise allein und ich warte hier so lange auf dich, ich ...«

»Aber genau das meine ich doch«, unterbreche ich ihn. »Jetzt willst du es mir ja schon wieder recht machen. So geht das einfach nicht!«

Felix guckt mich verwirrt und enttäuscht an.

»Wo ist der Mann«, frage ich, »der seine eigenen Träume hat? Der mit mir zusammen danach gesucht hat?«

Felix nimmt seine Hände von meinen Schultern und lässt seine Arme kraftlos sinken. Eine lange Zeit sieht er mich nur an, und ich fürchte schon, dass er jeden Moment in Tränen ausbrechen wird.

»Ich weiß es nicht«, flüstert er dann leise. »Ich dachte, ich könnte es für dich sein, aber das hat wohl nicht funktioniert. Es tut mir so leid, dass ich das getan habe. Es war ein Fehler.«

»Was war ein Fehler?« Ich verstehe nur Bahnhof.

Felix geht zum Couchtisch, schnappt sich sein Bier und nimmt diesmal einen sehr großen Schluck.

»Ich ... ich habe dich angelogen«, sagt er dann.

»Angelogen?«

Er nickt. »Ich habe gedacht, das wäre nicht so schlimm. Aber jetzt ist es sowieso egal, du willst mich ja nicht mehr.«

»Was meinst du?« Ich begreife nicht, was Felix mir sagen will. Oder soll das ein Trick werden, um mich doch noch umzustimmen?

»Die Sache mit der SMS ...«, setzt er an, verstummt wieder und trinkt einen weiteren Schluck. Dann räuspert er sich und fährt fort: »Das war gar nicht ich.«

»Wer warst du nicht?«

»Na, der Typ, der dir die Kurznachrichten geschrieben hat.«

Wie bitte? Jetzt verstehe ich wirklich bald gar nichts mehr. Was faselt Felix da? »Was faselst du denn da?«

»Ich war einfach so schrecklich verliebt in dich … und hatte das Gefühl, dass du mich immer wieder zurückstößt.«

»Ich wollte es doch nur langsam angehen«, erkläre ich.

»Das weiß ich. Aber als du an dem einen Abend gesagt hast, es gäbe noch einen anderen … da war ich so eifersüchtig, dass ich … dass ich …«

»Dass du was?«

»Ich hab dir den Wein absichtlich übergeschüttet, damit ich eine Weile allein sein konnte. Während du unter der Dusche warst, bin ich in der Wohnung geblieben und habe dein Tagebuch gelesen. Da wusste ich dann alles …«

»Was?« Ich fühle mich, als würde ich ohne Vorwarnung unter eine eiskalte Dusche gestellt. Was erzählt Felix mir denn da?

»Ich habe mir dein Handy genommen und dem anderen Kerl eine SMS geschickt. Ich habe ihm geschrieben, dass sich deine Nummer geändert hat. Stattdessen habe ich ihm meine gegeben – und bei dir habe ich das ebenso gemacht.«

»Du hast … das warst du?«

»Ja«, erwidert er kleinlaut.

»Aber warum denn?«

»Warst du noch nie in deinem Leben«, fragt Felix und guckt dabei schuldbewusst zu Boden, »in jemanden so sehr verliebt, dass du alles dafür getan hättest, um mit ihm zusammen zu sein?«

Dieser Satz trifft mich mitten ins Herz. Doch, die alte Jana war oft an diesem Punkt, und die alte Jana kann Felix sehr gut verstehen.

»Oh doch, das habe ich.« Ich muss unwillkürlich lächeln, gehe rüber zu Felix und nehme ihn in den Arm. »Glaub mir, das habe ich!«

»Geht's dir gut?«, will Miriam wissen, die in der Abflughalle neben mir auf meinem Koffer sitzt.

Ich nicke. »Ja, mir ging's noch nie besser. Nur schade, dass Steffie nicht mitgekommen ist.«

Miriam seufzt. »Tut mir leid, das ist wohl meine Schuld.«

»Unsinn«, widerspreche ich ihr, »Steffie muss arbeiten, das hat nichts mit dir zu tun.« Ganz sicher bin ich mir allerdings nicht. Seit Steffie vor fünf Monaten ins Reisebüro kam und die Sache mit Hans aufgeflogen ist, haben die beiden sich nicht mehr gesehen. Aber ich hoffe trotzdem, dass sie irgendwann wieder aufeinander zugehen können.

»Aber eins verstehe ich nicht«, wechselt Miriam jetzt das Thema. Wie immer. Ich muss lächeln.

»Was denn?«

»Dass du nicht versuchst, deinen SMS-Brieffreund zu finden, nachdem Felix dir die Wahrheit gesagt hat.«

»Ach, Miri ...« Ich seufze. »Zum einen ist es nahezu unmöglich, ihn zu finden. Ich habe doch keine Ahnung, wer er ist. Und seine Nummer habe ich damals gelöscht, also macht es keinen Sinn, nach ihm zu suchen. Und außerdem gibt es etwas, das für mich im Augenblick wichtiger ist: meine Reise. Wenn ich heute nicht fliege, dann werde ich wahrscheinlich für immer hier in Hamburg hocken.«

»Auch wieder wahr«, stimmt Miriam mir zu. »Und deine Eltern holen dich ab, wenn du ankommst?«

»Ich hab ihnen die genauen Flugdaten durchgegeben, da dürfte eigentlich nichts schiefgehen.«

»Du wirst mir fehlen«, stellt Miriam fest und klingt, als habe sie einen dicken Kloß im Hals. »Nicht nur bei der Buchhaltung.«

Ich muss lachen. »Das hoffe ich doch!«

»Ein Jahr ohne dich – wie soll ich das bloß aushalten?«

»Keine Ahnung«, sage ich, »und glaub mir ... mir fällt es auch nicht leicht, dich so lange nicht zu sehen. Aber da musst du jetzt durch.« Mein Blick fällt auf die Flugtafel, auf der jeden Moment mein Flug nach San Francisco aufgerufen werden sollte. »So, wie ich das jetzt auch durchziehen will.« In dem Moment erklingt auch schon die Lautsprechanlage und bittet die Passagiere, sich zum Gate zu begeben. Miriam springt hektisch auf und reißt mich in ihre Arme.

»Ich werde dich wirklich ganz schrecklich vermissen!«, schluchzt sie.

»Aber du hast doch Marius«, tröste ich sie.

»Das ist nicht das Gleiche.«

Ja. Das ist nicht das Gleiche. Aber trotzdem freue ich mich für Miriam. Sie hat es endlich geschafft, den Staudamm aufzukurbeln, der sie all die Jahre blockiert hat – und ist jetzt *so* verliebt! Objektiv betrachtet sind die beiden ganz schrecklich, sie können nicht voneinander lassen und geben sich permanent Spitznamen wie *Mausi* oder *Hase*. Wie gesagt, eigentlich furchtbar – aber in Miriams Fall furchtbar schön!

»Ich muss los«, sage ich und stehe auf. In diesem Moment höre ich eine laute Stimme hinter uns rufen.

»Jana! Miri! Wartet!« Ich drehe mich um – und sehe Steffie, die mit großen Schritten auf uns zugehechtet kommt. »Mann«, sie bleibt keuchend vor uns stehen, »bin ich froh, dass ich euch noch erwische!«

»Steffie!«, rufen Miriam und ich wie aus einem Mund.

»Du glaubst wohl, du kannst dich einfach heimlich still und leise davonmachen!«, scherzt Steffie und gibt mir einen freundschaftlichen Knuffer in die Seite.

»Quatsch«, widerspreche ich, »aber ich dachte, du müsstest in die Schule.«

»Oh«, entfährt es Steffie, »ich hatte da so eine plötzliche Migräne …«

»Ich bin echt froh, dich noch einmal zu sehen.« Wir fallen uns in die Arme. Miriam steht zögernd daneben, mit einem Schlag wirkt sie sehr angespannt, was in Anbetracht der Situation ja auch kein Wunder ist.

»Na, du verrücktes Huhn?« Steffie zwinkert ihr zu – und nimmt sie dann einfach auch in den Arm. Zuerst guckt Miri überrascht, aber dann erwidert sie die Geste lachend.

Nachdem sie sich wieder voneinander losgemacht haben, holt Steffie etwas aus ihrer Tasche. »Ich hab hier noch etwas für euch«, sagt sie, holt drei Glückskekse hervor und drückt jeder von uns einen in die Hand. »Los«, fordert sie, »aufmachen!«

Wir nesteln an unseren Glückskeksen herum, brechen sie auf und holen jede einen langen, schmalen Zettel heraus.

»Glücklich ist, wer Freunde hat«, lese ich laut vor.

»Das gibt's doch nicht! Das steht bei mir auch!«, ruft Miriam überrascht.

Steffie grinst uns an. »Das ist ja ein Zufall … bei mir steht auch das Gleiche.« Dann wird ihr Grinsen noch ein bisschen breiter.

»Ich gebe zu: Da habe ich ein wenig getrickst. Aber manchmal muss man dem Glück etwas auf die Sprünge helfen.« Wir brechen in Gelächter aus. Dann umarmen wir uns noch einmal gegenseitig, bis es für mich höchste Zeit wird, zum Gate zu gehen.

Als ich Miri und Steffie ein letztes Mal zuwinke, weiß ich, dass ich das Richtige tue.

13. Kapitel

Sie

Komisch. Zwölf Monate – und doch hat sich in Hamburg kaum etwas verändert. Als ich mit dem Taxi die Hoheluftchaussee entlangfahre, wundere ich mich, dass die Friseurläden immer noch die gleichen vergilbten Bilder im Fenster hängen haben wie bei meiner Abreise. Aber irgendwie ist es auch ein beruhigendes Gefühl. Über Handy habe ich bereits Miriam und Steffie informiert, die hoffentlich vor meiner Wohnung ein gebührendes Empfangskomitee geben werden. Sie wollten mich am Flughafen abholen, aber irgendwie wollte ich meine Stadt erst einmal allein »begrüßen«. Gucken, wie es sich anfühlt, wieder zu Hause zu sein. Fühlt sich ziemlich gut an. Die Weltreise war toll, sicher. Aber manchmal ist das Schönste am Reisen, wieder heimzukommen. Und meine zwei Freundinnen haben mir trotz der großartigen Zeit, die ich hatte, wirklich schon sehr gefehlt.

Und noch jemand hat mir gefehlt, obwohl ich ihn eigentlich gar nicht kenne: Aber oft, wenn ich an einem besonders schönen Ort war oder etwas besonders Tolles erlebt habe, habe ich mir gewünscht, IHM das schreiben zu können. Dass ich glücklich bin. Dass ich gefunden habe, wonach ich so lange gesucht habe. Aber leider war das nicht möglich, weil ich seine Handynummer ja nicht mehr hatte. Steffie und Miriam haben zwar versucht, die

Nummer von Mr. Unbekannt aus Felix herauszukitzeln – aber natürlich hat er sie auch nicht auswendig gelernt. Ob ich jemals wieder von IHM hören werde? Wahrscheinlich nicht.

Wie erwartet hat sich vor meiner Haustür ein Empfangskomitee, bestehend aus meinen beiden besten Freundinnen, aufgebaut. Sie haben sogar ein paar Luftballons mit *Welcome-Home!*-Aufdruck besorgt, was mich richtig rührt. Freudig springe ich aus dem Taxi und stürze mich erst Steffie, dann Miri in die Arme.

»Mann, habt ihr mir gefehlt!«, sage ich, nachdem ich beide erst einmal ausgiebig geknuddelt habe.

»Und du uns erst!«, versichert mir Steffi. »Schon allein, weil wir dir jetzt endlich das hier geben können«, ergänzt Miriam. Die beiden werfen sich einen verschwörerischen Blick zu, während sie mir etwas unter die Nase halten. Ein Buch.

»Was ist das?«, frage ich und lese erst dann den Titel.

SMS – Save my Soul Eine Anleitung zum Glück

»Wir denken, du solltest es lesen«, meint Steffie. »In dem Buch geht es darum, wie man glücklich wird. Geschrieben von einem Typen hier aus Hamburg, der sich mit einer Frau Kurznachrichten zum Thema *Glück* geschrieben hat. Kommt dir das bekannt vor?«

»Wie bitte?«

»Da hast du ganz richtig gehört«, bestätigt Miriam.

Ich schlage die erste Seite des Buches auf und bleibe an dem Foto auf der Innenseite hängen, das einen jungen, sympathischen Mann zeigt. »Das ist ja unser Postbote!«, rufe ich überrascht.

»Richtig«, meint Miriam. »Und morgen Abend«, sie hält einen Flyer hoch, »gibt unser Postbote eine Lesung.«

Er

»Ich weiß, dass ich mich wie ein Arschloch benommen habe. Wahrscheinlich bin ich auch eins. Aber glaube mir, ich habe dich in den letzten Monaten mehr vermisst, als ich jemals einen Menschen vorher vermisst habe. Es fällt mir nicht leicht, das zu sagen, weil ich immer noch ein verdammt schlechtes Gewissen habe. Aber: Hey, kannst du mir verzeihen? Und wenn das schon nicht geht – kannst du wenigstens wieder mit mir reden? Ich will nicht betteln – das ist nicht meine Art. Aber du warst mein bester Freund, wenn ich muss, bettle ich auch.«

Ich schaue Georg an und sage nichts. Es ist seltsam. Da habe ich so lange auf diesen Moment gewartet. Habe mir immer wieder vorgestellt, wie es wäre, wenn er käme. Habe ja gehofft, dass er kommt. Habe mir auch ausgemalt, was ich sagen würde. Gerne habe ich mir vorgestellt, dass ich ihn einfach stehen lasse. Er würde also an meiner Tür klingeln. Ich würde öffnen, ihn erkennen – und die Tür einfach wieder schließen. Oder ich würde ihn hereinbitten, er würde mich anflehen, ihm zu verzeihen, und ich würde ihn nur kalt anlächeln und sagen: »Es ist zu spät. Geh.«

Aber jetzt, in Echtzeit, kann ich das nicht. Bin einfach froh, dass er doch noch gekommen ist – und gleichzeitig geschockt. Alle Gefühle, die sich in mir aufgestaut haben, scheinen jetzt nach oben zu drängen, lassen sich nicht mehr einfangen und kontrollieren. Ich höre sie regelrecht durch meinen Kopf rauschen. Bin wie benommen. Und dann löst sich doch ein Gefühl heraus aus diesem ganzen Chaos. Ein kitschiges, rührendes. Aber es verdrängt alle anderen, denn es ist viel stärker als die Wut und die Verletzung, die ich in den Wochen und Monaten, die wir uns nicht mehr gesehen haben, gespürt habe. Es ist Erleichterung, denn ich habe ihn vermisst. Ich möchte mich gern zurückreißen. Mein Stolz möchte es – aber es geht nicht: Ich muss ihn einfach umarmen. Und dann merke ich es: Ich bin glücklich. Verzeihen macht glücklich.

Georg seufzt und legt das Buch aus der Hand.

»Also … okay. Ich gebe zu, es war so. Aber Mann, wenn man das so liest – es klingt schon sehr ergreifend. Hättest du das nicht irgendwie ändern können? Es ist mir irgendwie peinlich. Alle werden das lesen, und im *ZwoElf* werden sie sich doch auf die Schenkel klopfen. Kann nur hoffen, dass das kein Erfolg wird und nicht all meine Patientinnen demnächst mit dem Ding im Wartezimmer sitzen und mich angrinsen. Hättest du mir nicht wenigstens einen anderen Namen geben können?«

Ich grinse. »Nee, Alter. Strafe muss sein. Und das Mindeste ist da wohl, als Fallbeispiel für mein Buch herhalten zu müssen. Ich finde, damit fährst du noch ganz gut.«

Georg seufzt. Die Aussicht, dass unser Freundeskreis demnächst nachlesen kann, dass er sich für seine Verhältnisse einfühlsam (oder, um es mit seinen Worten auszudrücken, verweichlicht) verhalten hat, macht ihm sichtlich zu schaffen. Wobei – ich schätze mal, dass außer ein paar Eingeweihten niemand die Geschichte auf Georg beziehen wird, schon gar nicht seine Patientinnen.

»Außerdem dachte ich auch immer, du willst einen Roman schreiben«, merkt Georg jetzt an. »Dann hätte es noch irgendwie anders gewirkt … ausgedachter eben. So wissen doch jetzt alle, dass es wirklich so war.«

Ich nicke gedankenverloren. Stimmt, ich wollte immer einen Roman schreiben. Und nun ist es ein Sachbuch zum Thema Glück geworden. Aber als ich damals den kleinen Glückskekszettel an meinen Bildschirm geklebt habe, wusste ich, dass ich endlich eine Entscheidung treffen muss. Also habe ich an jenem Abend erst einmal in Ruhe alle meine Ergüsse durchgelesen, die ich finden konnte. Und ich kam nicht umhin festzustellen, dass ich mich – wie schon in der vierten Klasse – auf dem Niveau des LoreRomans befand. Keinerlei Entwicklung. Nur dass ich jetzt leider nicht mehr zehn, sondern dreiunddreißig Jahre alt bin. Und was damals süß war, ist heute nur noch peinlich.

Die ganze Nacht habe ich darüber nachgedacht, was mein eigener Weg sein könnte. Sein muss. Dass es das Schreiben ist, dessen war ich mir immerhin ganz sicher. Und dass ich nicht zum Roman berufen bin, haben mir all meine Versuche schmerzlich bewiesen.

Schließlich habe ich in meiner Kladde rumgekramt und festgestellt, dass die »Begleittexte« zu meinen Glücksumfragen mir gefielen. Ich weiß nicht, ob sie *gut* sind – aber sie sind so, wie ich sie für richtig halte. Und so kam sie, die Idee zu meinem Buch. Hat allerdings noch drei Tage gedauert, bis ich wirklich anfangen konnte. Musste mich ja erst von dem Wunsch, Romanautor zu sein, verabschieden. Und mich außerdem endlich trauen, meine Romanfragmente jemandem zum Lesen zu geben. Also habe ich die ganze Sache mit Frau Bartholdi besprochen. Ihr Urteil über meine bisherigen Schreibversuche war tatsächlich ähnlich vernichtend wie mein eigenes – und die Umfragen haben sie auch viel mehr überzeugt. Tja. Seltsame Wege.

»Na gut, da muss ich dann wohl durch«, resigniert Georg.

»Wobei – ist echt ein gutes Buch geworden. Nur schade, dass du deine Muse nie wirklich kennengelernt hast.«

»Muse?« Ich muss an Frau Bartholdi denken.

»Na, die schöne Unbekannte. Deine Brieffreundin. Ohne die hättest du das Buch doch nie geschrieben. Ich wundere mich jetzt noch, dass du den Arsch endlich hochgekriegt hast.«

Ich muss lächeln. Georg hat recht. Ohne SIE hätte ich es vermutlich noch nicht geschafft. Wer sie wohl war?

»Ein Happy End hätte mir in diesem speziellen Fall auch besser gefallen. Ich frage mich oft, was passiert wäre, wenn wir uns wirklich begegnet wären. Vielleicht ja einfach gar nichts … aber ich werde das Gefühl nicht los, dass diese eine Frau sehr wichtig für mich gewesen wäre.«

Georg schüttelt den Kopf. »Hätte, wäre, könnte – wer weiß das schon. Und herausfinden wirst du es wohl nie. Fest steht: Wenn du einen Roman geschrieben hättest, dann hättest du dir dein eigenes Happy End schreiben können. Nun ist es ein Sachbuch geworden, und wir werden sehen, was passiert.«

Ich muss lachen. Georgs pragmatische Art habe ich im vergangenen Jahr sehr vermisst. Das wurde mir erst richtig klar, als er vor zwei Monaten plötzlich vor meiner Tür stand. Aber vielleicht war es auch gut, mal ein Jahr ohne meinen praktischen Lebenshilfeberater klarzukommen. Immerhin ist in diesem Jahr so einiges passiert, was ich schon längst aufgegeben hatte. Zum Beispiel habe ich es endlich geschafft, das Buch zu schreiben. Und sogar einen Verlag zu finden.

Nun sitzen wir hier vor dem ersten Stapel *meines* ersten Buches und bereiten *meine* erste Lesung vor. War Georgs Idee, natürlich. Ich habe mich in den letzten zwölf Monaten verändert, aber er ist immer noch derjenige von uns, der pragmatischer vorgeht, besser weiß, was zu tun ist – und wie man es tut. Ich sehe ihn mir an, wie er da so neben mir sitzt und in meinem Buch blättert, und denke nicht zum ersten Mal, dass er wirklich viel besser zu Doro passt, als ich es jemals getan habe. Ja, die beiden sind noch zusammen. Und ich komme damit erstaunlich gut klar. Wahrscheinlich, weil ich irgendwann begriffen habe, was der Fehler bei Doro und mir war: Wir haben schlicht und ergreifend nicht zueinander gepasst. Doros Art, das Leben zu betrachten, ist Georgs deutlich näher als meiner. Auch ohne ihn wären wir heute nicht mehr zusammen. Ich will jetzt nicht altersmilde klingen, aber ohne diese Erkenntnis hätte ich Georg wohl nicht verzeihen können. Wobei mich natürlich auch sein filmreifer Auftritt vor meiner Wohnung ziemlich beeindruckt hat.

Während ich noch über Männer und Frauen im Allgemeinen

und Doro, Georg und mich im Besonderen nachdenke, hat mein bester Freund die Bücher schon in einen Karton gepackt und trägt sie Richtung Tür.

»So, Roland, jetzt träum nicht, wir müssen los. Solange du noch kein richtiger Star bist, sieht es irgendwie doof aus, wenn du als Letzter zu deiner eigenen Lesung angehetzt kommst. Und ich will noch die Kasse und den Büchertisch ordentlich aufbauen.« Kasse und Büchertisch in einer Szene-Bar in der Schanze. Auf diese Idee kann auch nur Georg kommen! Aber da er momentan quasi mein Manager ist, widerspreche ich nicht, sondern trotte hinter ihm her. Kann vielleicht wirklich nicht schaden, ein bisschen früher da zu sein. Ich hoffe, es kommt überhaupt jemand. Zum einen würde es mich natürlich deprimieren, wenn nicht einmal meine Freunde und Kollegen sich für mein Debüt interessierten, zum anderen hat Georg den Barbesitzer unter Hinweis auf den zu erwartenden sensationellen Getränkeumsatz bei meiner Lesung von einer Miete abgehalten. *Guter Mann, bei dir liest der neue Shootingstar – freu dich doch über den Glanz in deiner Hütte. Die Leute werden dir die Bude einrennen!*

Eine Stunde später stehen sie zwar noch nicht Schlange vor der Tür des *Nouar*, aber der Laden ist dennoch gut gefüllt. Und Georg hat hinter seinem kleinen Tisch gleich am Eingang immerhin schon vierzig Leuten drei Euro Eintritt abgeknöpft. Ich glaube, Einzelhändler wäre seine eigentliche Berufung gewesen, nicht Frauenarzt. Aber wahrscheinlich kassiert er die Praxisgebühr jetzt höchstpersönlich bei seinen Patientinnen. Zu gern würde ich jetzt noch ein schnelles Bier trinken, denn ich merke, wie die Nervosität langsam in mir hochkriecht. Aber da ich schon eins intus habe, verzichte ich lieber, will schließlich nicht lallen. Ob auch Journalisten da sind? Immerhin hat Georg eine Pressemitteilung entworfen und an alle maßgeblichen Lokalredaktionen verschickt. Für einen kurzen Moment wäre ich jetzt sehr froh, irgendwo anders zu sein. Zum Beispiel an meinem Zustelltisch in der Post. Aber es hilft nichts, da muss ich jetzt wohl durch. Apropos Zustelltisch – Bernd kommt und zupft mich am Ärmel.

»Ich finde, wir sollten jetzt anfangen. Soll Georg dich ankündigen? Dann löse ich ihn an seinem Tisch ab.« Ich nicke. Brrr, Mama, es wird ernst!

»Okay, ich setze mich schon mal auf den Barhocker. Wenn Georg seine Ansage gemacht hat, soll er mir das Mikro geben, dann fange ich an.« Bernd geht zu Georg und flüstert etwas in dessen Ohr. Daraufhin tauschen die beiden ihre Plätze, und Bernd gibt ihm das schnurlose Mikrofon, mit dem Georg auch gleich die Raummitte ansteuert. Er gibt ein Zeichen in Richtung Tresen, dann wird die Musik leiser. Mein Hals fühlt sich ganz rau und eng an, hoffentlich kann ich überhaupt sprechen.

»Liebe Freunde, liebe Gäste! Ich freue mich, dass ihr so zahlreich erschienen seid, um bei der ersten Lesung aus *SMS – Save my Soul*, dem Debüt von Roland Siems, dabei zu sein. Überraschen tut es mich natürlich nicht – denn das Thema interessiert uns schließlich alle brennend: Wie finde ich mein Glück? Ich wünsche euch gute Unterhaltung, die richtigen Anregungen – und jetzt begrüßt mit mir den Autor!« Die Leute fangen tatsächlich an zu klatschen, und fünfzig Augenpaare sind auf mich gerichtet. Ich räuspere mich, dann drückt mir Georg das Mikro in die Hand und flüstert eine leises »Toi, toi, toi!«

»Guten Abend, ich freue mich natürlich auch, dass so viele von euch gekommen sind. Wer von euch schon mal ein bisschen in dem Buch geblättert hat, wird feststellen, dass ich ziemlich viele Leute dazu befragt habe, was sie glücklich macht. Dabei habe ich ein paar erstaunliche Sachen über die Menschen und das Glück gelernt. Ich werde jetzt zunächst aus dem ersten Kapitel lesen. Es ist das erste Fallbeispiel, aber kein Interview, sondern meine eigene Geschichte, die mich dann auch dazu brachte, dieses Buch zu schreiben.«

Ich beginne zu lesen – und plötzlich ist alle Aufregung wie abgefallen. Es ist fast, als wäre ich ganz alleine im Raum, meine Zuhörer nehme ich kaum wahr. Ich lese, und es fühlt sich gut an. Je sicherer ich werde, desto öfter traue ich mich, von meinem Text aufzuschauen. Ab und zu lacht jemand – Gott sei Dank an den richtigen Stellen. Ein schönes Gefühl. Langsam nähere ich mich dem Höhepunkt meines ersten Lesungsteils – ich überlege, ob es eine gute Idee wäre, von der Köhlbrandbrücke zu hüpfen.

»Piep, piep – piep, piep. Meine Jackentasche piept und vibriert. Ausgerechnet jetzt schickt mir jemand eine Kurzmitteilung? Dorothee? Sie liebt mich doch noch? Sie glaubt an mich und will mir beistehen? Es war alles nur ein riesiges Missverständnis? Aufgeregt nestele ich am Klettverschluss meiner Innentasche herum. Ist das meine Lebensrettung auf hundertsechzig Zeichen? Als ich das Handy in der Hand halte, bin ich so aufgeregt, dass ich beinahe doch noch von der Brücke falle. Ich umkralle die Brüstung fester und ziehe mich wieder ein Stück zurück. Nicht auszudenken, ich würde jetzt in die Tiefe stürzen, ohne zu erfahren, was in der Nachricht steht. Wahrscheinlich würde ich so lange als Geist im Diesseits herumirren, bis ich es endlich herausgefunden hätte. Als ich auf Neue Meldung *drücke, merke ich, wie sehr meine Hände zittern. Eine Sekunde später leuchtet die Nachricht auf. Sie ist nicht von Doro. Es ist eine vollkommen fremde Mobilnummer. Ich lese die Mitteilung und verstehe kein Wort: Was kann ich tun, um endlich glücklich zu werden? SIE.«*

Für einen Moment blicke ich auf, um die Spannung zu steigern. Ich lasse meinen Blick durch den Raum gleiten. Und entdecke auf einmal ein bekanntes Gesicht. Das ist doch … ja, genau. Jana Kruse, die Frau aus dem Reisebüro. Und ihre Freundin ist auch dabei. Und nicht nur das: Auf einmal steht sie auf. Will sie schon gehen? War meine Lesung bisher doch so schlecht? Aber sie geht nicht. Sie steht einfach nur so da und sieht mich an.

Sie

»*Was kann ich tun, um endlich glücklich zu werden? SIE.*« Er macht eine kleine Pause und blickt konzentriert ins Publikum, so, als würde er den Satz auf uns wirken lassen wollen. Mein Herz schlägt mir bis zum Hals, meine Hände sind feucht und vor Aufregung zittern mir die Knie. Unsicher werfe ich erst Miriam, dann Steffie einen Blick zu. Beide lächeln mich aufmunternd an – dann heißt es wohl: Jetzt oder nie!

Ich stehe auf, was von einigen der Umsitzenden irritiert registriert wird. Auch Roland blickt mich jetzt direkt an und sieht ein bisschen fragend aus. Dreimal tief Luft holen, noch einmal räuspern – dann sage ich laut und deutlich: »Ich weiß es nicht. Aber das frage ich mich auch oft. ER.«

Für den Bruchteil einer Sekunde ist es so leise, dass man eine Stecknadel fallen hören könnte. Roland sieht total perplex aus, und ich befürchte, gleich vor Anspannung ohnmächtig zu werden. Dann fängt Miri an, leise zu kichern, Steffie fällt in ihr Gegiggel mit ein.

Roland erhebt sich unsicher von seinem Platz und kommt auf mich zu, ich selbst erkämpfe mir meinen Weg durch die enge Zuschauerreihe in den Mittelgang. Eine Sekunde später stehen wir direkt voreinander.

»Du?«, fragt er.

Ich nicke.

»Das warst wirklich immer du?«

Noch einmal nicke ich. Ein Lächeln breitet sich auf seinem Gesicht aus. Erst kaum merklich, dann immer deutlicher – und schließlich bricht er in schallendes Gelächter aus und nimmt mich in den Arm. Das Publikum beginnt zu johlen und zu klatschen. Roland und ich bleiben einfach so stehen und halten uns ganz fest.

Nach einer Weile, die mir wie eine Ewigkeit vorkommt, lässt er mich wieder los und grinst mich an. »Mannomann«, stellt er fest, »das hätten wir auch einfacher haben können.«

»Stimmt«, gebe ich ihm recht, »aber so ist es doch viel schöner.«

Epilog

Sie & Er

Seit diesem Tag, der jetzt schon eine ganze Weile zurückliegt, haben wir es nie vergessen: Liebe ist nichts, wenn man selbst nicht glücklich ist. Und das sind wir. Es wird mit jedem Tag immer schöner. Wenn das überhaupt möglich ist.

Zuerst waren wir sehr skeptisch, konnten beide nicht recht glauben, dass wir den anderen via Handy tatsächlich schon so gut kennengelernt hatten. Die Skepsis verschwand, es folgte die Euphorie. Und als die verschwunden war, kam das Glück.

Wahrscheinlich sind wir für Außenstehende nicht zu ertragen. Außer für Miriam, die letzte Woche ihren Marius geheiratet hat. Miriam und heiraten! Und dann auch noch einen Bullen! Aber es kommt halt manchmal ganz anders, als man denkt.

Steffie schlägt sich auch wacker durch ihr Single-Leben. Hin und wieder trifft sie sich mit Hans und hat mit ihm – wie sie sagt – mehr Spaß als jemals zuvor. Wer weiß, vielleicht wird es mit den beiden eines Tages ja wieder etwas. Vielleicht aber auch nicht. Denn erstens kommt sowieso alles anders und zweitens, als man denkt …

Danke!

16 Jahre nach seinem ersten Erscheinen liegt unser Roman »Glückskekse« heute im neuen Gewand vor. Wir hoffen, dass wir vielen Leserinnen und Lesern mit dieser neuen Ausgabe eine Freude machen können, denn die Frage »Was kann ich tun, um endlich glücklich zu werden?« beschäftigt wahrscheinlich auch heute noch die eine oder den anderen.

Möglich gemacht hat das das Team von HarperCollins Deutschland, dem wir hierfür herzlich danken möchten – insbesondere unserer Lektorin Mareike Müller! Liebe Mareike, wie schön, dass wir mit dir an »Anne Hertz« weiterarbeiten, Altes pflegen und Neues erschaffen können. Es macht uns einen Riesenspaß mit dir!

Auch an dieser Stelle sei aber noch mal unser Lektor der »ersten Stunde« erwähnt: Timothy Sonderhüsken. Lieber Tim – so lange ist das nun schon her, dass wir zusammen an »Glückskekse« gearbeitet haben. Unglaublich, oder? Wir danken dir für die tolle und erfolgreiche gemeinsame Zeit!